JAZMÍN

AF274432

REBECCA WINTERS

UN VERANO
INOLVIDABLE

HARLEQUIN™

Editado por Harlequin Ibérica.
Una división de HarperCollins Ibérica, S.A.
Avenida de Burgos, 8B - Planta 18
28036 Madrid
www.harlequiniberica.com

© 2025 Harlequin Ibérica, una división de HarperCollins Ibérica, S.A.
N.º 587 - 14.7.25

© 2003 Rebecca Winters
Un verano inolvidable
Título original: The Frenchman's Bride

© 2003 Barbara Hannay
Falsas identidades
Título original: Her Playboy Challenge

© 2004 Patricia Wright
Encontrar un amor
Título original: Wyatt's Ready-Made Family
Publicadas originalmente por Harlequin Enterprises, Ltd.
Estos títulos fueron publicados originalmente en español en 2004

I.S.B.N.: 979-13-7000-851-2
Depósito legal: M-8490-2025
Impreso en España por: BLACK PRINT
Fecha impresión Argentina: 10.1.26
Distribuidor exclusivo para España: LOGISTA
Distribuidores para Argentina: Interior, DGP, S.A. Pienovi 211 - Avellaneda
Cap. Fed./Buenos Aires y Gran Buenos Aires, VACCARO HNOS.

MIXTO
Papel
FSC FSC® C159065

VINCENT Rolland agarró una toalla y salió de la ducha de la suite del hotel de Londres en el que se hospedaba. Acababa de decidir que volaría a París después de la comida de negocios que tenía ese día. Ese fin de semana llevaría a sus gemelos a su casa en Saint Genes y estaba impaciente.

Sin ellos, el castillo parecía una tumba. Se hablaban frecuentemente por teléfono y se habían hecho alguna visita, pero estar separados durante los nueve meses que duraba el curso escolar era demasiado.

Era jueves y no lo esperaban hasta el viernes. Pensó que les daría una sorpresa y que celebrarían el fin de curso juntos antes de partir hacia el castillo al día siguiente.

Mientras se afeitaba, oyó que sonaba su teléfono móvil. Seguramente lo llamaba uno de sus hijos.

Corrió al otro cuarto para contestar y vio que el número de la pantalla era de Saint Genes. «Ojalá que no haya pasado nada», pensó.

–¿*Oui*?

–*Bonjour*, Vincent –era su ama de llaves y parecía de muy buen humor.

–*Bonjour*, Etvige. ¿Cómo está Maurice?

–No se preocupe. Él y Beauregard acaban de ir a dar su paseo matinal –eso lo tranquilizó. Sin los gemelos en casa, su abuelo y el perro se habían hecho muy amigos–. Ha llamado monsieur Gide del banco de París. Quiere que lo llame en cuanto pueda. Su número es...

Anotó el número preguntándose qué querría. No había hablado con él desde que abrió la cuenta para los gemelos en el otoño anterior.

–Gracias, Etvige. Dígale a Maurice que lo llamaré desde París –dijo y colgó para llamar al director del banco.

–Gracias por llamarme tan pronto, monsieur Rolland. Como dijo que lo telefoneara si era necesario...

–Claro. ¿De qué se trata?

–Quería que supiera que hace dos días su hijo extendió un cheque por una cantidad bastante alta y, antes de procesarlo, quería saber si usted estaba de acuerdo.

–¿De cuánto es?

–De ocho mil setecientos eurodólares. La cuenta se quedará vacía.

Al oírlo, Vincent se sintió decepcionado de que sus hijos no lo hubieran esperado para gastarlo.

–Está bien. Les había prometido un coche si sacaban buenas notas en los exámenes finales.

–¿Un coche? Pero si el cheque está a nombre de la joyería Bijoux Vendôme...

«Joyería...», pensó estremeciéndose. La palabra le recordaba el período más negro de su vida.

–Retenga el cheque hasta que haga unas averiguaciones.

–De acuerdo, monsieur. Tome el número.

Vincent no podía imaginar de qué se trataba porque, por lo general, sus hijos eran juiciosos y de fiar.

–Bijoux Vendôme...

–*Bonjour*, monsieur. Desearía hablar con el gerente.

–Soy yo.

–Soy Vincent Rolland.

–Ah, sí, monsieur Rolland. Hace poco vino su hijo a comprarle un anillo muy fino a la mujer con la que piensa casarse. Está muy enamorado e insistió en que tenía que ser una aguamarina del mismo color que sus ojos.

–*Mon Dieu* –susurró Vincent preocupado. La historia se repetía. De tal palo, tal astilla.

–¿Hallie?

Hallie Linn acababa de salir de su trabajo en los grandes almacenes Tati cuando oyó una voz conocida. Miró a su izquierda, donde un taxi acababa de parar y se abría una puerta. Allí estaba Monique Rolland, una chica francesa muy vivaracha con la que había trabado gran amistad durante el curso.

–¿Qué haces aquí?

–Te estaba esperando. Es tu cumpleaños y vamos a celebrarlo.

Hallie se había olvidado de que era su cumpleaños. Además, dos días antes ya se había despedido de Monique y de su hermano Paul. Seguramente los gemelos querían volver a reunirse con ella antes de regresar a la región francesa de Dordogne para el verano. A Monique, una adolescente huérfana de madre, le dolía mucho la separación. Y a Hallie, también.

Durante su estancia en París como monja seglar en el programa de ayuda social de las dominicas, Hallie había llegado a querer a los gemelos como si fueran su familia. Si pasaba más tiempo con ellos, le sería muy difícil marcharse para entrar en el convento de San Diego, California, dos semanas más tarde.

–¿Cómo sabías que es mi cumpleaños? Yo ni me acordaba.

–Cuando cruzamos el Canal para pasar un día en Inglaterra, Paul miró de reojo tu pasaporte. ¡Venga, sube al taxi! ¡Estamos interrumpiendo el tráfico!

Hallie no se inmutó.

–Deberías estar en el colegio. Sabes muy bien que hoy es la cena de despedida.

–Prefiero estar contigo. No te preocupes, me han dado permiso para salir hasta las ocho. Sube, estamos perdiendo el tiempo.

El taxista se impacientaba y murmuró algo. Hallie subió al coche.

–¿Adónde vamos?

–Es una sorpresa –dijo con una sonrisa picarona.

–¿Otra sorpresa? –había tenido varias durante el curso–. ¿Está lejos?

–Espera y verás –respondió Monique con aire misterioso.

–Mírame a los ojos y júrame que la directora te ha dado permiso –Monique puso cara de que no le importaba–. Me lo imaginaba –murmuró Hallie–. No sólo rompes las reglas, sino que si vamos mucho más lejos, el taxi va a costarte un dineral. Me bajo en el próximo cruce.

–¡No! –exclamó Monique–. Lo estropearás todo.

Por el tono de Monique se intuía que se trataba de algo muy elaborado que los gemelos habían estado tramando desde hacía tiempo.

–No quiero estropear vuestra sorpresa, pero tampoco que os metáis en un lío la última noche del curso.

–Saqué unas notas estupendas en los exámenes finales. Además, la directora no se atrevería a hacer que papá se enfadara conmigo.

–¿Por qué no?

–Porque él nunca se olvida de traerle una caja del mejor vino de nuestros viñedos cuando viene a París –arqueó sus cejas oscuras–. No creo que quiera que eso se acabe. Ni tampoco las visitas. Hasta ahora, papá se ha resistido a sus intentos de seducirlo, pero ella todavía no se ha dado por vencida –un comentario tan cínico en boca de esa chica tan estupenda molestó a Hallie–. No pongas esa cara de sorpresa. Ya te había dicho antes que todas las mujeres piensan que mi padre es irresistible al margen de su dinero.

Acababan de llegar al barrio dieciséis, una de las zonas residenciales de más prestigio de París.

Tras recorrer la Rue de Passy, llena de tiendas, y un par de calles más, el taxi se detuvo delante de un edificio de apartamentos, un bello ejemplo de la arquitectura de fin de siglo. Sólo los muy ricos, como el padre de Monique, podían permitirse vivir allí.

Después de pagarle al conductor, Monique y Hallie se bajaron del taxi, entraron en el elegante vestíbulo y tomaron el ascensor hasta el tercer piso. El apartamento era de un gusto exquisito, con muebles y adornos antiguos que creaban un ambiente muy acogedor.

Monique abrió las puertas de la terraza.

–¡Mira! –dijo con una sonrisa traviesa–. Tu vista privada del Bois de Boulogne.

París en primavera era una preciosidad. Pero Hallie tenía sus dudas sobre quedarse más tiempo con los gemelos.

–¿Lo sabe tu padre?

–¡Oh, la la! Para tu información te diré que está en Londres por negocios y no vendrá hasta mañana. Paul y yo tenemos permiso para usar el apartamento en ocasiones especiales, y el que cumplas veinticinco años lo es.

Aunque Hallie no conocía a Vincent, lo admiraba en secreto. Para ser un padre soltero había hecho un excelente trabajo educando a sus hijos. No fumaban, no bebían alcohol y no se drogaban. Ambos eran muy buenos estudiantes, inteligentes y encantadores. Hallie opinaba que eran excepcionales.

Lo que no podía entender era por qué los había enviado a un internado ni cómo había soportado separarse de ellos. En cuanto a los gemelos, adoraban a su padre y esperaban ansiosos sus visitas y llamadas telefónicas.

—No quisiera pensar que os estáis aprovechando de la generosidad de vuestro padre por mi culpa.

—¡Claro que no! Ya te he dicho que te preocupas demasiado por nosotros. Sólo estaremos aquí una hora. *S'il te plait*, no seas agua... tiestos.

—Querrás decir aguafiestas. Pero es una expresión un poco anticuada. Si quieres parecer moderna tienes que decirme que no sea peor que un dolor de muelas.

Ambas se rieron. Eran totalmente distintas. Hallie, rellenita y bien formada, era diez centímetros más alta que su amiga, que medía uno sesenta y era poco corpulenta.

Monique llevaba un peinado muy chic con el pelo corto y rizos color castaño y Hallie era rubia con un corte desenfadado que no necesitaba casi cuidados.

Hallie vestía con la ropa más barata que había podido encontrar en la sección de oportunidades de los almacenes Tati, mientras que Monique siempre llevaba ropa italiana de diseño, aunque fuera para ir de excursión.

—*Salut* —era la voz de Paul, que se reunía con ellas en la terraza. Las besó en ambas mejillas. Era delga-

do, de metro ochenta y tan atractivo como su hermana. Vestía vaqueros y un polo.

—Menos mal que has llegado, Paul. Hallie cree que
no deberíamos estar aquí. Está que se sale de sus caballos.

—De sus casillas —enmendó Hallie—. Esa es otra expresión que debes descartar para estar al día. Tendré que
regalarte un libro de frases idiomáticas. Pero cuando te
las hayas aprendido, volverán a estar pasadas de moda.

Paul se rió.

—Ahora estás aquí y no vamos a dejar que te vayas
hasta que brindemos para celebrar tu cumpleaños. Ve-
nid conmigo.

Entraron al comedor. Paul llenó tres copas con el
líquido dorado de una botella de la marca Rolland.

—A tu salud, Hallie —dijo, alzando su copa—, por
haber hecho que este año fuera inolvidable. Deseo que
este sea el cumpleaños más feliz de tu vida.

Los tres chocaron sus copas.

Hallie no bebía alcohol, pero dio un sorbo para no
despreciarlos, ya que habían organizado esa pequeña
fiesta en su honor.

Pensó que antes de irse de París, les escribiría una
nota de despedida y les desearía una vida feliz. Mientras tanto, no iba a desperdiciar esos momentos de ca-
maradería.

Monique se disculpó un momento y regresó con un
paquete envuelto que entregó a Hallie. Ésta lo abrió y encontró un pañuelo de diseño con dibujos en color beige.

—Te quedará muy bien con la falda marrón.

—Es precioso, Monique —dijo emocionada, y se lo
colocó alrededor del cuello—. Pero no deberías haberlo
hecho.

–Te habría regalado muchas más cosas, pero sabía que no las ibas a aceptar. Lo podrás usar mientras sigas trabajando en Tati.

–Siempre me acordaré de este día –dijo Hallie, pensando que se lo devolvería a Monique con la carta, porque no debía gastarse el dinero en regalos.

–Queda muy elegante con la blusa blanca que llevas.

–También quedará elegante con mis otras blusas.

–Lo sé. Todas son blancas –espetó Monique.

De pronto, los tres se estaban riendo. Los gemelos tenían mucho sentido del humor y Hallie pensó que los echaría mucho de menos.

Se suponía que ella no debía encariñarse con nadie, pero lo hacía. Ya le había sucedido en San Diego con su compañera de piso Gaby Peris.

Gaby era una abogada que compartió piso con ella para reducir gastos cuando se quedó viuda. Después se casó con Max Calder, un antiguo agente de la CIA, y tuvieron una niña a la que llamaron Hallie.

–Ahora, si me disculpáis, volveré en quince minutos –dijo Monique.

Hallie la miró con cara de sorpresa.

–¡Pero si acabamos de llegar! ¿Por qué te vas?

–Quieres ir a tu tienda favorita antes de que cierren ¿verdad? –aclaró Paul.

–Así es. *À bientôt*. Volveré enseguida.

Cuando Monique desapareció, Hallie se volvió hacia Paul.

–Estáis actuando de manera muy misteriosa.

Paul se frotó las manos.

–Es porque quería estar a solas contigo.

–¿Por qué?

–Para hacer algo que hace tiempo que quería hacer.

–¿Y qué es?

–Esto –dijo y, agarrándole la cara, la besó suavemente sobre los labios cerrados.

Hallie se quedó muy sorprendida, pero decidió actuar como si se tratara de una broma de Paul.

–¡Caramba! Mi último beso antes de recluirme en el convento. Desde luego que habéis hecho que este cumpleaños sea inolvidable.

–Hacía tiempo que quería hacerlo –confesó Paul–. Ahora cierra los ojos. Tengo otra cosa para ti.

–Creo que ya ha habido bastante para un día –advirtió ella, pero él la ignoró y con la rapidez de un relámpago, la agarró de la mano y le colocó un anillo en el dedo anular.

Hallie dejó de sonreír cuando vio la aguamarina engarzada en oro. Era enorme y de color y transparencia admirables. Pensó que, aunque fuera de imitación, le habría costado mucho dinero, más del que se podía permitir.

¿Qué se proponía Paul? Iba a preguntárselo, pero al ver la expresión de deseo en su mirada se quedó muda.

–Feliz cumpleaños, *ma belle*.

Hallie parpadeó. Paul iba en serio. Percibió que él estaba temblando y que no tenía la alegría de siempre.

«¿Desde cuándo?», pensó ella. Se había dedicado a los gemelos como parte de su misión en el programa de ayuda social, y no se había dado cuenta de que Paul se había encaprichado con ella.

–Es una joya preciosa, pero tendrás que devolverla.

–No seas tonta –le agarró las manos para que no pudiera quitarse la sortija–. Aunque no te la pongas, quiero que te la quedes para que siempre te acuerdes de mí.

–No puedo, Paul. Y tú sabes por qué. Las cosas materiales no me interesan. No llevaré nada cuando entre en el convento.

–Estoy contando con que no entres en el convento, Hallie –dijo con un brillo especial en los ojos–. Te adoro –declaró con el ardor de un adolescente enamorado–. Voy a quedarme en París el tiempo que haga falta para convencerte de que vengas conmigo a Saint Genes. Tú no estás hecha para ser monja. Espero que algún día seas mi esposa.

«Su esposa...»

Paul la atrajo hacia sí con una fuerza sorprendente y la besó lleno de pasión.

Ella no se lo podía creer.

–Paul –dijo Hallie empujándole el pecho con las manos para que se separara. Pero era tan fuerte... No sabía cómo rechazarlo sin herir su orgullo.

–¿Qué es lo que pasa aquí? –una voz profunda y masculina rompió el silencio. Paul se separó de golpe, ruborizándose.

Hallie, anonadada por los sentimientos que Paul había escondido hasta entonces, tardó en reaccionar. Siempre lo había considerado como su hermano pequeño.

–Papá... Creía que estabas en Londres...

–Evidentemente –fue la fría respuesta–. Tenía la ridícula idea de disfrutar esta noche de una cena de celebración con mis hijos. Pero parece ser que te inclinas por algo mucho más fuerte.

No cabía duda de que, al entrar, Vincent Rolland había visto a su hijo de dieciocho años besar a una desconocida, y también la botella de vino y las copas.

Hallie pensó que tenía razón y que los gemelos habían faltado al colegio y estaban allí sin permiso de su padre. Pero era una terrible casualidad que él hubiera regresado de Inglaterra en el preciso momento en que su hijo había decidido declararle su afecto.

Sintió curiosidad y miró hacia donde estaba monsieur Rolland.

Había visto alguna foto de él, pero la cámara no había captado su perturbadora sensualidad. Hallie no creía posible que ningún hombre fuera más atractivo que el marido que ella había perdido en aquel horrible accidente aéreo dos años atrás. Pero estaba equivocada.

Los gemelos habían heredado el pelo oscuro y los ojos marrones de su padre. Sin embargo, la mirada de él no tenía nada de inocente mientras evaluaba con sus penetrantes ojos los atributos femeninos de Hallie.

Desde que era adolescente, Hallie había sido muy atractiva para los hombres, pero había aprendido a soportarlo. Aunque ese hombre parecía buscar algo más allá de lo puramente físico.

Vincent entró en el comedor. Estaba bronceado y vestía una camisa azul de punto y unos vaqueros color crema que moldeaban sus muslos poderosos. Mucho más alto que Paul, era tan masculino que ella se estremeció. Agarró la botella de vino e hizo un gesto de disgusto.

—No puedo criticar tu elección de añada, pero ¿por qué hoy jueves, cuando deberías estar celebrando el fin de curso con tus compañeros?

Paul se aclaró la garganta.

—El cumpleaños de Hallie es mucho más importante que un montón de chicos. Papá, quiero presentarte a mi amiga, mademoiselle Linn. Nos conocimos el pasado otoño.

Vincent volvió a mirar a Hallie y luego bajó la vista hasta la aguamarina que brillaba en su dedo.

–Mademoiselle Linn –murmuró con frialdad, en un tono casi insultante.

Hallie se quedó confundida. El que hubiera visto que su hijo la besaba no justificaba tanto veneno.

–¿Cómo está usted, monsieur Rolland? –dijo ella tratando de suavizar el encuentro–. Estoy encantada de conocerlo por fin, ya que sus hijos me han hablado tan bien de usted.

–¿Papá? ¿Podemos hablar un momento en el salón?

–No, no podemos –dijo con rabia, sin quitar la vista de la sortija–. Puesto que mademoiselle Linn es una parte tan íntima de tu vida, no veo ningún motivo para excluirla de nuestra conversación.

–Es cierto que estoy enamorado de ella –aclaró–. Lo significa todo para mí y, cuando llegue el momento, pienso casarme con ella.

«Paul está loco», pensó Hallie. «Soy mucho mayor que él».

–¡Qué interesante! –exclamó Vincent con un gesto nervioso–. Ahora entiendo por qué luce una joya que ha hecho que saques todo el saldo de tu cuenta corriente.

Hallie suspiró.

–Siempre recordaré que quisiste regalarme esta sortija, Paul. Pero tú ya sabías la razón por la que no puedo aceptarla.

No quería herir su sensibilidad, pero había ido demasiado lejos y necesitaba un escarmiento. Se quitó el anillo sin vacilar y lo dejó sobre la mesa.

Vincent se puso pálido de rabia.

–Es demasiado tarde para impresionarme haciéndome creer que nunca pensó en quedárselo, mademoiselle Linn.

Paul se giró de golpe.

–No lo entiendes. Puedo explicártelo.

–Estoy seguro –afirmó Vincent–. Y también podrás decirme cuántas veces la has traído a mi apartamento desde el pasado otoño.

–Nunca había estado aquí antes de esta noche –aclaró Hallie en tono conciliador, pensando que el padre tenía toda la razón para estar enfadado, pero que no era bueno humillar así a Paul delante de ella.

–Claro que no había estado –dijo Vincent en tono burlón–. Ni tampoco tenía ni idea de que esta piedra es de verdad... –la fulminaba con la mirada–. Me pregunto cuántas cosas más habrá conseguido sacarle.

Hallie lo miró sin pestañear.

–No tengo ningún inconveniente en discutir ese asunto con usted, pero creo que primero debería hablar a solas con su hijo.

–No me interesa lo que usted piense, mademoiselle Linn. Cuanto más dice, más me convenzo de que la sortija sólo es una parte de un plan de extorsión muy elaborado que sólo una joven descarada con sus evidentes encantos podría imaginar para encandilarlo.

–¡Un momento! –gritó Paul–. No tienes derecho a hablarle así a Hallie.

–¡Basta! –ordenó Vincent–. ¿Me crees imbécil? Y no vuelvas a gritarme así nunca más, ni me hables de derechos. Has renunciado a todos los tuyos al abusar de mi confianza.

En esos momentos, entró Monique.

–¡*Me voici*! –gritó desde el vestíbulo–. Ya estoy de regreso. Se te acabó el tiempo, Paul. Te estoy avisando por si acaso interrumpo algo...

«Así que Monique ha sido cómplice en dejarme a solas con Paul...», pensó Hallie. Era toda una revelación. Lo que no podía entender era que los gemelos creyeran que ella podría tener un interés romántico en Paul, que era mucho más joven. Tantos meses juntos y no eran capaces de entender que ella estaba comprometida a su vocación. Canto más lo pensaba más se convencía de que los dos sólo creían lo que querían creer.

Por lo que ellos le habían contado, su madre había muerto al dar a luz y, acostumbrados al cariño de su padre, y estar separados de él, necesitaban aferrarse a alguien, y ese alguien era ella.

—Así que la hija pródiga vuelve a la escena del crimen cargada con más ropa de la que es humanamente decente.

Al ver a su padre, Monique se quedó de piedra.

—Papá —masculló—. Creía que llegarías mañana.

—Es evidente. Así este encuentro clandestino habría pasado desapercibido. ¿Cuánto tiempo hace? ¿Nueve meses desde que mademoiselle Linn se aprovecha de mis hijos y de su tendencia a regalar sus bienes materiales, que, por otra parte, han olvidado que soy yo quien los paga? —bramó—. ¡Me sorprende que os haya quedado dinero para comprar nada más! —añadió, arrancándole a Monique la caja que llevaba bajo el brazo. Al abrirla vio un precioso vestido rojo de cóctel—. ¿Qué es esto? ¿Otra contribución a la empobrecida mademoiselle Linn? No le va nada mal. A ver... un pañuelo de diseño, un vestido de Givenchy y... ¡una sortija de nueve mil dólares! —exclamó él clavando la mirada sobre Hallie, que se había quedado en estado de shock—. Es un buen botín para un solo día de trabajo, mademoiselle Linn.

—Papá... —intervino Monique con los ojos llenos de lágrimas—. ¿Qué te pasa? Estás totalmente equivocado...

–Al parecer, tanto mi hijo como mi hija han sido víctimas de esta embaucadora.

–¿De Hallie? –exclamó Monique dando una patada en el suelo–. ¡Imposible! Esto era una fiesta sorpresa para celebrar su cumpleaños. ¡Ella no sabía nada! De hecho, estaba preocupada por si nos metíamos en un lío y no quería venir en el taxi con nosotros.

–Pero vino. Miradlo bien. Hasta hace un momento llevaba una pequeña fortuna en el dedo y estaba dándole las gracias a Paul de esa forma femenina tan antigua que lleva a los hombres a su perdición –la reacción de Vincent no hacía honor a la imagen del hombre que sus hijos adoraban, la de un hombre de éxito en los negocios y un ídolo para su familia–. ¿No veis que se ha burlado de vosotros? Eso me hace dudar de mi eficacia como padre. Y ahora, bajad y tomad un taxi de regreso al colegio. Iré a veros en cuanto tenga una pequeña charla con mademoiselle Linn.

La expresión de amargura y dolor de los ojos de Paul hizo temer a Hallie por la relación entre padre e hijo. La ira de Paul podría ser peor que la de su padre, porque era joven y vulnerable y lo habían sorprendido en un momento débil de su vida. Seguramente tardaría mucho tiempo en perdonar a su padre.

A Hallie se le encogió el corazón cuando vio a Paul salir corriendo del comedor sin que Vincent lo detuviera. Monique miraba perpleja a su padre. Luego miró a Hallie.

–Lo siento mucho –murmuró, y salió detrás de su hermano.

–Por favor, no los deje marcharse así –exclamó Hallie en cuanto salieron–. ¡Corra detrás de ellos antes de que el daño sea mayor!

CAPÍTULO 2

LOS OJOS de Vincent Rolland brillaron amenazantes.

–Es un poco tarde para hablar de daños, sobre todo si usted está embarazada. Pero seguramente Paul no sabe su secreto, o no se habría marchado sin usted.

«¡Vaya!», pensó Hallie.

–¿Sus hijos no le han hablado nunca de mí? ¿Ni una sola vez?

–No sabía de su existencia hasta que vi a mi hijo besándola con suficiente pasión para convencerme de que ya ha ido demasiado lejos. Se lo advierto ahora, mademoiselle Linn: ninguna mujer va a atrapar a mi hijo en un matrimonio forzoso para que sea su esclavo para el resto de sus días. Si está embarazada, nunca tendrá la oportunidad de hacerle chantaje. Antes de mañana por la mañana, estará en un avión regresando a dondequiera que sea con suficiente dinero para satisfacer su desmesurada ambición.

Hallie dudaba que los gemelos conocieran esa faceta de su padre. Quizás era más rico de lo que Hallie imaginaba. Era normal que quisiera cerciorarse de que nadie se aprovechara de sus hijos. Pero suponer que estaba embarazada y acusarla de manipular a su hijo sin darles la oportunidad ni a Paul ni a ella de dar explicaciones, hizo que se pusiera furiosa.

–No estoy embarazada. Pero, si lo estuviera, ¿me está diciendo que me sobornaría para que me fuera, sabiendo que llevaba a su nieto dentro de mí? –preguntó incrédula–. ¿Sería capaz de privar a Paul de educar y amar a su propio hijo?

Vincent soltó una carcajada.

–¿Quién ha dicho que sea de Paul?

–Tenga cuidado antes de decir nada de lo que pueda arrepentirse el resto de su vida, monsieur. Hoy Paul nos ha pillado por sorpresa a los dos. Pero, puesto que usted no ha sido capaz de escuchar sus razones, me temo que su reacción habrá causado un daño muy grande a su relación con él. La verdad es que yo no tenía ni idea de que se hubiera encaprichado de mí. A veces los chicos jóvenes se encaprichan de mujeres mayores que ellos. Sin embargo, yo no me había dado cuenta hasta unos minutos antes de que usted entrara.

–No es un capricho, mademoiselle Linn –rebatió él–. La sortija y todo lo que significa obliga a verlo bajo otro prisma. Demasiadas fiestas han hecho que se le ablande el cerebro a mi hijo. Sobre todo cuando una mujer devastadora como usted le añade ese *je ne sais quoi*.

–¿*Je ne sais quoi*? –repitió Hallie mientras se desataba el pañuelo y lo dejaba sobre la mesa junto a la sortija–. Ese «no sé qué» es una expresión anticuada que los estadounidenses adoptaron hace años. Su hija la emplea constantemente.

Él se acercó, con un gesto sombrío en la cara. A pesar de estar furioso, estaba tan atractivo que Hallie se alarmó de sentirse atraída por su potente sensualidad.

–¿Quién es usted? ¿Qué está haciendo en París? ¿Cómo la conocieron mis hijos? –la bombardeó con sus preguntas.

—Soy alguien que se ha comportado como amiga de los gemelos.

—¿Espera que me crea eso?

—Sí. Lo mismo que yo creo que cualquier cosa que usted me diga es la pura verdad. Monique se le parece mucho en muchas cosas. Pero usted debería cuidar sus palabras, porque su cinismo se le está pegando a ella. Monique estaba segura de que la directora no se atrevería a hacer que usted se enfadara con ella porque, para citarla exactamente: «Hasta ahora, papá se ha resistido a sus intentos de seducirlo, pero ella todavía no se ha dado por vencida». Siento ser tan brusca, pero las expresiones anticuadas no tienen para mi ese *je ne sais quoi*. Y otra cosa más: no me importa si usted es tan rico como el Rey Midas. Puesto que su hijo no ha trabajado en sus viñedos este último año, dejar nueve mil dólares en su cuenta es demasiado dinero para un joven impulsivo de dieciocho años, al margen de lo digno de confianza que haya sido hasta ahora.

—¿Ha terminado ya?

—Aún no. Hay que dar gracias de que hizo la prueba conmigo, porque yo quiero a Paul como a un hermano pequeño y me preocupa su bienestar. Él aún no se da cuenta, pero yo soy sólo una fantasía suya. Está confundido. Déle unos años más y lo tendrá todo claro. ¿Sabe que quiere ser como usted cuando sea mayor? Seguro de sí mismo, atractivo para las mujeres y con éxito en la vida. Para que lo sepa, se desenvolvió perfectamente cuando brindó a mi salud y me deseó un feliz cumpleaños. Nadie podía haber sido más galante y encantador. Y aunque temblaba cuando me besó, no vaciló ni un momento. De hecho, actuó con total dominio cuando me colocó el anillo en el dedo.

Vincent la escuchaba en silencio.

–Dentro de unos diez años será un excelente marido, en todos los sentidos, para la mujer afortunada –continuó Hallie–. Promete mucho, pero todavía es joven y capaz de sentirse lastimado porque lo avergonzara delante de mí. Estoy segura de que usted sabe lo mucho que lo ha ofendido al no dejar que le hablara en privado. Yo a usted no lo entiendo. No si pienso que ha educado a los dos chicos más maravillosos que he conocido. Es gracias a eso que no le di la bofetada que se merecía.

Vincent se quedó callado un instante, estudiándola.

–Antes de que la haga investigar, ¿por qué no contesta a mis preguntas?

«¿Llegaría tan lejos?», se preguntó Hallie.

–Paul ya se lo dijo. Me llamo Hallie Linn. Hoy he cumplido veinticinco años y no dieciocho. Ni me acordaba hasta que sus hijos decidieron sorprenderme con una fiesta de cumpleaños. Nos conocimos en el otoño cuando entraron en los Almacenes Tati donde yo trabajo. Estaban buscando algún regalo de cumpleaños para usted. Les pedí que me lo describieran y les sugerí un par de guantes y una billetera –un pequeño gesto involuntario de Vincent hizo que Hallie se percatara de que recordaba los regalos–. Se quedaron muy sorprendidos de encontrar a una estadounidense trabajando allí y disfrutaron probando su inglés conmigo. Hasta me pidieron que les corrigiera los errores. A mí me encantó su interés y la adoración que sentían por usted. Era siempre: «papá esto, papá lo otro». Antes de que se fueran de la tienda, me preguntaron si podían volver a la semana siguiente para practicar su inglés conmigo. Les dije que sí, pero no esperaba que volvieran.

Él la miró pensativo.

–Dos días más tarde aparecieron y me rogaron que pasara la hora de la comida con ellos –siguió hablando ella. Habían llevado sándwiches y bebidas y no pude negarme. Fuimos paseando hasta la catedral de Notre Dame y nos comimos el picnic en la plaza. Se esforzaban por hablar en inglés lo mejor posible y me contaron cosas sobre la vida en Saint Genes con usted y su bisabuelo Maurice. Ah, sí, y también de Beauregard. En algún momento de esa tarde conectamos y somos grandes amigos desde entonces. Debería haber reconocido el encaprichamiento de Paul, pero no me di cuenta. Supongo que es por eso que nunca le han hablado de mí. Hicieron mal, desde luego. Pero no me creo que tuviera que haber tratado esa pequeña omisión como si fuera un pecado. ¿Por qué lo hizo?

Él se acercó más.

–¿Cómo consiguió el trabajo en Tati? El gobierno no suele conceder permisos de trabajo a los estadounidenses.

–En mi caso hicieron una excepción. Pero no se preocupe, sólo estaré privando de un puesto de trabajo a sus compatriotas durante dos semanas más. Entonces me iré para siempre. En cuanto a su otro temor, usted ya lo ha resuelto viniendo a París para llevarse a sus hijos a casa. Dígame una cosa... Si desconfía tanto de ellos, ¿por qué los mandó fuera a un internado? Los gemelos podían haber ido a un buen colegio en Saint Genes y vivir en casa con usted, que es donde deberían estar. ¡La vida es tan corta...! ¿Acaso no sabe que el cariño de un padre es más vital y necesario para un niño que una educación cara? Sus hijos lo adoran. Lo han echado mucho de menos y han estudiado muy duro para sacar buenas notas y que usted estuviera or- gulloso de ellos. Y yo lo sé porque me he pasado ho- ras repasando con ellos para los exámenes mientras explorábamos París en mis días libres.

Hallie hizo una pausa y luego continuó:

–Sin duda, Monique compró ese precioso vestido rojo para lucirlo delante de usted cuando celebren el cumpleaños de Maurice el mes próximo. Ella dice que todas las mujeres tienen fantasías sobre usted. Aunque no me ha dicho nada, sé que está preocupada por que surja alguien con quien usted quiera compartir la cama. A medida que va haciéndose mayor, crecen sus temores de que alguien ocupe su lugar en sus afectos. Le ruego que, si hay alguna mujer especial en su vida de la que no les ha hablado, procure que no esté en el castillo cuando ellos regresen a Saint Genes. Primero dedíqueles toda su atención para que sepan que nada ha cambiado. Y, por favor, prométame que esta noche aclarará las cosas con Paul antes de que sea demasia- do tarde. Vaya a verlo y explíquele por qué estaba tan disgustado. Paul es muy dulce y sensible. Podrá en- tenderlo y lo perdonará. *Adieu, monsieur. Que Dieu vous bénisse.*

Unos segundos después, se cerraron las puertas del ascensor y las palabras de Hallie permanecieron flo- tando en el aire.

Vincent se quedó inmóvil y anonadado.

Con un golpe maestro, ella le había producido un torbellino de sentimientos y, luego, había tenido la au- dacia de despedirse para siempre dándole su bendición.

Nunca había conocido a nadie como ella.

No se trataba solamente de los atributos femeninos que habían obnubilado a su hijo. ¿Qué tenía esa desconocida para embrujar de esa manera a los gemelos?

La relación entre ellos había florecido durante nueve meses, y él no se había enterado. Se sentía herido, traicionado.

No se creía que sus hijos no le hubieran dicho nada para sorprenderlo con sus progresos en inglés.

Sin duda Paul se había enamorado desde el principio y había hecho que Monique le jurara que mantendría el secreto. Se había infiltrado en su mundo y, seguramente, habría averiguado muchos detalles de su intimidad y de la de sus hijos.

Vincent pensó que tenía que averiguar quién era en realidad esa desconocida.

Entró en su estudio y telefoneó a los almacenes Tati. Como el gerente ya se había marchado, intentó que lo informaran sobre mademoiselle Linn, pero la operadora le dijo que tendría que esperar a hablar con el gerente por la mañana.

A continuación, fue a telefonear a su abogado para que investigara, pero en ese momento sonó el teléfono móvil. Era una llamada del castillo.

—Vincent al habla.

—Hijo mío, ¿estás sentado?

Un sudor frío lo invadió al oír la pregunta de su abuelo.

—¿Pasa algo malo?

—Acabamos de recibir una llamada del hospital Passy de París. Según la policía, Paul se atravesó delante de un camión mientras cruzaba el bulevar con el disco en rojo. Vieron su tarjeta de identidad en la billetera y han llamado aquí. Todavía está inconsciente.

–¡Voy hacia allí!

Vincent entró corriendo en la sala de urgencias, temeroso de que Paul ya no se despertara.

–¿Dónde está Paul Rolland? –preguntó en recepción–. La policía dice que lo golpeó un camión. Soy su padre.

–Su hijo está en la habitación número cinco. Puede pasar por esa puerta.

Vincent se apresuró a empujar la puerta. Al ver la cortina echada, se le encogió el corazón. Una enfermera salía de la habitación.

–Mi hijo... ¿Está inconsciente todavía? –preguntó sin más preámbulos.

–No. Recobró el conocimiento hace unos minutos.

Vincent respiró.

–*Dieu merci*. Gracias a Dios.

–Todavía está en observación, pero puede entrar.

A pesar de su palidez y de un chichón en la frente, Paul parecía maravillosamente vivo.

El médico estaba limpiándole una herida en la mejilla izquierda y levantó la vista cuando Vincent se presentó.

–Su hijo ha tenido mucha suerte. Tiene contusiones en el brazo y la pierna izquierdos, pero no hay ningún hueso roto. Las radiografías muestran que ha tenido una conmoción, pero con unos días de reposo en cama se le pasarán los mareos y se pondrá bien. Haré que lo trasladen a una habitación privada.

Vincent respiró con gran alivio.

–Muchas gracias por todo –le dijo al médico antes de que saliera.

Una vez solos, Vincent acercó un taburete y se sentó junto a Paul, que seguía con los ojos cerrados.

–Hijo mío –exclamó, tomando su mano derecha–. Soy papá, estoy aquí. Gracias a Dios vas a ponerte bien –dijo con voz temblorosa, pero Paul no le respondió–. ¿Paul? Dime algo –se le quebró la voz–. Te quiero.

–No, no me quieres –una respuesta tan fría abatió a Vincent–. Déjame solo. No quiero que estés aquí –tuvo fuerzas para zafar la mano de la de su padre.

–Hablas así porque estás furioso. Sabes muy bien que nunca te dejaría. Eres mi hijo, así que pienso quedarme contigo hasta que salgas del hospital y pueda llevaros a casa a ti y a Monique.

Paul abrió los ojos de nuevo, pero la expresión de su cara era de total frialdad.

–No voy a volver a Saint Genes. Eso se ha terminado. Pienso quedarme en París. No te preocupes. Ya he encontrado un trabajo y un lugar para vivir, así que no tendrás que mantenerme nunca más –espetó Paul con profunda amargura.

Vincent hizo una mueca de dolor.

–Ya sé que te dije muchas cosas que no debía haberte dicho, y te pido disculpas. Cuando te encuentres mejor, podremos tener la charla que tú querías.

–Es demasiado tarde. Hemos terminado. No quiero volver a verte nunca más –dijo, y cerró los ojos como despedida.

Vincent suspiró apesadumbrado por lo que había pasado por su culpa e insistió:

–Ya hablaremos más tarde. Ahora lo único que importa es que te restablezcas.

Paul guardó silencio y Vincent pensó que era mejor dejarlo descansar, pero antes de salir utilizó el teléfono para informar a Maurice que Paul estaba bien. El anciano lloró de alivio.

Después de hablar unos minutos más, Vincent siguió a los ordenanzas que trasladaban a Paul a una habitación privada en el tercer piso. Mientras una enfermera comprobaba sus constantes vitales, entró un médico y le estrechó la mano.

–Soy el doctor Maurois. Si tiene la bondad de salir un momento al pasillo... Quisiera hablarle sobre el caso de su hijo.

El tono del médico inquietó a Vincent.

–¿Hay alguna complicación de la que no me han informado?

–Me temo que sí. El médico de urgencias pensó que sería mejor que fuera yo quien le diera los detalles. Soy el jefe del departamento de psiquiatría del hospital –Vincent se sintió como si le hubieran dado un puñetazo en el estómago.

–Adelante. Lo escucho.

Los minutos siguientes fueron angustiosos para Vincent al tener que escuchar lo que ningún padre quiere oír sobre su hijo.

–Si prefiere que lo trate otro psiquiatra, no tengo inconveniente.

–Estoy seguro de que usted está perfectamente cualificado –murmuró Vincent–. Está claro que mi hijo necesita ayuda, y cuánto antes, mejor.

El psiquiatra asintió.

–¿Qué planes tiene para los próximos días?

–Quedarme aquí con mi hijo. Mi hija Monique, su hermana gemela, se quedará también.

–Bien. Por el momento no comente con sus hijos lo que le he dicho. No diga ni haga nada más que lo que le salga natural. Yo hablaré con él a intervalos regulares durante las próximas cuarenta y ocho horas y, luego, me reuniré con usted y su hija, juntos y por separado. Empezaremos por eso.

–Muchas gracias –dijo Vincent en voz baja.

Cuando la enfermera le dijo que Paul estaba durmiendo tranquilamente, Vincent se fue al colegio de Monique.

Antes de ir a su habitación, fue a la oficina y le agradeció a la directora que hubiera cuidado de Monique. Ella le contestó que había sido un placer y que cuando volviera por París, pasara a visitarla. La mirada de sus ojos era una invitación privada inconfundible.

Recordando lo que, según mademoiselle Linn, había dicho Monique sobre la directora, se sintió repelido por ella. Ciertamente no lo tentaba nada.

Aún conmocionado por lo que le había contado el doctor Maurois, se terminó de hundir al entrar en la habitación de Monique y encontrarla postrada sobre la cama llorando desconsoladamente. No era la primera vez que la veía así, pero nunca por algo que él hubiera hecho.

Se sentía culpable por tantas cosas... Se sentó en la cama junto a ella y la abrazó.

–Lo siento, *ma chérie*. Lo siento mucho. Espero que algún día Paul y tú podáis perdonarme –imploró, pero ella, como Paul, permaneció en silencio. Vincent recordó que Paul estaba solo–. Vamos. Tenemos que volver al hospital. Llevaremos tus cosas al coche. Tengo que hablar contigo de algo importante, pero no quiero decir nada hasta que estemos fuera del colegio –de camino hacia el hospital, le preguntó–. ¿Cómo fue que Paul y tú no volvisteis al colegio en el mismo taxi?

–Él salió corriendo y no pude detenerlo. Pero, papá, tengo que decirte que no lo culpo por lo que hizo.

–Yo tampoco. Desgraciadamente tu hermano estaba tan nervioso que tuvo un accidente –era sólo parte de la verdad. El resto lo sabría cuando el doctor Maurois lo creyera oportuno–. Pero se va a poner bien –añadió al ver que ella se había asustado–. No tiene ningún hueso roto, sólo el golpe. En unos pocos días podrá viajar. El problema es que ahora cree que me odia. Y tiene todo el derecho... Antes de que pasemos la noche junto a él, quiero saberlo todo sobre Hallie Linn. No te dejes nada. Y no te preocupes, que no te lo pregunto porque la crea sospechosa de nada malo. Necesito saberlo todo sobre vuestra relación con ella para poder entender lo que le pasa a Paul. Yo quiero a tu hermano, pero hasta que no sepa la verdad no podré disculparme de forma que el acepte como sincera. ¿Sabes lo que quiero decir?

–Me parece que esto no lo vas a poder arreglar, *mon père*.

Monique parecía muy segura y categórica y Vincent se alarmó, recordando lo que había dicho el doctor Maurois.

Durante esos nueve meses sus hijos habían crecido y él no había estado junto a ellos para verlo. Sintió un gran dolor, no sólo por habérselo perdido, sino por lo que había sucedido.

–Tengo que intentarlo.

–Paul ha estado enamorado de ella desde el primer día en que nos atendió en Tati. Y lo pude entender. ¡Ella es perfecta! La acepto sin lugar a dudas como a mi futura cuñada.

–¿Qué es lo que la hace tan especial?

–Es la única persona que conozco que me parezca merecedora del amor de Paul.

«¿Merecedora?», reflexionó Vincent. Esas eran palabras mayores saliendo de la boca de Monique, que adoraba a su hermano de manera posesiva. Tendría que andar con mucho cuidado.

Puesto que Vincent se había casado a los dieciocho años, no podía decir que Paul era demasiado joven para discernir entre el capricho y el amor. Pero lo cierto era que un hombre necesitaba unos cuantos años más antes de convertirse en un adulto responsable y tener la estabilidad necesaria para conseguir un matrimonio feliz con la mujer adecuada.

—Paul te habría dicho que estaba enamorado mucho antes, pero temía que no te gustara que ella fuera estadounidense. Me pidió que no te dijera nada hasta que él me diera permiso.

—No tengo nada en contra de los estadounidenses. Reconozco que hace unos años tuve un cliente que no me gustaba nada pero, por lo general, mis conocidos estadounidenses me parecen encantadores —tomó aliento—. Mi reacción ante mademoiselle Linn no tuvo nada qué ver con su nacionalidad. Estaba perplejo al ver que Paul se había gastado el dinero en un anillo y no en el coche que iba a ser vuestro regalo de graduación.

Monique bajó la cabeza.

—Paul estaba decidido a comprometerse antes de fin de curso. Le dije que no me importaba el coche y que si quería gastarse el dinero en ella, yo estaba de acuerdo. Pero si eso te preocupa, él piensa devolverte el dinero en plazos mensuales. El director del colegio le dio una carta de referencia y Paul la utilizó para conseguir un primer trabajo en un banco de Montparnasse. Se supone que deberá empezar su entrenamiento el próximo lunes.

«Increíble», pensó Vincent mientras entraban en el coche. Al día siguiente iría al colegio de Paul por sus cosas y desde allí llamaría al director del banco y lo informaría acerca del accidente de Paul.

—Después de que vosotros dos dejarais el apartamento, tuve una charla con mademoiselle Linn. Aunque parece más joven, dice que tiene veinticinco años.

—Es cierto. Paul vio su pasaporte.

—¿No te parece que una mujer con siete años más que tu hermano es demasiado mayor para él?

—Claro que no —rebatió Monique—. Paul la encuentra fascinante.

«Y como tú adoras a tu hermano, no vas a sabotearle los planes», pensó Vincent. Podía apostar a que en todo París no habría muchas mujeres con unos atributos femeninos tan fascinantes como los de mademoiselle Linn. Sus largas piernas le daban un porte voluptuoso que no necesitaba ropa cara para llamar la atención de cualquier hombre. No llevaba maquillaje y el único adorno que le vio fue una pequeña cruz alrededor del cuello.

—Paul piensa que mis amigas del colegio son muy superficiales y aburridas, y yo estoy de acuerdo con él. Hallie ha tenido experiencias que la hacen diferente de la otra gente. Además, sabe escuchar mejor que nadie.

—¿Tiene familia aquí en París?

—No Nació en California, pero ahora está completamente sola en el mundo.

—Ya veo. Háblame de esas experiencias que la hacen tan excepcional a vuestros ojos.

—No sé los detalles porque le cuesta mucho hablar de ellos, pero hace unos años tuvo un accidente aéreo.

Eso la hizo reflexionar sobre sus valores y decidió que lo que desea hacer es ayudar a la gente.

—Ese es un deseo admirable —murmuró Vincent intentando no parecer condescendiente. Con toda la gente que había en París, ¿cómo habrían ido a dar con ella sus hijos?

—¿Qué la hizo venir a París?

—Su trabajo.

—¿Quieres decir que hay unos almacenes Tati en California y que la trasladaron aquí?

—No.

Vincent apretó el volante del coche. Se estaba cansando de esa conversación.

—¿Por qué me da la sensación de que tienes miedo de contestar a mi pregunta?

—Paul me pidió que no te lo dijera.

—Si ella es tan perfecta, ¿qué le preocupa?

—Sabe que la respuesta te va a poner contento.

Su hija estaba hablando en clave. Más intrigado que nunca, Vincent estacionó el coche delante del hospital y paró el motor.

—¿Soy un ogro tan terrible que ya no podéis decirme la verdad? —necesitaba saber todas las verdades para poder colaborar con el doctor Maurois.

Monique volvió la cabeza despacio. Sus ojos pardos parecían llenarle toda la cara.

—Dentro de dos semanas Hallie regresará a California para entrar en un convento —Vincent se quedó perplejo—. Paul no puede soportarlo, por eso le regaló el anillo, para que supiera que decía en serio lo de casarse con ella. Paul haría cualquier cosa para evitar que ella tomara una decisión que lo impediría seguir viéndola. Si supieras lo maravillosa que fue Hallie, tú...

–Un momento –la interrumpió Vincent–. Repítelo. ¿Os dijo que piensa meterse a monja?

¡Mencionar la fruta prohibida delante de Paul! No se le podía haber ocurrido nada mejor a la oportunista mademoiselle Linn para hacer que Paul cayera a sus pies.

–Papá, Hallie ya es una monja seglar.

–Entonces os ha estado mintiendo –refunfuñó él apretando los dientes.

–No –protestó Monique en tono calmado–. Ha estado sirviendo a la iglesia durante el último año y medio con las Dominicas. Primero en California y luego en la Abadía de Clairemont, cerca de Tati. Hoy en día hay muchas mujeres que trabajan entre la gente como monjas seglares, vestidas con ropa normal. Y trabajan para pagarse la casa y la manutención.

Vincent nunca había oído nada de eso. Pero tanto si era cierto o no, Monique creía la historia y, pendiente de hacer sus averiguaciones, él no se atrevió a cuestionarla para que ella no se distanciara más. Respiró hondo.

–Muy bien. Suponiendo que todo lo que os ha dicho sea cierto, ¿por qué se va de repente de París?

–Tiene pensado hacer los votos en junio en la casa matriz de San Diego. El único problema es que, una vez haya profesado, nunca más la volveremos a ver –el temblor en la voz de Monique denotaba tanto afecto que Vincent se asombró–, Paul está empeñado en hacer que se quede. La ama tanto... Y no tiene mucho tiempo por delante para convencerla de que cambie de idea antes de proponerle matrimonio. Por eso tenía que hacerlo ahora, antes de que fuera demasiado tarde. Ha tardado meses en atreverse. Planeamos la fiesta de cumpleaños para lograr que viniera al apartamento. Así podría estar en privado para declararse. Yo los dejé a solas un rato y aproveché para comprarle a Etvige un vestido con el último dinero que me quedaba. Ella siempre había deseado algo con estilo de París.

La explicación de su hija lo sumió aún más en la preocupación que tenía desde que hablara con el doctor Maurois. Mientras su hija hablaba, el sonido de otra voz, proveniente de otra conversación, ahogaba sus palabras:

«No estoy embarazada. Pero, si lo estuviera, ¿me está diciendo que me sobornaría para que me fuera, sabiendo que llevaba a su nieto dentro de mí? ¿Sería capaz de privar a Paul de educar y amar a su propio hijo?

Vincent había soltado una carcajada.

–¿Quién ha dicho que sea de Paul?

–Tenga cuidado antes de decir nada de lo que pueda arrepentirse el resto de su vida, monsieur. Hoy Paul nos ha pillado por sorpresa a los dos. Pero, puesto que usted no ha sido capaz de escuchar sus razones, me temo que su reacción habrá causado un daño muy grande a su relación con él. Prométame que esta noche aclarará las cosas con Paul antes de que sea demasiado tarde. Vaya a verlo y explíquele por qué estaba tan disgustado. Paul es muy dulce y sensible. Podrá entenderlo y lo perdonará».

Vincent se percató de que sus suposiciones habían estado completamente equivocadas, y se sentía como si hubiera entrado en un callejón sin salida.

En realidad, no había salida. No, después de lo que el psiquiatra le había dicho.

La salud mental de Paul estaba en peligro. Además, Vincent había destruido los profundos lazos que tenía con su hijo. Y, lo que era peor, no podía hacer nada respecto a mademoiselle Linn.

Ella no estaba enamorada de su hijo. Si recordaba bien sus palabras, había dicho que quería a Paul como a un hermano pequeño. Y antes de salir del comedor había murmurado: «Adiós para siempre. Que Dios lo bendiga».

Al recordar esas palabras de despedida, Vincent se convenció de que les había dicho la verdad a sus hijos. Cuando hiciera los votos se iba a apartar del mundo.

Todo lo sucedido en el apartamento comenzaba a encajar de un modo terrible. La familia Rolland estaba vuelta del revés. Monique casi no le hablaba. Su hijo estaba furioso porque él había insultado a su gran amor, una mujer que estaba a punto de meterse a monja y desaparecer de su vida.

Todo lo que Vincent había hecho desde el nacimiento de los gemelos para evitar que repitieran sus mismos errores, se había hecho pedazos. Nada volvería a ser igual.

Sólo habían transcurrido doce horas desde que se despertara en Londres, feliz porque iba a París a darles una sorpresa a sus queridos hijos. Le parecía una eternidad, y la desesperación hacía que se sintiera terriblemente viejo.

–Entremos, *ma petite*. Paul nos necesita, aunque esté deseando que yo desaparezca en medio del Sáhara –y, para sus adentros, añadió: «Aunque mi hijo quiera haber dejado este mundo»

CAPÍTULO 3

ERAN las cinco de la tarde del sábado. Hallie atendió al último cliente, cerró la caja registradora y abandonó Tati.

Habían transcurrido dos días desde que se había marchado angustiada del apartamento de monsieur Rolland. Sentía que tenía que hacer algo respecto a la terrible situación que involuntariamente había creado por ser amiga de sus hijos.

La noche anterior, después de sus oraciones, había empezado un ayuno, y ese día tenía una cita con la Madre Marie-Claire para hablar de los gemelos. A esas horas ya estarían en Saint Genes, en casa con su padre. Hallie estaba segura de que cualquier intento de hablar por teléfono con él o con los chicos sería un fracaso.

Lo único que se le ocurría era enviarle una carta sincera con la esperanza de que la leyera. Pero antes de escribirla quería consultar con su superiora.

Cuando conoció a los gemelos, Hallie pensó que podría ayudarlos mientras estaban fuera de casa. Pero le había salido el tiro por la culata y se había estropeado todo. Había perdido confianza en su buen juicio como ser humano, por no decir como monja. Se preguntaba si acaso había pecado de orgullo creyendo que su misión era consolar a los dos gemelos huérfanos, y no había detectado las señales de peligro. O si

un instinto maternal latente en ella se había despertado y no la dejaba actuar con sentido común.

En cualquier caso, ¿qué clase de monja sería si trabajaba con jóvenes? Esa era una de las respuestas que
necesitaba para estar en paz consigo misma. Temía no
poder ser de utilidad para la orden.

Abatida y angustiada, comenzó a andar más deprisa.

–¿Mademoiselle Linn?

Hallie reconoció la voz profunda y masculina. Se
sorprendió de que el padre de los gemelos estuviera
todavía en París. El corazón se le aceleró.

Él había estacionado el coche cerca de los almacenes, en el mismo sitio en que había parado el taxi de
Monique dos noches atrás. Sólo que él se había bajado
del coche para llamarla.

Iba vestido con un traje gris que resaltaba su atractivo. Al acercarse, Hallie tuvo la impresión de que había envejecido.

Tenía arrugas alrededor de la boca y su tez aceitu-
nada parecía más pálida. Sus ojos, de color pardo y
mirada profunda, denotaban un gran dolor.

Aunque no la miraba con el mismo desdén que la
vez anterior, Hallie percibió que seguía sin tenerle sim-
patía. Era, simplemente, que su ira se había enfriado.

–Paul está en el hospital –dijo él sin más preámbu-
lo. Eso no era lo que Hallie esperaba oír.

–¿Qué le pasa? –exclamó angustiada.

Mi hijo no se está muriendo, si eso es lo que le
preocupa. Al menos, no físicamente –murmuró.

–Entonces ¿qué tiene?

Hallie oyó cómo tomaba aliento.

–La otra noche, cuando salió corriendo del apartamento, se cruzó delante de un camión.

—¡Oh, no! —exclamó Hallie estremeciéndose.

—Como ya le he dicho, no le pasó nada. Tan sólo ha tenido una conmoción y algunas contusiones.

—Gracias a Dios que está vivo. Estaba tan alterado que no me sorprende que no mirara por dónde iba.

—Ahí es dónde se equivoca —espetó él—. Cuando la ambulancia lo llevó al hospital estaba inconsciente. Se despertó en la sala de urgencias creyendo que había muerto y que estaba en el más allá. Cuando el doctor le dijo que estaba bien vivo, Paul no quería creerlo y reconoció que se había lanzado a propósito delante del camión.

—¿Qué? —Hallie no podía creerlo—. ¿De verdad que Paul quería morirse?

La mirada torturada de Vincent la convenció. Sintió que la agarraba por el codo.

—Necesitamos hablar, pero no aquí. Supongo que ya ha terminado su trabajo.

—Sí. Iba camino de... mi casa —pensó que luego cambiaría la cita con la superiora. Lo de Paul era mucho más importante.

—En estas circunstancias, preferiría llevarla primero a mi apartamento. Mientras cenamos, le explicaré todo lo que el médico de Paul me dijo antes de irme del hospital esa noche.

Hallie asintió, todavía conmocionada por las alarmantes noticias.

Al ver que ella aceptaba, Vincent se relajó un poco y la condujo del brazo hasta el coche. Sin duda era un gesto automático, pero el calor de ese contacto se irradió por todo el cuerpo de Hallie.

Estaba segura de que reaccionaba así porque no había estado con ningún hombre desde la muerte de su marido. Durante los instantes en que supieron que el avión caía en picado, él la había abrazado por última vez. Desde entonces, los hombres le habían sido indiferentes.

Cuando subieron al coche, monsieur Rolland lo puso en marcha y se incorporó al tráfico. Permanecieron en silencio durante unos minutos.

—Ha sido culpa mía por no darme cuenta de los sentimientos de Paul.

—Antes de que empiece a echarse la culpa debería saber que hubo muchos factores que contribuyeron a la crisis. El doctor Maurois, el psiquiatra que está tratando a mi hijo, ha hecho hincapié en eso. Según dice, nadie debe sentirse culpable. Recriminarnos por nuestros posibles fallos hacia Paul es un desperdicio de energía que no va a solucionar nada.

Hallie se limpió las lágrimas que humedecían sus ojos.

—¿Usted ha conseguido dejar de sentirse culpable? —su voz reflejaba una emoción que no podía reprimir. Como él no contestaba, pensó que no la había oído.

—No —respondió Vincent por fin en un susurro sincero y lastimero.

—Se suponía que yo era la persona sensata. La que podía iluminar un mal día dándoles un poco de consuelo estando con ellos y escuchándolos cuando Paul y Monique necesitaban un paño de lágrimas. Pero no pudo intuir lo que estaba pasando.

—Usted no fue la única que recibió una sorpresa —exclamó el padre recriminándose a sí mismo—. Yo no recuerdo a mi madre —continuó en tono distante—. Sólo a mi padre, que no me dio ninguna libertad mientras fui niño. Él temía que si me iba de los viñedos, aunque fuera para un viaje corto, jamás volvería a sentirme satisfecho de estar en casa. Mis abuelos trataron de interceder por mí, pero no sirvió de nada. Durante años maldije a mi padre y juré que si alguna vez tenía hijos haría lo posible por que pudieran conocer nuevos lugares y tener nuevas experiencias.

Hizo una pausa y luego continuó:

–Cuando les dije a los gemelos que los iba a enviar a París, algo por lo que yo habría dado cualquier cosa a su edad, no parecieron muy entusiasmados. No podía creer que no estuvieran dando saltos de alegría ante la oportunidad de conocer la vida. Era una ironía que no quisieran marcharse, pero yo estaba seguro de que estaba haciendo lo que debía empujándolos fuera del nido, creyendo que era por su bien.

Hallie sintió que se le rompía el corazón.

–Usted fue tan abierto con los gemelos y les dio tanto cariño que no necesitaban abandonar su hogar. Pero no se habrían arriesgado a herir sus sentimientos diciéndole que querían regresar.

–Y por eso se lo dijeron a usted –su tono era hiriente–. Siento mucho que haya tenido que llevar la responsabilidad de mi equivocación durante tanto tiempo.

–¡No diga eso! –exclamó Hallie–. No fue una equivocación. Lo han pasado estupendamente en París. Han aprendido cosas que no habrían aprendido de otro modo. Tiene los chicos más maravillosos del mundo. Yo los quiero mucho y he disfrutado de cada minuto que he pasado con ellos. La necesidad que tenían de amistades fuera del colegio hacía que mi trabajo me pareciera relevante. Antes de venir a Francia, estuve a punto de profesar, pero como usted, la madre superiora pensó que su novicia necesitaba estar más tiempo en el mundo. Quería que yo estuviera completamente segura de mi vocación y lo arregló para que trabajara en el programa de asistencia social de París. Yo no quería venir. Entonces conocí a sus hijos y me pareció que era una intervención del destino. Me esforcé tanto por estar a su lado cuando me necesitaban, que no me di cuenta de que Paul me veía como algo más que una amiga. Yo no sabía...

Vincent aceleró el coche.

—¿Ha olvidado que fui yo quien se convirtió en un monstruo y lo hice salir corriendo del apartamento? Ahora, mi propia hija me teme tanto que se estremece cuando le empiezo a hablar. Pero todo eso ya es historia.

No volvieron a hablar hasta llegar al apartamento de Passy. Vincent la guió hasta el comedor, donde ya no quedaba ningún rastro de la fiesta de cumpleaños. La hizo sentar y le preguntó qué le gustaría comer.

—Nada para mí, pero gracias de todos modos.

Él arqueó las cejas.

—Pero tiene que comer algo después de trabajar todo el día, hermana.

—Todavía no lo soy, monsieur Rolland. No en el sentido que lo dice. Por favor, llámeme Hallie.

Él la observó unos instantes.

—¿Y qué tal un poco de agua mineral? —estaba claro que quería ser un buen anfitrión.

—Estoy haciendo ayuno.

—¿Le molesta si tomo un poco de café delante de usted? Creo que necesito un poco de cafeína.

Su cortesía revelaba ese otro aspecto de su naturaleza que había conquistado el amor de sus hijos desde el principio.

—Claro que no me molesta, monsieur.

—Llámame Vincent.

—De acuerdo —dos días antes no habría podido imaginarse una conversación civilizada con él—. Por favor, si te apetece cenar, hazlo. En estos momentos necesitas mantener tus fuerzas. Supongo que Monique y tú habéis estado todo el tiempo con Paul y estarás terriblemente cansado.

Las sombras bajo sus ojos y la tensión de su boca revelaban su falta de sueño.

—Hemos estado haciendo turnos. Nunca lo dejamos solo —dijo, y la miró fijamente. Hallie no podía adivinar sus pensamientos, pero la intensidad de su mirada la hizo estremecer—. —Las ojeras que tienes demuestran que tú tampoco has dormido —comentó antes de desaparecer en la cocina.

Mientras estuvo fuera, Hallie aprovechó para refrescarse en el cuarto de baño. Cuando regresó al comedor él ya estaba sentado a la cabecera de la mesa y se estaba echando dos cucharadas de azúcar en el café. Alzó la vista y la miró.

—Parece que algo te divierte.

—Ahora sé de quién han heredado los gemelos ser tan golosos. No van a ninguna parte si no llevan algún tipo de mazapán.

—A mí me entusiasmaba cuando era pequeño.

Con toda seguridad, Vincent Rolland había sido un niño guapo. De mayor, era un hombre arrebatador.

Los pensamientos que pasaron por la mente de Hallie la alarmaron. Sin embargo, se sentó junto a él, impaciente por hablar sobre su hijo.

—Viniste a buscarme al trabajo por algo especial. Si es que necesitas más información, te diré todo lo que quieras saber, y haré todo cuanto esté en mi mano para ayudar –dejó escapar un profundo suspiro–. Yo quiero a Paul. Su estado mental es más importante que cualquier otra cosa.

Vincent dio varios tragos largos de su café.

–¿Lo quieres lo suficiente como para decirle que vas a pasar el verano en Château Rolland? –preguntó, y Hallie se quedó anonadada–. Según el doctor Maurois, en el mundo ideal en el que vive mi hijo, eso es lo que ha estado deseando desde que te conoció. Paul está convencido de que, si fueras a la Dordogne y os vierais día a día, te darías cuenta de que tu verdadero destino no está en el convento con las otras hermanas.

Hallie bajó la cabeza. El que Paul se hubiera salvado de la muerte no había hecho cambiar a Vincent. Seguía viendo solamente lo que quería ver.

–¿Qué piensa de eso el doctor Maurois?

–Para citarlo exactamente: «Eso sería lo mejor que podría pasar». Dice el refrán que donde hay confianza da asco. Viéndote continuamente descubriría que no eres la mujer perfecta que ha puesto sobre un pedestal, sino un ser humano de carne y hueso con sus defectos. Se daría cuenta de que tus necesidades y tus intereses no eran compatibles con los suyos. Con un poco de tiempo se le pasaría el encaprichamiento. A eso lo llaman madurar, y es algo que necesita hacer.

Hallie guardó silencio durante un buen rato, mientras digería lo que había dicho el psiquiatra.

¿Y tú qué piensas de esa teoría? –preguntó mirando a Vincent.

–Es algo discutible. Tú escogiste tu camino hace tiempo. Sin embargo, el doctor considera que es importante que Paul te vea una vez más para que no se quede con la impresión de que yo te he causado algún daño –se levantó de la silla, pero en sus ojos podía verse reflejada su angustia.

–Estoy segura de que Paul no lo cree.

–Dejemos de fingir que mi ira no ha dejado un daño permanente –Hallie estaba segura de que había tenido poderosas razones para esa ira. Debía de haberle sucedido algo terrible en su pasado y, probablemente, tenía que ver con el despotismo de su padre. Hallie se estremeció–. Antes de que te lleve al hospital, quiero que sepas que Paul no me habla desde el accidente. He tenido que valerme del doctor y de Monique para saber algo. Y creo que ella está tan convencida como Paul de que yo te he mantenido alejada de ellos a propósito.

Hallie se puso en pie. Se sentía débil, pero estaba segura de que no era por el ayuno.

–Entonces les demostraré que no tienen razón.

No había podido impedir que Paul intentara quitarse la vida. Nadie podía sospechar lo que estaba tramando cuando salió corriendo del apartamento el jueves. Había sido un milagro que no hubiera muerto y estaba recibiendo la mejor ayuda profesional.

Pero nadie estaba ayudando a su padre.

Debajo de la sofisticación urbana de aquel hombre, se escondía un ser humano muy frágil. Ella tenía la oportunidad de desarmar a Paul. Era la única persona que podía hacerlo. De otro modo, el cariño que habían compartido padre e hijo podía perderse para siempre.

–¡Hallie! –exclamó Monique asombrada cuando salió de la habitación de Paul y la vio en el pasillo con su padre. Su rostro expresaba alivio y felicidad. Se besaron en ambas mejillas.

–Quería haber venido antes, Monique, pero tuve que esperar a que el médico de Paul me diera permiso para visitarlo. Tu padre ha sido muy amable y me ha recogido en el trabajo para traerme. Me dijo que no había tiempo que perder.

Monique miró a su padre de soslayo para confirmarlo. Luego lo abrazó.

–*Merci, papa*. Paul se pondrá tan contento...

Hallie se enterneció y Vincent la miró agradecido.

–Te esperaremos en la salita hasta que salgas.

Hallie asintió y entró en la habitación de Paul. La televisión estaba encendida, y hacía calor. La bandeja con la comida estaba intacta y Paul estaba dormido encima de la cama luciendo un pijama a rayas muy elegante. Al ver el chichón de su frente, Hallie dio gracias de que estuviera vivo y de que tuviera tan buen aspecto a pesar de lo que le había pasado.

–¿Paul? Soy Hallie. He venido en cuanto el doctor me ha dado permiso para verte.

Paul parpadeó.

–Hallie... Yo creía que no volvería a verte nunca más. Es increíble...

–¿Por qué nunca más? –se inclinó hacia él y lo besó solamente en la mejilla derecha–. Creo que dejaremos descansar a tu mejilla izquierda –Paul le sonrió con la característica sonrisa Rolland–. No intentes sentarte. El doctor dice que todavía tienes mareos.

–Ya no son tan malos como antes.

–Embustero –bromeó ella–. No has cenado.

–No tengo hambre. Esta comida es asquerosa.

–¿Peor que la del colegio? Creía que eso no era posible. Reconoce que el cocinero de Saint Genes te ha malcriado.

—Lo reconozco —contestó mirándola fijamente.

—¿Te importa si me lo como yo? Vine directamente del trabajo. Además, ya es hora de terminar con mi ayuno. Paul parpadeó.

—¿Has estado ayunando?

—Sí. Por ti y por tu familia —se sentó con la bandeja y comenzó a comer—. Decidí que los Rolland necesitáis ahora toda la ayuda posible. Tu accidente habrá sido muy duro, sobre todo para tu bisabuelo Maurice. Según me contaste, él estaba contando los minutos hasta que Monique y tú llegarais a Saint Genes. ¿Has hablado con él hoy?

—Ha llamado dos veces.

—Estoy segura de que se puso muy contento al oír tu voz. Tu accidente nos ha dado un buen susto. Sobre todo a mí.

A pesar de los mareos, Paul alzó la cabeza.

—¿Cómo lo supiste? ¿Te lo dijo Monique?

—No. Fue tu padre. Vino a buscarme al trabajo y me trajo hasta aquí.

La expresión de Paul se hizo sombría.

—¿Cómo puedes hablar con él después de cómo te trató?

—Sus disculpas fueron sinceras y las he aceptado. Su única preocupación es tu felicidad.

—Eso lo tienes que decir porque eres una monja —murmuró él con amargura.

—Paul, la única razón es que desde que era pequeña me enseñaron a perdonar. Tu padre está sufriendo mucho, y tú lo sabes mejor que nadie. En cuanto a mí, todavía no soy monja porque aún no he profesado. De eso es de lo que quiero hablar contigo —aún no había aclarado eso con la madre Marie-Claire, pero había momentos en que era necesario actuar según los instintos, y ese era uno de ellos. Paul no era la única persona cuya estabilidad emocional estaba en juego–. Primero deja que me termine la cena y luego hablaremos. Voy a contarte algo que no sabes de mí –necesitaba alimentarse y comió deprisa–. Lo que te diga va a ser una verdadera sorpresa para ti. Yo ya he estado casada.

La revelación sobresaltó a Paul, y la miró ofendido. Eso ya lo había anticipado Hallie. Era un paso adelante, Paul tenía un velo menos sobre los ojos.

–¿Por qué nunca nos lo habías dicho? –preguntó en voz baja.

–Porque era demasiado doloroso. Mi marido murió en el accidente aéreo que ya me has oído nombrar.

Paul la miraba intensamente.

–¿Lo amabas?

–Muchísimo. Me puse furiosa con Dios por no habérseme llevado también.

–El bisabuelo Maurice nos dijo que papá amaba a nuestra madre así –susurró–. Lo siento, Hallie.

–Gracias. Desde el accidente mi vida no ha sido fácil, pero ahora puedo decir con sinceridad que ya no siento dolor. Como podrás imaginar, su muerte me cambió y encontré la paz trabajando como monja seglar. Hay mucho sufrimiento en el mundo, Paul. El poder ayudar a aliviar la carga de alguien, por muy pequeña que fuera, ayudó a que no me centrara en mí misma y me ha proporcionado mucha satisfacción.

Paul cambió de postura y, mirando al techo, preguntó:

–¿Monique y yo éramos uno de tus proyectos?

–Sí –fue la respuesta sincera–. Ambos echabais de menos vuestro hogar y yo quise estar a vuestro lado por si necesitabais a alguien con quien hablar –Paul la miró sin brillo en los ojos. Otro velo acababa de desaparecer y Hallie tenía que seguir con mucho tacto–. Quizá puedas entender los riesgos de ser una monja seglar. A veces, al tender puentes hacia otras personas, se forman lazos afectivos entre quienes reciben la ayuda y quien la presta. Cuando eso sucede, las despedidas son muy difíciles. Paul... –se inclinó hacia él–. Yo me encariñé contigo y con Monique, y sé que ambos me queréis. Se suponía que no tenía que suceder, pero sucedió.

Paul seguía mirándola sin emoción.

–Cuando tu hermana vino a buscarme el jueves, debería haberle dicho que no –siguió diciendo Hallie–. Si fuera una monja como debería ser, habría puesto mi deber por delante. Pero no lo hice y, en cambio, entré en el taxi y fui al apartamento de vuestro padre porque no quería dejar de disfrutar del placer de vuestra compañía. ¿Sabes por qué me enviaron a Francia?

–No.

–Después de que desarrollara un fuerte lazo afectivo con una amiga en California, la madre superiora del convento me dijo que no había sido monja seglar durante suficiente tiempo para saber mis verdaderos deseos. Me animó a que esperara un año más antes de profesar, y lo organizó todo para que viniera aquí. Era obvio que me conocía mejor que yo misma, porque la historia se ha repetido y me he encariñado contigo y con Monique. El fin de ser monja es servir a los demás sin tener favoritos. Eso es imposible si se está casada y se tiene una familia. Puesto que ya no tengo marido, creía que tenía madera para ser de utilidad. Pero puede que no sea así.

Lo miró un instante antes de continuar:

—Paul, yo no tenía ni idea de que ibas a pedirme que me casara contigo. Puesto que ya tenía dudas sobre mi capacidad de ser una buena monja, me sobresalté mucho cuando me dijiste que la vida religiosa no era para mí. Era como si alguien pisara sobre mi tumba.

—¡Yo no lo dije en ese sentido! —protestó Paul.

—Ya lo sé —repuso tranquila—. Pero tus palabras hicieron blanco en la parte de mí que se da cuenta de que aún no estoy preparada para hacer los votos. De otro modo, no habría valorado tanto mi amistad contigo y con Monique. Por eso he tomado la decisión de permanecer en Francia un poco más de tiempo, con la esperanza de que así descubriré si de veras tengo vocación.

—Hallie...

El tono de su voz la alarmó. Rogó para que fuera cierta la teoría del doctor Maurois. Si no, su decisión podría tener peores consecuencias.

Pero Vincent no le habría dicho nada si no pensara que la teoría era válida. Su desesperación le había llegado al alma. Si pudiera cerrar el abismo que se había formado entre él y Paul, conseguiría levantar su propia moral.

—Puesto que a partir de la semana próxima se termina mi trabajo en Tati, no podré quedarme en París. Afortunadamente, la orden también tiene un programa social en Lyon.

Él hizo una mueca

—¿Lyon? ¿Por qué vas a ir a Lyon?

—De momento, por un trabajo.

—No tendrás que trabajar. Yo me ocuparé de ti. En cuanto salga del hospital, empezaré a trabajar en el banco Credit Montparnasse.

–Eso es lo que me ha dicho tu padre. Pero no lo entiendes. Aún sigo siendo una monja seglar y estoy en Francia con visado de trabajo. Necesito demostrar que estoy trabajando para poder permanecer aquí.

–¡Entonces, ven a Saint Genes! Yo te conseguiré un trabajo en la oficina de las bodegas. Yves Brouard es el director y haría cualquier cosa por mí.

–¿Y qué pasa con tu nuevo trabajo?

–Lo conseguí solamente para estar cerca de ti. Puesto que aún no ha empezado el período de formación, puedo decirles que he cambiado de opinión. El castillo te encantará. Puedes quedarte allí en cualquiera de las habitaciones de invitados que te guste.

–No, Paul. Si fuera a Saint Genes, alquilaría una habitación como he hecho aquí en París.

–El castillo tiene algunas casas anexas que se usaban para el servicio en el siglo XIX. Si Monique y yo te arregláramos una de las casas, podrías alquilarla a través de Bernard Artois, el administrador de mi padre. Él y su familia viven en una de ellas.

Paul pensaba en todo. Querer es poder.

–¿A qué distancia está de la ciudad principal?

–A tres kilómetros.

–Supongo que si me compro una bicicleta de segunda mano para hacer los recados, podría ir y venir.

Los ojos se le iluminaron.

–Monique tiene varias que te puede prestar.

–Vamos a consultarlo con la almohada, ¿te parece? –dijo, y se puso en pie.

–No te vayas todavía.

–Tengo que irme. Son órdenes del doctor. Pero volveré mañana y espero que te encuentres mucho mejor. Buenas noches.

Salió de la habitación antes de que él pensara otra excusa para retenerla. Vincent y Monique se pusieron en pie en cuanto la vieron entrar en la salita.

–¿Os importaría llevarme a casa enseguida? Mi apartamento está cerca de Tati.

–Ya lo había previsto –la mirada ansiosa de Vincent la escrutaba para saber el resultado de su visita a Paul.

–Iré contigo, papá.

Antes de que Vincent le contestara a Monique, Hallie intervino:

–Paul está totalmente despierto y necesita compañía. No sé de nadie que pueda animarlo tanto como tú. Toma –abrió su bolso y le dio a Monique una barrita de mazapán–. Yo me comí su cena porque no la quería, pero creo que esto sí que le gustará.

Monique se rió.

–Si él no la quiere, yo sí.

Vincent esbozó una sonrisa.

Recorrieron el pasillo hasta la habitación de Paul. Vincent abrazó a su hija.

–No tardaré mucho –se volvió hacia Hallie y la agarró por el codo conduciéndola hasta el ascensor. Ella intuyó la urgencia que tenía por quedarse a solas, pero había mucha gente y guardó silencio hasta que entraron en el coche–. Estuviste demasiado tiempo con Paul. Ha debido ser una prueba muy incómoda. Lo siento.

–No hay motivo. Solamente espero que no te hayas arrepentido de llevar a cabo la teoría del doctor Maurois, porque ya es demasiado tarde –hizo una pausa–. Ya la he puesto en marcha.

Vincent pegó un frenazo.

–¿Qué has dicho?

Hallie se humedeció los labios con nerviosismo.

—Paul va a lograr su deseo. Voy a pasar el verano en Saint Genes.

—¿Y qué hay de tus planes de entrar en el convento? —su tono era de incredulidad.

—Lo he dejado en espera.

Él permaneció como petrificado durante unos segundos, luego cambió de marcha y giró hacia el bulevar. La luz de una farola hizo brillar su reloj y Hallie se fijó en que sus manos estaban bronceadas y en que no llevaba ningún anillo. Tenía los dedos largos, finos y masculinos, y sus uñas estaban impecables. Siguió examinándolo de reojo, fascinada por él. Cada centímetro de su cuerpo era puro músculo. Sintió pánico. Lo encontraba tan atractivo que le sudaban las manos de los nervios. Después de Raúl, su marido, no creía posible volver a sentirse así.

—Paul ha entendido que seguiré siendo monja seglar, pero no renuncia a sus planes para mí.

—Me lo imagino —murmuró Vincent.

—Considera que todas sus ideas son un hecho. Antes de salir de la habitación, casi cometo el error de decirle que antes necesitaba tu aprobación.

—Podemos agradecer al cielo que no lo hicieras —dijo temblando—. Si no, no volvería a casa. Estás haciendo un gran sacrificio, Hallie. No tengo palabras para expresar lo que siento.

Ella tampoco tenía palabras. Un nuevo temor asaltaba su corazón, un temor relacionado con el hombre que tenía a su lado. Un hombre al que había admirado durante meses antes de que apareciera en su mundo aquella noche y desatara toda su furia.

CAPÍTULO 4

P APÁ? Ya he vuelto del hospital.
   –Un momento, Monique –contestó Vincent. Estaba hablando por teléfono con el doctor Maurois–. Disculpe la interrupción, doctor.

–No se preocupe. Estaba diciéndole que puesto que se marchan a Saint Genes por la mañana, haré que mi secretaria envíe un fax con el historial clínico de Paul al hospital de Burdeos. El doctor Cluny es un psiquiatra excelente. Hablaré con él para informarlo sobre el caso de su hijo. Si tiene alguna duda, no dude en llamarme.

–Lo llamaré –Monique entró corriendo en la habitación de Vincent. Estaba ansiosa por hablar. Vincent le sonrió, complacido de que las cosas fueran mejor entre ellos dos–. Antes de despedirme quería decirle que la visita de mademoiselle Linn ha sido positiva. Estoy más convencido que nunca de que su plan va a funcionar antes de lo esperado.

–Es una señal alentadora que la crisis inicial haya pasado sin tener que darle una medicación fuerte. No tardará en tener a su hijo mucho mejor que antes. Estoy seguro de ello.

Vincent no tenía muchas esperanzas de que Paul lo dejara volver a ser su padre como antes. Sólo esperaba un trato educado y superficial. Pero a fin de cuentas, lo que importaba era que su hijo estaba vivo y volvía al hogar.

Después de lo ocurrido el jueves, eso era casi un milagro. Y todo gracias a esa generosa mujer que estaba anteponiendo el bienestar de Paul a sus propios intereses y deseos.

–Muchas gracias, doctor Maurois. Le estoy sumamente agradecido. *Au revoir*.

–¡Por fin! –exclamó Monique cuando él colgó–. ¿Conseguiste hablar con monsieur Gide?

–Sí, y tramitará el cheque mañana por la mañana. ¿Paul aceptó el anillo? –Vincent había encomendado a Monique devolvérselo sin intranquilizarlo.

–No quería, pero cuando le dije que me habías pedido que se lo devolviera porque era suyo, lo aceptó.

–Gracias, *ma petite*. Veo que siempre puedo contar contigo.

Monique lo miró con tristeza.

–Papá, si intenta dárselo a Hallie otra vez, yo sé que no lo aceptará.

–¿Cómo lo sabes?

–Porque lo sé.

–¿Qué es lo que ha cambiado desde el jueves cuando desapareciste para que él pudiera pedirle que se casara con él?

–Todo –dijo bajando la cabeza.

–¿Acaso no consiguió lo que quería? ¿Más tiempo para conocerla mejor sin temor a que se marche? Pensaba que estabas contenta por eso.

–Sí lo estoy, pero...

–¿Pero qué, *chérie*?

–No sé. Las cosas no son como antes. Paul ahora es distinto.

El doctor Maurois le había dicho a Monique la verdad sobre el accidente de su hermano, pero no la razón por la que Hallie pensaba ir a Saint Genes con ellos. Monique estaba muy unida a su hermano y, en un momento de debilidad, podía decirle la verdad, lo que sería fatal para la estrategia que seguían.

—¿En qué es distinto?

—Por un lado, yo estaba en la habitación cuando llamó al banco en el que iba a trabajar. El director lo puso verde por haberle hecho perder el tiempo y Paul le dijo cosas muy duras antes de colgarle. Ni siquiera parecía mi hermano.

El doctor había dicho que Paul necesitaba madurar y enfrentarse al mundo real. Ya estaba empezando a hacerlo.

—Probablemente vamos a ver a Paul haciendo cosas que no son propias de él durante un tiempo. Ha pasado por una experiencia de las que cambian la vida. Lo único que podemos hacer es seguir queriéndolo y estar a su lado cuando nos necesite.

Monique comenzó a llorar.

—¡Ojalá nada de esto hubiera sucedido! —se abalanzó a los brazos de su padre.

Vincent había pensado lo mismo desde el momento en que supo que Paul había comprado la aguamarina. Sin embargo, había cambiado de parecer.

Había cosas que los gemelos no sabían. Secretos que solamente conocían Maurice y él. Ambos habían jurado llevarse el secreto a la tumba, por el bien de todos.

Pero el asunto de Hallie había demostrado que estaban equivocados. El anillo, la proposición y el accidente de Paul habían sacado a Vincent de su letargo.

El doctor Maurois no sabía que cuando advertía del peligro de que Paul siguiera viendo el mundo con mirada idealista, estaba describiendo a Vincent.

Él se sentía culpable de esa crisis que se había estado fraguando desde hacía tiempo. Al margen de las posibles consecuencias, sus hijos tenían que oír la verdad para entender por qué se había convertido en un monstruo aquel jueves por la tarde.

Tomó la decisión de que cuando llegaran a casa, se sentaría con ellos y rompería el silencio guardado durante dieciocho años.

–¡Oh! –fue todo lo que la maravillada Hallie pudo decir y repetir una y otra vez cuando el lujoso coche de Vincent atravesó la verja que daba entrada a la finca de los Rolland. Filas y filas de viñas doradas por el sol del mediodía bordeaban el camino que llevaba al *château* del siglo XVII.

Todo era tan bello que le parecía estar soñando.

–Es de verdad –dijo Paul, que le había adivinado el pensamiento–. Ya te dije que era un sitio precioso.

–No me extraña que tuvierais tantas ganas de volver. Esto es el paraíso.

Estaba sentada en el asiento trasero, detrás de Vincent, y sus miradas se habían cruzado varias veces en el espejo retrovisor. Él parecía más tranquilo, pero sus ojos reflejaban una mezcla de dolor y algún otro oscuro sentimiento que ella no conseguía descifrar.

De repente, Monique bajó su ventanilla

–¡Bisabuelo! –exclamó entusiasmada saludando–. Papá, déjame salir –Vincent detuvo el coche y ella echó a correr hacia un anciano y un perro que había en el patio–. ¡Beauregard! –le gritó al perro que corría hacia ella. Cuando Maurice se reunió con ellos y se fundieron en un abrazo, Hallie se emocionó y le afloraron las lágrimas a los ojos.

Vincent miró hacia atrás y le preguntó a su hijo:

–¿Quieres salir y unirte a ellos, o estás todavía mareado?

–Te dije que eso ya pasó –contestó sin mirarlo–. Me quedaré con Hallie hasta que lleguemos a casa.

Hallie pensó que era hora de que Paul estuviera unos minutos a solas con su padre.

–A mí sí me gustaría bajar y estirar un poco las piernas. Paul, nunca he paseado por un viñedo...

Sin esperar respuesta, abrió la puerta y saltó del coche, cerrándola después.

El cielo era azul con algunas nubes. Le parecía como si hubiera aterrizado sobre un cuadro de Manet.

En vez de seguir por el camino, optó por cruzar las viñas. Los gemelos le habían enseñado mucho acerca de ellas. La tierra era especial para producir una variedad de uva merlot que hacía que el vino Rolland fuera algo excepcional.

Vincent había nacido allí y trabajado la tierra como su padre y su abuelo. Era una herencia única que lo había convertido en un hombre extraordinario, a pesar del sufrimiento de vivir bajo un padre cuya voluntad era la ley.

El perro se acercó a ella para investigar. Ella lo rascó detrás de las orejas.

–Hola, Beauregard. Eres aún más gracioso de lo que me habían dicho los gemelos –el perro le lamió las manos y corrió a su lado hasta que llegaron junto a Monique y su bisabuelo.

El anciano era delgado y tan alto como Vincent, pero algo encorvado. Llevaba una boina sobre sus cabellos grises y espesos y sus ojos eran oscuros. Era tan atractivo como todos los Rolland. Al ver a Hallie le guiñó un ojo.

—Le caes bien a Beau. Mira cómo mueve la cola.

Hallie alargó la mano para estrechar la suya.

—Estoy muy contenta de conocerlo, monsieur Rolland. Los chicos hablaban de usted constantemente.

—Bienvenida a Saint Genes, mademoiselle —contestó con una expresión afable, pero estudiándola intrigado.

—Como voy a estar aquí durante algún tiempo, por favor, llámeme Hallie.

—Allie —repitió.

—No, es Hallie. Tienes que hacer que suene la hache —dijo Monique.

—No importa, Monique. Puede llamarme como le sea más fácil.

El anciano asintió.

—Me gusta su actitud.

—Y a mí me gusta estar aquí —miró a su alrededor y respiró hondo. Luego fijó la mirada sobre Monique—. ¿Te acuerdas de la tarde en que fuimos a ver *El Sonido de la Música* con subtítulos en inglés?

—Claro.

—¿Recuerdas una frase que decía Max? «Oh, adoro estar entre gente rica. Me gusta cómo viven y me gusta cómo vivo mientras estoy con ellos». —Monique asintió y sonrió—. Así es exactamente como me siento.

El anciano rió y el perro se puso a ladrar.

—¿Qué es tan gracioso? —preguntó Vincent, que ya había llegado. Paul iba detrás. Monique resumió la conversación.

–Es particularmente gracioso saliendo de la boca de una monja –bromeó Maurice.

Vincent sonrió. Era la primera vez que Hallie lo veía con una amplia sonrisa que lo transformaba por completo. Hallie pensó que su corazón nunca iba a ser el mismo.

–Hallie no es una monja todavía, bisabuelo.

El tono cortante de esa voz hizo que todos se volvieran hacia Paul.

Maurice se puso una mano sobre el corazón.

–Lo que cuenta es lo que hay aquí dentro, Paul. ¿Y qué tal si le das un buen abrazo a tu bisabuelo? Ha pasado mucho tiempo y te he echado de menos.

–Yo también te he echado de menos –dijo Paul. Su ademán era frío hasta que el bisabuelo lo abrazó. Luego, también lo abrazó con fuerza.

–¡Segundo de la clase en el colegio privado más difícil de París! Estoy muy orgulloso de ti. Esto hay que celebrarlo.

–Monique fue la primera de su colegio.

–Sólo por tres puntos –intervino su hermana.

Vincent miró fugazmente a Hallie con complicidad. Habían hecho progresos. Paul volvía a hablarles a todos.

–Tu clase de latín era más difícil que la mía, Paul. Si Hallie no me hubiera ayudado, no habría aprobado.

Maurice soltó a Paul y le alborotó los rizos.

–El cura del pueblo solía enseñarnos latín. No puedo decir que me sirviera de mucho.

Hallie sonrió.

–Yo no lo habría estudiado en el instituto si no fuera por mi profesora de literatura. Decía que si se quiere entender de verdad el inglés o cualquiera de las lenguas romance, hay que aprender latín. Descubrí que tenía razón.

Paul parecía muy aburrido con la conversación.

—Ven, Hallie. Quiero enseñarte el castillo.

—Me encantaría pero, ¿te importa si primero me refresco un poco?

—No. Claro que no —dijo sonrojándose—. Yo llevaré dentro tus maletas.

—Paul, será mejor que dejes que lo haga Gaston. Acabas de salir del hospital —comentó Maurice.

Paul lo miró fijamente.

—No soy un inválido.

—Pero podrías serlo si no escuchas la voz de la razón. Ven conmigo, tengo que enseñarte algo.

Mientras, Monique agarró a Hallie del brazo.

—Te llevaré a mi cuarto, puesto que vas a dormir allí.

—Sólo un par de noches —le recordó Paul—. Luego tendrá su propia habitación en una de las casas anejas. Telefoneé a Bernard desde París y ya está arreglándola.

—Ya lo sé —murmuró Monique—. Dentro de un rato nos encontraremos contigo al pie de la escalera. ¡Ven con nosotras, Beau!

Hallie se sintió aliviada de escapar de tanta tensión. Compadecía a Vincent, que había tenido que andar con pies de plomo con su hijo desde que lo había recogido en el hospital.

Maurice era algo distinto. Podía decir cualquier cosa sin temor a la respuesta. Pero, claro, él no era el enemigo de Paul.

Hallie se estremeció.

—¿Te pasa algo malo? —preguntó Monique.

–¿Qué de malo podría pasarme en un lugar tan precioso? Y pensar que tú naciste y te criaste aquí...

–Sé sincera, Hallie. Hay mucho de malo y las dos lo sabemos. Ya sé que mi hermano está enfermo. Me lo dijo el médico. Pero es difícil estar cerca de él cuando se comporta tan mal.

–Sé cómo te sientes.

–Hallie... –la joven se detuvo un momento–. De verdad, ¿por qué has venido?

Hallie esperaba esa pregunta y estaba dispuesta a contarle tanta verdad como fuera posible.

–Cuando supe que Paul se había arrojado adrede frente al camión, me sentí culpable en parte. Pero quien se siente más culpable que nadie es tu padre. Está muy arrepentido por cómo actuó. Se ve que está sufriendo de verdad y eso me duele. Lo debatí con la madre Marie-Claire y ella estuvo de acuerdo en que debía posponer mis planes de entrar en el convento de California para que tu hermano compruebe que yo no culpo a tu padre. Paul necesita entender eso y perdonarlo, o ninguno de los dos volverá a ser feliz. Si hay algo que yo pueda hacer para que vuelvan a unirse, lo haré. Tu padre se arrepiente de la otra noche más de lo que puedas imaginarte.

Monique la miró largamente y asintió. Entraron en el *château* y allí le presentó a Etvige y a su marido, Gaston. Ambos agasajaron a Monique como si fueran sus abuelos.

Hallie había estado en Versalles y en la región de los Châteaux con los gemelos. Todos eran magníficos, pero ese castillo tenía algo especial, porque la familia Rolland vivía allí.

Vincent vivía allí.

Se quedó parada mientras analizaba las extrañas sensaciones que le producía pensar en él y recordó la pregunta de Monique: «Hallie... De verdad, ¿por qué has venido?»

Hallie esperaba que fuera por la razón que le había dicho, y porque deseaba que la teoría del doctor Maurois funcionara. «Pero... ¿Y si hay algo más?», pensó. ¿Y si Vincent fuera parte del motivo? ¿Y si hubiera ido por...? «No».

No se atrevía ni a pensarlo.

—¿Hallie? —la voz de Monique la arrancó de sus pensamientos.

—Lo siento. Soy un poco lenta. Hay tanto que ver que estoy deslumbrada.

Alcanzó a Monique en el segundo piso. Monique le explicó que sus habitaciones estaban a la izquierda y las de su padre y las de Paul a la derecha. Las de Maurice estaban en el piso de abajo para que no tuviera que subir escaleras.

El cuarto de Monique estaba decorado en azul y blanco. Tenía su propio baño y una sala de estar en la que había un escritorio con un ordenador.

—Esta suite es más grande que la mayoría de las casas que tiene la gente —dijo Hallie al salir del baño.

—Eso es lo que dicen mis amigas cuando se quedan aquí. He celebrado fiestas muy grandes. Todas traen sacos de dormir. Me costó mucho acostumbrarme a mi pequeño cuarto del colegio de París. Me gusta tener espacio.

Monique estaba sentada en medio de su gran cama jugando con el perro, que también se había subido.

Hallie se acercó a una de las ventanas y contempló el paisaje con los viñedos, que era precioso. En un momento dado vio a Paul caminando con su bisabuelo hacia un grupo de edificios anejos.

No se veía a Vincent por ningún lado.

El corazón le dolía al pensar en él. Vincent había deseado tanto la llegada a casa de los gemelos... Y se le había convertido en una pesadilla que podía durar mucho tiempo.

Sonó el teléfono y Monique contestó.

—¡Suzette! —exclamó, y Hallie supo por el tono que tardaría mucho en quedar libre. Suzette era su mejor amiga en Saint Genes, y se habían mantenido en contacto a través del correo electrónico. Monique la necesitaba más que nunca y Paul también necesitaba a sus amigos.

—Te espero abajo —dijo Hallie saliendo de la habitación. Pensaba explorar un poco, pero sólo llegó hasta la gran escalera porque se encontró con Vincent, que subía los escalones de mármol de dos en dos con gran agilidad.

—Hallie —exclamó cuando la vio. La examinó de arriba abajo, quizá porque no esperaba encontrársela. En todo caso, su mirada la hizo temblar.

—Monique está hablando por teléfono con Suzette, así que decidí dar una vuelta —dijo disimulando su nerviosismo—. ¿Te parece bien?

—Claro. Mientras estés aquí quiero que te sientas como en tu casa. De todos modos, puesto que estamos solos hay algo importante que quisiera comentarte.

Hallie sintió que se le aceleraba el corazón.

—¿Habéis hablado Paul y tú después de que yo bajara del coche? —preguntó ella.

La mirada de Vincent se ensombreció.

—No. Estuvimos en completo silencio, lo que es peor.

—Eso ha tenido que ser muy duro para ti.

—No podemos hablar aquí. Ven conmigo.

Como otras veces, la agarró por el codo y la guió por el vestíbulo hacia unas puertas que daban a una sala de estar con varios sofás y sillones y media docena de cuadros de distintas épocas.

Una de las pinturas llamó la atención de Hallie. Retrataba a un hombre noble alto y delgado con pelo oscuro y ojos sesgados. La placa ponía «Le Duc de Rolland»

—Monique dice que da miedo. Lo guardamos aquí, y no en la biblioteca, para que no asuste a nuestros invitados —Hallie soltó una risita—. Por lo que se cuenta, era un hombre temible. Creo que mi padre debió de heredar alguno de sus genes —su tono se hizo áspero—. Después del jueves, supongo que mis hijos dirán lo mismo de mí.

Ella dejó de sonreír. No la había llevado allí por casualidad. Se volvió de golpe.

—¿Qué hizo tu padre para que te obligara a soportar una carga tan pesada durante todos estos años?

Él bajó la cabeza para que Hallie no viera su expresión atormentada.

—Mi padre era difícil, pero no tuvo la culpa de los errores que yo cometí. Yo soy el único culpable.

Hallie se acercó.

—¿Qué errores?

CAPÍTULO **5**

CUANDO os sorprendí a ti y a Paul fue como si el tiempo no hubiera pasado y yo tuviera otra vez diecisiete años, casi la edad de Paul. Me vi de nuevo en la habitación de la casa de uno de los trabajadores de nuestras bodegas. La botella de champán y los vasos me resultaron familiares. En lugar de la sortija con una aguamarina de nueve mil dólares, mi adorada lucía un vistoso par de pendientes de diamantes que me costaron cinco mil dólares que me prestaron a cambio de un terreno.

–Oh, no... –Hallie clavó las uñas en el brazo del sofá.

–La única diferencia era que la mujer que estaba entre mis brazos era una hechicera de pelo negro como la noche, en vez de tus cabellos de seda dorada. Arlette tenía nueve años más que yo. Sólo era un año mayor que tú. Acababa de quedarse viuda y yo acababa de despertar a la vida, y su interés por mí me halagó mucho. Una tarde me invitó a ir a nadar con ella y su respuesta apasionada a mi forma de hacer el amor, torpe e inexperta, me dejó obnubilado –Hallie bajó la cabeza, tratando de borrar las imágenes que sus palabras le evocaban–. Cuando vi que otros hombres revoloteaban alrededor de ella y la miraban, no podía controlar mis celos. Durante seis meses vendí mi alma para estar entre sus brazos y en su cama. Nada me parecía suficiente para demostrarle mi devoción. Además de los diamantes, le di dinero para pagar el alquiler de la casa y que pudiera quedarse en la finca. Llegó un momento en que la estaba manteniendo. Esclavo de sus encantos, perdí por completo el interés por mis estudios y por el negocio familiar.

Hallie recordó las palabras de Paul: «No tendrás que trabajar. Yo me ocuparé de ti».

—Por las noches, me escapaba del castillo para estar con ella. Me creía muy listo y pensaba que nadie conocía mis salidas nocturnas. Después de todo, mi padre estaba enfermo del hígado y mi abuelo vivía en su propio mundo, llorando por mi abuela, que había muerto de neumonía –Hallie pensó que Paul tampoco le había dicho nada a su padre sobre ella, y que Monique, fiel a su hermano, había mantenido el secreto–. Todos los días eran emocionantes porque sabía que por la noche estaría con Arlette. Y no fue hasta que mi padre estuvo cerca de la muerte que supe que él siempre había sabido lo de mi relación con Arlette.

Hizo una pausa y luego continuó:

—Me advirtió de que sólo iba detrás de nuestra fortuna y me dijo que debía renunciar a ella. Yo pensé que lo que me decía no eran más que los desvaríos de alguien que no había sido feliz, y que tampoco quería que yo lo fuera. Unas semanas más tarde me sorprendió cuando, en su lecho de muerte, me pidió que lo perdonara. Poco después del funeral hice planes para casarme con Arlette, pero el cura habló con mi abuelo Maurice para parar la ceremonia. Yo me sorprendí mucho, porque mi abuelo siempre me había defendido, pero esa vez reiteraba lo que mi padre había dicho sobre Arlette y mucho más. Al parecer, había averiguado que había huido de casa muy joven y que había estado con más hombres de los que se podían contar. Me dijo que no se merecía ni besar el suelo que yo pisaba y me prohibió volver a verla o me desheredaría.

Suspiró profundamente y miró a Hallie antes de continuar

—En esos momentos no me importaban el pasado de Arlette ni mi herencia. Sólo me importaba ella. Cuando le propuse escaparnos para casarnos y prometí que buscaría un trabajo en otro lugar, me dijo que estaba embarazada. No puedes imaginarte la alegría que me dio. Era como si Papá Noel me hubiera dejado todos los juguetes del mundo. Ya no quedaba más remedio que casarnos con la bendición de Maurice. Con un bisnieto en camino, él no podría negarse. Así que el cura acabó casándonos, pero mi felicidad no duró mucho. No voy a contarte los sórdidos detalles, pero el resumen es que Arlette ya no me quiso en su cama. Durante un tiempo pensé que era por los mareos matutinos, pero pronto supe que cuando se iba del *château* durante el día era para estar con otros hombres. Cuando me enfrenté a ella, reconoció que sólo me había utilizado para conseguir lo que quería. Desde entonces no dejamos de discutir. Una vez, me dijo a la cara que nunca se había sentido atraída por mí, y que sólo se había casado conmigo por mi dinero. Estuve a punto de dejarla y la amenacé con no darle más dinero, pero ella amenazó con abortar.

—Vincent... —balbuceó Hallie—. Ahora entiendo por qué pensaste que yo podía estar embarazada —todo cobraba sentido.

Él la miró fijamente.

–Excepto que no sabía que estaba delante de un ángel en vez de una mujer promiscua y oportunista como Arlette –«no soy un ángel, Vincent...», pensó Hallie. Él cerró los ojos unos instantes–. Casi me volví loco, porque el bebé significaba mucho para mí. Representaba lo único bueno y puro de nuestro desgraciado matrimonio. Estaba tan desesperado que, para evitar que abortara, acudí a mi abuelo. Él se apiadó de mí y fuimos juntos al abogado de la familia para que redactara un documento diciendo que mi herencia de los viñedos sería para ella en cuanto diera a luz. Por otra parte, ella se comprometía a marcharse de la finca en cuanto estuviera bien y a no intentar vernos ni a mí ni al niño nunca más.

–¿Y estuvo de acuerdo con eso? –Hallie estaba escandalizada.

–Sí, claro. Aceptó con tanta avaricia que consiguió apagar hasta la última brizna de ternura o sentimientos hacia ella que me quedaban. Cuando alumbró a los gemelos, le faltó tiempo para dejar el hospital. Ni siquiera los sostuvo en brazos un sólo minuto.

Hallie parecía confundida.

–Pero los gemelos me dijeron que ella había muerto durante el parto.

Vincent la miró pensativo.

–Eso es lo que yo quise que creyeran.

–¿Está... está viva todavía?

–No, gracias a Dios.

–Entonces, no lo entiendo.

–Antes de que transcurriera un año nuestro abogado me dijo que se había gastado todo el dinero de la familia y que había muerto, junto con su último amante, en un accidente de tranvía en Cortina. Recibí la noticia con gran alivio, al saber que ya nunca podría retractarse del acuerdo, ni lastimar a los niños. Después de eso ya pude regresar al mundo de los vivos.

Hallie lo miraba fijamente.

—Eras demasiado joven para pasar por una experiencia tan demoledora. No puedo ni imaginármelo.

—No sientas pena por mí. Aunque me hice cargo de todo, recibí la ayuda que necesitaba. En esa época Maurice no me apreciaba demasiado, pero fue amor a primera vista lo que sintió cuando tomó a Paul y a Monique en brazos —las lágrimas se asomaron a los ojos de Hallie al imaginárselos con los bebés—. Habíamos vendido la mitad de los viñedos para pagarle a Arlette, pero nos quedaban la otra mitad y el castillo. Entre Père y yo conseguimos criar a los niños y mantener el negocio. Nos turnábamos como niñeras para que yo pudiera asistir a clase en la universidad de Burdeos. En cuanto obtuve mi diploma de Comercio, trabajé noche y día para que las bodegas prosperaran. Poco a poco recuperamos lo que habíamos perdido y yo pude concentrarme en intentar ser el mejor padre posible. Decidí que en cuanto mis hijos preguntaran por su madre, les diría que los había concebido con mucho amor, pero que había muerto antes de poder criarlos. No quería que sus vidas se vieran afectadas al oír la verdad —Hallie se secó las mejillas y, al verla, Vincent suavizó su tono—. Eso pasó hace más de dieciocho años, Hallie. Desde entonces, nuestra vida, juntos, ha sido maravillosa.

—Hasta el jueves pasado, querrás decir. No debí dejar que Monique me convenciera para ir a tu apartamento. Pero me gustaba tanto estar con ellos que pensé que por una vez más no pasaría nada.

Vincent negó con la cabeza.

–No habría sido la última vez. Conozco a mi hijo. Te habría seguido a California. De hecho, encontró una forma muy dramática para hacer que vinieras a Saint Genes.

Hallie pensó que tenía razón. Se puso en pie.

–Tienes que contarle a los gemelos todo lo que me has dicho.

–Pensaba hacerlo, pero primero quería tu aprobación.

–Ya la tienes –afirmó ella–. Cuando te escuchen lo entenderán todo. Paul se dará cuenta de que intentabas evitar que la historia se repitiera, y te perdonará. Y también Monique.

–¿Quieres decir que la verdad los hará libres?

–Sí.

–Libres para odiarme por la mentira que les he hecho creer sobre su madre todos estos años...

–Entonces también tendrán que odiar a Maurice. Él también ha mantenido la mentira.

–Mi abuelo es un santo. No obstante, si he logrado aprender algo de su experiencia, es que no les he hecho ningún favor a mis hijos intentando crear un mundo perfecto para ellos. Paul cree que si quiere algo, lo logrará sólo con desearlo. Se parece tanto a mí cuando tenía su edad que me asusta.

–Quizás fue por eso que tu padre te pidió perdón. Probablemente se dio cuenta del daño que te había hecho manteniéndote tan atado a él. Si te hubiera dado un poco de libertad, habrías vivido una vida normal como tus amigos. Claro que tampoco habrías tenido a Monique y a Paul. No puedo imaginarme este mundo sin ellos.

–Yo tampoco puedo –dijo él con tono amargo.

–¿Cuándo vas a decírselo?

–Pensaba hacerlo esta noche, después de cenar.

–Me alegro.

–Como ya he caído en desgracia, ¿qué puedo perder? Si hay alguna posibilidad de arreglar esta familia, será mejor que lo intente ahora diciendo la verdad.

La admiración que Hallie sentía por él aumentaba por minutos.

–Quisiera ayudar. Dime, ¿a tu abuelo le gustan los juegos de mesa como el ajedrez?

Vincent arqueó las cejas.

–Sí. Ese es uno de sus juegos favoritos. ¿Por qué lo preguntas?

–Mientras cenamos le sugeriré que echemos una partida. Así, tendré una excusa en caso de que Paul pretenda dar un paseo conmigo y podréis tener vuestra charla los tres.

–Es una idea perfecta.

–¿Papá? –la voz de Monique hizo que se volvieran–. ¿Dónde estás? –parecía como si estuviera justo detrás de la puerta.

–¡Ya voy, *ma petite*! ¿Nos vamos? –preguntó volviéndose hacia Hallie.

Ella lo siguió al pasillo, pero en cuanto vio la mirada de curiosidad de Monique, sintió una extraña sensación, como si la hubieran pillado haciendo algo malo.

Vincent alcanzó a su hija y la abrazó.

–¿Tienes idea de lo maravilloso que es volver a oír tu voz en este pasillo? ¿Qué tal te sienta estar en casa otra vez?

–Me encanta.

–¿Qué cuenta Suzette?

Hallie se inclinó y acarició a Beauregard antes de seguirlos escaleras arriba.

–¡Ah, aquí estás! –exclamó Paul, saliendo del cuarto de Monique–. Te he estado buscando por todas partes.

Hallie volvió a sentirse culpable.

–Tu padre me estaba enseñando el famoso retrato del Duque de Rolland. Ya me habíais dicho que descendíais de la nobleza, pero me imaginaba a alguien bien distinto.

–Ese hombre es horrible –afirmó Monique–. No puedo creer que fuera pariente nuestro.

Su padre rió, pero Paul no movió ni un músculo de la cara.

Etvige los encontró en el vestíbulo y les dijo que Minou tenía preparada la cena en el comedor.

–Os ha preparado vuestro plato favorito, escalope de ternera, *mes enfants*, y de postre, pastel de ciruelas.

–¡Llevo nueve meses esperándolo! –exclamó Monique–. Hallie, te va a encantar cómo cocina. Nadie hace el pan como Minou. Espera a que le hinques el diente a una de sus baguettes recién salida del horno. ¡Oh, la, la!

Media hora más tarde Hallie estaba comprobando que Monique no exageraba. Nunca había comido nada tan delicioso. Paul permaneció taciturno, pero Monique los entretuvo a todos relatando sus aventuras del colegio.

Cuando llegaron al postre, Paul recibió la visita de dos de sus mejores amigos de Saint Genes que habían llegado en sus motos a invitarlo a salir. Etvige los hizo pasar al comedor y Vincent les ofreció un trozo del pastel de ciruelas. Paul no parecía nada complacido, y Vincent tuvo que hacer las presentaciones.

–Jules, Luc... Os presento a Hallie Linn. Es una amiga de los gemelos, de París.

Luc estuvo bromeando con Monique y Jules no paró de hacerle preguntas a Hallie y la invitó, si no tenía nada que hacer esa noche, a que saliera con ellos y con Paul.

–Hoy tenía pensado mostrarle la casa que estoy preparando para ella –protestó Paul–. Quizás otro día, muchachos.

–No importa, Paul –dijo Hallie–. Podemos verla mañana cuando tus amigos no estén aquí. Esta noche estaba esperando que tu bisabuelo me diera unas lecciones elementales de ajedrez. Estoy intentando aprender a jugar y tengo entendido que es un experto.

A Maurice se le iluminaron los ojos.

–Estaré encantado –dijo–. Paul, tú ve a divertirte con Luc y Jules.

–Puede que para usted no sea tan divertido. No soy muy buena con los juegos de estrategia.

Cuando acabaron una segunda ración de pastel, Paul se levantó de la mesa y los tres chicos se fueron.

–Ven, *petite* –le dijo Vincent a Monique–. Vamos arriba a mi habitación. Quiero hablar contigo de algo.

–Enseguida vuelvo, Hallie –dijo Maurice–. Voy a buscar el ajedrez.

–Aquí estaré.

Vincent puso una mano en el hombro de su abuelo.

–No sé por qué me parece que Hallie sabe más de ajedrez de lo que dice.

Humm...

Hallie hizo una mueca de preocupación, pero no se atrevió a mirar a Vincent. Estaba segura de que iba a revelarle el secreto a su hija y se compadecía de él. Pero era lo que debía hacer.

–Hasta luego, Hallie –dijo Monique.

Hallie contestó con la mano. Mientras esperaba sentada, oyó voces en el vestíbulo. Al parecer Paul había decidido no salir con sus amigos, pero no regresó al comedor. Posiblemente su padre lo había llamado para hablar con los dos a la vez.

Estaba rezando en silencio para que todo saliera bien cuando volvió Maurice con el ajedrez. Hallie estuvo encantada con él porque era muy agradable y le enseñó la estrategia de varias jugadas. A las once decidieron que era hora de irse a dormir y que reanudarían la partida al día siguiente.

—Hallie, ¿estás dormida? —eran las tres de la madrugada y Hallie había estado ansiosa esperando a Monique, pero no se lo dijo.

—No —contestó Hallie, fingiendo sueño, y encendió la luz de la mesilla.

El rostro de Monique estaba descompuesto. Era evidente que había estado llorando mucho rato.

—Lo siento, pero necesito hablar contigo.

—Ven y siéntate en mi cama. ¿Qué ha pasado?

—Esta noche, papá nos contó a Paul y a mí sobre su vida cuando era joven, sobre su padre y... sobre nuestra madre —Hallie contuvo la respiración—. Nos dijo que ya te lo había contado todo a ti porque quería que entendieras por qué había sido tan cruel contigo en el apartamento.

—Tu padre es un hombre admirable. Hace falta mucha valentía para hablar del pasado cuando es tan doloroso.

—Yo siempre me pregunté por qué no se había vuelto a casar. Pero estaba contenta de que no lo hiciera, porque no quería que nuestra familia cambiara. Ojalá no nos hubiera dicho todo eso.

Hallie sentía lástima de ella.

—¿Qué es lo que más te ha preocupado?

—Que yo pueda acabar pareciéndome a ella.

—Deberías estar orgullosa por haber heredado de ella sus mejores cualidades y la belleza, que fueron lo que atrajeron a tu padre. No te olvides de que, al principio, la amaba con todo su corazón. Es muy importante que lo recuerdes. Pero, Monique, afortunadamente no has tenido una infancia infeliz como la de ella. Los niños deben aprender buenos principios. Algo debió de ir mal en su familia para que huyera de casa. Por eso se convirtió en ese tipo de persona. Es evidente que no tuvo un padre como el tuyo para guiarla.

—No hay nadie como papá.

—Estoy de acuerdo. Y cuando lo pienses bien, el padre de tu padre, al margen de lo estricto y severo que fuera, tuvo que hacer muchas cosas bien para que le saliera un hijo tan bueno como tu padre. Tú y Paul habéis recibido de él todo el amor que un niño se merece, ¡y no hay más que veros! Ambos sois excepcionales. Como decimos en mi tierra, sobresalís una milla por encima de vuestros amigos de París que yo conozco. Tanto que acabé encariñándome con vosotros cuando no debía hacerlo.

—Gracias, Hallie —murmuró Monique—. Yo también te quiero —añadió abrazándola.

Al poco rato, Monique se metió en la cama y Hallie apagó la luz, pensando que la chica había reaccionado bien, pero preocupada por cómo se sentiría Vincent.

Y Paul... ¿En qué estado estaría Paul después de oír la verdad sobre su madre? Hallie hundió la cara en su almohada y se puso a llorar.

Vincent renunció a dormir lo que quedaba de la noche y se levantó a afeitarse y ducharse. Cuando terminó de vestirse eran las siete y media.

Bajó al piso inferior deseando que Hallie estuviera levantada. Necesitaba hablar con ella sobre su hijo, que la noche anterior le había dicho cosas muy alarmantes después de que Monique saliera del dormitorio. Por lo general, la más habladora de los dos era ella. Pero aquella noche no había sido así, y después de que ella se marchara, él se había quedado con el corazón en un puño.

Estaba preparado para responder a cualquier pregunta que le hicieran sobre la madre, pero Vincent quedó anonadado al ver que el iracundo Paul sólo quería hablar de Hallie.

—Siento mucho que las cosas no funcionaran entre mi madre y tú, pero no entiendo por qué tenías que mentirnos —había dicho Paul.

—Es obvio que trataba de protegeros.

—Yo no necesito que me protejas. Muchos de mis compañeros en el colegio tienen historias similares. Hasta la madre de Luc le hizo lo mismo a su padre. Son cosas que pasan —dijo encogiéndose de hombros—. Lo importante es que Hallie no se parece en nada a mi madre. Ya sé que es mayor que yo, pero no me importa, y estoy seguro de que la diferencia de edad entre mamá y tú tampoco te importó. Además, Hallie ya ha estado casada y fue feliz.

Esa sí que era una sorpresa que Vincent no esperaba. Si Monique lo sabía, no le había dicho nada. En
realidad, Vincent no entendía por qué le importaba,
pero lo había dejado extrañamente intranquilo.

–Si su marido no hubiera muerto –continuó Paul–,
seguiría casada con él, así que no pienses que, de repente, hubiera querido acostarse con otro. Ahora mismo Hallie no sabe lo que quiere y es suficientemente
sincera para reconocerlo. Por eso ha venido a Saint
Genes. Ha llegado a amarme. No de la forma que
amaba a su marido, pero puedo esperar hasta que deje
de verlo por todas partes y empiece a verme a mí. Hallie se hizo monja seglar con el fin de superar el pasado ayudando a los demás –miró a Vincent con ira–.
No se parece mucho a mi madre, ¿no es cierto? –dijo
con sarcasmo–. Doy gracias de que se hubiera vuelto
hacia Dios porque, si no, no la habría conocido. Pero
puedo garantizarte que no está destinada a ser monja,
y voy a demostrártelo –dicho eso, había salido de la
habitación dando un portazo.

–¿Etvige? –dijo Vincent entrando en la cocina–.
¿Has visto a Hallie?

–*Oui*. Se fue a la ciudad hacia media hora.

–¿Sola?

–Sí.

–¿La llevó Gaston?

–No. Dijo que la mañana era tan bonita que quería
andar un poco.

–¿Se ha levantado alguno de los gemelos?

–No, *pas encore*. ¿Quiere su café con leche?

–No, esta mañana no. Tengo asuntos que resolver
en Libourne. Dile a los gemelos que volveré a la hora
de comer.

–De acuerdo.

Minutos más tarde Vincent divisó a Hallie por el camino. Estaba cruzando el puente de piedra que llevaba a la ciudad medieval. Iba a buen paso y con la cabeza erguida y llevaba puesta una chaqueta ligera sobre la blusa blanca que realzaba su figura voluptuosa y sus largas piernas.

Él nunca había deseado a la mujer de otro hombre, pero sintió envidia del que había tenido derecho a estar con ella día y noche. Del marido que la había conocido en todos los sentidos de la palabra.

Saber que había estado casada antes de convertirse en monja seglar había cambiado su forma de pensar sobre ella. De no ser por lo que Paul había dicho, él seguiría pensando que ambos eran puros.

Pero no era el caso. Desde luego, no en cuanto a Hallie. Y en cuanto a Paul, Vincent sabía que había salido con varias chicas, pero no creía que hubiera tenido alguna experiencia especial. Esperaba que así fuera.

Había mantenido largas conversaciones sobre los peligros de tener relaciones sexuales siendo demasiado joven, tanto con Paul como con Monique, y suponía que, al menos ella, aún era virgen. Pero pensó que sabía poco sobre sus hijos. Si no, no se habría conmocionado tanto al saber que Paul había comprado un anillo de compromiso de nueve mil dólares para Hallie.

Paul la amaba.

Y él la deseaba.

–¿Vincent? –la voz de Hallie interrumpió sus pensamientos. Al notar que se acercaba un coche, ella se había parado para dejarlo pasar por el estrecho puente. Vincent se detuvo y ella se acercó–. ¿Me estabas buscando?

Él dudó un momento.

–Sí –dijo. Esperaba haberte visto en el comedor, pero Etvige me dijo que te habías ido.

–Decidí ir a la iglesia antes de hacer nada más.

–¿Querrías dar un paseo conmigo para que hablemos? Luego puedo ir a la iglesia contigo –ella asintió y subió al coche–. Podemos ir a un lugar cerca del río Dordogne que me gustaría que conocieras.

Vincent condujo por un camino estrecho que atravesaba los viñedos, y llegaron a un lugar frondoso desde donde había una vista preciosa de un recodo del río. La miró de reojo para ver su reacción, preguntándose por qué le interesaba tanto cuál fuera.

–¡Qué vista tan maravillosa! –dijo Hallie, sin aliento–. No parece real. ¡No puede ser real! –miró a Vincent–. ¿Es aquí donde...?

–No, nunca vinimos aquí. En esta parte el río es demasiado profundo y peligroso.

–No iba a hablarte de Arlette. No sería tan poco sensible. Pensé que tal vez venías aquí a nadar con tus amigos.

«¡*Mon Dieu*!», pensó él, preguntándose qué le estaba pasando.

–Lo siento, Hallie. Por nada del mundo quisiera ofenderte. Ahora que los gemelos saben lo de su madre, quiero cerrar ese capítulo de mi vida para siempre.

–No me extraña.

Pero... ¿podrás perdonarme?

–¿Cómo puedes preguntarme eso? ¿No sabes que soy amiga tuya? –«amiga», pensó Vincent. En su fuero interno, deseaba que fuera algo más. Quería...

–Dime cuál fue la reacción de Paul. ¿Habría preferido que no destruyeras la imagen que tenía de su madre?

Vincent contuvo la respiración.

—Paul se lo tomó mucho mejor de lo que yo me imaginaba.

—Y también Monique. Sus últimas palabras antes de dormirse fueron: «No hay nadie como papá».

—Gracias por decírmelo. Ojalá todo fuera así de simple —añadió aferrándose al volante.

—No lo entiendo. Pensaba que Paul te había perdonado y que vuelve a hablarte. ¿Ahora qué le pasa?

—Es cierto que hemos llegado a un punto en que, al menos, reconoce que existo. Pero me temo que tendremos que olvidar la teoría del doctor Maurois y pensar otro plan.

—¿Por qué?

—Un nuevo ingrediente se ha colado en este guiso que ni el doctor ni yo sabíamos cuando hablamos en el hospital —Hallie lo miraba implorando una aclaración—. Se trata de tu anterior matrimonio —balbuceó Vincent. Ella bajó la cabeza. Vincent admiraba en ella su capacidad de aparentar calma. Pero se había puesto nerviosa y apretaba los puños. Nunca la había visto así y, por una extraña razón, se alegró de que fuera posible hacerle perder el control—. Ahora que Paul sabe que has sido una mujer en todo el sentido de la palabra, está convencido de que no estás destinada a monja. Por el contrario, considera que tus intereses y tus necesidades son un aliciente muy estimulante, y no un inconveniente. Antes de que se fuera de mi dormitorio, dejó bien claro que tiene intención de hacerse tan importante para ti que, cuando lo mires, no volverás a ver la cara de tu marido, sólo a él.

HALLIE pensó que lo que Paul deseaba nunca iba a suceder. No podía suceder porque el rostro que Hallie siempre veía en sueños era el de Vincent. Y lo que ansiaba era escuchar su voz grave, percibir el aroma de su colonia, y sentir el estremecimiento y el calor que le recorrían el cuerpo cuando él la agarraba del brazo.

Hallie temía volverse loca si se atrevía a pensar en cómo serían el sabor y la textura de su boca. Tenía que salir del coche. No se concentraba teniéndolo tan cerca.

Cuando se bajó, caminó hacia la orilla del río.

El rostro de Raúl había comenzado a desdibujársele un año después de su muerte, y eso, unido al dolor de su pérdida, había provocado que se sumiera en la tristeza y decidiera hablar con Gaby.

Su compañera de piso era la persona adecuada en quien confiar. Ella también había perdido a su marido, que había muerto en un accidente de barco.

Gaby le había dicho que la rabia, el dolor y el sentimiento de culpabilidad que experimentaba era algo normal. Ella también había pasado por todas esas fases y había sobrevivido.

Sus palabras se habían convertido en una profecía.

Hallie había encontrado, por fin, la serenidad ayudando a los demás. Pero esa serenidad se había visto amenazada desde el momento en que conoció a Vincent Rolland.

–¿Hallie? –la llamó por detrás. Sentía miedo de quedarse a solas con él más tiempo, así que dijo:

–¿Me llevarás ahora a la iglesia?

–Por supuesto.

Durante el trayecto de regreso a la ciudad, ella ni siquiera lo miró, y sintió un gran alivio al ver que él no trataba de hablar.

Cuando aparcaron el coche, estaba tan confusa que no pudo apreciar la belleza de los edificios antiguos. Entró en la iglesia sin esperar a ver qué hacía él.

Una mujer mayor con un pañuelo en la cabeza salía en ese momento.

–Perdone. ¿Podría decirme dónde puedo encontrar al párroco?

–Al doblar la esquina. Su despacho está a la derecha.

–Gracias.

Hallie llamó a la puerta y esperó tal y como le indicaron. Minutos más tarde, el párroco la hizo pasar. Era de la misma edad que Maurice.

Tras presentarse, le explicó que era una monja seglar de París y que estaba trabajando en la zona. El padre Olivier le dio una cordial bienvenida. Cuando ella le contó que vivía en la finca de los Rolland, sonrió encantado. Al parecer, sentía gran respeto por toda la familia, sobre todo por Maurice, que era un viejo amigo suyo.

–Padre, me gustaría ser de utilidad mientras estoy aquí. En la entrada he visto que hay una serie de programas de verano dirigidos a los jóvenes de la zona. ¿Cree que algunos de ellos agradecerán que se les ayude con el inglés?

–Eso sería estupendo. El turismo es algo importante para la zona. Nuestros adolescentes siempre quieren ayuda para conseguir empleos mejor remunerados. ¿Por qué no viene al grupo de jóvenes que se reúne los jueves a las siete? Se los presentaré y empezaremos a partir de ahí.

–Gracias, padre.

Él la acompañó a la puerta del despacho.

–Dígale a Maurice que iré a verlo el fin de semana.

–Lo haré.

Hallie entró de nuevo en la iglesia para rezar. Cuando se levantó para irse, descubrió que Vincent estaba esperándola sentado en el último banco.

Al verlo, los extraños sentimientos la invadieron de nuevo. Era como si él estuviera siempre en el trasfondo de su vida, despierta, dormida y hasta rezando.

Una vez en el coche, decidió terminar la conversación que habían comenzado en el río.

–Le dije a Paul en el hospital que había estado casada. Lo hice con la esperanza de que no me viera como una santa. En cierto modo, temía que eso fuera lo que le atraía de mí.

–Ahora sabes que es de otra manera. Ya no te considera imposible.

–Me marcharía ahora mismo de Saint Genes si la situación no fuera tan precaria. Ayer lo rechacé dos veces. No le va a gustar que esta mañana me haya mar...

Hallie se calló a mitad de frase porque ambos vieron que Paul se acercaba en su escúter.

–Yo me encargaré de esto.

Vincent detuvo el coche en el lateral de la carretera y salió en el momento en que Paul hacía un cambio de sentido y paraba detrás de ellos.

Hallie no podía quedarse sin hacer nada. La noche anterior Vincent había avanzado algo en su relación con Paul. Si él creía que su padre y ella tramaban algo a sus espaldas, culparía a Vincent. Ella no podía permitir que eso sucediera.

—*Bonjour* —dijo al bajar del coche.

La expresión amarga de Paul no presagiaba nada bueno.

—Pensé que dormirías hasta tarde.

—Eso es un lujo de la juventud —comentó ella—. Cuanto tengas unos años más, madrugarás pase lo que pase.

—Tiene razón —intervino Vincent—. Disfruta mientras puedas.

—Me habría levantado.

—Que yo recuerde, ni a Monique ni a ti os vuelve locos asistir a la iglesia a las siete de la mañana.

—¿Y a dónde vas ahora? —parecía algo más tranquilo.

—De vuelta al *château* —Vincent contestó por ella—. He visto a Hallie en el puente y me ofrecí a llevarla.

Él había dicho justo lo que ella iba a decir.

—Yo te llevaré —ofreció Paul.

—¿Te has olvidado de las normas que he de seguir? Nada de nadar, nada de bailar, nada de música inapropiada y nada de montar a caballo ni en escúters.

Paul frunció el ceño.

—Eso era cuando estabas en París.

—Se aplica vaya donde vaya, mientras forme parte del programa.

—Quería mostrarte los alrededores.

—Te diré una cosa —intervino Vincent—. He terminado mis asuntos del día. Tú puedes llevar a nuestra invitada en el coche, y yo regresaré a casa en tu escúter —dijo, y le entregó las llaves a Paul.

–Gracias –murmuró Paul complacido.

–De nada.

–¿Cuánto tiempo hace desde que condujiste una de estas por última vez? –preguntó Hallie sonriendo.

Vincent miró a Paul.

–¿Cuándo fue que probamos este modelo en la tienda?

–Hace dos años.

–¿No es obligatorio llevar casco?

–¿Por aquí? –Paul parecía sorprendido–. Pero si sólo es una escúter y no una motocicleta...

–La mayoría de los accidentes ocurren en un radio de tres kilómetros de casa –sentenció Hallie.

–Hablas igual que la madre de Jules –protestó Paul.

Las miradas de Hallie y Vincent se cruzaron divertidas durante una fracción de segundo.

–Prometo que tendré cuidado –dijo arrancando con suavidad. A pesar de ser corpulento, Vincent tenía un aire atlético. Hallie se tapó el sol con la mano para verlo partir, hasta que desapareció en una curva. Luego volvió al coche deseando que Paul no se hubiera dado cuenta de la atracción que ella sentía por Vincent.

–¿Qué te gustaría hacer en tu primer día aquí? –él había puesto el coche en marcha y estaba listo para arrancar.

–¿Podríamos ir a Saint Emilion a ver la catedral y las catacumbas? Monique mencionó algo sobre un monje del siglo VIII que vivía en una cueva. Tengo entendido que hay una iglesia monolítica esculpida sobre la roca.

–Pero ¿no has estado en la iglesia esta mañana?

–Nunca tengo bastante.

–Ahora estás en una tierra de vinos, Hallie. Me gustaría llevarte a unas cuevas para que pruebes las distintas variedades.

–Ya sé que te gustaría, Paul, pero ya sabes que yo no bebo alcohol y sería una experiencia inútil.

–¿También es una de las reglas de tu orden? –preguntó Paul en tono petulante.

–No. Es mi propia decisión. Durante un viaje a México con el colegio, me emborraché bebiendo margaritas y no pude comer durante varios días. Estropeé mis vacaciones por completo y, desde entonces, no he vuelto a probar el alcohol.

–¿No lo habías probado antes?

–No. Al contrario que a ti, mi padre nunca me puso vino en el agua desde que empecé a sentarme a la mesa. Posiblemente por eso no supe parar cuando, por fin, pude probar el alcohol.

–No puedo imaginarte borracha.

–Créeme. No quiero ni recordarlo. Pero eso no me impide maravillarme de los viñedos que vimos cuando veníamos de Burdeos ayer. Supongo que trabajando en las bodegas de tu padre aprenderé muchas cosas. Eso me recuerda que deberíamos visitar al director en cuanto regresemos de Saint Emilion. La madre Marie-Claire está esperando recibir un fax de monsieur Brouard verificando mi empleo. Cuanto antes pueda solicitar que me prorroguen el visado de trabajo, mejor.

Paul suspiró descorazonado.

–Vayamos a ver a Yves ahora y así nos lo quitamos de encima. Aprovecharé para enseñarte la casa. Luego podemos quedarnos tanto tiempo como quieras en Saint Emilion. Podemos comer en el restaurante que hay en la colina. Te encantarán las vistas.

–Aunque eso suena muy bien, creo que tendremos que dejarlo para otro momento.

–¿Por qué?

–Esta noche Maurice quiere examinarme sobre lo que me enseñó anoche y no quisiera desairarlo. ¿Y qué pasa con tu trabajo de verano? ¿Cuándo vas a empezar?

–No lo sé –contestó Paul ruborizándose–. Acabo de volver a casa. ¡Dame un poco de tiempo! –dio unos golpecitos de impaciencia sobre el volante–. Lo lamento, Hallie, no quería parecer descortés.

–Paul... siento mucho si te he hecho ponerte a la defensiva.

Él no dijo nada y Hallie pensó que el plan del doctor Maurois empezaba a funcionar. Por primera vez, Paul se mostraba irritable con ella, y su actitud comenzaba a molestarlo. Si se mantenía ocupada con su propio programa, él se desilusionaría y, tarde o temprano, renunciaría a ella. Y cuando llegara ese momento, él no podría culpar a su padre.

Paul la condujo hacia las oficinas de la bodega, que estaban situadas en uno de los edificios detrás del *château,* junto a las otras casas. El exterior era del mismo estilo, pero albergaba unas instalaciones muy modernas. Paul la acompañó hasta las dependencias privadas de Yves Brouard, el director, para presentarla.

Yves saludó a Paul con un fuerte abrazo de bienvenida. Luego, con una gran sonrisa, le pidió que se fuera para poder entrevistar a Hallie. Paul hizo un gesto de disgusto y dijo que volvería a buscarla al cabo de una hora.

–Paul me ha dicho –los ojos de Yves brillaban de admiración– que necesita un trabajo para poder quedarse una temporada en Francia.

–¿Le dijo por qué?

–No. Pero, después de verla, puedo entender por qué le urge tanto que se quede aquí –ella se apresuró a contarle que era monja seglar, lo que hizo que cambiara de actitud.

–Conocí a los gemelos en los almacenes en los que trabajaba y nos hicimos muy buenos amigos. No sé por cuánto tiempo voy a estar de servicio en esta zona, pero necesito un trabajo para poder prorrogar mi visado.

–Perdóneme por hacerme una idea equivocada –balbuceó Yves.

–No tenía por qué saberlo si Paul no se lo explicó. Entiendo que para usted es una situación delicada, ya que es el hijo de monsieur Rolland, así que, por favor, sea sincero y si no necesita a alguien temporal, dígalo. Ya encontraré otra cosa.

Yves sacó un paquete de cigarrillos del bolsillo.

–¿Le molesta si fumo?

–No.

–Además de dependienta de unos almacenes, ¿qué experiencia tiene?

–Tengo el título de profesora de secundaria de la Universidad de California para español y francés.

–¿Español? –parecía interesado.

–Sí. Después de graduarme trabajé de azafata para las Trans-Chilean Airlines hasta que murió mi marido.

–Lamento su pérdida.

–Yo también. Después de un tiempo de reflexión, me hice monja seglar. Y para ganarme la vida trabajé como camarera en un restaurante mexicano de San Diego hasta que vine a Francia.

–Entonces, lo hablará con fluidez.

–Sí. Mi marido era chileno y eso me ayudó.

–¿Qué tal se maneja con los ordenadores?

–Los he utilizado desde que estaba en el instituto.

–¿Cuánto tiempo ha dicho que pensaba quedarse?

–No estamos seguros –ambos alzaron la vista al oír a Vincent contestar desde la puerta. El corazón de Hallie comenzó a latir con fuerza. No tenía ni idea de que él estuviera en la bodega y se preguntó si habría estado escuchándola.

–Creo que hemos encontrado –dijo Yves poniéndose en pie– a la persona adecuada para ayudar a Michel con las nuevas cuentas de Suramérica.

–Sigue... –apremió Vincent. Mientras escuchaba a Yves, su mirada recorría a Hallie con una intensidad abrasadora que ella nunca antes había sentido.

–Michel ha estado haciendo horas extra para llevar esas cuentas, además de su trabajo normal. Con los conocimientos de español que tiene, Hallie podría hacerse cargo en cuanto la hayamos entrenado.

Vincent asintió.

–¿Está Michel?

–Es su día libre. No me importaría empezar a entrenarla.

–Te lo agradezco, Yves, pero tú todavía estás ocupado con las cuentas que traje de Inglaterra. Mientras le mandas un fax a París a la madre superiora informándola de que la señorita Linn está contratada, la llevaré a mi despacho y le explicaré lo que hay –Hallie se estremeció. Estar a solas con él era precisamente lo que ella intentaba evitar. Vincent volvió sus ojos oscuros hacia ella y sus miradas se encontraron–. Si te parece que este trabajo no te interesa demasiado, se me ocurre otra idea –murmuró.

¿Qué podía decir Hallie?

–Estaré muy agradecida por cualquier trabajo –abrió el bolso para sacar una pequeña libreta de direcciones y apuntó el número de fax. Después de darle las gracias a Yves, se levantó para seguir a Vincent procurando andar a suficiente distancia de él para que no pudiera agarrarla del brazo. Temía que, si lo hacía, se diera cuenta de que temblaba.

La oficina de Vincent estaba en el castillo, frente a la bodega. Según decían los gemelos, iban allí clientes de todo el mundo y muchos turistas, y un equipo de guías los llevaba a visitar los viñedos y las bodegas. Era un negocio familiar muy lucrativo que funcionaba desde hacía casi cien años y que Vincent dirigía con mucha pericia. Pero su éxito mayor, según Hallie, eran sus hijos.

–Entra –dijo él, abriendo la puerta de un salón del siglo XVII, pero totalmente equipado con la tecnología más avanzada.

En una pared colgaba un tapiz representando una vista del *château* Rolland y sus dominios. En otra, un gran mapa titulado «Una Historia de los Viñedos Rolland», en el que estaban reflejadas las distintas clases de cepas, lo que producían, lo que tardaban en madurar y los premios recibidos por las mejores cosechas. Era el santuario de Vincent y Hallie sintió deseos irresistibles de averiguar más cosas sobre él. Ya no podía mentirse a sí misma. Disfrutaba de estar en la compañía de ese hombre más que nada en el mundo. ¿Qué podía hacer? Vincent estaba detrás de Hallie y ella podía sentir el calor de su cuerpo y aspirar el olor del jabón que había usado en la ducha. No se atrevía a darse la vuelta.

–Ya sé que la primera impresión es abrumadora –¡y desde luego que lo era! Sus emociones la desbordaban. Él no la había ni siquiera rozado y, sin embargo, sentía que la abrasaba el deseo.

–¿Papá? –al oír la voz de Monique, Hallie se sobresaltó y se sintió culpable–. Esperaba encontrarte... ¡Oh, Hallie! Papá me había dicho que estabas dando un paseo con Paul.

Hallie se volvió despacio aparentando calma.

–Antes quería solucionar lo de mi trabajo.

–Habrá sido un gran día para Paul –exclamó Monique con sarcasmo, y le sonrió a su padre–. ¿Ya le has dado un trabajo a Hallie? Sabe hacer de todo.

–Eso es lo que he averiguado –la voz grave de Vincent tenía un tono extraño–. Si has venido para darme un abrazo, aquí estoy.

–Estoy segura de que me has echado de menos –dijo, echándose a su cuello y haciendo que Hallie sintiera envidia–. Pero yo te he echado de menos mucho más. Papá, estoy tan contenta de estar en casa...

–Y yo de que estés aquí.

–¿Me das permiso para que hable con Vivienne para que me enseñe su trabajo? Me dijiste que cuando regresara de París lo hablaríamos. Suzette quiere que busquemos un trabajo de verano en Saint Genes, pero yo prefiero trabajar aquí.

–¿Tú qué crees? –le preguntó Vincent a Hallie.

Hallie no quería que se lo preguntara. Cada vez que hablaban la implicaba más.

–Ya sabes que no puedo ser objetiva con Monique. En cuanto la conocí supe que era alguien fuera de lo común. No me sorprendió nada que se graduara con unas notas tan buenas.

–Estoy muy orgulloso de ti –Vincent miraba a su hija con tanto cariño que Hallie se emocionó.

–Tienes suerte de tener una hija que se interesa por trabajar. Muchos de los jóvenes que he conocido en mi servicio han dejado los estudios, se han enganchado a las drogas y no consiguen mantener un trabajo.

–Así que quieres ayudar con los turistas... –le dio un beso en la frente.

–¡Sí! –repuso Monique con entusiasmo.

–De acuerdo. Puedes ir a su despacho y decirle que te he dado permiso para que empiece a entrenarte.

Cuando Monique sonreía así era verdaderamente bella. Hallie se preguntaba si a Vincent le recordaría a su mujer. No era algo de su incumbencia, pero es que estaba... ¡celosa!

–*Merci*, papá. *Merci*. Antes de que me olvide, Hallie... Hoy es el cumpleaños de Etvige y estoy organizando una pequeña fiesta para ella. No haremos nada hasta que haya servido la cena. Cuando vuelva a la cocina para traer el postre, apagaremos las luces y tendremos una tarta de mazapán esperándola. Papá, ¿me prestas el coche para ir a buscarla al pueblo?

–Claro. Pídeselo a Paul, él tiene las llaves.

–Ya lo encontraré. Ya he avisado a Gaston y a los demás para que se unan a nosotros. Todos van a llevarle un regalo y yo voy a darle el vestido que le compré en París.

–A Etvige le encantará. Yo pensaba añadirle una propina al cheque de su sueldo, pero se la daré esta noche con una tarjeta. ¿Me compras una?

–Claro, papá. Hasta luego.

–Cierra la puerta cuando salgas –cuando se quedaron solos, se volvió hacia Hallie–. ¿Cuánto tiempo estuviste casada con el chileno? –la expresión de su rostro era dura y Hallie se sorprendió de que quisiera hablar de Raúl.

–Si mi español no te parece lo suficientemente bueno, no te preocupes. Ya encontraré otro trabajo.

–No te lo pregunto por eso.

Hallie arqueó las cejas.

–No entiendo.

–Paul no tiene ni idea del dolor que aún sientes.

Hallie tardó unos instantes en darse cuenta de que él creía que aún estaba llorando su pérdida.

–Prefiero no hablar de mi vida privada.

–No habría sacado el tema si no estuviera preocupado por la carga adicional que representa para ti venir aquí a ayudar a Paul.

–No es una carga –susurró–. Raúl se ha ido a un lugar mejor. Podemos dar gracias a Dios de que Paul esté vivo aún. Estoy preparada para hacer lo que haga falta para sacarlo de esta crisis y que tenga una vida larga y feliz –«aunque me mate estar cerca de ti», añadió para sí.

–Hallie, aunque no te haya dicho nada hasta ahora, quiero que sepas que te estoy muy agradecido por cuidar de mis hijos en París. Cuando veo cómo cuentan contigo, cómo buscan tu aprobación y cómo se alegran cuando los alabas, me doy cuenta de que has llenado un gran vacío en sus vidas.

–No tienes por qué agradecerme nada. Es muy fácil querer a tus hijos. Me parece que tú y tus gemelos sois las personas más afortunadas del mundo.

Él estaba demasiado cerca, casi rozándola.

–¿Y tu familia, Hallie? Nunca te he oído hablar de ella.

–Se han ido todos –dijo reprimiendo las lágrimas.

–¿Qué quieres decir? –Hallie no podía hablar sobre eso y se giró hacia el tapiz para dominarse–. Dí-

melo –la apremió él, y la agarró por los hombros desde atrás–. Quiero saberlo.

Si él no la hubiera tocado, se habría controlado, pero
al sentir su pulso a través de la blusa no pudo aguantar
más y todos sus sentimientos se le agolparon. Sollozó.

–Hallie... Cuéntamelo.

–Todos murieron en el accidente.

–¿Quiénes? –insistió él.

–Todos. Mis abuelos, mis padres, los padres de mi
marido, su hermano y su esposa, mi hermano y su mujer, mi sobrino y Raúl.

–¡Dios mío!

Vincent la envolvió con sus brazos y la estrechó
contra su pecho. Había reprimido su angustia por tanto tiempo que poder compartirla con él era un gran
alivio.

–El avión se estrelló sobre los Andes. Raúl y yo nos
habíamos casado el día antes. Mis padres nos habían
preparado una gran recepción en nuestra casa de Bel
Air. Estábamos volando hacia Santiago cuando el avión
perdió altura. Había doscientas cincuenta personas a
bordo, y sólo sobrevivimos seis. Era un lugar de muy
difícil acceso y tardaron una semana en encontrarnos.
Yo estaba segura de que había muerto. Sólo oía la voz
de una mujer que me decía que no me rindiera y que
me tapaba los ojos. La oí prometer que la ayuda estaba
en camino. A veces me cantaba, y a veces rezaba y me
ayudaba a rezar. Me dio esperanzas cuando no las había. Entonces, un día oí otras voces que hablaban de un
accidente aéreo y alguien me dijo que me estaban res-
catando. Ya no supe más hasta despertar en un hospital,
con los ojos vendados y sin poder mover una pierna.

Vincent la miraba intensamente sin interrumpirla.

–El médico que me atendió me dijo que estaba cega-
da por la nieve y que tenía una pierna rota, pero que me
pondría bien –continuó Hallie–. Recuerdo que no me importaba lo que me pudiera pasar pero, ¿dónde estaba la
mujer que me había cuidado, la persona que había evitado que muriera? ¿Quién la estaba ayudando a ella? El
médico me dijo que averiguaría su nombre. Había una
superviviente que se había repuesto en pocos días y la
habían dado de alta. A la mañana siguiente sentí una
mano conocida sobre la mía y oí su voz que me decía:
«Me dijeron que había preguntado por mí, señora. Soy la
hermana Carlota».

Mientras Hallie revivía la tragedia era consciente
de que Vincent le estaba besando el cabello y las sienes. Posiblemente creía que la estaba consolando, pero
provocaba otros sentimientos que ella no podía ignorar
y, de repente, sintió el calor que despedían sus cuerpos.
Aterrorizada por los anhelos que él le había despertado, se separó y se sentó en la silla más próxima.

–Siento mucho haber perdido el control –dijo ella
sin mirarlo.

–¡*Mon Dieu*, Hallie! –exclamó él–. Es un milagro
que sigas cuerda.

–Todo tiene una razón de ser. Es algo en lo que
creo y que he llegado a aceptar –se humedeció los labios–. Yves mencionó las nuevas cuentas de Suramérica. ¿Son clientes en distintos países?

Antes de que Vincent pudiera contestar, aparecieron los gemelos. Hallie se estremeció pensando en lo
que habría podido suceder si los hubieran sorprendido
unos minutos antes.

–¿Cuál es el trato, papá? Monique dice que le has
prestado el coche, pero Hallie y yo ya teníamos planes

para ir a Saint Emilion –dijo Paul sin tan siquiera saludar.

–¿No podríais ir los tres juntos? Puede que Monique necesite ayuda para organizar la fiesta de Etvige de esta noche.

–¿Estás segura de que es hoy? –le preguntó Paul a su hermana, sorprendido.

–Segurísima.

–Mientras estéis allí os invito a que comáis en el Trois Maroons. Seguro que a Hallie le gustarán los bizcochos recién salidos del horno que hacen las Ursulinas con una receta de hace trescientos años –sacó dinero del bolsillo y Monique se apresuró a aceptarlo. Se despidió con un beso.

–Gracias, papá.

Hallie fue la primera en salir. Por mucho que intentara razonarlo, su crisis entre los brazos de Vincent los situaba en un terreno mucho más íntimo que, sin duda, los gemelos acabarían intuyendo.

La aparición de Vincent en su vida había desdibujado la línea de separación entre los planos espiritual, físico y emocional de su vida. Si las cosas no cambiaban, pronto sería ella quién necesitaría el consejo del doctor Cluny.

CAPÍTULO 7

Y O TAMBIÉN tengo un regalo para ti, Etvige.
–¿Ah?
Vincent creía que ya habían terminado los regalos, pero no era así.

Hallie sacó un paquete envuelto del bolsillo de su falda marrón y Etvige lo desenvolvió para encontrar un lazo rojo con un colgante de esmalte rojo y blanco en forma de corazón con la leyenda «Ama al que da».

–¡Es un regalo encantador! –exclamó Etvige.

–Los gemelos me hablaban con tanto cariño de ti y de Gaston que pensé que debíais saber el impacto que les habéis causado.

–Es cierto –murmuró Monique. Paul no dijo nada, pero sonrió. Era la primera vez que lo hacía desde su regreso a casa.

Vincent apuró el resto de su copa de vino para no rodear la mesa y tomar a Hallie en brazos como lo había hecho por la mañana. Estaba seguro de que sus palabras habían conmovido a la pareja. Ellos no tenían hijos y llevaban más de diez años en la casa.

Etvige se levantó de la mesa.

–Gracias a todos –estaba al borde de las lágrimas–. Vámonos, Gaston –él recogió los regalos y le dio una palmadita a Hallie en la mano. Minou y su marido también se marcharon.

Sólo quedaba la familia, y Hallie encajaba perfectamente bien. La idea de que algún día se marchara para entrar en el convento torturaba a Vincent. Necesitaba saber más sobre su vocación. Era obvio que había algo más de lo que él sabía. Eso era lo que lo torturaba. Ella se había separado de él antes de terminar su historia, y lo había dejado en una especie de infierno. Pero había sido providencial que se separara. Si Paul los hubiera sorprendido mientras le cubría el cabello de besos, no habría sabido explicar su comportamiento. Tenía que averiguar el resto pero, ¿cómo conseguir estar a solas con ella sin que sus hijos sospecharan?

Mientras Hallie y Monique terminaban de recoger los restos de la fiesta, Maurice colocó el ajedrez. Paul estaba impaciente y tamborileaba con los dedos en la mesa. Deseaba marcharse en compañía de Hallie, pero no tenía más remedio que pasar la tarde viéndola jugar con su bisabuelo, o marcharse solo a alguna parte y hacer que todos se preocuparan por él.

Vincent estaba angustiado pensando en el encaprichamiento de Paul por Hallie. Era un camino emocional duro y sin esperanzas. Pero tal vez...

—¿Paul? ¿Qué tal van los preparativos de la casa para Hallie? —le preguntó a su hijo.

—Bernard tuvo que cambiar la cerradura y ahora está arreglando la fontanería. Mañana vendrá un equipo a hacer la limpieza y ya estará lista para amueblarla.

—¿Por qué esperar hasta mañana?

—¿Qué quieres decir? —preguntó Paul intrigado.

—Si nos esforzamos, tú y yo podemos hacer un buen trabajo. ¿Qué te parece si nos ponemos a ello? Monique podría ayudarnos y, con un poco de suerte, Hallie podrá instalarse en su apartamento esta misma noche.

Los ojos de Paul se iluminaron.

–¡De acuerdo! Manos a la obra –era una pequeña victoria de acercamiento para Vincent, aunque el único incentivo fuera Hallie.

–Voy a cambiarme de ropa y me reuniré con vosotros en cinco minutos –dijo Vincent.

–Yo también tengo que cambiarme –contestó Paul.

Salieron juntos del comedor y Maurice hizo un gesto de aprobación por el progreso conseguido. Si hubiera sabido que Vincent estaba pensando en algo más que la felicidad de Paul, le habría dado un ataque. Se suponía que Vincent había madurado durante los pasados dieciocho años. Así que, ¿por qué estaba maquinando para encontrarse a solas con la mujer que llenaba las fantasías de su hijo? ¿Se estaba volviendo loco?

–¡*Voilà*! Tu casa está lista –exclamó Monique arrastrando a Hallie hasta la vivienda que le habían preparado. Era un apartamento encantador, con un salón, un pequeño comedor, cocina, baño y un dormitorio con dos camas. Tenía teléfono y estaba amueblado con piezas de época y pinturas que denotaban el gusto artístico de Monique–. ¿Te gusta?

–Ya sabes la respuesta –dijo Hallie abrazándola–. Gracias, Monique. Mientras esté aquí voy a sentirme como una princesa.

–Papá y Paul me ayudaron a prepararla.

–Me preguntaba por qué habían desaparecido.

–¿Quieres que duerma contigo esta noche para que no te sientas sola lejos del *château*?

Aunque Hallie adoraba a Monique, habría preferido estar sola para poder llamar a Gaby. Sólo había hablado con su amiga dos veces desde que salió de San Diego, una por su cumpleaños y otra por Navidad. En ese momento necesitaba hacerlo para que la ayudara a aclarar su situación. Gaby era la voz de la razón y era capaz de ser brutalmente sincera. ¿Pero cómo podía rechazar la oferta de Monique? Después de lo de Paul, la chica necesitaba confiar en alguien que no fueran sus amigas.

—Me encantaría. Vamos a buscar nuestras cosas.

Por el camino se encontraron con Bernard, que le dio la llave.

—Tengo un duplicado, por si se te perdiera —Hallie le dio las gracias y se despidió.

Después de poner en una bolsa lo que necesitaban, volvieron a la casita.

—¿Qué haces? —preguntó Paul al ver a su hermana con una bolsa.

Él y su padre las estaban esperando en el salón. Hallie evitó mirar a Vincent. «¡Está tan atractivo y tan masculino con esos vaqueros gastados y esa camiseta...!», pensó Hallie. Esos no eran los pensamientos más adecuados para una monja seglar.

—Le pedí a Monique que se quedara conmigo. Ahora que estáis todos aquí, quiero daros las gracias por prepararme la casa tan deprisa. Es preciosa, y se me ha ocurrido que podríamos inaugurarlo leyendo por turnos los *Siete Diálogos de Animales* de Colette.

—¿De verdad?

Hallie se volvió hacia Monique.

—Quizá me equivoque pero, ¿no me dijiste que tenía que leerlo?

—Mi hija tiene razón —intervino Vincent—. Es un cuento muy gracioso relatado desde el punto de vista de un perro y un gato.

Para no dejar de lado a Paul, Hallie le dijo:

–¿Por qué no te quedas a leer con nosotras antes de que nos vayamos a dormir? –al ver el gesto displicente de Paul, añadió–. Necesito mucha ayuda con el francés. Seguramente tanta como tú con el inglés durante el otoño.

–Bueno, leeré un poco –dijo, y Vincent sonrió.

–Me parece que será divertido. ¿Os importa si yo también me quedo?

–Cuantos más, mejor –bromeó Hallie, pensando que su plan de evitar pensar en Vincent había fracasado.

La hora que siguió fue muy agradable y divertida. Cada uno representó un papel y, cuando le llegó el turno a Hallie, tuvieron que esforzarse mucho para no reírse. Pero no pudieron aguantarse cuando intentó hacer el ladrido del perro y le salió con acento español.

Vincent rompió a reír. Su risa retumbó por toda la habitación y poco después los gemelos lo corearon.

Hallie vio que Vincent se secaba los ojos. Por un instante sus miradas se cruzaron y ella supo que estaba enamorada por segunda vez en su vida. Apasionadamente, salvajemente enamorada de ese hombre.

Se sonrojó y cerró el libro.

–Me parece que ya os habéis divertido bastante a mi costa.

–Desafortunadamente, todo lo bueno se termina –Vincent se puso en pie–. Vamos, Paul. Antes de que te des ni cuenta, ya será mañana. ¿Hallie? Michel Viret estará en las oficinas de la bodega alrededor de las ocho. Cuando estés lista, él te entrenará.

–Gracias por todo –dijo ella con voz temblorosa–. Buenas noches.

Paul remoloneó delante de la puerta.

–No irás a jugar al ajedrez con Maurice mañana por la noche, ¿verdad? –preguntó en tono irónico.

–No. He quedado en ver al padre Olivier en la iglesia –la expresión contrariada de Paul era de esperar, pero no la de Vincent. Había estado contento y alegre toda la tarde. ¿Por qué había cambiado tan de repente?

–Entonces te llevaré –sentenció Paul.

–Te lo agradeceré –repuso Hallie. No era el momento de contrariarlo.

Vincent intervino.

–Lo siento, pero tengo un compromiso mañana por la tarde y necesitaré el coche.

«¿Tendrá una cita con una mujer?», se preguntó Hallie. La idea la disgustó enormemente. Y Monique tampoco parecía contenta.

Vincent miró a los gemelos.

–Me parece que vamos a tener que ir a la ciudad por la mañana a comprar un coche para cada uno de vosotros.

Hallie contuvo la risa al ver la expresión de sus caras.

–Pero yo pensaba...

–Todos necesitamos un medio de transporte, Paul. Había pensado que vosotros dos podríais compartir el mismo coche, pero veo que eso no va a funcionar. Ambos cumplisteis vuestra parte del trato y sacasteis muy buenas notas, de lo cual estoy muy orgulloso. Solamente tenéis que recordar una cosa: en Saint Genes no hay representantes de Ferrari ni de Maserati, así que tendréis que escoger un coche francés –dijo Vincent sonriendo.

Aunque a Paul le gustaban los coches italianos, no protestó. Estaba anonadado por la generosidad de su padre, teniendo en cuenta que se había gastado el dinero en el famoso anillo.

–Gracias, papá –llamar de nuevo «papá» a Vincent era todo un logro, y Hallie se alegró. Monique se lanzó a abrazar a su padre.

Minutos más tarde, ya a solas, cada una se metió en la cama y apagaron la luz.

–¿Hallie?

–¿Qué?

–Si decides hacer los votos, ¿no podrías hacerlos aquí? Hay un convento de Dominicas cerca de Pomerol, donde papá tiene un viñedo.

–Monique... Sí podría hacerlo, pero mi propósito es enseñar a jóvenes en Suramérica. Hay muchas zonas muy pobres en las que los gobiernos no financian la educación.

–¿Por qué quieres ir allí? Está tan lejos...

Era el momento de confiarle a Monique las cosas que le había contado a Vincent. Por algún motivo, esa vez no temía relatar su historia.

–Si mi marido, Raúl, no hubiera muerto en el accidente aéreo, habríamos vivido en Chile, donde él nació y se crió.

–Sabía que tu marido tenía un nombre español, pero no sabía que fuera chileno.

–Me acababa de graduar en la universidad y estaba deseosa de aventuras. Nos conocimos cuando yo era azafata de unas líneas aéreas. Él trabajaba para una empresa petrolera estadounidense y hacía viajes frecuentes entre Santiago y Los Ángeles. Estuvimos saliendo durante un año, nos enamoramos y nos casamos –en pocos minutos, Monique estaba al corriente de toda la historia.

–¿Ambas familias? ¿Todos murieron? –exclamó Monique horrorizada.

–Sí, pero la hermana Carlotta estaba allí dándome la mano. Hablamos todos los días hasta que me permitieron salir del hospital quedándome a su cuidado. Las monjas de Santiago me acogieron. Eran maravillosas.

–Igual que tú –susurró Monique.

–Gracias –contestó Hallie–. Cuando le dije a la hermana Carlotta que me gustaría ser una de ellas y enseñar en las regiones pobres de las que ella me había hablado, me dijo que no estaría preparada hasta que superara mi dolor. Y que para eso, necesitaba volver a mis raíces. Ella me instó a volver a California y me dijo que, si necesitaba ayuda, que hablara con la madre superiora del convento de Dominicas de San Diego. Así que volé a Los Ángeles, pero no podía superar mis recuerdos. En cuanto vendí la casa de mis padres, envié las ganancias como regalo al convento de la hermana Carlotta. Luego me fui directamente a San Diego, lista para unirme a las monjas para poder volver a Suramérica.

Monique la escuchaba con atención.

–Pero la madre superiora dijo que debería darme más tiempo para considerar mi decisión, porque no se trataba de una vida fácil –continuó Hallie–. Insistió en que tenía que estar completamente segura de que quería dedicar mi vida entera al servicio de Dios y me ofreció trabajar en el programa de asistencia social de la comunidad. Cuando acepté, me consiguió un trabajo como camarera en el restaurante de una familia mexicana de San Diego. Luego conocí a mi querida amiga Gaby y decidimos compartir piso. Después de eso todo comenzó a mejorar. Me daba cuenta de que mi dolor iba menguando y de que me gustaba ayudar a la gente. Entretanto, mi amiga dejó el apartamento para casarse. Fui a ver a la madre superiora con la idea de profesar, pero me dijo que no me había dado suficiente tiempo para entender lo mucho a lo que iba a renunciar. Estaba tan disgustada que discutí con ella. Eso mismo era la prueba de que no había asimilado la disciplina de una monja. Me sentí como una idiota, pero ella tuvo paciencia conmigo y me sugirió que fuera al programa de asistencia de París. «Sólo un año más», me dijo. «Después, veremos lo que piensas».

Lo que Hallie no sabía era que la prueba verdadera la tendría con la familia Rolland.

—¡Estoy tan contenta de que Paul y yo entráramos en Tati aquel día y te conociéramos...!

—Yo también —confesó.

—Ojalá pudieras quedarte aquí permanentemente, pero sé que no estás enamorada de mi hermano.

—¿Qué tiene que ver una cosa con la otra?

—Papá me dijo que estás aquí para conseguir que Paul se decepcione poco a poco.

—Ya veo... —era la verdad.

—¿Hallie? ¿Qué pasaría si encontraras a un hombre del que pudieras enamorarte otra vez? ¿Crees que seguirías deseando ser monja?

La imagen de Vincent apareció ante los ojos de Hallie.

—Esa es una buena pregunta, Monique, y no puedo contestarte. Casarme de nuevo satisfaría mi parte egoísta pero, como monja, podría hacer mejor el bien.

—El bisabuelo dice que para que un matrimonio funcione tiene que haber generosidad y renuncia por ambas partes. También dice que un hombre y una mujer hacen el trabajo de Dios cuando forman una buena familia.

—Tiene razón en las dos cosas. Pero en este momento, lo que me preocupa es Paul y su estado mental.

—Ya lo sé. Ojalá pudiera convencerlo de que salga con Suzette. Ella siempre ha estado loca por él.

—El problema de estar loco por alguien es que es algo que le sucede sólo a esa persona y no tiene en cuenta los sentimientos de la otra.

—Estás hablando de Paul, ¿verdad?

—Y de Luc. Ayer no podía dejar de molestarte.

—Luc es simpático, pero...

—¿Pero no te quita la respiración? No te preocupes. Un buen día aparecerá alguien que te hará tilín.

—¿No dijiste que esa es una expresión anticuada?

—Sí, lo es. Pero me gusta.

—Creo que papá ha estado saliendo con alguien mientras estábamos fuera —a Hallie se le encogió el corazón.

—¿Por qué lo dices?

—Está actuando de forma distinta. Y no quiero decir sólo con Paul. Últimamente parece como si estuviera nervioso por algo. Lucie, mi compañera de habitación, me dijo que, siendo papá tan atractivo, le sorprendía que no se hubiera vuelto a casar hace años. Quizás eso es lo que está pensando ahora que Paul y yo somos mayores.

—¿Por qué no le preguntas directamente si está viendo a alguien especial?

—No me atrevo.

—Monique... si ha conocido a una mujer que es importante para él, puedes estar segura de que es una mujer maravillosa.

–Con tal de que pueda hacerlo feliz...

–Después de haber estado solo tanto tiempo, no escogería a nadie que Paul y tú no pudierais querer también. Créeme. Durante esta semana me he dado cuenta de que vosotros dos sois todo el mundo de tu padre. Fíjate lo mucho que se divirtió esta tarde.

–Lo sé. Quería que durara para siempre.

«Y yo también», pensó Hallie.

–Buenas noches, Monique.

–Buenas noches, Hallie.

–¿Qué tal va eso? ¿Michel te está haciendo trabajar demasiado?

–En absoluto –dijo Hallie, pero la voz de Vincent no la dejaba concentrarse. Michel estaba sentado junto a ella y se volvió hacia Vincent.

–Ya está haciendo que mi vida sea mucho más fácil. Estaba a punto de llevarla a ver el despacho de envíos.

–Yo la llevaré –dijo Vincent, y a Hallie se le aceleró el pulso.

–No es ningún problema, Vincent.

–La comida está lista en el *château* –respondió él.

–Ah... –exclamó Michel con resignación–. Claro. Entonces te veré otra vez a las tres.

–Hallie no volverá hasta mañana. Todavía está instalándose –su tono era frío y casi grosero. Hallie nunca lo había visto tratar a nadie así.

–Gracias por tener tanta paciencia conmigo, Michel –dijo Hallie poniéndose en pie–. Estaré aquí mañana a las ocho.

–Será un placer.

Hallie siguió a Vincent hasta salir de la bodega. Él iba delante y se detuvo a esperarla delante del coche que estaba estacionado fuera. Abrió la puerta y la ayudó a subir. Hallie no entendía nada y lo miró intrigada.

–¿No habías dicho que la comida estaba lista?

–Minou siempre tiene comida lista si tienes hambre. Michel es el donjuán de la oficina y quería que supiera que estás fuera de su alcance. A él no le importa que seas monja seglar.

–Te agradezco que te preocupes, Vincent, pero sé cuidar de mí misma.

–No desde mi punto de vista. Mientras estabas trabajando, se te estaba comiendo con los ojos –Hallie lo había notado, pero no creía que Vincent se hubiera dado cuenta–. En cuanto te haya entrenado, podrás usar el ordenador que hay en mi despacho. Yo hago casi todo mi trabajo por teléfono –Hallie necesitaba más que nunca hablar con Gaby–. Pensé que podíamos aprovechar para comprar víveres para tu despensa. Estás invitada a comer en el castillo siempre, pero necesitarás comida para cuando quieras descansar en tu casa. Hay una tienda de quesos excelente en Pully, una pequeña ciudad a cinco millas de aquí. A la hora de comer sirven unos croissants de queso y jamón que te harán la boca agua.

Vincent no tenía ni idea de lo que le estaba haciendo. ¿Y si Paul se enteraba?

–¿Dónde están los gemelos?

–Supongo que estarán paseando a sus amigos con sus coches nuevos –dijo poniendo el coche en marcha. El aire de junio era tan cálido que Hallie abrió la ventanilla.

–Recuerdo mi primer coche. Fue el día más emocionante de mi vida.

–Yo no –balbuceó él–. Hasta después de casarme tuve que conformarme con una bicicleta. Y aún entonces, el coche era de Maurice y lo compartíamos.

Todo lo que decía hacía que ella lo amara aún más.

–¿Qué edad tenías cuando, por fin, tuviste tu propio coche?

–Tenía veintisiete años y hacía dos que había terminado la universidad.

–¿No era un Ferrari?

Él hizo una mueca.

–No podía ser. Tenía que acomodar a dos niños y a mi abuelo.

Tardaron muy poco en llegar a la preciosa ciudad medieval. Entre la visita al mercado y a la pastelería, Vincent la alimentó con croissants y jugosas ciruelas. Ella se sentía como si fueran un matrimonio feliz haciendo las compras del día, charlando y comentándolo todo.

Era uno de esos momentos que Hallie habría deseado guardar para siempre.

Tres horas más tarde volvieron a la casa y él la ayudó a meter y guardar las compras. Había sido un error.

Ese día ella no se había esforzado por mantenerlo al margen. Y, llegado el momento de que se fuera, deseaba desesperadamente que se quedara. Él corazón le latía tan fuerte que parecía que tuviera fiebre.

–¿Por qué quieres volver a Suramérica? –preguntó cuando ella acababa de cerrar la nevera. Monique no había perdido el tiempo y, tras la conversación con Hallie de la noche pasada, le había comentado los temores que sentía. Cuando Hallie se volvió, él estaba enfrente de ella cerrándole el paso. Sus ojos la miraron con una tremenda intensidad–. ¿Tu corazón está seguro de que es una llamada de Dios? ¿O crees que es la única manera de pagarle a la hermana Carlotta su ayuda para mantenerte viva hasta que os rescataron?

Hallie se había formulado esas mismas preguntas durante toda la semana.

–No lo sé –murmuró por fin–. ¡No lo sé! –repitió con un grito de angustia.

–Monique está consternada pensando en que cuando Paul despierte de su sueño y te deje marchar, tú te irás.

–Ya lo sé –dijo ella, bajando los ojos.

–Si quisieras, ¿no podrías seguir siendo una monja seglar aquí en Saint Genes? ¿Acaso no lograrías el mismo objetivo de seguir sirviendo a Dios y de honrar a la hermana Carlotta?

–No es tan simple, Vincent –repuso ella con un suspiro, y pensando: «No podría resistir estar cerca de ti durante el resto de mi vida sin ser tu esposa».

–¿Por qué no? –preguntó sin aliento–. Mi hija te necesita de una forma que Paul nunca te ha necesitado. Tiene que tranquilizarse pronto, o acabará también en el hospital.

–Vincent... ¿No sabes que es porque está preocupada por ti?

Él frunció las cejas.

–Estás hablando en clave.

–Intento no hacerlo –dijo mordiéndose un labio. Tenía que decírselo para que entendiera lo que pasaba con sus hijos y pudiera ayudarlos.

–Monique dice que estás distinto desde que volvieron de París. Cree que te has enamorado de alguien y que estás esperando el momento apropiado para decirles que te vas a casar.

VINCENT ansiaba estrechar a Hallie entre sus brazos, pero no podía hacerlo sin ir en contra de todos sus principios.

De alguna manera logró tener fuerza y apartarse de ella.

Aunque no llevara hábitos, era una monja seglar. El día anterior la había abrazado para consolarla, pero ya no tenía una excusa.

–¿Es eso cierto? –sus bellos ojos, tan profundos, le imploraban la respuesta.

¡Vaya intuición la de su hija! Vincent estaba seguro de que Hallie lo preguntaba por Monique, pero quería creer que también lo preguntaba por ella misma. ¿Cómo podía estar tan enamorado de Hallie, y que ella no le correspondiera?

Por mucho amor que hubiera sentido por su marido, en realidad su matrimonio sólo había durado un día.

Él había pasado una semana junto a ella, y estaba seguro de que no le era indiferente.

–Sí –reconoció–. Hay alguien, pero aún no le he pedido que se case conmigo.

–Ya... –Hallie consiguió aparentar que no se inmutaba y no mostró sus verdaderos sentimientos. Vincent se sentía como al borde de un precipicio.

—Antes de que haga algo que va a cambiar nuestras vidas, tengo que estar seguro de que Paul no va a entrar en crisis otra vez.

—No podemos dejar que eso suceda —dijo ella con un gemido—. Estoy haciendo todo lo que puedo para cortar esa fantasía suya.

—¿Crees que no lo sé?

—El problema es que estas cosas no se pueden hacer deprisa. Lo que espero es que esta noche él...

—¿Hallie? —era la voz de Paul. Estaba llamando a la puerta y Hallie miró a Vincent alarmada—. ¿Hallie? ¿Papá? ¿Estáis ahí?

Vincent le apretó el brazo.

—Yo abriré. Tú sigue guardando la comida.

Tras unos minutos, Hallie oyó pasos acercándose.

—Hola, Hallie.

Ella terminó de colocar unas cajas en la alacena y se volvió.

—Pareces contento. ¿Qué te parece tu coche nuevo?

—Es estupendo —dijo sonriendo—. Hasta tiene una ventana en el techo.

—¡Qué suerte! ¿Ya lo ha visto todo el mundo en Saint Genes?

—Casi —contestó riendo—. ¿Quieres dar un paseo?

—Me encantaría —contestó mirando el reloj. Eran las cuatro pasadas—. ¿Podemos darlo a las seis? Podrás mostrarme todas sus maravillas hasta las siete, que tengo que estar en la iglesia —él dejó de sonreír.

—Claro.

—Tu padre me ha hecho comprar comida para toda una semana. Ahora quiero hacer la cena, luego tengo que ducharme y hacer una llamada importante —se dirigió hacia uno de los armarios y sacó una barrita de mazapán–. Toma. Esta es mi contribución. Ponlo en la guantera para un día de lluvia.

–¿Eso qué quiere decir?

–¿No te he enseñado esa expresión? Hmm... Supongo que no. Un día de lluvia es un día en que las cosas no te salen bien –él desenvolvió el mazapán y le dio un mordisco–. Paul, ¿no me has comprendido?

–Sí –siguió comiendo hasta terminarlo.

–Al parecer no te paraste a comer.

–Luc y yo hicimos una buena comida.

–¿Pasa algo malo? –preguntó ella con un gesto de preocupación.

–Había tenido un gran día hasta que vine a buscarte, pero tú siempre tienes algo que hacer, o acabas de llegar de algún sitio, o tienes que ir a alguna parte. Parece que aquí las cosas son muy diferentes de París.

Estaba comenzando a decepcionarse.

–Lo son. Los tres sólo estábamos juntos algunos días de la semana. Si hubieras estado conmigo todo el día, como Beauregard está con Maurice, te habrías dado cuenta de lo ocupada que estoy.

Paul la miró con dureza.

–Tú nunca paras.

–No puedo. Me temo que es mi manera de ser –aclaró Hallie mientras Paul, contrariado, golpeteaba la encimera de la cocina. De pronto dejó de hacerlo.

–Volveré a las seis.

–Gracias, Paul –dijo acompañándolo hasta la puerta–. Hasta luego.

En cuanto cerró la puerta corrió hacia el dormitorio. En San Diego serían las ocho de la mañana y podía ser que Gaby aún estuviera durmiendo. No le gustaba despertarla, pero se trataba de una emergencia.

–Diga...

–¿Gaby?

–¡Hallie! No te imaginas lo que me alegra oír tu voz. ¿Has vuelto a California?

Hallie se emocionó y un torrente de lágrimas rodó por sus mejillas.

–No. Todavía estoy en Francia –dijo entre sollozos–. Gaby, estoy en un lío –pasaron hora y media hablando y cuando Hallie miró el reloj, eran las seis menos cuarto–. Tengo que colgar. Paul vendrá a buscarme dentro de poco.

–Espera... Antes de que cuelgues dime una cosa: ¿de verdad crees que no hay otra mujer?

–Vincent es un hombre normal con sangre en las venas. Claro que hay otras mujeres.

–Hallie...

–Si te refieres a una mujer concreta, no lo sé. Sé que tiene planes para ir a algún sitio esta noche. Todo lo que puedo decir es que, si de verdad existe, debe ser una persona muy comprensiva para aceptar que nunca la traiga aquí. Pero la situación con Paul es crítica y él no se atreve a hacer ningún movimiento en falso.

–Creo que se delató a sí mismo cuando te pidió que te quedaras en Saint Genes como monja seglar para contentar a su hija. Me suena a una tapadera.

–Yo también quiero creer eso –su voz era temblorosa–. Pero, ¿y si me equivoco?

–¿Te acuerdas cuando salí huyendo de Max?

–¿Cómo podría olvidarlo? Yo fui quien te dio la idea de tomar un vuelo a tu casa en New Jersey.

–¿Te has olvidado de que todo se resolvió? Estoy casada con el hombre de mis sueños. ¿Me estás escuchando, Hallie?

–Sí.

–Ambas madres superioras dijeron que no estabas preparada para tomar los votos. Ahora puedes entender por qué. Te enviaron a Francia por una razón. Tendrás que quedarte ahí y dejar que este lío evolucione hasta que lo tengas todo muy claro.

–No tengo otra elección, mientras Paul esté en un estado tan delicado.

–¿Sabes lo que pienso? Eres la mujer más maravillosa que he conocido. Te quiero, Hallie. No vas a estar atormentada para siempre.

–¿Lo prometes?

–Seguro. Llámame siempre que quieras. ¡De verdad!

–Lo haré. Gracias, Gaby.

Hallie colgó y corrió a la ducha. Aunque la conversación no le había resuelto nada, se encontraba mejor al haberse sincerado con su amiga.

Sin embargo, en lo que tardó en ponerse una falda y una blusa, algo le había quedado perfectamente claro.

Desde su llegada a Saint Genes, Hallie había disfrutado del contacto con cada uno de los miembros de la familia Rolland. Se había criado en una familia amorosa y dinámica y echaba de menos ese ambiente.

La idea de pertenecer para siempre a una comunidad de hermanas devotas ya no la atraía tanto como antes. Estaba segura de que le gustaría la enseñanza, pero echaría en falta el contacto verdadero con la gente.

Se acordó de la semana anterior, en París, cuando pensó que pronto se despediría para siempre de Monique y de Paul y sintió que iba a sufrir, de nuevo, una gran pérdida. Eso la había hecho dudar seriamente de su vocación.

Para complicarlo todo, había conocido a Vincent, y ese hombre tenía el poder de despertar su sensualidad, que ella creía muerta y enterrada junto a Raúl. Esa noche tenía que enfrentarse a algo contra lo que había estado luchando. Era una monja seglar muy mundana. Si no, ¿por qué no había telefoneado a la madre Marie-Claire en lugar de a Gaby? Recordó sus palabras:

«Ambas madres superioras dijeron que no estabas preparada para tomar los votos. Ahora puedes entender por qué. Te enviaron a Francia por una razón. Tendrás que quedarte ahí y dejar que este lío evolucione hasta que lo tengas todo muy claro»

Tres horas más tarde, se confirmó una de sus sospechas.

Después de la presentación del padre Olivier, el grupo de adolescentes de la iglesia mostró gran entusiasmo porque fuera una estadounidense quien les diera clases de inglés. Las clases serían los lunes y los miércoles de siete a ocho y media hasta el final del verano.

Hallie estaba muy ilusionada con la perspectiva de poner en práctica su preparación como profesora. Pero, al entrar en el coche de Paul, que la esperaba para llevarla al castillo, se dio cuenta de que lo que le daba verdadera alegría era volver a la gente que había aprendido a amar. Los gemelos, Maurice, Beauregard, y... ¡Vincent!

Pasara lo que pasara en el futuro, supo que nunca se sentiría completa si tomaba los votos.

Absorta en sus pensamientos, no se había dado cuenta de que el coche no se movía. Paul la había llevado al mismo sitio del río en que había estado con Vincent el primer día.

La puesta de sol, el maravilloso paisaje... Todo era tan perfecto como la vez anterior. Pero el hombre que conducía no era el mismo y, además, olía a alcohol. Paul había bebido mientras la esperaba pero, ¿cuánto?

No había logrado convencerlo de que se uniera al grupo de la iglesia que iba a recibir las clases. Lo había intentado pensando que allí podría conocer algunas chicas de su edad, pero refunfuñando, él había dicho que tenía cosas que hacer y que la iría a buscar después.

Muchos chicos bebían. Pero en su caso era diferente, porque había estado bebiendo solo. El coche nuevo no bastaba para quitarle la depresión de no poder alcanzar lo que tanto deseaba. Hallie pensó que tenía que contarle a Vincent ese nuevo y preocupante aspecto. Ella no era psiquiatra y no sabía qué decirle a Paul, pero tenía que intentar apaciguarlo antes de volver a casa.

–¿Es este tu sitio favorito? Ya entiendo por qué. Es maravilloso –con un movimiento lento, él se volvió hacia ella y la miró.

–Es el de mi padre –sentenció–. Pero tú ya lo sabes –Hallie sintió que se mareaba–. Louis, uno de los empleados, estaba trabajando en los viñedos y os vio juntos –su tono era de dolor y de furia–. Le dijo a todo el mundo que papá tiene una novia.

–Lo siento mucho, Paul –dijo ella temblando.

–Al menos no niegas que estuviste aquí con él. Eso es algo con lo que siempre puedo contar. Tu sinceridad –el brazo de Paul estaba extendido sobre el respaldo y alargó la mano hacia el cabello de Hallie–. Yo les he dicho que se olviden de lo que están pensando porque eres una monja seglar. Han dejado de decirlo, pero no de pensarlo. Ni tampoco yo – enredó un mechón del cabello entre sus dedos y estiró, no muy fuerte, pero lo suficiente para que ella entendiera lo furioso que estaba–. Tú y papá estabais haciendo el amor cuando fui a la casa esta tarde y os interrumpí. Lo supe en cuanto abrió la puerta. El hombre que estaba allí era distinto al que he conocido durante dieciocho años. Tenía la expresión de felicidad que he visto en la cara del padre de Jules cuando ha pasado unas horas en el dormitorio con su esposa. Papá no hacía más que hablar y yo sabía el porqué. Estaba dándote tiempo para que te vistieras. Cuando entré en la cocina, casi no te reconocí. Parecías tan... tan viva. ¡Maldita seas, Hallie! –exclamó en un sollozo.

–Está equivocado. Solamente un hombre de la familia Rolland me ha besado. Y ese fuiste tú, Paul.

Él se incorporó. La expresión de su rostro era de confusión y desesperación. Deseaba creerla, pero su furia se lo impedía.

–Quiero que te marches de aquí –las venas de su frente y de su cuello estaban a punto de explotar–. ¡Quiero que desaparezcas de mi vista y no vuelvas jamás!

Hallie había visto a otros adolescentes ebrios, pero ese era Paul. El hijo de Vincent.

Estaba actuando igual que su padre cuando los sorprendió en el apartamento de París. Entonces, no había podido razonar con él. Tampoco se podía razonar con Paul. Por lo menos, no hasta que estuviera sobrio.

¿Qué hacer?

Miró por la ventanilla. Podía volver al *château* andando, pero no se atrevía a dejar a Paul allí junto al río, por si se le ocurría tirarse al agua. Vincent ya la había advertido del peligro.

—Paul, ya sé que ahora te gustaría estar a solas, pero aún no conozco bien esta zona y temo perderme si vuelvo a casa sola. ¿Cuánto has bebido? No deberías conducir si has estado bebiendo.

—Sólo he tomado un par de copas —espetó, y se volvió hacia ella—. ¿Juras por Dios que mi padre no se ha acostado contigo?

Ella tragó saliva.

—No hace falta que te conteste, porque sabes la verdad.

—Sólo sé lo que vi. ¡Si no ha pasado todavía, pasará!

—Te equivocas de nuevo, Paul —de repente, Hallie supo lo que tenía que hacer—. Si eres tan amable de llevarme a casa, haré mi maleta y me iré a Saint Genes. Por la noche hay un tren a París, y pienso tomarlo —Paul inclinó la cabeza—. Es una lástima que hayas bebido, porque te habría pedido que me llevaras a París en tu coche nuevo, y me dejaras en la Abadía de Clairemont.

Ese comentario lo hizo reaccionar y arrancó el coche. No pronunció palabra hasta que llegaron a la casa.

—Puedes esperarme aquí, o entrar mientras hago mi equipaje. Lo que prefieras.

Sólo tardó cinco minutos en meter todas sus cosas en la maleta. Agarró su pasaporte y lo puso en el bolso. Cuando volvió al vestíbulo, Paul estaba esperándola apoyado en el marco de la puerta. Se quedó estupefacto al ver que ella estaba lista para viajar.

—No dices en serio que vas a marcharte. Estás tomando la revancha por haber sido cruel contigo.

–No, en absoluto. No vine para dividir a tu familia o para suscitar cotilleos que te hieran. Tú y Monique estáis de nuevo en vuestro hogar con vuestro padre. Mi misión aquí ha terminado. Si no quieres llevarme, telefonearé al *château* y le pediré a tu hermana que me lleve hasta la estación.

–No te vayas, Hallie. No quería decir las cosas que dije.

–Ya sé que no –le sonrió, aunque se le partía el corazón–. Pero ya es hora de que me vaya –se dirigió hacia la puerta con decisión, obligándolo a apartarse mientras la cerraba.

El coche de Vincent no estaba, no había regresado aún de su cita. Hallie sintió una punzada de dolor en el corazón. Tanto si estaba con otra mujer como si no, ya no era de su incumbencia.

Se adelantó hacia el coche y metió la maleta en el asiento de atrás. Luego se sentó delante y esperó a que Paul pusiera el coche en marcha.

Él tenía los ojos enrojecidos y la miraba con cara de desesperación.

–¡No puedes irte así como así! ¿Y qué pasa con tu nuevo trabajo? ¿Y con las clases en la iglesia?

–Sé que puedo contar contigo para que lo expliques todo –dijo. Cuando puso la llave de la casa en la guantera, Paul la miraba a punto de llorar.

–Si Monique lo supiera, sabría cómo hacer que no te fueras.

–Por eso es mejor que me lleves tú. Mañana ya estaré en París y no podréis alcanzarme.

–¡No digas eso!

–Paul, por la amistad que nos une, por favor, llévame a la ciudad ahora.

Paul no pudo contener unas lágrimas. Después de secárselas, arrancó el coche, pero siguió sollozando hasta llegar a la estación. Agarró la maleta mientras ella se apresuraba a comprar el billete.

–Un billete de ida a París, por favor.

Habían llegado justo a tiempo. El próximo tren estaba a punto de llegar y era el último hasta el día siguiente.

–La noche es preciosa. Esperemos en el andén, ¿te parece?

La expresión de Paul era de absoluta agonía.

–Si yo te importara lo más mínimo, no harías esto.

Hallie respiró hondo.

–Te quiero como quería a mi hermano John –mientras hablaba oyeron llegar al tren.

Paul se quedó de piedra.

–Yo sabía que tenías una familia, pero nunca dijiste que tenías un hermano.

–Sólo éramos nosotros dos. Tenía dos años más que yo. Tú te pareces a él en muchas cosas. Bueno, a como era. No de aspecto, sino de carácter.

–¿Qué le pasó?

–Pregúntaselo a Monique. Ella te lo contará todo. Lo que quiero decir es que, seguramente por eso, conecté tanto contigo cuando nos conocimos –el tren se detuvo. La parada sólo era para recoger viajeros y Hallie era la única. Se apresuró a subir y Paul vaciló en darle la maleta–. Paul, yo te quiero como a un hermano –dijo con lágrimas en los ojos–. Cuando intentaste quitarte la vida pensé que no podría resistir perder a otro. Por favor, deja que tu padre te ayude. Él te quiere mucho. Y Monique y Maurice también. Todos necesitamos una familia, y con una como la tuya para apoyarte, tendrás una vida hermosa. *Au revoir, mon cher ami*.

El tren se puso en marcha y ella se quedó en la puerta diciéndole adiós con la mano.

–¡Espera! –gritó Paul, y comenzó a correr al lado de su vagón, pero el tren ya había ganado velocidad y no pudo seguirlo.

Hallie se quedó mirando hasta que Paul se convirtió en un punto en la estación. Entonces el tren tomó una curva y todo se oscureció.

Después de una larga velada en el Hotel Florissant de Saint Genes, Vincent contaba los minutos para llegar al *château*.

En un sitio tan pequeño, las habladurías eran frecuentes. Vincent quería contrarrestar los cotilleos sobre su interés por Hallie, así que había pasado la velada cenando y bailando con Madelaine Beguey. Se trataba de una morena divorciada muy atractiva con la que ya había salido una vez. Así esperaba despistar a sus conocidos.

Por la mañana, el último cotilleo mal informado haría estallar el ambiente de las bodegas. Ese era el plan de Vincent. Estaba preparado a hacer cualquier cosa para evitar lastimar a Paul.

Los faros de su coche iluminaron los coches de los gemelos estacionados en el patio. Ya era más de la una y dio por sentado que sus hijos estaban durmiendo.

Él también solía estacionar allí, pero en ese momento sintió un impulso y condujo hacia la parte trasera del castillo para ver si Hallie aún estaba despierta. El corazón se le aceleró al ver que había una luz encendida en el salón. Detuvo el coche delante de su oficina y pasó unos minutos luchando con su propia razón.

Por muy buen pretexto que encontrara, si llamaba a su puerta echaría por tierra todos sus intentos por deshacer los rumores que podían dañar a sus hijos.

Pensó que sus deseos de ver a Hallie tendrían que esperar hasta la mañana siguiente y que esa noche iba a ser interminable.

Salió del coche y entró en su oficina. Siempre tenía trabajo y podía contactar con sus clientes de países con horarios diferentes.

Se quitó la chaqueta y abrió uno de los archivos, pero pronto se dio cuenta de que no podía concentrarse en nada. Pensó que al día siguiente haría que Hallie se instalara allí con él y la entrenaría él mismo. Si no podía estar con ella como quería, al menos, compartiría el negocio con ella.

Siempre había gente entrando y saliendo y, pronto, todo el mundo sabría que ella era una monja seglar que había hecho amistad con sus hijos en París. Con el tiempo, los rumores se acallarían.

Y entonces, ¿qué?

–¿Papá? –el tono de alarma en la voz de Monique a esas horas lo sobresaltó. Levantó la vista y vio a su hija, en bata, que se lanzaba a sus brazos con los ojos llenos de lágrimas.

–¿Qué pasa, mi pequeña?

–Se trata de Paul –al oírla le entraron sudores fríos.

–¿Dónde está?

–En su cuarto. Vino a mi habitación esta noche exigiéndome que le dijera lo que Hallie me había contado sobre su familia. Olía a alcohol y estaba claro que había bebido mucho. Yo creía que sabía lo de la tragedia. Después de contárselo todo, murmuró algo sobre haber hecho algo imperdonable y salió corriendo hacia su cuarto. Yo lo seguí, pero cerró la puerta con llave y me dijo que me fuera. No paraba de llorar. Me asusté tanto que le dije que iría a buscarte, pero me pidió que mantuviera el secreto. Le pregunté por qué y me dijo que si tú llegaras a saber lo que había hecho, nunca lo perdonarías —hizo una pausa para tomar aliento y prosiguió—. Le prometí que no te diría nada, pero pensando en lo que dijo el doctor Maurois, supe que tenía que decírtelo. Creía que no llegarías nunca a casa. Entonces vi tu coche desde la ventana, pero como no entraste en casa, vine a verte.

Vincent estrechó a Monique aún más fuerte.

—Hiciste lo que tenías que hacer. No podemos tener secretos en esta casa, o Paul nunca mejorará. Vamos.

Agarró su chaqueta y salió con Monique.

Oyeron los lamentos de Paul incluso antes de llegar a su cuarto. Vincent no pudo evitar acordarse de su propia pena cuando Arlette lo amenazó con abortar. Después de suplicarle que no lo hiciera, había ido a los viñedos y había llorado durante una buena parte de la noche. Al llegar la mañana, había ido a pedirle ayuda a su abuelo. En ese momento, era su hijo quien necesitaba ayuda.

Con un brazo alrededor de Monique, llamó a la puerta de Paul.

—¿Paul? Tenemos que hablar. Ábreme o me obligarás a descerrajar la puerta.

Pasaron más de cinco minutos antes de que Paul abriera. Vincent empujó la puerta y encontró a Paul sentado con la cabeza entre las piernas en actitud de absoluta agonía.

Vincent respiró hondo.

–Paul, no hay nada en este mundo que no se pueda perdonar cuando existe suficiente amor. Sea lo que sea lo que te está apenando, puedes decírmelo.

Despacio, Paul alzó la cabeza.

–Soy un embustero, papá.

–Bienvenido al club.

–Lo digo en serio.

–Todas las mentiras son serias. ¿Qué te parece la que te hice creer sobre vuestra madre?

–Pero tenías una buena razón. No querías que Monique y yo pensáramos mal de ella. Mi mentira es diferente.

–¿De qué modo? –Vincent estaba impaciente por saberlo y Monique temblaba.

–Nunca deseé morir –al darse cuenta de lo que su hijo decía, Vincent se sintió aliviado–. No estaba intentando quitarme la vida. Me atropellaron porque estaba tan furioso que no miré al cruzar.

–¡Lo sabía! –exclamó Monique–. Le mentiste al doctor para evitar que Hallie se fuera de Francia.

Paul asintió y miró a su padre.

–También quería que te sintieras culpable por no escucharme.

–Nada de eso importa ahora –dijo, y abrazó a su hijo fuertemente. Parecía que las cosas iban por buen camino, pero Paul añadió–. Hay algo más que tengo que deciros a los dos. Hallie se ha ido.

Fue como una puñalada para Vincent.

–¿Adónde? –gritó Monique, y su voz retumbó por toda la habitación..

–De vuelta a París. Por culpa mía.

Vincent dejó escapar un gemido y su hija se percató.

–¿Papá? ¿Estás bien? Estás totalmente pálido.

–Probablemente es por la conmoción que me han causado tantas sorpresas en una sola noche –murmuró antes de sentarse en el borde de la cama de Paul–. Cuéntanos lo que ha pasado.

Paul miró al vacío con una mirada vaga.

–Después de ir a buscarla a la iglesia, hice algo terrible.

–Sigue...

–La acusé de acostarse contigo –esa era otra bomba con la que Vincent no contaba. Pero recordó la extraña expresión del rostro de Paul cuando lo vio salir de casa de Hallie. Todo comenzaba a tener sentido. Monique permanecía en silencio y cabizbaja –. Yo sabía que no era cierto –confesó Paul–. Pero después de que Louis me dijera que te había visto con Hallie junto al río... Ya sabéis cómo es cuando cree que algo está pasando... Pues me hizo dudar.

Vincent sabía perfectamente cómo podía ser Louis, y Michel, y otros muchos.

–¿Fue eso lo que hizo que Hallie se marchara? ¿Los cotilleos? –preguntó Vincent aparentando normalidad cuando se estaba quemando por dentro.

–No –dijo Paul dejando de dar zancadas por el cuarto–. Le dije que, aunque no hubiera pasado nada entre vosotros todavía, era sólo cuestión de tiempo –hizo una pausa–. Le dije que saliera de mi vida. Ella contestó que lo haría en cuanto la llevara a casa para que hiciera el equipaje porque su misión en Saint Genes había terminado. No encontré la manera de detenerla. En la estación me dijo que me quería como a su hermano, que había muerto en el accidente aéreo. Entonces me rogó que dejara que tú me ayudaras, papá.

Fue en ese momento cuando me di cuenta de que todavía pensaba que yo había intentado quitarme la
vida. Corrí tras ella para decirle la verdad, pero el tren
ya estaba en marcha y no pude alcanzarla –las lágrimas rodaban a raudales por las mejillas de Paul–. De
verdad que he fastidiado bien las cosas.

Vincent estaba tan abrumado que no podía pensar.
Pero tenía que hacer algo por ayudar a su hijo.

–¿Qué crees que podrías hacer para arreglar esto?

–Ir a pedirle disculpas por haberle hecho pasar tan
mal rato. Lo malo es que dijo que no podríamos encontrarla.

Monique lloraba a lágrima viva.

–Quizá podrías escribirle una carta y enviarla al
convento con el correo nocturno.

–Probablemente ni la abriría.

–¡Si puedes decir algo así de Hallie, es que no la
conoces lo más mínimo! –exclamó Monique compun-
gida, y salió del cuarto.

Existían distintos grados de dolor. Vincent podía
decir con absoluta certeza que estaba familiarizado
con todos ellos.

CAPÍTULO 9

TIENES algún lugar adonde ir, Hallie?

–Sí Reverenda Madre. Mi amiga en San Diego me va a dejar que me quede con ella hasta que encuentre un apartamento. Espero que aún quede tiempo suficiente para conseguir un trabajo de profesora en alguna escuela pública para el otoño.

La madre Marie-Claire sonrió.

–Algunas mujeres hacen sus votos y averiguan demasiado tarde que hay alguna otra cosa que prefieren hacer en la vida. Me alegro de que no seas una de ellas. Creo que eres sabia y valiente, porque te has enfrentado a tiempo a la verdad sobre ti misma. Puede que ya no seas una monja seglar, pero como la hermana Carlotta, siempre serás una buena influencia vayas donde vayas. No tengo la menor duda.

–Eso espero.

–¿A qué hora es tu vuelo?

–Por la mañana.

–Siempre te recordaremos en nuestras plegarias.

–Gracias por todo, Reverenda Madre.

Hallie se levantó para salir del despacho. Cuando iba hacia la puerta, una de las novicias se acercó a ella y le entregó dos sobres exprés.

–Acaban de traerlos, los dos son para ti.

–Gracias.

Los metió debajo del brazo y salió del convento para dar un paseo por la orilla del Sena. Probablemente Gaby le había mandado dinero, o algo. Era el tipo de acción generosa que su amiga era capaz de hacer. Parecía increíble que sólo faltaran cuarenta y ocho horas para tomar en brazos a la niña de Gaby por primera vez.

Hacía sol, y en cuanto encontró un banco vacío, se sentó. Miró uno de los sobres y se sorprendió al ver que provenía de Saint Genes. Al examinar el otro, vio que lo habían mandado desde Pully. Esa era la ciudad a la que había ido con Vincent. ¿Se lo habría mandado él? El corazón le palpitaba tan fuerte que le dolía.

Decidió dejarlo para el final. Abrió el primero y dentro encontró otro sobre blanco con una página escrita a ordenador por Paul.

Lloró de alegría al saber que había mentido al decir que quería morir. Después de que Paul pidiera disculpas por todo, Hallie se fijó en el último párrafo:

Espero que esta carta te llegue antes de que te vayas a California. Supongo que es esperar demasiado que vuelvas al Château Rolland. Si me dieras una segunda oportunidad, te prometo que las cosas serían diferentes. Sólo recuerda que aquí tienes un hermano pequeño que siempre te querrá.

—Paul —susurró, y cerró los ojos. Una de sus oraciones había sido oída.

Con manos temblorosas abrió el segundo sobre. Al ver que se trataba de una carta de Monique, escrita a mano, se llevó una decepción. «Qué chica tan tonta soy, creyendo que podía ser de Vincent», pensó. Adoraba a Monique y le gustaba tener noticias suyas, pero...

Hallie:
Nadie tiene ni idea de que te estoy escribiendo. Ahora ya habrás leído la carta de Paul y sabrás la terrible mentira que le contó a todo el mundo.

¡Tienes que volver! No estoy insinuando que él se vaya a quitar la vida si no vienes, ambas sabemos que no. Pero conozco a Paul mejor que nadie en este mundo y, si no le das la oportunidad de arrepentirse, estará triste toda su vida, por las cosas que te dijo y te hizo.

Tuve una charla muy extensa con el padre Olivier. Dice que es muy importante que la persona contra quien se ha cometido el pecado ayude al pecador arrepentido a demostrar su arrepentimiento. Paul no podrá hacerlo si tú no estás aquí.

No querrás tener eso sobre tu conciencia cuando entres en el convento, ¿verdad? Yo creo que no.
Monique.

Hallie dejó la carta sobre el banco y miró al vacío. Podía ver a Monique dando una patada en el suelo como solía hacer cuando estaba contrariada.

¡La locuela había acudido al padre Olivier! Se le encogía el corazón al pensar en la súplica que había detrás de la carta.

Algo le decía que, si no regresaba, aunque fuera por unos pocos días, Monique acabaría más lastimada que Paul. Y eso no sería justo hacia Vincent, que ya tenía suficiente dolor.

Decidida, Hallie guardó las cartas y regresó al convento. Tendría que telefonear a Gaby y decirle que postergaba, de momento, sus planes de volver a San Diego. Luego cancelaría la reserva de avión y sacaría el billete de tren.

Eran las diez y media de la noche cuando el tren de Hallie paró en la estación de Saint Genes, y las once, cuando el taxi se detuvo detrás del castillo, frente a su casa. Los coches de los gemelos estaban en el patio, pero no veía el de Vincent por ningún sitio.

Ninguno de sus hijos lo había mencionado en sus cartas, pero eso no quería decir nada. O lo quería decir todo. Pero el que no estuviera en casa, siendo tan tarde, le hacía sospechar que estaba con otra mujer.

¿Por qué no? Sería lo más natural del mundo, sobre todo sabiendo que su hijo no tenía tendencias suicidas. Vincent se había sentido muy aliviado.

–*Merci, monsieur* –Hallie le pagó al conductor y salió del taxi con su maleta.

Como había puesto su llave en la guantera del coche de Paul, fue a casa de Bernard a pedirle la de repuesto. Por suerte no se había acostado aún y se la dio sin preguntarle nada, diciéndole que le llevaría toallas limpias.

El apartamento estaba exactamente igual que cuando lo había dejado tres días antes. Nadie había entrado y la nevera no estaba vacía. Se sorprendió de sentirse como en su propia casa.

Podía ser por la emoción de haber vuelto, pero se le había abierto el apetito. Se preparó una tortilla de jamón y queso. La fruta que había comprado con Vincent aún tenía buen aspecto.

Al morder una pera, la asaltaron los recuerdos de la tarde inolvidable que habían pasado juntos.

Esa iba a ser la parte dura del regreso. Estar de nuevo cerca de Vincent y disimular todo el anhelo que sentía por él. Pero tenía que hacerlo por el bien de los gemelos. Sobre todo por Monique.

Acababa de llevar la tortilla al comedor cuando oyó que llamaban a la puerta. Corrió a abrir la puerta, pensando que sería Bernard con las toallas.

No pudo emitir más que un gemido al ver el cuerpo alto y fuerte de Vincent, vestido con una camisa negra de seda y pantalones grises. Olía muy bien y estaba increíblemente atractivo. Casi se desmayó de la emoción.

–Hallie... –él parecía igual de sorprendido de verla en la casa. Al parecer, era la última persona que esperaba ver allí–. Vi luces dentro y decidí venir a investigar.

Ella se humedeció los labios con nerviosismo.

–Sí, bueno... el taxi me acaba de traer de la estación. Como era tan tarde no quise molestar a nadie y decidí esperar hasta mañana para decirle a tu familia que había regresado.

Vincent la examinaba de tal modo con sus ojos negros que a Hallie le temblaron las piernas, como si él la estuviera acariciando.

–¿Por cuánto tiempo? –preguntó Vincent con un susurro.

El corazón de Hallie palpitaba sin ningún control.

–No estoy segura –era la verdad. Vincent no lo sabía, pero era quien tenía todas las respuestas.

La boca masculina que ella tanto deseaba besar se desdibujó cuando Vincent apretó los labios reprimiendo sus sentimientos.

–¿Entonces, por qué has vuelto? –gruñó él.

–Entra y te lo explicaré.

Acababan de entrar cuando Bernard apareció con las toallas. Vincent las agarró, cerró la puerta y las echó sobre una silla. Puso las manos sobre las caderas con un gesto desafiante. Estaba claro que quería una respuesta, y ella no podía culparlo.

–Espera un minuto. Tengo que enseñarte algo para explicarlo todo –entró a su habitación y, sin perder un minuto, salió con las dos cartas. Él la esperaba dando zancadas. Parecía una fiera enjaulada tratando de escapar.

–Lee primero la carta de Paul –dijo dándosela.

–¿Quieres decir que hay más de una?

Hallie asintió.

–Sí, la de Monique.

–¿Ella también te escribió? –preguntó incrédulo.

Desde que había enviado a sus hijos a París, Vincent había recibido muchas sorpresas. Y le seguían llegando, gracias a Hallie.

Ella esperaba ansiosa a que terminara de leer. De pronto Vincent se echó hacia atrás.

–Cuando Monique dijo que iba a ver al padre Olivier para decirle que te habían llamado para que volvieras a París por una emergencia, no tenía ni idea de que tuviera otros motivos. Monique se pasó de la raya, Hallie. Siento mucho que haya hecho tantos esfuerzos para hacerte sentir culpable. Es obvio que no la conozco tanto como creía.

–No te disgustes con ella –imploró Hallie–. Necesitaba ayuda y acudió a alguien en quien confiaba.

Vincent suspiró con amargura.

–Debería haber acudido a mí.

–¿Cómo, si sabía que le prohibirías que me molestara? –se miraron muy serios durante unos instantes y él no dijo nada. Sabía que Hallie estaba en lo cierto–. Vincent, tengo que decirte algo sobre tu hija. Es una gran observadora y te ha estado estudiando durante años. Hay muy pocas cosas que se le escapen.

La expresión de Vincent se suavizó.

–Háblame de ello.

–El padre Olivier tiene razón. Regresando durante un tiempo le demostraré a Paul que lo he perdonado.

–Pero eso no funcionará si averigua que Monique también te escribió.

–Entonces, destruiré la evidencia –le quitó las cartas de la mano y fue hacia la cocina. Agarró una caja de cerillas que estaba junto a los fogones.

–Déjame a mí –murmuró él. En unos pocos segundos los papeles se quemaron y todas esas queridas palabras sólo quedaron en el corazón de Hallie. Él tiró las cenizas por el desagüe.

Temerosa de que se marchara, le preguntó:

–¿Tienes hambre? Como verás, me acabo de hacer una tortilla y aún no he recogido –tartamudeó–. Si quieres puedo hacerte otra.

–Eso estaría muy bien, pero yo la haré.

–Estupendo –exclamó ella tratando de aparentar indiferencia–. Iré a buscar la mía al comedor para volverla a calentar.

Cuando regresó, él había echado media docena de huevos en la sartén.

–Debes de estar hambriento –aunque acabara de volver de cenar parecía que tenía aún mucho sitio en el estómago. La idea de que hubiera estado con otra mujer la disgustaba.

–Ahora sí –contestó él.

«¿Qué quiere decir?», se preguntó Hallie. ¿Que su regreso lo había resucitado? Si supiera que estar junto a él la hacía sentirse viva...

–Cuando se asiste a tantas cenas de negocios como yo, la comida es lo último en que se piensa. Si Paul o Monique deciden algún día que quieren formar parte activa del negocio, estaré encantado de pasarles las cenas de compromiso.

–Será interesante ver a qué dedican sus vidas cuando salgan de la universidad.

–Esperemos, que sea cual sea su elección, los haga felices –¿era tristeza lo que detectaba en su voz? Hallie lo miró con curiosidad.

–Si hubieras podido hacer otra cosa, ¿qué habrías hecho? –le preguntó Hallie.

–Hubo un tiempo en que quería ser médico, pero mi padre no quiso ni oír hablar de ello –Hallie pensó que habría sido un buen médico. Dedicado y comprensivo–. ¿Tú siempre supiste que querías ser profesora? –dijo cuando ya tenían la comida sobre la mesa.

–Creo que sí. Pero mis motivos eran, sobre todo, tener los veranos y las vacaciones libres para poder viajar. La enseñanza resultó ser más dura de lo que esperaba.

–Mis hijos piensan que eres brillante.

–Los gemelos exageran.

–En serio, su inglés ha mejorado mucho estando a tu alrededor. Tu influencia es lo mejor que les ha podido suceder. Cuando pienso en cómo te hablé en mi apartamento... –extendió la mano para agarrar la de ella–. Perdóname, Hallic.

–Eso ya lo hemos hablado –dijo con voz temblorosa–. No hay nada que perdonar.

Ella estaba deseando que la agarrara y la sentara sobre sus rodillas, pero él la dejó que terminara de comer. Hallie no sabía cómo interpretar las distintas señales que recibía.

–Ahora que estás aquí, será mejor que las cosas vuelvan a cómo estaban. Paul no se convencerá a menos que todo vuelva a la normalidad. Ven a mi oficina a las nueve de la mañana y te pondré a trabajar.

–Creo que eso será lo mejor –dijo Hallie, emocionada.

–Cuando vea a Monique durante el desayuno, le pediré que le diga al padre Olivier que, después de todo, sí que darás las clases de inglés.

–Muy bien –murmuró–. Cuando hables con ella pregúntale si puedo usar una de sus bicicletas para moverme por aquí.

–Si necesitas transporte, puedes utilizar mi coche.

–Eso es muy generoso por tu parte, pero necesito el ejercicio. Cuando era adolescente y soñaba con grandes aventuras, siempre me imaginaba atravesando Francia en bicicleta. Estar aquí en el *château* rodeada de viñedos es como un sueño hecho realidad. No me quiero perder ni un minuto de este sueño.

Hubo un silencio y él tensó la mandíbula.

–¿Quieres decir antes de que te vayas a un país del tercer mundo a enseñar a los pobres mientras tu cuerpo lucha sin éxito contra los parásitos? –su tono era de rabia y Hallie se sorprendió. Ella había pensado decirle que ya no era monja seglar y que no se iría a Suramérica, pero no había surgido el momento adecuado.

Sin embargo, ahora acababa de presentarse. Pero temía que, quizás, el que ella fuera libre para vivir una vida normal lo decepcionaría.

Hallie no era tonta. Sabía que él la encontraba atractiva. Los ojos de un hombre no mentían en eso. Pero aun sacando a Paul de la ecuación, su atractivo podía depender de ser un fruto prohibido. ¿Y si pensaba que había renunciado a la vida religiosa por él? Cuando supiera que podía obtener lo que quisiera, ¿no perdería el deseo que sentía por ella?

Seguro que había habido otras mujeres en su vida que habían esperado convertirse en la siguiente madame Rolland. Pero no había sucedido. Él parecía satisfecho con su vida tal como era.

Si le hubiera enviado una carta como hicieron sus hijos... O si hubiera intentado hablar con ella por teléfono... Si hubiera demostrado un poco más que la deseaba, no tendría tantas dudas.

Tenía los sentimientos a flor de piel y temía que, en cuanto dijera que ya no era monja, acabara diciéndole que lo amaba. Y se moriría si no la correspondía.

De repente, él se puso en pie y ella se asustó. Parecía que le faltaba el aliento.

–Perdóname, Hallie. No tengo derecho a cuestionar tu futuro. Basta con que hayas regresado para ayudar a los gemelos. No te equivoques: la carta de Monique fue un ardid desesperado para mantenerte dentro de su vida. Ella te adora.

–Yo también a ella –reconoció Hallie.

–Nunca pensé que diría esto, pero espero que este verano conozca a algún joven que consiga ser tan importante para ella como para quitarle el dolor de tu partida.

«¿Sentirías tú también ese dolor? Dímelo, Vincent», se preguntó Hallie.

–Se hace tarde. Estoy seguro de que estarás cansada después de tu viaje. Voy a marcharme.

Con unas zancadas llegó a la puerta y se fue.

Hallie deseaba hacerlo volver y decirle lo que sentía su corazón, pero no tuvo valor. Estaba esperando una señal.

Quizá, si esperaba unos días más, llegaría.

–¿Abuelo? ¿Estás despierto? –el dormitorio estaba a oscuras.

–Sí. Entra.

El abuelo de Vincent estaba sobre la cama escuchando la radio. Era su ritual de cada noche antes de dormirse. Beauregard dormía a sus pies y levantó la cabeza para saludar. Maurice encendió la luz y Vincent se sentó a su lado.

Un par de ojos sabios y viejos lo escrutaron.

–Hace dieciocho años viniste a este cuarto para decirme que Arlette iba a abortar y que querías mi ayuda para que no lo hiciera. Intuyo que esta noche quieres mi ayuda otra vez. Pero, si no me equivoco, esta vez es sobre Hallie Linn.

Vincent asintió.

–Esta noche ha regresado, pero sólo por un tiempo.

Después de que le hablara de las cartas, el abuelo le dijo:

–Por desgracia, ningún abogado podría impedirle que se haga monja.

–¿Crees que no lo sé? –gimió Vincent.

–Escucha –dijo el abuelo agarrando el brazo de Vincent–. Un abogado no, pero el amor de un buen hombre sí que podría. El amor por tus hijos es lo que ha traído a Hallie a Saint Genes por segunda vez. ¿Es tan difícil de creer que te ame a ti también?

–¿Pero sería suficiente para disuadirla de su vocación? –Vincent se estremeció–. Si me rechazara, no podría resistirlo.

–¿Qué diferencia hay entre ese suplicio y el que estás sufriendo ahora? ¿Vas a quedarte ahí impedido por la maldad de Arlette y perder la mejor oportunidad de felicidad que podrías tener?

–No es eso sólo.

–¿Estás pensando en Paul?

–Ya está todo resuelto entre nosotros, pero si tuviera la menor idea...

–Entonces ve y dile cuáles son tus sentimientos.

–No puedo arriesgarme.

–Entonces, lo siento, pero yo no puedo hacer nada.

–Sí que puedes. Mantente vivo por mí.

Vincent salió del dormitorio de su abuelo y se encaminó hacia uno de los salones dónde agasajaba a sus clientes y cuyo bar estaba bien provisto.

La última vez que había bebido hasta emborracharse había sido al enterarse de que Arlette ya nunca podría lastimarlo a él ni a sus hijos. Se había puesto tan contento que había decidido celebrarlo.

Esa noche deseaba olvidar sus penas durante unas horas, así que agarró una botella de whisky y se la llevó al dormitorio.

El primer vaso se lo bebió de un solo trago, pero no consiguió beberse el segundo, porque Paul apareció en su cuarto sin avisar.

–Pensé que te habrías ido a dormir hace mucho rato –dijo Vincent.

–Sí, pero como el bisabuelo no se encontraba bien después de la cena, se acostó pronto y yo me quedé preocupado.

Vincent no se había enterado de nada, puesto que se había reunido para cenar con otros vinateros en Saint Emilion.

—Acabo de estar con él y no me ha dicho nada.

—Lo sé. Al parecer tenía una mala digestión y Etvige le dio algo antes de que vinieras. Hace un rato volví a ver cómo seguía y a sacar a Beauregard. Entonces os oí hablar

Vincent sintió una oleada de calor en la cara, que no era debida sólo al alcohol.

—¿Por qué no entraste y nos dijiste que estabas allí?

—Porque averigüé algo que sospechaba desde el momento en que llevaste a Hallie al hospital —hizo un gesto con la cabeza—. Es obvio que desde el principio vosotros dos habéis estado luchando contra la atracción mutua que sentís. Yo la veía y la sentía, pero no quería creerla, porque yo había encontrado a Hallie primero.

—Paul...

—No pasa nada. Hallie nunca me vio más que como el sustituto de su hermano. Yo me comporté como un completo idiota por ella, pero eso ya forma parte del pasado. Eso es lo que estoy intentando decirte. La noche que mis amigos vinieron al *château*, Luc me dijo que era evidente que Hallie y tú os sentíais muy atraídos —Vincent hizo una mueca—. No fue ninguna novedad para mí. Papá, si ella decide no entrar en el convento, espero que tú y ella acabéis juntos. Creo que seréis buenos el uno para el otro. ¿Por qué crees que le escribí esa carta? Supongo que esta noche ha vuelto a Saint Genes porque no podía estar lejos de ti. Papá, estoy seguro de que esa es la razón.

Vincent se sorprendió al ver que también Monique había acudido a su cuarto y se preguntó desde cuándo estaba allí.

–Yo también le escribí a Hallie, pero no pudo haber recibido la carta hasta esta mañana. ¿Cómo explicas que viniera en el primer tren disponible y no esperara otro día? Yo creo que es sorprendente. Si yo fuera la madre superiora, le diría a Hallie que no está preparada para profesar y que nunca lo estará –todo era sorprendente. Muy sorprendente. Vincent se preguntaba si era el whisky el que le producía esas alucinaciones en las que los gemelos le daban permiso para que cortejara a Hallie–. Sois perfectos el uno para el otro, *mon père*.

–Estoy de acuerdo –declaró Paul.

–¿Lo creéis así?

Vincent abrazó a sus hijos y los acompañó al pasillo.

–Os quiero mucho a los dos y os agradezco lo que me habéis dicho. Pero el hecho es que Hallie no es libre, y aunque a vosotros os parezca otra cosa, puede que no quiera serlo por motivos que nosotros ignoramos.

Monique lo miró fijamente con descaro.

–Pero tú vas a hablar con ella y a averiguarlo.

–Cuando sea el momento oportuno.

–Tienes que fijar el momento –dijo Monique.

–Escucha a Monique. Ella sabe de lo que está hablando –sentenció Paul–. Si esperas, puede subirse a otro tren y la perderás para siempre.

Paul permaneció despierto mucho tiempo después de que sus hijos se fueran a la cama. La advertencia de Paul le había metido el miedo en el cuerpo.

CAPÍTULO 10

HALLIE se despertó a las cinco de la mañana y esperó impaciente que fueran las nueve para poder estar con Vincent.

Se le hacía tan larga la espera que decidió caminar hacia el pueblo y ver al padre Olivier. Tenía que decirle que ya no iba a ser monja, por si no le parecía bien para dar las clases de inglés.

Pero iba a ser una visita corta y le quedaría tiempo para ver a los gemelos antes de presentarse al trabajo.

Salió de la casa hacia las seis y hacía muy buen tiempo, perfecto para hacer un poco de ejercicio.

A medida que caminaba, se sintió sobrecogida por la belleza de la Dordogne. La tierra, las viñas, el olor afrutado del aire...

Era maravilloso estar viva y Vincent era la razón de su alegría. Él hacía que todo le pareciera excitante y que valiera la pena.

Se preguntaba si había sido la suerte o el destino lo que la había llevado a Francia. ¿Quién le iba a decir que iba a conocer a un hombre como él?

Pensaba que lo que deseaba era obtener el amor de Vincent, ser su esposa, tener un hijo con él... y que eso era lo que haría que su vida fuera plena.

Fantaseando así, llegó sin casi darse cuenta a la iglesia. Cuando se acercaba a la puerta vio llegar al padre Olivier con una barra de pan bajo el brazo y un termo de café.

−*Bonjour* −la saludó−. Venga conmigo a mi despacho y desayune conmigo.

Un minuto después, tomaban un delicioso café.

−Ahora dígame: ¿cuál fue la emergencia que la hizo regresar a París?

Ella se lo explicó todo excepto su amor por Vincent. Cuando hubo terminado, el sacerdote se quedó mirándola y le sonrió.

−Veo muy claramente que tiene otras cosas importantes que hacer con su vida. Una de ellas es ayudar a mi pequeño rebaño con el inglés. La espero el miércoles por la tarde a las siete.

−Gracias, padre −dijo, y se puso en pie−. Ahora, será mejor que vuelva al castillo. Comienzo un nuevo trabajo y no quiero llegar tarde.

−La acompañaré. Es una mañana demasiado hermosa para quedarme dentro de casa.

−Estoy de acuerdo.

Salieron de la iglesia justo a tiempo para ver al hombre de sus fantasías que se acercaba a grandes pasos desde la zona de estacionamiento. Hallie pensó que era el hombre más atractivo que había visto jamás y el corazón comenzó a latirle con tanta fuerza que parecía que se le iba a salir del pecho.

−*Salut*, Vincent −saludó el cura−. Si has venido a buscar a Hallie, ya hemos terminado de charlar y está lista para volver contigo al *château*.

Vincent saludó, pero estaba tenso y la miraba inquisitivamente.

−Esta mañana te he llevado a casa la bicicleta de Monique y me he llevado la sorpresa de que no estabas.

–Siento haberte molestado. Muchas gracias por tu amabilidad. A partir de ahora la usaré.

El padre Olivier dio unos golpecitos sobre el hombro de Vincent.

–Hallie estaba preocupada por si no me parecía bien que diera las clases de inglés ahora que ya no es monja, pero le he dicho que la iglesia agradecerá siempre sus servicios.

Hallie oyó que Vincent murmuraba su nombre entre dientes. Lo miró y vio que sus ojos parecían dos llamas.

La noticia se había desvelado.

–¿Has dejado el programa de asistencia social? –la voz temblorosa de Vincent hizo que Hallie se percatara de que él había esperado oír eso desde hacía tiempo. Ella asintió, temerosa de decir nada hasta no estar a solas con él–. ¡Vamos! –dijo Vincent con tanta urgencia que Hallie se estremeció. Se despidió del padre Olivier y se dirigió al coche, a distancia de Vincent. No se atrevía ni a rozarlo.

Segundos después, él se sentaba junto a ella en el asiento delantero. No dijo nada, pero la agarró de la mano y se la llevó a los labios. Cuando le besó la palma de la mano, ella se estremeció con tanto deseo que sintió que no podría controlarse.

Sin soltarla, Vincent encendió el motor. Hallie sabía exactamente a dónde la llevaba. ¡Lo deseaba tanto...!

Cuando pararon junto al recodo del río, él la atrajo hacia sí y pronunció su nombre con un suspiro mientras enmarcaba su cara con las manos. Luego se acercó. Al percibir su cálido aliento, Hallie sintió que la invadía una sensación dulce y placentera.

–Vincent... –susurró y, al ver que la cara de él se acercaba aún más, pensó que se quedaría sin respiración. Él le cubrió la boca con sus labios y la besó de forma tan posesiva que ella fue incapaz de pensar en nada más. El ansia que ambos sentían el uno por el otro era insaciable.

Ese era el momento para el que ella había nacido, el momento que tanto había esperado.

Hallie le rodeó el cuello con los brazos, deseando mostrarle lo que significaba para ella. Estaba preparada para dárselo todo. En su delirio, lo besó sin cesar, anhelando el éxtasis que le despertaba.

–Te amo, Vincent –le susurró una y otra vez, besándolo en los labios, las mejillas y los ojos–. No puedes imaginarte cuánto te amo.

Era maravilloso sentirse viva otra vez. Sentirse amada. Hallie gemía con cada caricia y beso que él le prodigaba. Sentía que nunca tendría suficiente de esa boca tan masculina y atractiva.

Vincent hundió la cara entre sus cabellos.

–Estoy enamorado de ti, Hallie. Estoy tan enamorado que será para siempre. Por lo que a mí respecta, considero que acabas de hacer tus votos. Pero hacia mí. Ya no hay vuelta atrás, te necesito demasiado –le temblaba la voz por la emoción y en cuanto dejó de hablar ya estaban otra vez devorándose a besos el uno al otro. Vincent le sellaba la boca con la suya con tal fuerza que ella se estremecía por el deseo y la emoción–. Ahora eres mía, *mon amour*.

–¡Y quiero ser tuya! Esa es la razón de que regresara. Mi vida no sería nada sin ti.

–Hallie, Hallie... Nunca me imaginé que cuando mis hijos estuvieran a punto de ser adultos encontraría al gran amor de mi vida. Nunca se me ocurrió que pudiera suceder. ¡Y mírame! Estoy temblando como un colegial. Has hecho que vuelva a sentirme joven, que me sienta capaz de hacer cualquier cosa. No me reconozco a mí mismo. Y todo gracias a ti. Bésame otra vez para convencerme de que todo esto es verdad.

Hallie correspondió gustosa. Vincent era su vida. ¡Qué maravilla estar en sus brazos en un lugar paradisíaco como aquel en el que podían amarse sin pensar en nada...! Mucho rato después, él movió la cabeza.

–Sólo me disgusta una cosa de mi hijo –murmuró–. Que no nos presentara la primera vez que fui a ver a los gemelos a París. Te mantuvo en secreto y hemos perdido meses y meses de amarnos.

–Lo sé. Yo también he pensado en eso, y lo pienso ahora –tragó saliva y hundió la cabeza en el cuello de él–. ¿Te das cuenta de que tendremos que pasar muchos sufrimientos todavía, cuando le digamos a Paul que estamos enamorados?

Hallie se sorprendió al oír que Vincent se reía.

–*Mon amour*, estaba tan ansioso de ti que no te he dicho algo que necesitas oír.

–¿Qué?

–Paul nos ha dado su bendición.

–¿Cuándo? –Hallie no se lo podía creer.

–Anoche –aclaró, y procedió a contarle la conversación con sus hijos.

Ella sintió tanto alivio que rompió a llorar.

–¿Está bien y lo acepta? –no podía creerlo.

–Entiendo que estés sorprendida, yo también sentí lo mismo. Pero Paul hablaba con toda sinceridad. Ha madurado mucho y tenía una luz especial en los ojos. Quiere que estemos juntos.

–Oh, Vincent... Nunca he sido tan feliz en toda mi vida. Quiero a tus hijos. Estar con ellos siempre me ha hecho sentir bien. Y ellos te adoran y han hecho que yo te quiera. Todo lo que tuve que hacer fue conocerte en persona y *voilà*, como suele decir tu adorable hija. Estoy locamente enamorada de ti.

Vincent gimió de placer.

–Mientras me echabas aquella tremenda bronca en mi apartamento, me di cuenta de que algo muy profundo me estaba sucediendo. Aunque yo estaba furioso, tú seguías diciendo verdades irrefutables que me confundían hasta que supe que mi vida no volvería a ser igual. Si Paul no hubiera acabado en el hospital, habría ido esa noche a pedirte disculpas. No te habría dejado salir de mi vida de ninguna manera.

–Me da vergüenza reconocer que yo tampoco quería salir de tu vida. A pesar de la crisis de Paul, cuando te vi esperándome a la salida de Tati, casi me desmayé de la emoción –lo miró a los ojos–. Pero el momento decisivo fue cuando entrábamos en tus tierras y Monique saltó del coche para ir a abrazar a Maurice. Me sentí como en mi propia casa. Cuando salí del coche y comencé a caminar entre los viñedos, me pareció que ya había estado allí.

–¿Cómo si fuera cosa del destino? –preguntó él.

–Sí.

–Yo también tuve esa sensación cuando te vi caminar hacia mi familia. Me quedé casi sin aliento, porque podía imaginarte allí para el resto de nuestras vidas. Fue el momento decisorio para mí. Mis gemelos y esa extraordinaria mujer que ellos trajeron a Saint Genes. Aunque entonces no lo supiera, lo sé ahora. Una fuerza más grande que todos nosotros dispuso el escenario de nuestro encuentro –ella asintió–. Te necesitamos, *mon amour* –el cuerpo le temblaba de emoción. Le besó los cabellos–. Todos nosotros. Hasta Maurice, cuya vida has cambiado tanto que ni te imaginas. Su cumpleaños es el dos de julio. ¿Te parece que fijemos la fecha de nuestra boda para ese día? Sería el mejor regalo que podríamos darle. Él me ha ayudado mucho en esta vida de penitencia y quiero hacerle el regalo que puede proporcionarle la mayor felicidad y tranquilidad en su vejez: nuestro matrimonio.

–Qué cosa tan bonita acabas de decir. Eso es lo que quiero, cariño. Ser tu esposa. Y tener hijos tuyos.

Él le cubrió la cara de besos.

–Yo también he estado pensando en eso...

–¿Vincent? –ella se incorporó–. ¿Voy demasiado deprisa para ti?

–¿Demasiado deprisa? –él rompió a reír–. ¿No sabías que en mi visión particular de los viñedos vi a un par de pequeños rubios detrás de ti?

Hallie sonrió.

–¿Un par?

Él asintió.

–Los gemelos son característicos de la familia de mi madre.

–¿Bromeas? Me pregunto lo que pensarían de eso Monique y Paul.

–¿Vamos a casa a preguntárselo? Estoy seguro de que Monique nos dirá exactamente lo que piensa. De hecho, seguro que querrá hacernos los preparativos de la boda. ¿Te importaría?

Hallie lo besó en la comisura de los labios.

–Tú ya lo sabes. No puedo imaginar nada más maravilloso. Ella era quien organizaba todas nuestras excursiones y todo salía muy bien. Monique es una líder nata. Haga lo que haga en la vida, siempre irá a la cabeza.

Vincent sonrió con orgullo.

–Esa es mi hija... Lo que me maravilla es que la conozcas y la entiendas tan bien. Ella suele poner mucho cuidado en quién deja entrar en su vida.

–¿Por eso no te volviste a casar?

–No. Sólo hay una razón para que no lo hiciera: te estaba esperando a ti.

–Vincent...

Cuando él le tapó la boca con la suya y su pasión volvió a encenderse, oyeron sonar la bocina de un coche. Él se retiró refunfuñando.

–Estamos empezando a atraer el interés de la población local. Vayamos a casa, donde podremos estar solos. Por mucho que me guste este sitio, no es lugar para lo que estoy pensando.

Ella se ruborizó y se retiró hacia su asiento. Se miró en el retrovisor y vio lo colorada que estaba. Tenía los labios hinchados por los besos, estaba despeinada y los ojos le brillaban. Cualquiera podría adivinar lo que había estado haciendo.

Vincent puso el coche en marcha.

–Por si no te lo he dicho aún, me pareces infinitamente hermosa por dentro y por fuera –emocionada, ella lo agarró de la mano y no lo soltó hasta llegar al *château*. Aunque habían pasado unas cuantas horas junto al río, le habían parecido minutos. Y era sólo el principio.

Cuando llegaron al castillo vieron bastante movimiento en el patio.

–Son los gemelos montando en bicicleta. Se debieron de dar cuenta de que fuiste a buscarme.

–Les hemos hecho esperar bastante rato, ¿verdad?

–Siento mucho haber ido andando a la iglesia y estropearte tus planes.

–Yo no lo siento. Si no hubieras ido a ver al padre Olivier, puede que aún estuviera intentando convencerte y obligarte a confesar tu amor.

–No habrías tenido que utilizar la fuerza. Después de verte anoche, no podría haber resistido mucho más.

–Me alegra oír eso. Al parecer, mis hijos están impacientes por saber si algo importante ha sucedido entre nosotros. Hagámonos los tontos hasta que estemos dentro de casa.

–¡Vincent Rolland! ¡Es verdad que puedes bromear!

–¿Qué quieres decir?

–Tu hijo es uno de los mayores bromistas que conozco. Había decidido que eso no lo había heredado de ti, pero ahora no estoy segura.

Él la miró con malicia.

–Tienes que aprender unas cuantas cosas sobre mí.

Ella no podía casi respirar.

–Estoy impaciente, cariño.

–Y yo también.

Los gemelos los siguieron hasta la casa.

–¡Hallie! ¡Estaba deseando que volvieras! –dijo Monique corriendo hacia ella.

Hallie sintió que se le derretía el corazón cuando la joven la abrazó. Paul las miraba con una sonrisa nerviosa.

Hallie soltó a Monique y abrazó a Paul.

–Después de leer tu carta, tenía que regresar. No vuelvas a decir que lo sientes. Los malentendidos son cosa del pasado. Tú y Monique sois mis personas favoritas y os quiero mucho.

–Yo también te quiero, Hallie –dijo Paul–. Por favor, dinos que te vas a quedar durante el resto del verano –su tono de esperanza era lo que Hallie necesitaba oír.

–Me quedaré. Ya he hecho las gestiones necesarias.

–¡Eso es estupendo! –al separarse de ella, ya no estaba tenso ni nervioso.

–Me alegro de que alguien utilizara las bicicletas hoy. Como de costumbre, Hallie se levantó al alba y no esperó al transporte. La encontré en la iglesia, caminando con sus propios pies.

–Es muy diligente, papá.

El padre sonrió.

–Vosotros dos parecéis tan estadounidenses que ya casi no os conozco. ¿Habéis almorzado?

–No. Os estábamos esperando para comer juntos.

Hallie sacó la llave del bolso.

–Entonces entrad, que yo prepararé algo. El padre Olivier compartió el desayuno conmigo, pero de eso ya hace mucho tiempo.

Comenzaron enseguida. Sacaron frutas y bebidas y Hallie calentó en el horno croissants de jamón y queso.

–¿Habéis visto a Maurice hoy? –preguntó Vincent.

–He desayunado con él –dijo Paul–. Ahora está en la bodega.

–Muy bien. Eso quiere decir que ya se le ha pasado la indigestión.

Paul asintió.

–He estado pensando en él. Pronto va a cumplir ochenta y ocho años y creo que deberíamos prepararle algo muy especial –continuó Vincent.

A Hallie se le aceleró el corazón.

–Siempre le preparamos una buena fiesta –dijo Monique mirando extrañada a su padre.

Sí, ya lo sé, pero este año estoy pensando en invitar a los amigos y a los clientes de Europa, de Estados Unidos y a los de aquí.

–¿Estás hablando de una celebración enorme? –parecía entusiasmada.

–Sí. Paul, ¿crees que le gustaría?

–Seguro que sí. A veces, cuando está melancólico, habla de cómo eran las cosas por aquí cuando la bisabuela estaba viva y celebraban grandes fiestas.

–Bien. Entonces, está decidido. Tendremos que enviar las invitaciones esta semana. El dos de julio llegará antes de que nos demos cuenta.

–Enviaremos tarjetas impresas sobre cartulina color crema con el logotipo del *château* –comenzó a decir Monique–. El texto puede ser: «Nos es grato invitarlo a la celebración que tendrá lugar con ocasión del octogésimo octavo cumpleaños de Pierre Maurice Rolland». A ver... –Monique se quedó pensativa–. «Siete a diez de la tarde del dos de julio, en el *Château* Rolland, Saint Genes, Francia».

Vincent miró a Monique con un brillo especial en los ojos.

–Es perfecta, pequeña. Solamente tengo una cosa que añadir.

Monique miró a su padre con extrañeza

–¿Qué más podrías añadir?

Vincent miró a Hallie con complicidad y amor.

–«... con ocasión del octogésimo octavo cumpleaños de Pierre Maurice Rolland y del matrimonio de Jean-Vincent Rolland con mademoiselle Hallie Linn, de Bel Air, California. Se ruega no traer regalos».

La tremenda sorpresa produjo un gran silencio. Luego, los gemelos gritaron al unísono:

–¡Papá!

EPÍLOGO

Château Rolland. Dos de julio, dos años después.

Hallie pudo oír a su hija antes que Anne-Marie, la prima de Minou, llamara a la puerta del dormitorio.

–Perdona, Hallie, pero Catherine no quiere bajar hasta que su madre vaya a darle un beso de buenas noches.

–Enseguida voy, Anne-Marie –contestó Hallie echándose un poco de perfume.

Los invitados no tardarían en llegar para celebrar el nonagésimo cumpleaños de Maurice. Vincent y ella también celebraban su segundo aniversario de boda.

Él ya se había vestido y había bajado con Max Calder, el marido de Gaby, para reunirse con Maurice en el estudio, antes de que llegara la avalancha.

A Hallie todavía le temblaba el cuerpo por los besos que Vincent le había prodigado antes de bajar. Se puso el vestido negro de crepé de líneas simples que Monique había insistido en que se comprara porque le quedaría muy bien con el rubio claro de sus cabellos.

–A papá le va a dar un ataque al corazón cuando te vea con este vestido –al oírla, Hallie se sonrojó.

–No quiero que le dé un ataque al corazón –murmuró–. ¡Quiero que viva para siempre! Para mí.

–Lo sé –dijo Monique con una mirada maliciosa–. ¡Todo el mundo lo sabe!

–¿Se me nota tanto?

–¡Mucho peor! Siempre que ves a mi padre, los ojos se te encienden como grandes aguamarinas y pierdes el aliento. Ningún marido en toda Francia tiene una mujer que lo adore tanto. Me temo que se le ha subido a la cabeza –abrazó a Hallie–. Papá necesitaba tu amor. Nunca me imaginé que pudiera llegar a ser tan feliz. Todas las noches le doy gracias al cielo por eso.

–Yo siento lo mismo por ti y el resto de la familia. Pero, en todo caso, es tu padre quien se me ha subido a mí a la cabeza.

Había ocurrido en el momento en que se conocieron en el apartamento de París. Desde entonces, su vida había sido un fantástico sueño, del que no quería despertar nunca.

Después de cepillarse un poco el pelo, ya estaba lista. Salió hacia el corredor y Catherine, que estaba en brazos de Anne-Marie, se abalanzó sobre ella, agarrándosele con sus bracitos al cuello.

Con la pequeña en brazos, se apresuró a entrar en el cuarto de los niños, donde Jean-Marc protestaba y lloraba a lágrima viva porque lo habían dejado solo.

Los rubios gemelos tenían un año y habían detectado que algo extraordinario estaba sucediendo, por lo que habían estado muy inquietos todo el día.

Igual que Monique y Paul, habían heredado los preciosos ojos marrones de Vincent. Hallie, al ver las lágrimas de su hijo, sintió que se le derretía el corazón.

–No llores, mamá ya está aquí –dijo dándole un beso en la frente y dejando a Catherine en la cuna. Se volvió hacia Anne-Marie–. Siento dejarte así. Pondré en marcha su juguete musical favorito, que toca cuatro canciones varias veces seguidas. En cuanto me vaya, se tranquilizarán. Apaga las luces y quédate un rato con ellos.

–No te preocupes. Esta noche es para que la disfrutes con tu marido.

–Muchas gracias por tu ayuda –dijo dándole un abrazo–. No sé que haríamos sin ti en estos casos.

Hallie se maravillaba de que Vincent hubiera podido criar a sus hijos él solo. Aunque fuera con la ayuda de Maurice, no habría sido fácil. Estaba claro que era un hombre admirable.

Admirable y maravilloso, de tantas maneras que la lista no tenía fin. Como tampoco lo tenía el amor que ella sentía por él.

Tras una última mirada amorosa a sus gemelos. Hallie se apresuró hacia la suite en la que habían hospedado a Gaby y a Max con su pequeña Hallie de cabellos oscuros.

Max estaba loco por su mujer y su hija. Desde su llegada a Saint Genes, se paseaba con una sonrisa porque Gaby estaba esperando su segundo hijo para septiembre.

La pequeña Hallie lloraba y Gaby, muy atractiva con un vestido de seda negra, salió con expresión preocupada.

–Pobre Minou. No sé si va a conseguir que se calle. Max estuvo con ella hasta que Vincent vino a buscarlo.

–No te preocupes. Minou es estupenda con los niños. Y Anne-Marie también. Si surgiera algún problema, una de las dos vendrá a buscarnos.

–Tienes razón –dijo, y respiró hondo–. ¿Te acuerdas de aquella vez en San Diego cuando trabajaba en el Girl's Village? Ambas nos vestimos de monjas para hacer una colecta en un edificio de apartamentos.

–¿Cómo podría olvidarlo?

–Pensé que nunca vería nada tan hermoso como tú vestida con el traje de monja que la madre superiora te prestó. Pero hoy, estás radiante. Elegiste bien, Hallie.

–Lo sé. No me arrepiento en absoluto. Como el sabio Maurice le dijo una vez a Monique, un hombre y una mujer hacen el trabajo de Dios cuando forman una buena familia.

–Tenía razón.

–Si no hubiera conocido a Vincent...

–Pero lo conociste. Igual que yo conocí a Max. A veces soy tan feliz que me asusta.

–No eres la única –dijo Hallie con voz trémula mientras se dirigían hacia el estudio. Cuando entraron, tres hombres altos vestidos de esmoquin, que disfrutaban de un aperitivo, se volvieron y callaron. Maurice sonrió.

–Cuando mi bella esposa vivía, su entrada en un salón hacía que todos la miraran. Vincent y Max son dos hombres muy afortunados. Hasta Beauregard está de acuerdo.

–Gracias –murmuró Hallie. Le temblaron las piernas al ver la mirada de su marido. Él la agarró.

–Tanto si llevas puestas una blusa blanca y una falda, o este fantástico modelito, me quitas el aliento –dijo Vincent en voz alta y luego susurró–: Ahora estoy más enamorado de ti que nunca. Nunca pensé que eso fuera posible.

Ella se derretía.

–Ojalá digas lo mismo cuando tengas la edad de tu abuelo.

Él le enmarcó el rostro con las manos. Su miraba irradiaba amor.

–Algunas cosas se saben. Nuestro amor está destinado a durar para siempre, *mon amour*.

–Sí, amor mío –asintió ella y, olvidándose de los demás, lo besó larga y tiernamente en la boca.

–¿Qué está pasando aquí? –al oír la voz masculina, Hallie interrumpió el beso y se giró.

–¡Paul! –exclamó feliz, despegándose de su marido y sin darse cuenta de que los demás habían abandonado el estudio. Paul iba con una chica morena que Hallie no había visto nunca. «Seguramente la habrá conocido en Burdeos», pensó. Parecía algo tímida, lo que a Hallie le gustó.

–¿Papá? ¿Hallie? Antes de que comience la fiesta quisiera presentaros a Brigitte Rambeau. Nos conocimos en la clase de química.

Durante las presentaciones, la joven miraba a Paul extasiada. Él estaba feliz, como si deseara decirles algo. Vincent abrazó a Hallie por la cintura con complicidad. Pero antes de que Paul dijera nada, apareció Monique con Bernard, su último novio. Vincent y Hallie ya lo habían conocido en Burdeos. Monique se separó de él un momento y corrió a darle un beso a su padre.

–¿No os parecen estupendas las noticias de Paul? –Vincent apretó de nuevo a Hallie.

–¿Y qué noticias son esas? –Paul se puso serio.

–Ya estoy decidido. Voy a estudiar medicina, papá. Este otoño empezaré el curso preparatorio.

Hallie apenas podía imaginar la felicidad que esas palabras le causaron a Vincent. Además del alivio de saber que Paul no se pensaba casar todavía, eran la constatación de que había dejado atrás el pasado y de que le esperaba un magnífico futuro.

Vincent la soltó un momento para darle un fuerte abrazo a su hijo.

–No podrías haberme dado una noticia mejor, hijo.

Monique se acercó a Hallie.

–Yo también tengo noticias –susurró, pero Vincent la oyó.

–¿Ah, *oui*?

–*Oui*, papá –dijo con una gran sonrisa–. En septiembre empezaré las clases de empresariales para algún día poder ayudarte a llevar el negocio de las bodegas.

Los ojos se le empañaron mientras abrazaba a su hija y buscó los ojos de Hallie con la mirada. Ella estaba segura de que Vincent recordaba el traumático suceso que ocurrió dos años antes, después de aquella terrible conversación en su apartamento. Nadie podía haber anticipado ese final.

–¡*Attention tout le monde*! –Etvige llamó desde la puerta–. Luc y Suzette os buscan a vosotros dos.

–Ya vamos.

Los gemelos salieron de la habitación con sus respectivas parejas y Vincent abrazó a Hallie de nuevo.

–La noche que llevé a Monique al hospital para que viera a Paul, me dijo que eras perfecta, y que si llegara a conocerte, yo opinaría lo mismo. Tenía razón, Hallie. Eres perfecta –la abrazó con fuerza–. No sé lo que haría sin ti.

–Le estaba diciendo a Gaby lo mismo sobre ti.

–Entonces, aférrate a mí y no me dejes marchar –dijo emocionado.

–Nunca.

Pero ella ya se había hecho esa promesa en el corazón el día que tomó el tren de regreso a Saint Genes. No podía esperar más para regresar hasta él, a ese lugar maravilloso de la tierra y al hombre con el que estaba destinada a compartir el futuro.

JAZMÍN

BARBARA HANNAY

FALSAS
IDENTIDADES

CAPÍTULO 1

SEÑORITA Summers.

Una grave voz masculina llamó a Jen desde algún lugar a sus espaldas. Cálida y melodiosa, era una voz que exigía su atención inmediata, pero tuvo que ignorarla. No podía permitir que nada la distrajera.

Aquél era un momento fundamental para ella, pues era la primera vez que se responsabilizaba de una conferencia de prensa. Los periodistas ya habían empezado a hacer preguntas y las cámaras estaban rodando.

–Necesito hablar con usted, señorita Summers –la impaciencia de la voz fue evidente cuando su dueño dijo aquello.

¡Cielo santo! ¿Quién en su sano juicio interrumpiría una conferencia de prensa en pleno apogeo? Los tipos del sonido ya estaban poniendo mala cara a causa de la intrusión. Sin volverse, Jen alzó la mano e hizo un gesto para que quien fuera esperara mientras mantenía la mirada fija en un locutor de radio que estaba colocando el micrófono demasiado cerca de la cara de su cliente.

Se le encogió el estómago. Su cliente, Maurice, era famoso por los berrinches que solían darle con la prensa, y la actitud agresiva del locutor podía ser la chispa que lo pusiera en marcha. El peligro era inminente. Aunque el hombre de voz sexy quisiera decirle que acababa de ganar la lotería, tendría que esperar.

–Se ha hecho famoso peinando a celebridades, Maurice, a mujeres que ya son bellas –dijo el locutor–. Pero hoy inaugura una cadena de peluquerías en Brisbane. ¿De verdad tiene algo que ofrecer a la mujer normal? ¿Cuándo fue la última vez que cortó personalmente el pelo a una mujer normal?

Maurice se ruborizó.

–Siempre he sido un hombre del pueblo –protestó–. ¡Y voy a llevar mi arte a los barrios periféricos!

El brillo de sus ojos asustó a Jen. ¿Iba a montar el numerito? Lamentó no tener más experiencia. Aquella mañana, su jefa se había ido a Tailandia a pasar dos semanas de vacaciones y sólo había dejado unas notas muy vagas respecto a la conferencia de prensa. Aquél era el bautismo de fuego de Jen.

Horrorizada, vio que Maurice se lanzaba hacia el locutor, tomaba su bloc de notas y, mientras las cámaras zumbaban, lo desgarraba y arrojaba las hojas al aire.

–¡Allá vamos! –dijo un periodista a la vez que sonreía y daba un codazo a su vecino.

–¡Puedo cortar el pelo de cualquier mujer y hacer que parezca una estrella! –dijo Maurice–. ¡Puedo enfrentarme a cualquier reto!

Una risita sofocada resonó entre los asistentes. El corazón de Jen latió con fuerza. Su labor consistía en controlar los daños, pero, sin darle tiempo a pensar en cómo abordar el asunto, Maurice se volvió hacia ella y la tomó por un brazo.

–¡Miren esto! –exclamó a la vez que hundía los dedos en el pelo de Jen–. Este pelo es la auténtica definición de lo corriente y común.

Jen se sintió abochornada. Todos los periodistas que había en el salón la miraron con gesto sonriente. Ella era una asesora de relaciones públicas, no una modelo de peluquería.

–No pare. Siga grabando –instruyó alguien a un cámara.

Maurice se animó al oír aquello.

–El pelo de esta mujer carece de calidad de color. Es ralo y mustio.

Jen gimió interiormente. Aquello era injusto. Había tenido intención de hacer algo con su pelo, pero durante el pasado mes había estado muy ocupada viajando de Sydney a Brisbane y adaptándose a su nuevo trabajo.

–Las mujeres de hoy en día necesitan un pelo actual, no esta antigualla de peinado –Maurice dedicó a Jen una mueca supuestamente compasiva–. El pelo liso está muy pasado de moda, cariño.

Jen se preguntó si sería posible morir de vergüenza. En una ocasión se le ocurrió pedir que le rizaran el pelo y se sintió como si fuera Medusa con la cabeza llena de serpientes. Seguro que lo siguiente que iba a hacer Maurice era exponer sus puntas ante las cámaras para que todo el mundo pudiera ver que las tenía rotas. Y si se resistía, sabía que la cosa podía acabar realmente mal. Por mucho que le costara, sabía que tenía que aguantar estoicamente hasta que aquello llegara a su fin.

–Toda oficinista, vendedora, ama de casa, o lo que sea, tiene derecho a parecer una mujer fabulosa, y yo soy quien puede conseguirlo –dijo Maurice mientras deslizaba sus largos dedos por el pelo de Jen–. ¡Denme material de derribo como éste y crearé una obra de arte en un instante!

A continuación tomó a Jen por el codo y la condujo hasta una silla que había frente a un espejo. Todas las cámaras se volvieron hacia ellos.

Con una floritura de la mano, Maurice seleccionó un peine y unas tijeras. Con la otra mano procedió a alborotar el pelo de Jen hasta que cayó en una fina capa sobre su rostro.

—¡Un momento! ¿Cuánto van a tardar con eso? ¡Tengo que hablar con la señorita Summers ahora mismo!

Jen había olvidado por completo al extraño de la voz agradable, pero ahí estaba de nuevo. Y parecía que se le estaba agotando la paciencia.

Aquello resultaba bochornoso. ¿Tan cerril era el tipo como para no darse cuenta de que no podía interrumpir un momento como aquél?

—¡Silencio! —exclamó Maurice—. Nunca he tolerado intrusiones mientras ejerzo mi arte.

—Pues ya va siendo hora de que mejore sus modales, amigo —replicó el hombre—. Hay cosas más importantes que un corte de pelo.

Maurice se quedó boquiabierto y Jen volvió la cabeza. Todo el mundo estaba volviendo la mirada hacia el intruso, de manera que no le costó localizarlo.

Al fondo de la sala había un hombre de uniforme. Un tipo de hombros anchos, grande y atlético. Debía de tener unos treinta y cinco años. Su pelo era negro y rizado y sus ojos grises. Se mantenía orgullosamente erguido con las piernas ligeramente separadas.

Parecía un toreador en medio de la plaza.

O un guerrero.

Pero, a pesar de su señorial actitud, había algo incongruente en él. El uniforme le sentaba como un guante, pero no parecía militar. Era de color gris con hombreras marrones y llevaba el nombre de una empresa bordado en el bolsillo de la chaqueta. Parecía más bien el uniforme de un botones que el de un militar.

–¿Cuánto tiempo va a llevar esto? –preguntó, haciendo caso omiso de las cámaras y de los boquiabiertos periodistas–. Tengo que hacer una entrega urgente a la señorita Summers y no puedo pasarme aquí toda la mañana.

Jen frunció el ceño.

–¿Una entrega?

No tenía idea de quién era aquel tipo ni de cómo la había localizado. ¿Qué le daba derecho a entrar allí de aquel modo?

Con un seco asentimiento de cabeza, el hombre se volvió a medias hacia la salida.

Jen apartó el pelo de su rostro y vio una enorme maleta y, junto a ésta, a una niña pequeña que se aferraba a una pequeña funda de violín.

Parpadeó y miró más atentamente a la niña.

–¿Millie?

La conmoción la hizo ponerse en pie de un salto. Volvió la mirada hacia el intruso y luego hacia Maurice, que tenía el ceño fruncido. Alzando las manos en un gesto de impotencia, murmuró:

–Lo siento mucho. Si me disculpa un momento... –sin mirar a derecha o izquierda, avanzó entre la multitud–. ¿Se puede saber qué está pasando?

El desconocido se encogió de hombros.

–Tengo que dejar a esta niña en manos de un miembro de su familia y, según me han dicho, ese miembro es usted.

–¿Y quién es usted?

–Un chófer.

–¿Y le han dicho que traiga a mi sobrina aquí? ¿Quién lo ha contratado? Espero que no le haya pasado nada a mi hermana Lisa...

Tras lanzar una mirada de pocos amigos a los periodistas que los rodeaban, el hombre dio un paso hacia ella y susurró:

–Su hermana está bien. Ha llamado a nuestra compañía de limusinas desde Perth. Al parecer le ha surgido un problema de trabajo y la niñera que cuida a la niña ha renunciado a su puesto sin previo aviso.

Enterarse de que Lisa estaba en Perth no sorprendió a Jen. Su hermana era modelo y siempre estaba viajando de un lado a otro.

–¿La niñera ha renunciado? ¿Por qué?

El hombre masculló una maldición.

–¿Qué más da? Creo que tenía que ver con una emergencia familiar. Mi trabajo consistía exclusivamente en traerle a la niña.

–Pero es un momento muy inoportuno.

El hombre miró en dirección a Maurice con evidente desprecio.

–Algunas personas considerarían más importante el bienestar de una niña que lo que está pasando aquí –alargó hacia Jen un cuaderno con una cubierta de cuero–. Ésta es su agenda.

–¿Su agenda?

–Clases de baile, gimnasia, clases de música, clases de natación –el hombre alzó una ceja con expresión cínica–. Supongo que también la habrán matriculado en bordado y dicción.

Jen se llevó una mano a la frente. Sabía que su hermana trataba de compensar sus frecuentes ausencias a base de mantener a su hija ocupada. Miró a Millicent. La pobre niña sólo tenía cinco años y parecía totalmente perdida en aquel salón lleno de adultos.

Se agachó junto a ella, la besó y le dio un abrazo.

—Qué sorpresa tan encantadora —dijo con tanta calidez como pudo.

Millicent no respondió. Era una niña muy normal, con el pelo liso y castaño, como el de Jen, y unos ojos grandes y serios que siempre hacían pensar a ésta en los botones del rostro de una muñeca de trapo. La niña no se parecía en nada a la famosa Lisa Summers, su preciosa madre modelo, y Jen siempre había sentido debilidad por ella. Millicent y ella eran los miembros de aspecto más normal de la familia Summers.

Suspiró. No era de extrañar que su hermana le hubiera enviado la niña a ella. Todo el mundo se volvía hacia Jen cuando surgía una crisis. Era lo que le sucedía a la gente agradable y complaciente. Sus familiares y amigos contaban con su hombro para llorar como primer puerto en cualquier tormenta. Habían llegado a esperar que dejara a un lado sus propias necesidades para echar una mano, algo que nunca le había importado en el pasado.

Pero precisamente aquel día era el peor que podía haber elegido su hermana para dejarle a Millicent. Con su jefa de viaje y una oficina entera de relaciones públicas a su cargo, necesitaba centrarse en su trabajo más que nunca.

Volvió la mirada hacia Maurice y los periodistas, que empezaban a inquietarse. El impulso que había tomado la conferencia de prensa podría irse al traste si ella se entretenía.

Como para remarcárselo, Maurice exclamó con su penetrante voz:

−¡Por si lo has olvidado, tenemos asuntos pendientes, Jen!

−Enseguida voy −dijo ella. Luego se volvió hacia el conductor de la limusina−. No sé que hacer. Como verá, estoy... muy ocupada.

Los ojos grises del hombre se detuvieron un momento en su pelo y Jen creyó percibir en su expresión algo parecido a la diversión. Sin duda, debía estar de acuerdo con Maurice en que su pelo tenía un aspecto deleznable.

−No puedo hacer nada al respecto −añadió−. Tendrá que llevar a Millie a casa de mi madre, Caro Summers. Vive en el número cuarenta y siete de Victoria Terrace...

El hombre negó con la cabeza.

−Imposible. Se supone que tengo que...

−¡Por favor! −interrumpió Jen. Se suponía que aquel hombre era un chófer, pero por su actitud parecía más acostumbrado a dar órdenes que a recibirlas−. Tiene que llevarla allí. Mi madre es su madrina y es la única solución −dedicó una sonrisa se aliento a Millicent. La pobre niña debía de sentirse como un paquete que no quisiera recoger nadie−. Querida, este hombre tan... agradable... −miró rápidamente al conductor y preguntó−: ¿Cómo ha dicho que se llamaba?

−No lo he dicho. Me llamo Harry. Harry Ryder.

Sin previa advertencia, la cadencia de su voz y la claridad de sus penetrantes ojos grises hicieron que un agradable cosquilleo recorriera el cuerpo de Jen de arriba abajo, que volvió a mirar rápidamente a Millicent.

−Harry te llevará a casa de la abuela. Ella te cuidará hasta que yo vaya a recogerte.

−No he aceptado hacerlo −dijo el chófer.

Jen lo miró a los ojos.

–Pero va a hacerlo, ¿verdad?

Hubo un momento de incómodo silencio entre ellos mientras se miraban. Fue interrumpido por Millicent, que se acercó a Harry y lo tomó de la mano. Él la miró, sorprendido.

–¿Le he oído decir que es la hija de Lisa Summers? –preguntó un periodista tras Jen, que se puso pálida.

Lo último que quería era distraer la atención de la inauguración de los salones de belleza de Maurice mientras los asuntos privados de su hermana eran aireados en todos los periódicos de la tarde.

–Gracias –dijo rápidamente a Harry, y volvió de inmediato junto a Maurice sin responder al periodista.

Harry miró por el retrovisor y sintió una punzada de enfado al ver a la niña sentada en el asiento trasero con la remilgada actitud de una adulta.

Su quietud y apacible aceptación de los acontecimientos de aquella mañana lo desconcertaban. ¿Estaría acostumbrada a que la arrastraran de un lado a otro? No había hablado desde que la había recogido y habría dado cualquier cosa por saber lo que pensaba.

Aunque no era asunto suyo preocuparse. Había tomado aquel trabajo de chófer porque quería observar el estilo de vida de los súper ricos y ostentosos. Quería verlos en su salsa, meterse en sus cabezas, bajo su piel. No había esperado que le gustaran. Y no debería sentir lástima por uno de sus hijos sólo porque tuviera cinco años y todos los adultos de su vida parecieran haberla abandonado.

Habían tratado de librarse de ella tres mujeres: la madre, la niñera, y hacía un momento, la relaciones públicas con el traje de diseño. Todas estaban demasiado ocupadas con sus propios asuntos.

Frunció el ceño al recordar su reacción cuando Millicent lo había tomado de la mano y lo había mirado con completa confianza. Había sentido un inesperado, y no precisamente bienvenido, impulso de protegerla.

Se preguntó dónde estarían los hombres en la vida de Millicent.

Jen se miró en el espejo de los servicios. Maurice tenía razón. Su pelo era aburrido. Era una pena que no hubiera seguido adelante con su amenaza aquella mañana y que no la hubiera transformado en una mujer glamurosa y atractiva. Pero después de la intrusión del chófer, Maurice había perdido interés en ella. Había estado demasiado ocupado siendo grosero con la prensa.

Pero Jen agradecía que se hubiera ocupado de rescatar la rueda de prensa por su cuenta. Insultando y admirando los peinados de la mayoría de los presentes había vuelto a atraer el interés de los periodistas. Las cámaras se habían puesto en marcha de nuevo, Maurice había lanzado coloridos insultos a diestra y siniestra y el estado del pelo de Jen había sido rápidamente olvidado.

Lo cual estaba muy bien, excepto porque después de aquella humillación pública se había quedado preocupada por su pelo lacio y ralo. Tomó una punta y la alzó a la luz. Las tenía abiertas.

Suspiró. Ser la hermana de Lisa Summers había supuesto vivir a la sombra de una belleza divina. Lisa lo tenía todo: altura, un exuberante pelo castaño rojizo, una piel pálida y traslúcida, unos ojos verdes intensos en forma de almendra y unos pómulos altos marcados.

Jen era una chica del montón comparada con ella. Tenía el pelo castaño, ojos marrones, piel morena y unos pómulos que apenas merecía la pena mencionar. Aunque a lo largo de los años había logrado llegar a aceptarse a sí misma y el aspecto que tenía, Maurice acababa de hacer mella en la confianza que sentía en sí misma.

«Supéralo», se dijo a la vez que se apartaba del espejo, decidida a mantener el optimismo. Estaba en un proceso de plena transformación de su vida. Se había trasladado de Sydney a Brisbane; había dejado atrás sus tres años malgastados con Dominic y había dejado la revista *Girl Talk* para empezar a trabajar en Public Persona.

Y con tanta responsabilidad a sus espaldas, debía concentrarse en preparar conferencias de prensa brillantes y en escribir maravillosos discursos para sus clientes. Aquello era mucho más importante que el estado de su pelo.

A pesar de todo, pensó mientras volvía a su escritorio, una nueva imagen sería la guinda del pastel. Tener buen aspecto era el primer paso para...

De pronto se detuvo en seco y se quedó boquiabierta.

Harry Ryder se hallaba en medio del despacho, ocupando demasiado espacio. Sostenía en una mano la de Millicent y parecía a punto de amotinarse.

CAPÍTULO 2

NO HAY nadie en casa de su madre –dijo Harry mientras Jen se acercaba a ellos.

–Oh –murmuró ella al recordar que los viernes su madre solía jugar al bridge. Miró su reloj. Aún faltaban dos horas antes de que pudiera irse para ocuparse de Millicent. De lo contrario, su trabajo corría peligro.

Con las manos en las caderas, Harry hizo un gesto hacia la niña.

–Tenía hambre y le he comprado un perrito caliente. Espero que no le importe.

–Gracias –dijo Jen a la vez que le dedicaba una cautelosa sonrisa–. Voy a pagárselo –añadió a la vez que tomaba su bolso.

–No se moleste. La compañía lo cargará en la cuenta –Harry hizo una pausa y luego, como si se sintiera impulsado a ofrecerle un consejo, añadió–: Parece que va a tener que buscar alguna agencia de canguros. Seguro que en el listín telefónico salen muchas.

–No estoy segura de eso –dijo Jen altivamente. Aunque aquel tipo hubiera sido muy servicial, ¿desde cuándo recibía ella consejos de chóferes? Especialmente de uno que ni parecía un chófer ni se comportaba como tal–. Si Lisa hubiera querido que una agencia se ocupara de la niña ya la habría buscado. Mi familia se ocupará de ella.

Le pareció prudente no añadir que toda su familia en Brisbane consistía en su madre, Lisa y ella. Cuando alargó una mano hacia Millicent, la niña acudió obedientemente a su lado y le dedicó una mirada tan inocente y esperanzada que sintió que se le hacía un nudo en la garganta.

Apretó cariñosamente la mano de su sobrina.

—No te preocupes, Mills. Estoy segura de que la abuela podrá cuidar de ti en cuanto vuelva a casa de su partida de bridge.

—En ese caso, me voy —dijo Harry—. Buena suerte. Adiós, Millicent —se volvió hacia la puerta, obviamente ansioso por irse.

De pronto, Jen se dio cuenta de que no quería que se fuera. Tal vez no quisiera sus consejos pero, ¿cómo iba a arreglárselas sin él? Tenía mucho trabajo entre manos.

Harry estaba ya en la puerta cuando Millicent dijo en voz alta:

—Siempre voy a clase de ballet los miércoles.

—¿Ballet? —repitió Jen.

Harry se detuvo con la mano en el pomo mientras la niña miraba de uno a otro con una expresión que decía claramente que confiaba en que uno de los dos adultos presentes resolviera el nuevo dilema.

Jen alargó una mano hacia Harry.

—¿Tiene aún la... agenda de Millicent?

—Oh, sí. Casi lo olvido —Harry sacó el cuaderno del bolsillo trasero de su pantalón y se lo entregó—. Y su maleta y el violín están fuera, junto a la puerta.

Jen echó un rápido vistazo al cuaderno.

—Veamos. Miércoles. Ballet a las tres en punto en el estudio de la señorita Zoe. Segunda planta de Shopping Town.

Reprimió un gemido y miró a Harry con expresión de súplica.

–¿Podría...?

–No –Harry negó con la cabeza a la vez que señalaba su reloj–. Tengo otros clientes.

En aquel momento sonó el teléfono que había sobre el escritorio.

–Quédese un momento, por favor –dijo Jen.

–Tienes una llamada de la oficina central en Sydney en la línea dos –dijo Cleo desde su despacho–. ¿Puedes tomarla ahora?

¡Cielos! ¡Una llamada de la oficina central era como si la citara el mismísimo Dios!

–Pídeles que esperen un minuto –Jen colgó el auricular y miró a Harry sin ocultar sus desesperación–. ¿Puedo rogarle que lleve a Millicent a su clase de ballet? ¿No podría encajar ese viaje entre el resto de sus obligaciones? Necesito ayuda hasta que pueda resolver el problema. Por favor.

Harry permaneció muy quieto, con su inteligente mirada fija en ella, y Jen sintió que sus mejillas se acaloraban. ¿No deberían tener un aspecto más normal los chóferes? Notó que la base de su cuello comenzaba a latir y subió rápidamente el cuello de su blusa. La mirada crítica que le estaba dirigiendo aquel hombre la estaba desconcertando.

Podía entender que no le gustara pero, ¿acaso tenía que hacerla retorcerse?

Finalmente, Harry volvió la mirada hacia Millicent y Jen se sorprendió al percibir en ella una calidez de la que carecía unos segundos antes. Claramente reacio, asintió.

–La llevaré, pero después de esta tarde la responsabilidad es toda suya.

Jen le dedicó una sonrisa radiante.

—Me ha salvado la vida —dijo a la vez que alargaba la mano hacia el teléfono. Tener a la central de Sydney esperando era un suicidio profesional.

—¿Quién va a ayudarme a ponerme los leotardos y a sujetarme el pelo en un moño para la clase? —preguntó Millicent de pronto.

Jen no pudo evitar un intenso gemido de frustración a la vez que cerraba los ojos. Su mente se llenó de oscuros pensamientos referentes a la niñera que había elegido aquel día para dejar plantada a su hermana. Cuando oyó la risa de Harry abrió los ojos de nuevo.

—Ésa es una tarea en la que no voy a poder ayudarte —dijo, sonriendo como si estuviera disfrutando con la situación.

Jen sintió un arrebato de ira que apenas duró unos segundos antes de que su sentido del humor entrara en juego. A fin de cuentas, ella era la que solía ver el lado divertido de las cosas. Y no había duda de que lo que estaba sucediendo aquel día rozaba el absurdo. No pudo evitar sonreír.

Aún estaba sonriendo cuando tomó el auricular.

—Lo siento, Cleo, pero tendré que llamar a la central más tarde. Tengo que atender una emergencia.

Harry Ryder pensó en la sonrisa de Jen Summers mientras llevaba a Millicent a su clase de ballet. Tal vez no era la ejecutiva obsesionada con su trabajo que había llegado a creer que era. Aquella mañana la había catalogado como la típica mujer moderna ansiosa de poder que consideraba a los niños una mera amenaza para su estilo de vida.

Pero en su despacho le había parecido que se preocupaba sinceramente por Millicent. Además, la velocidad con que había preparado a la niña para su clase de ballet le había parecido un auténtico milagro.

Y además estaba su sonrisa. Su sonrisa y su risa. Sus ojos marrones se habían iluminado cuando había sonreído, y su rostro había cambiado por completo. Además, cuando se había fijado en sus ojos había notado que no eran exactamente iguales. Tenía una mota dorada en el iris de su ojo izquierdo de la que carecía el derecho.

De algún modo, aquella encantadora imperfección hacía que su sonrisa resultara inolvidable.

Pero no tenía demasiado sentido que siguiera pensando en ella, pues, como había comentado el peluquero, Jen era una mujer de aspecto muy normal y corriente... y aquella clase de mujeres no eran precisamente el tipo de Harry.

La tarde de Jen pasó de ser un torbellino a un ciclón.

Y no porque no estuviera acostumbrada a trabajar. Durante el mes que llevaba allí había descubierto que su jefa, Tamara, disfrutaba de larguísimas comidas y asistía a todos los cócteles posibles mientras ella se quedaba sudando tinta en el despacho.

Pero la fuerza de Tamara residía en que sabía manejar la central en Sydney. No se dejaba intimidar.

Pero Jen no estaba tan curtida y, tras una tarde de duras exigencias por parte de Sydney, se sentía agotada. Para empeorar las cosas, Harry Ryder se estaba retrasando en llevar de vuelta a Millicent.

Cuando miró su reloj ya eran más de las cinco. La clase de ballet habría terminado hacía una hora y, a pesar de que era la hora punta, ya deberían haber llegado. Fue hasta la ventana de su despacho, inquieta.

Los coches avanzaban a paso de tortuga, de manera que era posible que la causa del retraso fuera el atasco.

Además, Harry Ryder trabajaba para una compañía de limusinas de muy buena reputación. Sería un conductor experto y Millicent estaba perfectamente a salvo en sus manos.

A pesar de todo, no pudo evitar sentir cierta inquietud. Había algo diferente en Harry...

Cualquiera podría haber notado la diferencia. Incluso sin su pose principesca y su orgullosa actitud, su voz cálida y poderosa sugería que estaba acostumbrado a ser el centro de atención.

Aquél era un enigma que preocupaba a Jen, sobre todo en aquellos momentos. No se quedaría tranquila hasta que Millicent volviera.

De pronto sintió una oleada de pánico. ¡Había confiado su sobrina a un hombre del que no sabía nada y que le había parecido raro!

Miró el teléfono y se preguntó si debía llamar a la compañía de limusinas para la que trabajaba. Su hermana le había confiado a la niña y nunca la perdonaría si llegaba a sucederle algo. Su mente se llenó de imágenes de accidentes y desastres varios.

Nunca se había sentido tan asustada. ¿Qué le pasaba? Normalmente era una persona tranquila y controlada. Empezó a temblar.

«¡Estoy sufriendo un ataque de pánico!».

—Necesito ir —dijo Millicent.

—¿Adónde necesitas ir? —preguntó Harry, cuya frustración no hacía más que aumentar. Se había retrasado a causa del tráfico por culpa de un cliente que había tardado más de lo debido en presentarse, y encima, cuando había llegado tarde a recoger a la niña, la profesora de ballet le había dedicado una severa mirada de reproche por su imperdonable retraso.

En aquellos momentos se encaminaba por el abarrotado centro comercial con la niña hacia el aparcamiento, consciente de que también iba a tener que enfrentarse al enfado de Jen. ¿Cómo diablos se había metido en aquel lío?

—Necesito ir al baño.

Diablos.

Aún vestida con su malla azul y rosa, Millicent lo tenía tomado de la mano mientras bajaban en el ascensor, pero su carita se estaba volviendo rosada mientras cruzaba las rodillas.

—¿No hay baño en la clase de la señorita Zoe? ¿Por qué no has ido allí? Has tenido tiempo de sobra.

—Porque no me apetecía —la niña hizo una mueca de angustia—. ¡Pero ahora necesito ir!

—De acuerdo, de acuerdo —Harry sintió que su frente se cubría de sudor. Aquella era una crisis que quedaba muy lejos del terreno de su experiencia. Desde luego, no había esperado encontrarse en una situación semejante cuando firmó para trabajar un mes para la empresa de limusinas—. Espera un poco. Tenemos que buscar un baño.

Cuando el ascensor llegó a la planta baja, Harry tomó a la niña en brazos, echó un vistazo a su alrededor y se encaminó al lavabo más cercano. Se detuvo ante la puerta y dejó a la niña en el suelo.

—¿No vas a entrar conmigo?

–Lo siento, cariño, pero no puedo –al ver que Millicent lo miraba como si no lo creyera, Harry añadió–: No dejan entrar a hombres en el servicio de las mujeres –explicó con paciencia–. Pero te esperaré aquí mismo. Sabes lo que hacer, ¿no?

Millicent asintió, pero no parecía tan confiada como le habría gustado a Harry.

Esperó ante la puerta como un gorila fuera de un club nocturno y una mujer mayor que se hallaba cerca le dedicó una mirada suspicaz. Él resistió la tentación de fruncir el ceño y le dedicó una sonrisa.

Millicent apareció de pronto a su lado y tiró de la pernera de su pantalón.

–Buena chica –dijo él, aliviado–. Has sido muy rápida.

–Aún no he ido. Necesito que me ayudes a quitarme los leotardos –respondió Millicent, de pie a su lado.

Harry tragó saliva.

–¿En serio?

La niña asintió.

–Y deprisa, por favor.

Harry miró a la mujer.

–Disculpe –dijo en su tono más encantador–. ¿Podría echarnos una mano?

Su sonrisa debió de funcionar, porque cuando explicó a la mujer su dilema ésta se mostró encantada de ayudar.

–Los padres de hoy en día son un encanto, pero hay algunas cosas de las que aún no pueden ocuparse, ¿verdad? –dijo mientras entraba con Millicent en el baño.

Cuando salieron la niña sonreía triunfante y Harry no logró recordar cuándo había sido la última vez que se había sentido tan aliviado.

Misión cumplida.

Al oír un ruido seguido de la risa de una niña, Jen salió lanzada al pasillo.

Harry y Millicent avanzaban por el pasillo hacia ella tomados de la mano. ¡Gracias a Dios!

Abrazó a su sobrina casi con ferocidad.

–¿Estás bien, cariño?

La niña asintió y Jen se arrodilló junto a ella para observarla atentamente, pero Millicent parecía muy contenta.

–¿Qué diablos ha pasado? –preguntó Jen entonces–. ¡Estaba a punto de morirme de preocupación!

–El tráfico... –empezó a decir Harry.

–Necesitaba ir –dijo Millicent.

Jen sintió que su cuerpo se relajaba totalmente a causa del alivio. «Espero no llegar a ser nunca madre», pensó. No habría soportado sentir aquel terror cada vez que su hija llegara tarde a casa.

Abrazó a Millicent de nuevo y luego se irguió.

–Gracias –dijo a Harry, y también estuvo a punto de abrazarlo.

Pero Harry frunció el ceño y se quedó totalmente quieto. Jen dejó caer los brazos justo a tiempo, repentinamente ruborizada y demasiado consciente de Harry como hombre. Un hombre servicial e increíblemente masculino. La clase de hombre que hacía que las chicas sintieran que se les debilitaban las rodillas... de hecho, una fábrica completa de feromonas.

¿En qué había estado pensando? A un tipo como aquél no le habría hecho ninguna gracia que la poco agraciada Jen Summers lo rodeara con sus brazos.

—Siento haber llegado tarde —dijo Harry casi con brusquedad—. No esperaba que fuera a preocuparse tanto —inclinó la cabeza de manera que acercó sus ojos grises a los de ella, y algo en su expresión hizo que el corazón de Jen latiera más deprisa.

—¿Se encuentra bien? Se ha puesto pálida.

—Estoy bien —murmuró Jen a la vez que apoyaba una mano en su pecho y otra en su estómago—. Tiene razón. Me he preocupado. Sé que no tenía motivo —se apoyó contra la pared y respiró profundamente—. Y hoy he estado tan ocupada que me he saltado la comida; supongo que por eso me siento un poco mareada —volvió a erguirse—. Pero gracias por haberme echado una mano, Harry. Sé que lo que ha hecho iba más allá de su deber. Supongo que ahora querrá irse —cuando Harry asintió, Jen miró a Millicent—. Y nosotras nos vamos a casa de la abuela.

—¿Cómo van a ir? —preguntó Harry.

—Tengo mi coche.

—Está demasiado cansada —dijo él—. ¿Por qué no las llevo yo? St. Lucia me queda casi de paso.

Jen se quedó mirándolo, totalmente sorprendida por su oferta. Él mismo parecía un poco sorprendido, como si ya lamentara su generosidad. Jen estuvo a punto de declinar su oferta, pero entonces recordó que aún no había consultado a su madre sobre las ocupaciones que iba a tener aquella semana y, dado que ella también tenía una agenda muy ajetreada, Harry Ryder y su limusina suponían una valiosa comodidad que debía aprovechar todo lo posible.

—¿No tiene que hacer más viajes esta tarde?

–Ya he terminado por hoy.

–En ese caso, gracias, Harry. Voy a por las cosas de Millicent.

–Me encantaría poder ayudarte, querida. Sabes que daría cualquier cosa por tener a Millicent conmigo, pero estoy ocupadísima esta semana. Es una lástima.

Caro Summers estaba sentada en su sofá rosa con Millicent en el regazo y una expresión de pesar en su atractivo rostro.

Jen pensó que allí había gato encerrado.

Lo más probable era que su madre estuviera haciendo de casamentera. Cuando Caro les había abierto la puerta se había quedado momentáneamente desconcertada, pero enseguida se había mostrado encantada.

Había sido bastante descarada en su inspección visual de Harry, que éste había superado con muy buena nota. Su uniforme no la había echado atrás en lo más mínimo.

En aquellos momentos no paraba de lanzarle miradas furtivas mientras él permanecía sentado en silencio.

Jen suspiró. Ya era malo que su madre y Lisa se hubieran quedado con todos los genes de la belleza de la familia, pero era aún peor que Caro se apiadara de ella y tratara de ayudarla.

Su madre sabía que no había salido con ningún hombre desde que se había trasladado a Brisbane después de romper con Dominic, y consideraba responsabilidad suya emparejarla con todo varón disponible. Jen sabía que era eso lo que rondaba su cabeza en aquellos momentos.

–Debes de estar muy comprometida con tus obras de caridad si estás ocupada toda la semana, mamá –dijo en tono sombrío.

–Desde luego que sí, querida. Depende tanta gente de mí... –dijo Caro inocentemente antes de dar un abrazo a Millicent–. Además, seguro que te divertirás más con la tía Jen y con Harry, ¿verdad, cariño?

La niña asintió con cautela.

–¡Pero yo tengo un horario de jornada completa! –exclamó Jen.

Caro sonrió con dulzura.

–Tal vez Harry podría...

–Harry también está muy ocupado.

Jen se puso en pie. Millicent estaba bostezando y su madre se estaba excediendo en aquella ocasión. Harry era prácticamente un desconocido. Cruzó la habitación y tomó la mano de Millicent. La pobre niña parecía agotada y debía de sentirse muy insegura oyendo cómo se discutía sobre su futuro. Necesitaba cenar, tomar un baño y meterse en la cama.

–Es una lástima que estés tan atareada, pero gracias de todos modos, mamá. Ya buscaré alguna solución. Vamos, Mills. Vamos a casa a preparar algo rico de comer.

–Estoy segura de que Harry y tú resolveréis el asunto –Caro se levantó majestuosamente del sofá y dedicó una sonrisa incandescente a Harry–. ¿Verdad?

Él murmuró algo incomprensible.

–¿Puedo sentarme delante? –preguntó Jen cuando salieron–. Querría comentarle algunas cosas.

La respuesta de Harry volvió a ser prácticamente inaudible, pero Jen se sentó delante de todos modos.

–¿Qué sucede con su familia? –preguntó él cuando se pusieron en marcha–. Nunca he conocido a tantas mujeres ocupadas –añadió con evidente desdén–. Primero su hermana y su niñera, luego usted, ahora su madre...

Se interrumpió a mitad de la frase y Jen intuyó que lo hizo para no decir algo realmente grosero.

No se molestó en contestar. Era difícil ponerse a defender a su familia cuando ella misma estaba enfadada con su madre.

Harry ladeó la cabeza hacia el asiento trasero, donde Millicent leía un libro.

–¿Y su padre? –preguntó en voz baja.

Jen negó con la cabeza.

–Lisa siempre ha sido muy discreta al respecto. Lo cierto es que no conozco la historia.

Pero tenía sus sospechas. Seis años atrás, Lisa se había enamorado locamente de un músico, un pianista, pero, por lo que Jen sabía, ambos estaban tan ocupados con sus carreras que apenas podían estar juntos. Ella misma se había preguntado a menudo si el pianista estaría al tanto de la existencia de Millicent.

Pero no iba a compartir todo aquello con alguien a quien acababa de conocer, de manera que cambió rápidamente de tema.

–Tenemos que ver cómo vamos a resolver el problema de la niña.

–¿Tenemos? –Harry la miró con el ceño fruncido–. El problema es suyo, señorita Summers, no nuestro.

Jen alzó la barbilla tercamente.

–Pero me ayudará si le pago más, ¿verdad?

–Me temo que no.

Harry miró de frente para no ver la expresión de ruego de Jen. Ya había sido bastante blando. Había aceptado aquel trabajo para investigar. Quería observar a los personajes de altos vuelos, a las súper divas que elegían como medio de transporte una limusina con chófer. Incluso esperaba encontrar uno o dos criminales entre sus clientes. Hasta el momento, la experiencia había sido bastante decepcionante, y lo último que quería era acabar haciendo de canguro.

—Lo siento —dijo—. Como ya le he dicho antes, necesita llamar a una agencia.

Jen comprendió que no tenía sentido contestar. Indicó a Harry la dirección del aparcamiento donde tenía su coche y cuando llegaron él se ocupó de trasladar la bolsa y el violín de Millicent de la limusina a su Volkswagen.

—Has sido una niña muy buena —dijo Jen a Millicent mientras la trasladaba de coche—. ¿Tienes hambre?

Millicent asintió.

—¿Te gustan los espaguetis con albóndigas?

—Sí.

—Estupendo —Jen la besó en la frente mientras agradecía mentalmente tener las albóndigas preparadas.

—Hoy no he practicado —dijo la niña.

—¿Practicado?

—Mi violín.

Jen miró a su sobrina con expresión horrorizada. ¿Una niña de cinco años se preocupaba si pasaba un día sin estudiar el violín? ¿Qué había pasado con la infancia despreocupada e inocente?

—Puede que no pase nada si dejas de tocarlo un día —al ver que Millicent la miraba con evidente ansiedad, Jen suspiró–. Pero si no estás demasiado cansada, supongo que podrás practicar un poco cuando lleguemos a casa.

Mientras rodeaba el coche se llevó las manos a las sienes. Se sentía fatal: agotada, hambrienta y le dolía la cabeza. Y le esperaban las alegrías de un concierto de violín cuando llegaran a casa.

¿Cómo iba a ocuparse de la niña y de la cantidad de trabajo que tenía encima? Y, para variar, no había tenido noticias de Lisa.

Se volvió con intención de despedirse de Harry, pero vio que estaba hablando por su móvil. Dejó escapar un suspiro de frustración. Había sido una tontería creer que podría ayudarla.

Los acontecimientos del día y la perspectiva de lo que le aguardaba durante las dos siguientes semanas cayeron sobre ella como una niebla sofocante y permaneció con la mano en la puerta mientras trataba de encontrar las fuerzas necesarias para entrar en el coche, conducir hasta su casa, preparar la cena...

Oyó unos pasos a sus espaldas y al volverse vio que Harry se acercaba.

–Acabo de llamar a la oficina para comprobar si había alguien que pudiera echarle una mano.

–Oh, gracias –Jen le dedicó una débil sonrisa de agradecimiento–. ¿Y ha habido suerte?

–Me temo que no. Todos los empleados fijos están ocupados y no pueden adaptarse al horario de Millicent.

–De todos modos, gracias por intentarlo –Jen frunció el ceño mientras lo miraba–. ¿Usted no es uno de los empleados fijos de la compañía?

–No –sin más explicaciones, Harry dio un paso atrás y alzó la mano como para despedirse. En lugar de ello, pasó la mano por sus oscuros rizos e hizo una mueca como si quiera decir algo más pero tuviera dificultades para hacerlo.

Su incomodidad intrigó a Jen.

—Maldita sea —dijo él de pronto, como si acabara de ceder en una pelea—. Lo haré yo. Soy su hombre.

—¿Mi hombre? —repitió Jen, sin atreverse a tener demasiadas esperanzas.

La boca de Harry se curvó en una semisonrisa.

—Seré el chófer de Millicent.

—¡Oh, Harry! —exclamó Jen, a punto de llorar—. ¡Es un hombre maravilloso! ¡Maravilloso! —el alivio que sentía era tan intenso que lo rodeó con sus brazos y lo estrechó con fuerza entre ellos—. ¿Cómo puedo agradecérselo? —Harry era un hombre grande y fuerte y olía muy sexy y...

Harry apoyó unas indecisas manos en la cintura de Jen a la vez que se aclaraba la garganta.

—Oh... —Jen se apartó con el rostro totalmente ruborizado. ¿Por qué se empeñaba en abrazar a aquel hombre?—. Lo siento. Me he dejado llevar por la euforia. Supone tal alivio contar con su ayuda... Tengo tanto trabajo...

—No hay problema —dijo Harry, que a continuación se asomó al interior del Volkswagen para despedirse de Millicent—. Hasta mañana, duquesa.

—Hasta mañana, Harry —dijo la niña, sonriente.

Jen respiró profundamente y centró su mirada en la puerta del coche sin decir nada. Ya había dicho y hecho más que suficiente.

CAPÍTULO 3

JEN RECIBIÓ una llamada de la central de Sydney en cuanto entró en su despacho a la mañana siguiente. Era Sandi.

–Hay que organizar la presentación de un libro de un conocido autor de novelas de misterio. Normalmente lo hacemos en Sydney o en Melbourne, pero hasta hoy no nos hemos dado cuenta de que el autor está en Brisbane, así que va a tener que ser ahí.

–¿Cuándo? –preguntó Jen mientras abría su diario.

–El lunes por la mañana a las dos, en la librería Lawson.

–¿El lunes? –repitió Jen, horrorizada–. Estoy muy ocupada preparando las declaraciones del presidente del banco Fortune. Su junta general se celebra el lunes por la mañana y, con todas las especulaciones que hay sobre su posible bancarrota...

–Podrás ocuparte de ambas cosas, Jen. El lanzamiento de este libro no exigirá muchos preparativos. El autor ya ha escrito media docena de libros y está acostumbrado a la prensa. Te enviará información y sólo tendrás que ocuparte de que haya una nota de prensa y de organizar un catering sencillo. Apenas te llevará tiempo.

–¿Quién es el autor?

–H. R. Taggart.

–Mmm… Creo que he oído hablar de él, pero no he leído nada suyo. ¿Qué clase de literatura escribe?

–Novelas de misterio sanguinarias. Es todo un éxito de ventas, así que necesita tratamiento especial. Su editorial es Eagle and Browne, unos clientes importantes para nosotros.

–De acuerdo.

–El libro se llama *Dead Certainty*. Eagle and Browne han enviado las copias, los carteles y todo lo demás directamente a Lawson y yo te enviaré toda la información que tengo sobre el autor por correo electrónico, ¿de acuerdo?

–Por supuesto –Jen trató de sonar confiada a pesar de todas las dudas que tenía–. Lo haré lo mejor que pueda.

Cuando colgó se hundió en el asiento mientras se preguntaba si iba a poder hacer frente a tanto trabajo. Ya estaba temiendo que llegara el lunes por la mañana. Había oído rumores de que Gerald Harvison, director del banco Fortune, tenía problemas de falta de carisma. Al parecer, lo alteraban mucho las preguntas indiscretas de los periodistas, de manera que iba a tener mucho trabajo preparando las preguntas más agresivas que pudieran hacerle para aleccionarlo antes de la conferencia de prensa.

Apenas estaba siendo capaz de sacar adelante el trabajo que tenía entre manos y temía que aquel último encargo acabara siendo su puntilla. Y además tenía que ocuparse de Millicent.

En aquellos momentos su sobrina estaba jugando con el ordenador en una habitación contigua al despacho hasta que llegara la hora de su clase de música. Al menos era una buena niña, algo por lo que Jen estaba muy agradecida. También había tenido suerte cuando, al llamar a la profesora de música, ésta se había ofrecido a quedarse con Millicent el resto del día para que pudiera jugar con su hija.

Pero además de su trabajo y de Millicent estaba Harry Ryder, que no debería ser un problema... pero de alguna manera lo era. Jen se estremeció al recordar cómo se había lanzado sobre él la noche anterior y cómo había empeorado luego las cosas ruborizándose como una colegiala.

Sin duda, había reaccionado así porque no había estado en brazos de otro hombre desde que había roto con Dominic. El problema era que abrazar a éste nunca había sido tan... inquietante. Tan electrizante. Ni siquiera cuando se conocieron.

El recuerdo del abrazo que le había dado a Harry la había mantenido despierta gran parte de la noche. Se había acostado exhausta, y sin embargo había estado pensando en él.

Aquel hombre era una amenaza para su paz interior pero, desafortunadamente, lo necesitaba.

–¿Quién es esta niña que has traído de visita, muchacho?

Harry se inclinó para besar a su abuela en la mejilla.

–Es Millicent. Millicent, te presento a mi abuela, Polly McLean.

–Hola –dijo Millicent, que abrió los ojos de par en par cuando la anciana de ochenta y tres años la tomó de la mano.

–Voy a llevar a Millicent a su clase de violín y, como pasábamos por aquí, hemos decidido parar a verte para asegurarnos de que te estabas portando bien.

Polly guiñó un ojo a Millicent.

—¿Conduce bien mi nieto?

—Sí —contestó la niña, seria—. Ya me ha llevado al ballet y a ver a mi abuela y al trabajo de Jen y no hemos chocado.

—Es un alivio saberlo —Polly rió y ladeó la cabeza—. Ballet, tu abuela, Jen y ahora clase de violín. Veo que eres una jovencita muy ocupada, ¿no? —Millicent se encogió de hombros—. ¿Y quién es Jen? ¿Una amiguita tuya?

—No. Es mi tía.

—Oh, comprendo —dijo Polly con evidente curiosidad, cosa que puso de pronto nervioso a Harry.

Millicent se volvió hacia él con una sonrisa y luego susurró a Polly:

—Creo que Jen puede ser la novia de Harry.

—Oh —dijo Polly, y sus ojos brillaron cuando miró a su nieto.

—Ni lo pienses —dijo Harry precipitadamente. ¿De dónde habría sacado la niña aquella idea?—. Jen está ayudando a su hermana cuidando a la niña. Su niñera dejó el trabajo de pronto. Es una historia muy larga con la que no quiero aburrirte. Yo me limito a conducir.

Polly lo miró pensativamente y luego suspiró.

—Me consuela saber que eres un perfecto caballero con las ancianas y, al parecer, también con las niñas. Sin embargo, me preocupa el grupo de edad intermedia. Espero que no se te ocurra hacer nada que pueda disgustar a Jen.

—Te aseguro que Jen está perfectamente a salvo, abuela.

–Mmm –Polly señaló un periódico que había sobre la mesa–. Acabo de leer que los expertos dicen que permanecer soltero es tan malo para la salud como fumar. Al parecer, las estadísticas demuestran que los solteros no viven tanto como los casados.

–Qué fascinante –murmuró Harry a la vez que miraba su reloj.

Millicent se había acercado a observar una vitrina en cuyo interior había varias figuras de porcelana. Polly volvió su aguda mirada hacia Harry.

–¿Sabe la tía de Millicent quién eres?

Harry suspiró.

–Jen sabe que soy chófer. Es lo que soy ahora mismo y lo que voy a seguir siendo durante una semana. No necesita saber más. Cualquier otra cosa complicaría el asunto.

–Espero que no complique lo que siente por ti –dijo Polly.

–No empieces, abuela. Y no hagas caso de lo que te diga una niña de cinco años. Ya te he dicho que no hay nada entre nosotros.

–Los niños inteligentes pueden ser increíblemente perspicaces.

–Y también muy imaginativos.

Polly siguió a Millicent con la mirada cuando ésta fue hasta el extremo de la habitación para mirar su colección de pájaros de cerámica.

–Ya sabes que no me gustan los subterfugios. La sinceridad es siempre la mejor política.

Harry tuvo que hacer acopio de toda su paciencia.

–En unos días, la madre de Millicent volverá a Brisbane y contratará a una nueva niñera. Millicent se irá a su casa, Jen recuperará su vida y, poco después, yo dejaré de ser chófer. No volveremos a vernos, así que Jen no tiene por qué saber nada más de mí.

Polly no parecía convencida.

—Yo no me fiaría de que las cosas fueran a ser tan sencillas, Harry.

—¿Por qué estamos teniendo esta conversación? ¿Qué sabes de todo esto? Ni siquiera conoces a Jen.

—No —concedió Polly—. Eso es muy cierto —miró a su nieto con expresión nostálgica—. Pero te conozco muy bien, muchacho, y eso es lo que me preocupa.

Cuando llegó ante la puerta de la casa de Jen, Harry trató de ignorar la incómoda tensión que sentía.

Su casa no se parecía en nada a lo que había esperado. Había imaginado que una mujer moderna y profesional como ella viviría en un típico apartamento de yuppy en el centro, pero aquella casa de madera que se erguía a un lado de Red Hill era de la época de su abuela y tenía el mismo aire de lugar bien cuidado, querido y vivido.

Haber ido allí había sido un error. Harry no se sentía nada atraído por lo hogareño. Si Millicent no se hubiera dejado el violín en el coche, no estaría allí.

Un gato se acercó a él por el porche y le dedicó un perezoso maullido a modo de saludo.

—Buenos días, amigo —murmuró Harry, y el gato se acercó a frotarse contra sus piernas.

Del interior de la casa llegaba el sonido de música clásica. Algo elegante y emotivo. Y también olía a comida.

Se sentía nervioso y poseído por una cautela nada típica en él, sobre todo cuando iba a visitar a una mujer. Respiró profundamente y decidió acabar con aquello cuanto antes. Irguió los hombros y dio un paso hacia la puerta. Estaba alzando un puño para llamar cuando ésta se abrió.

—¡Harry!

Jen parecía sorprendida de verlo y aferró el pomo con fuerza mientras lo miraba.

—Iba a dejar entrar al gato para su té —dijo.

—He pensado que alguien lo habría echado en falta —Harry alzó el violín en su funda.

—¡Oh, gracias al Cielo! —el rostro de Jen reflejó claramente su alivio—. He tratado de llamarlo antes. ¿Dónde se lo ha dejado Millicent?

—En la limusina. Estaba tan excitada después de haber pasado la tarde jugando con la hija de su profesora de música que lo ha olvidado.

Jen se volvió hacia el interior de la casa.

—Millicent, ven a ver lo que te ha traído Harry —cuando se volvió de nuevo hacia él le dedicó una cautelosa sonrisa—. Tiene un aspecto muy distinto cuando no lleva el uniforme.

—Lo mismo digo —Harry sólo había visto a Jen vestida con los trajes que se ponía para trabajar, pero allí, en su casa, con los pies descalzos y vestida de rosa, con unos cuantos mechones de pelo huidos del desenfadado moño que se había hecho en lo alto de la cabeza...

Jen miró hacia la calle.

—¿Dónde ha aparcado la limusina?

—Ah... esta noche he traído la moto.

Jen localizó con expresión sorprendida la brillante Harley Davison negra aparcada junto a la acera y dio un paso atrás como si de pronto sintiera miedo de Harry.

–Sólo pasaba por aquí –dijo él rápidamente–. Ahora me marcho. Salude a Millicent de mi parte.

Como un cachorrito que acabara de escuchar su nombre, Millicent apareció junto a Jen. Miró a Harry y luego a su violín y dio un gritito de alegría.

–¡Mi violín! –exclamó, emocionada–. ¡Harry lo ha encontrado!

Cuando Harry se lo entregó Millicent lo aferró contra su pecho como si fuera una madre que acabara de encontrar a su hijo perdido.

–Trata al violín como si fuera una muñeca –dijo Jen–. Lo envuelve en un paño de seda y por las noches lo deja en la funda junto a su cama –miró a la niña y añadió–: No olvides dar las gracias a Harry.

Millicent dejó el violín sobre una silla y abrazó a Harry por la cintura.

–Gracias, gracias, gracias. Te quiero, Harry.

Harry se ruborizó un poco mientras le acariciaba la cabeza.

–De nada, Millicent –dijo, y miró a Jen–. Ahora será mejor que me vaya. Mañana tengo que pasar a recoger a la duquesa por la oficina a las diez para llevarla a su clase de gimnasia, ¿no?

–Eso es –Jen asintió y luego añadió, indecisa–: Oh... ¿podría llevarla luego de vuelta a la peluquería de Maurice en George Street?

Harry frunció el ceño.

–No estará buscando más publicidad, ¿no?

–No. Estoy tratando de encajar una cita para la peluquería durante la hora de mi almuerzo.

–Oh-oh –Harry no pudo evitar sonreír burlonamente–. ¿Vas a permitir que ese tipo estropee un pelo con tan buen aspecto? –preguntó, tuteándola inconscientemente.

—No —respondió Jen con exagerada dignidad—. Voy a permitir que un genio reconocido me transforme en una mujer deslumbrante.

—Sí, claro —Harry estuvo a punto de añadir alguna estupidez sobre el buen aspecto que tenía sin la ayuda de Maurice, pero Millicent seguía allí y él aún se sentía agobiado por el ambiente hogareño reinante, de manera que se volvió hacia las escaleras—. Tengo que irme.

—No te vayas, Harry —rogó una vocecita—. Quiero tocar mi violín para ti —Harry se detuvo cuando estaba a punto de bajar los escalones del porche—. Tengo que practicar para mi recital.

—¿Recital? —repitió él, sorprendido. ¿No se suponía que las niñas de aquella edad pasaban el rato jugando a las muñecas y haciendo comiditas?

—Es el domingo por la mañana —explicó Jen—. Todos los alumnos dan un pequeño concierto para sus padres.

—Mamá va a venir —añadió Millicent, feliz.

—Si puede llegar a tiempo —dijo Jen con cautela.

—Pero ahora quiero tocar para ti —dijo Millicent—. Vamos, Harry.

¿Qué podía decir? Ya había tantos adultos demasiado ocupados como para prestar atención a la niña: su padre, su madre, su abuela, la niñera... Harry miró a Jen.

—Puedes pasar a escucharla, por supuesto —dijo ella, más insegura de lo que sonó.

Escuchar a una niña de cinco años rascando las cuerdas de un violín no era precisamente lo que tenía planeado Harry para aquella noche pero, ¡qué diablos!

—Me encantará escucharte —dijo.

Seguir a Jen y a la niña al interior de la casa fue como hacer un viaje en el tiempo. Aquel lugar era aún más parecido a la casa de su abuela de lo que había pensado.

—Heredé esta casa de una vieja amiga —explicó Jen como si le hubiera leído el pensamiento—. Es el motivo por el que me he trasladado a Brisbane.

—Debiste de impresionarla mucho para que te dejara la casa.

Jen sonrió.

—Conocí a Alice cuando yo era muy joven y vivíamos en esta misma calle. Por entonces yo era exploradora y siempre estaba dispuesta a echar una mano y a hacer buenas obras. Vine aquí un día a preguntarle qué podía hacer para ayudar y... —se encogió de hombros—. Tuvimos uno de esas amistades mágicas difíciles de explicar, en las que la diferencia de edad carece de importancia.

—Y sigues haciendo buenas obras —dijo Harry, pensando en el modo en que la hermana de Jen había enviado su hija a ésta sin pensar en los inconvenientes que pudiera causarle.

—Acaba por convertirse en una costumbre.

Harry no pudo evitar manifestar su curiosidad mientras pasaban por la cocina.

—¿A qué huele?

—A pastel de carne.

Por supuesto. El aroma le había resultado familiar, pero no había logrado localizarlo. El pastel de carne era uno de sus platos favoritos cuando era pequeño, pero hacía al menos diez años que no lo comía.

—¿Tiene puré de patatas por encima?

—Sí. Ahora mismo se está dorando en el horno.

—¿Y lo coméis con salsa de tomate?

–Claro. ¿Por qué?

–Mera curiosidad.

El factor hogareño subió diez puntos y Harry se sintió más incómodo.

Jen lo llevó por un solárium que se había creado acristalando el porche trasero de la casa.

–Alice sabía lo que sentía por esta casa y ella no tenía familiares vivos pero, de todos modos, apenas podía creérmelo cuando supe que me la había dejado. He conservado prácticamente todo como lo tenía ella, su mobiliario, su porcelana, sus objetos de plata... Incluso heredé su gato y su pájaro.

–Y su huerto –dijo Harry, que se había acercado a la ventana a mirar. Ya casi había anochecido, pero pudo distinguir unas hileras de tomates y lechugas.

–El huerto es una pequeña preocupación –admitió Jen mientras se inclinaba para apagar el equipo de música–. Me encanta, pero lleva mucho tiempo mantenerlo. Sólo llevo aquí un mes, de manera que aún no he tenido tiempo de matar las malas hierbas, que empiezan a ganar terreno.

Mientras Millicent sacaba cuidadosamente su violín de la funda, Jen dijo:

–Siéntate y escucha. Te vas a llevar una sorpresa.

Harry se sentó obedientemente, pero no necesitó simular ningún interés por la actuación de Millicent. Incluso antes de que empezara a tocar, la intensa concentración de su rostro mientras tensaba el arco y apoyaba el violín en su hombro lo fascinó de inmediato. Se situó cuidadosamente con los pies separados y los hombros echados hacia atrás y se tomó su tiempo para colocar los dedos en las cuerdas.

Interpretó un sencillo vals, con la atención puesta en los movimientos del arco. La melodía sonó sorprendentemente afinada, sin maullidos ni ruidos raros. Millicent no era Mozart, pero era evidente que tenía talento.

—¡Ha sido fantástico! —exclamó Harry entusiasmado cuando terminó a la vez que aplaudía sonoramente.

—¿Quieres escuchar algo más? —preguntó la niña, radiante de entusiasmo.

—Desde luego —Harry se inclinó hacia Jen—. ¿Ha heredado el talento musical de tu familia?

Ella rió.

—No que yo sepa. No tengo idea de dónde lo ha sacado —añadió mientras se levantaba—. Voy un momento a vigilar la comida.

Millicent interpretó dos piezas más mientras Jen estaba en la cocina y, si cometió algún error, Harry no lo notó. Lo más interesante era ver cuánto le gustaba tocar. La pequeña y normal Millicent se había transformado en cuanto había sacado el violín de su funda.

Harry pensó que llevaba la música dentro. Nadie tendría que insistir para que practicara. Para ella no suponía un deber, sino que era parte de su forma de ser.

En la cocina, Jen apagó el horno y permaneció en medio de la cocina con las manos apoyadas sobre sus acaloradas mejillas. El hecho de que Harry estuviera en su casa la afectaba demasiado. No estaba acostumbrada a tener hombres allí. Desde luego, no a hombres como él. Después de quitarse la cazadora de cuero, se había quedado con una camiseta negra y unos vaqueros que lo hacían parecer intensamente... masculino.

Y tenía que decidir si debía invitarlo a que se quedara a cenar o no. ¿Pero se atrevería a hacerlo?

Se había trasladado a Brisbane y a aquella casa siguiendo un impulso después de que Dominic la dejara. La casa le había parecido el refugio más confortable en que podía meterse. La presencia de Harry allí era como una amenaza para su hogareña tranquilidad. Pero no debía olvidar lo atento que había sido con Millicent. Y había parecido muy interesado en el pastel de carne.

Oyó que la niña terminaba de tocar. Si iba a invitar a Harry a que se quedara, debía hacerlo ya. Sin pensárselo dos veces, fue hasta la puerta.

—La comida está lista —Harry se puso en pie de inmediato al oírla—. Y estás invitado, por supuesto —añadió, consciente de su cautelosa sonrisa.

Millicent dedicó a Harry otra mirada de ruego y Jen trató de mostrarse despreocupada, como si invitara habitualmente a cenar a hombres a los que apenas conocía de nada.

Mientras miraba de una a la otra, la boca de Harry se curvó en una tímida sonrisa.

—Muchas gracias, señoritas. Lo cierto es que ese pastel de carne huele muy bien, pero me temo que tendré que dejar la comida para otra ocasión —se pasó una mano por el cuello a la vez que hacía una mueca de pesar—. Tengo... planes para esta tarde.

Jen reprimió una absurda oleada de decepción mientras Harry se despedía de ellas con un gesto de la mano a la vez que se encaminaba hacia la salida como si estuviera deseando huir de allí.

—Espero que el recital vaya bien —recordó decir antes de salir.

—Yo la llevaré al concierto el domingo —dijo Jen mientras lo seguía por el pasillo. Harry se detuvo ante la puerta–. Es probable que también lleve a mi madre –continuó, queriendo demostrarle que no la molestaba en lo más mínimo que tuviera tanta prisa por irse–. Los otros niños irán acompañados por sus padres, hermanos y abuelos.

Harry asintió.

–Eres muy generosa con tu tiempo –cuando fue a salir rozó a Jen y el corazón de ésta latió con más fuerza. Un momento después se volvió y alzó una mano para apartar un mechón de pelo que había escapado del moño.

Ella se quedó paralizada y sintió cómo se le acaloraban las mejillas.

Los ojos grises de Harry estaban muy cerca de los suyos. Demasiado cerca.

–Ese pelo liso es tan anticuado... –dijo él, imitando el acento de Maurice–. Ese tipo no tiene ni idea.

A continuación se fue y Jen tuvo que apoyarse en un poste del porche porque sus rodillas estaban a punto de ceder.

Cuando apenas había comido la mitad de su ración de pastel de carne, Millicent dejó escapar un profundo suspiro.

–Ése es un gran suspiro para una niña como tú –dijo Jen.

–Estaba pensando en Harry y me he sentido triste.

–¿Por qué, cariño?

–Me gusta Harry.

Sí, pero, ¿por qué te pone triste eso?

–Me gustaría que Harry fuera mi papá.

Por un momento, Jen no supo qué decir.

–¿Te ha hablado alguna vez tu madre sobre... tu padre?

–Sí. Me dijo que lo perdió, pero que algún día va a volver a encontrarlo para mí.

Jen trató de tragar el nudo que se le hizo en la garganta.

—¿De verdad?

—Espero que sea tan bueno como Harry.

Jen estrechó cariñosamente la mano de la niña.

—Estoy segura de que lo será.

Más tarde, tras meter a Millicent en la cama, Jen trató de leer un rato, pero no lograba dejar de pensar en Harry, en lo atractivo que era, en cómo le había hecho sentirse cuando había jugueteado con su pelo... y en lo decepcionada que se había sentido cuando se había ido.

Pero, a pesar de lo que la afectaba su presencia, sabía que no era un hombre que le conviniera. Era todo a lo que siempre se había resistido.

Desde que era una adolescente, cuando los chicos habían dejado de ser unos pesados y se habían transformado en novios potenciales, había evitado a los hombres como Harry. Nunca se había sentido lo suficientemente guapa o excitante como para considerarse una igual de tan manifiesta masculinidad. Incluía demasiada testosterona y peligro, y seguía siento tan cautelosa al respecto como a los catorce años. Hacía tiempo que había asumido que estaba destinada a salir con los chicos de la lista B, hombres agradables, seguros y poco excitantes.

No con un chófer sexy dueño de una Harley Davison y envuelto en tanto misterio que se notaba a simple vista que era peligroso.

CAPÍTULO **4**

AL DÍA siguiente, Jen pasó el rato de su almuerzo bajo un bosque de tiras de aluminio y lejía de color azul. Mientras contemplaba la alarmante visión en el espejo de la peluquería de Maurice, se dijo que lo que estaba haciendo estaba justificado. Tener buen aspecto e ir a la moda era importante para su autoestima y para su profesión.

Si quería fortalecer sus perspectivas profesionales mientras su jefa estaba fuera, un peinado sofisticado le daría la moral que necesitaba. Además, sería un indicio de que estaba superando la separación de Dominic para empezar de nuevo.

Eludiendo a Harry.

Cerró los ojos al sentir que se ruborizaba. A pesar de sus esfuerzos, no había logrado dejar de pensar en él durante toda la noche.

Cuando una mano palmeó su brazo a través de la capa de plástico que llevaba puesta se sobresaltó.

—¡Oh, Millicent! —exclamó al ver a su sobrina a su lado—. Estaba distraída. ¿Cómo te ha ido en clase de gimnasia?

—Bien —Millicent sonrió mientras miraba el revoltijo de la cabeza de Jen.

—Mamá también se pone esas cosas en la cabeza, pero Harry dice...

—¿Harry? —Jen miró a su alrededor. ¿Estaba Harry allí? Lo último que quería era que la viera con aquel aspecto.

—¿Lo estás buscando? —preguntó Millicent inocentemente.

—No. En realidad no —Jen volvió a ruborizarse.

—Quería hablar contigo, pero ha decidido que estabas muy ocupada y te ha escrito una nota —dijo Millicent a la vez que le entregaba una hoja escrita con una letra apenas legible.

Hola, Jen.
He decidido acudir al recital de Millicent el domingo por la tarde. Se merece un público entusiasta.
Hasta entonces, Harry.
P.D: Tienes razón. Maurice es un genio. ¡Ese peinado de aluminio es totalmente actual y te sienta muy bien!

Jen miró a su sobrina con expresión horrorizada.

—¿Harry ha estado aquí? ¿Me ha visto así?

Millicent asintió y sonrió. Jen gimió.

«Supéralo», se dijo. «Te da igual lo que pueda pensar».

—Harry va a ir a escucharte el domingo.

Millicent sonrió.

—Sí, me lo ha dicho —en cuanto dijo aquello apartó la mirada y su labio tembló.

—¿Qué sucede, Mills? —Jen apoyó una mano en su mejilla y le hizo volver el rostro—. ¿No quieres que venga Harry?

—Sí, claro que sí. Pero también quiero que venga mami.

–Lo sé –Jen reprimió un suspiro–. La llamaremos esta noche otra vez para recordarle tu recital. Nunca se sabe, a lo mejor puede llegar a tiempo.

Jen no le dijo a Caro que Harry iba al recital. Imaginaba sus exclamaciones de sorpresa y las miradas de interés que le dedicaría. Quería mucho a su madre, pero había ocasiones en que ésta se entrometía en exceso en su vida social, y no quería que aquella tarde se dedicara a poner en práctica sus tácticas de casamentera.

Supuso un alivio llegar antes que él.

La profesora de música de Millicent había convertido la planta baja de su casa en un estudio que daba al patio. Jen, Caro y Millicent saludaron a los niños y a los padres que ya estaban allí cuando llegaron.

Millicent no parecía nada nerviosa, pero deslizó una atenta mirada entre los presentes.

Jen supuso que estaba buscando a Lisa. Habían vuelto a llamarla la noche anterior y Lisa le había dicho a su hija que lo lamentaba mucho, pero que creía que no iba a poder llegar a tiempo. A pesar de todo, la niña seguía aferrándose a su esperanza. Pero Jen sabía que su hermana no iba a ir y que Millicent se iba a sentir muy decepcionada.

–¡Oh! –exclamó Caro–. Mira quién está aquí.

Jen se volvió y cuando vio a Harry se olvidó de respirar.

Vestido con una camisa blanca con las mangas recogidas hasta los codos y unos vaqueros grises, avanzaba hacia ellas a largas zancadas. El tono moreno de su piel y su pelo negro y rizado hicieron pensar a Jen en un gladiador romano.

Varias cabezas se volvieron a mirarlo.

—Tu nuevo novio es guapísimo, querida —dijo Caro.

—No es mi novio.

Caro dedicó una rápida mirada al sencillo vestido sin mangas de Jen.

—Tu nuevo peinado está muy bien pero no basta, Jennifer. Deberías vestir algo más llamativo.

—No quiero llamar la atención de nadie.

—Pues deberías, cariño. Debes explotar al máximo tu aspecto mientras eres joven. Cuando tenía tu edad me ponía biquinis, minifaldas, pantalones cortos... cualquier cosa que estuviese de moda.

El rostro de Caro se distendió en una amplia sonrisa según se acercaba Harry.

—Compórtate, mamá —advirtió Jen.

Vio con alivio que Harry se distraía con Millicent. En cuanto las saludó, la niña lo tomó de la mano y exigió su atención.

—¿Has visto a mi madre?

La expresión de Harry se suavizó cuando la miró.

—No, gatita —dijo y, al ver la expresión de tristeza de la niña, miró a Jen con expresión preocupada. Ella negó con la cabeza.

Harry dio un paso atrás y soltó un silbido.

—¡Pero qué elegante estás, duquesa! —exclamó mientras miraba su vestido blanco de volantes con una falda azul y sus zapatos azules con calcetines de encaje—. Date la vuelta. Deja que te vea.

Jen se alegró de haber ido a casa de su hermana a por ropa adecuada para el recital. Millicent rió y giró obedientemente mientras Harry la contemplaba con admiración—. Estás preciosa. Pareces una auténtica VMI.

—¿Qué es eso?

–Una Violinista Muy Importante.

–¿Es mejor que una duquesa?

–Desde luego.

Los ojos de la niña brillaron.

Harry volvió la mirada hacia Jen y su expresión se volvió más seria mientras observaba su nuevo peinado con sus sofisticadas mechas plateadas y rubias, cortesía de Maurice.

Por un momento pareció ligeramente desconcertado, pero luego miró a Caro y dijo:

–¿Qué más puede pedir un hombre que estar acompañado a la vez por tres damas encantadoras?

Caro sonrió de oreja a oreja.

–Millicent, ¿por qué no me presentas a tu profesora de música? –preguntó.

Jen contuvo el aliento mientras su madre se alejaba. Ya estaba haciendo de las suyas. Miró a Harry con cautela.

–¿Por qué me estás mirando así? –preguntó, inquieta.

–Pareces distinta. Estoy pensando en algo.

–¿Qué quieres decir?

–¿No nos hemos conocido antes?

–¿Antes del miércoles? No –Jen apartó la mirada e hizo un esfuerzo por calmarse.

–Eso pensaba, porque de lo contrario lo recordaría –dijo Harry–. Puede que haya visto tu foto en una revista.

Jen frunció el ceño.

–Lo dudo mucho.

He tenido la extraña sensación de haberte visto antes en algo como una foto de boda.

–Seguro que no era yo –contestó, desesperada por que acabara aquella conversación–. La única boda en la que he estado recientemente ha sido en un lugar perdido llamado Mullinjim.

Harry chasqueó los dedos y sonrió.

—Eso es. Mullinjim. Fue en la boda de Jonno Rivers con esa encantadora chica francesa.

—Camille —dijo Jen, asombrada—. Es mi mejor amiga. Trabajábamos juntas en la revista *Girl Talk*, en Sydney. ¿Pero cómo sabes que fui a la boda? ¿Me has estado espiando, o algo parecido?

—No, claro que no. Crecí en Mullinjim y conozco a Jonno de toda la vida.

—¿En serio?

—Sí. En serio.

«Es sólo una coincidencia. No es el destino», se dijo Jen. «No tienes por qué ponerte nerviosa», intentó convencerse.

—Eras la dama de honor de la novia, ¿verdad? —añadió Harry tras una pausa.

—Sí. Pero me sorprende que me reconocieras —su amiga Camille había elegido un maravilloso vestido para su dama de honor y Jen sabía que su aspecto había sido mucho más sofisticado que lo que solía ser normalmente.

—Traté de ir a la boda, pero estaba ocupado en Filipinas.

—¿Filipinas? —repitió Jen, realmente sorprendida—. ¿Estabas trabajando allí de chófer durante las vacaciones?

Por un momento creyó haberlo atrapado en un renuncio. El rostro de Harry reflejó una momentánea irritación, pero pasó tan rápido que no supo si lo había imaginado.

—Me tomé un descanso allí el año pasado —respondió con expresión impasible.

Jen esperó a que elaborara más su respuesta, pero Harry no lo hizo. Se limitó a cruzarse de brazos y a seguir sonriendo.

—Cuando Jonno me envió la foto de la boda lamenté habérmela perdido.

«¡Cielos! ¡Está flirteando!», pensó Jen. Pero lo más probable era que se debiera a que no podía evitarlo. Los hombres tan atractivos como Harry tenían los genes del flirteo incluidos en su ADN.

Respiró hondo y trató de parecer tranquila mientras su madre regresaba con Millicent.

—Has estado maravillosa —aseguraron todos a Millicent después de que la niña interpretara su pequeño vals.

Harry, que estaba sentado junto a Jen, se inclinó hacia ella y susurró:

—Eres la mejor violinista que hay en muchos kilómetros a la redonda.

Millicent sonrió brevemente y de inmediato volvió la mirada hacia la puerta.

Jen sabía que nada podía compensar la ausencia de su madre. Se preguntó si su hermana sabría cuánto la necesitaba su hija. Si al menos Millicent tuviera un padre con el que contar mientras Lisa trabajaba...

Cuando la gente empezó a abandonar sus asientos para charlar, Jen se levantó a por un vaso de vino blanco para su madre y un zumo para ella. Millicent fue con Harry en busca de una ración de tarta de chocolate.

—Harry es un joven muy elegante —dijo Caro mientras lo observaba.

Jen optó por no hacer ningún comentario.

–Pero no está hecho para casarse. No creo que un chófer pueda llevar precisamente una vida de lujo.

–Eso no es asunto nuestro.

–Pero es maravillosamente peligroso –añadió Caro.

–¿Por qué dices eso? –preguntó Jen en tono severo.

–Seguro que incluso tú lo has notado –contestó Caro tras tomar un poco de vino.

–Supongo –dijo Jen, esforzándose por parecer despreocupada.

–Eso es lo que lo hace tan atractivo. Sería una buena experiencia para ti.

–¡Mamá!

–Reconócelo, Jen. Supone una considerable mejora respecto a Dominic.

Jen estuvo a punto de negarlo, pero cambió de opinión. ¿Qué sentido habría tenido hacerlo? Comparar a Dom con Harry era como comparar una salsa de queso con otra de chile. Dom era atractivo, agradable y llevadero, pero un poco aburrido. De él no emanaba la más mínima sensación de peligro. No había duda de que pertenecía a la lista B.

Pero recordar aquello no fue precisamente un refuerzo para su ego, pues su relación con Dominic había avanzado rápidamente hacia su fin poco después de que Lisa los visitara en Sydney. Como de costumbre, su hermana había deslumbrado a todos con su belleza y, tras conocerla, el aburrido Dom había decidido que Jen era aún más aburrida.

–Hemos caído en la rutina –le dijo–. Necesito más excitación.

Y, para asombro de Jen, Dom la dejó por una excitante mujer nueve años mayor que él, pelirroja, de
ojos azules... y con tres hijos.

¿Y qué decía aquello de ella?

−¿Con quién está hablando Harry? −preguntó
Caro.

Jen siguió la dirección de la mirada de su madre.
Harry estaba con Millicent mientras la niña comía su
tarta de chocolate entre risitas con una compañera,
pero charlaba con un tipo con gafas que debía de tener cerca de cuarenta años. Tenía el pelo castaño y
una expresión muy agradable.

−No sé quién es −contestó.

−Está hablando de Millicent −dijo Caro.

Jen rió burlonamente.

−¿Crees que es un cazatalentos? −cuando volvió a
mirar comprobó que su madre tenía razón. El hombre
parecía interesado en Millicent. Harry y él no deja-
ban de mirarla mientras hablaban.

Cuando Harry y la niña volvieron junto a ellas,
Jen no pudo evitar preguntar:

−¿Quién era ese hombre?

−Un inglés llamado Michael Wolfe −dijo Harry−.
Se ha quedado muy impresionado con la interpreta-
ción de Millicent.

−Qué interesante −dijo Caro.

Mientras miraban, el hombre fue a hablar con la
profesora de música.

−Según parece, tiene una maravillosa mano izquierda −comentó Harry.

Jen frunció el ceño. ¿Michael Wolfe? Tenía la sensación de haber escuchado aquel nombre antes pero,
por mucho que intentó localizarlo en su memoria, no
lo consiguió.

–Habéis sido muy generosos ocupándoos de Millicent desde el miércoles –dijo Caro–. Ya es hora de que yo haga algo para echar una mano. Voy a llevármela a mi casa esta tarde. Seguro que necesitas hacer un montón de cosas, Jen.

–Sí –respondió Jen en cuanto se recuperó de la sorpresa–. Mañana va a ser un día terrible. No me vendría mal tener un poco de tiempo para repasar mis notas sobre el banco Fortune y sobre...

–No deberías estar pensando en el trabajo un domingo por la tarde –dijo Caro a la vez que agitaba sus pestañas en dirección a Harry–. ¿No te parece, Harry?

–No, supongo que no.

–Claro que no.

–No tengo muchas opciones. Mi jefa está de viaje y tengo un montón de trabajo.

–Precisamente por eso deberías relajarte el fin de semana. Escucha, Harry: voy a tomar prestado el coche de Jen para llevar a Millicent a casa a tomar una comida deliciosa. Espero que no te importe llevar a mi hija Jen en tu coche.

Jen se dio cuenta demasiado tarde de que su madre estaba haciendo de las suyas.

–Has venido en moto, ¿verdad, Harry? –dijo. Al ver que él asentía, añadió–: Con este vestido no podría montarme en la moto y, además, no tengo casco.

–Oh –Caro no hizo ningún esfuerzo por ocultar su decepción–. Supongo que no tendrás un casco de sobra, ¿no, Harry?

Harry miró de reojo a Jen.

–Lo cierto es que sí.

En aquella ocasión fue Jen la que dijo «oh». Bajó la mirada para que no se notara cuánto le habría gustado ir con Harry si se ofrecía a llevarla.

—En ese caso ya está acordado –dijo Caro con expresión triunfante–. Aún tengo una copia de la llave de tu coche –antes de que Jen pudiera protestar, Caro se había levantado para ir a por Millicent, que estaba jugando al escondite con los demás proyectos de músico.

Jen miró a Harry.

—Lo siento. Me temo que mi madre puede ser demasiado obvia en determinadas ocasiones.

—Más que obvia es taimada –dijo Harry con una sonrisa.

—Taimada y obvia –Jen suspiró–. Sabes que no tienes por qué llevarme a casa.

—Eso ya lo había deducido. Pero resulta que hoy me siento especialmente galante.

Aquello desconcertó a Jen.

—¿Y se supone que tengo que estar agradecida por el hecho de que me permitas poner mi vida en tus manos?

—¿Nunca has montado en la parte trasera de una moto?

—No.

—¿Te asustaría?

Jen se encogió de hombros.

—Últimamente he probado un montón de cosas nuevas. Supongo que debería añadir las motos a mi lista.

Harry la miró pensativamente.

—Todo el mundo debería montar en moto al menos una vez en su vida.

—Supongo que a la mayoría de las chicas les encantaría que las llevaras a dar una vuelta –dijo Jen.

Él se limitó a sonreír y debió de asumir que Jen había aceptado acompañarlo, porque la condujo hasta la moto y le entregó un casco.

–Si quieres te llevo directamente a casa para decepcionar a tu madre –dijo Harry con una sonrisa burlona.

–No sueñes en intentar otra cosa –dijo Jen, aunque su corazón no paraba de brincar. Harry no se parecía a ninguno de los hombres con los que había salido, y la mera idea de estar a solas con él le producía una maravillosa inquietud.

–Sujétalo mientras te aseguro el cierre –dijo él a modo de respuesta.

Estaban tan cerca que Jen contuvo el aliento y no dijo otra palabra. Luego Harry montó en la máquina.

–Sube –dijo.

Jen tuvo que sujetar el borde de su vestido con una mano.

–Arrímate a mí para que puedas sujetarte –dijo Harry, que se volvió hacia ella, sonriente. Pero su sonrisa desapareció al ver la tensión que reflejaba el rostro de Jen–. ¿Sigues asustada?

–Llévame a casa, Harry.

–No tienes por qué preocuparte. Se me da aún mejor conducir motos que limusinas. Te encantará, ya verás.

Jen mantuvo los ojos firmemente cerrados y se aferró con fuerza a Harry mientras avanzaban por Kenmore pero, poco a poco, su miedo comenzó a remitir.

Ir en moto no era tan inseguro como había esperado, y no podía negar que resultaba bastante excitante apoyarse contra la cazadora de cuero de Harry mientras lo rodeaba con los brazos por la cintura y presionaba con las rodillas sus muslos. Y si se concentraba, podía oler su colonia mezclada con el aire fresco y el sol.

Cuando llegaron a Toowong Harry debió de notar que se sentía más segura, porque se volvió y dijo:

–¿Qué te parece si vamos hasta Mount Cootha para ver las vistas?

–De acuerdo –contestó Jen, nerviosa pero con decisión. Si estaba realmente decidida a dejar a un lado a Jen la cautelosa, la poquita cosa, debía aceptar las experiencias que surgieran en su camino.

Los árboles comenzaron a pasar a toda velocidad junto a ella mientras tomaban la cuesta que llevaba al mirador más conocido de Brisbane. En pocos minutos el cálido aire del verano se volvió más fresco. Jen aspiró el agradable olor a eucaliptos mientras contemplaba las tranquilas extensiones de matorrales que aún podían encontrarse en los alrededores de Brisbane.

–Ha sido estupendo –admitió cuando Harry detuvo la moto en lo alto de la colina–. Gracias.

–He pensado que te gustaría cuando dejaras de gritar.

–No he gritado.

Harry sonrió y Jen le dio una juguetona palmada en el hombro antes de quitarse el casco. Después se pasó una mano por el pelo y agitó su melena.

–Me gusta tu nuevo aspecto –dijo Harry–. Es encantador.

Jen esperó que no se notara cuánto le había gustado el cumplido.

–Entonces, ¿estás de acuerdo en que Maurice es un genio?

–Retiro todo lo malo que he dicho sobre él –Harry apartó un mechón de pelo de la frente de Jen y sonrió lenta y peligrosamente.

Jen contuvo el aliento. Harry estaba flirteando con ella y, tras tres años de monogamia con Dominic, sus habilidades para el flirteo estaban totalmente oxidadas. Aunque nunca habían sido demasiado brillantes.

–Vamos a echar un vistazo –dijo Harry sin apartar los ojos de ella.

–De acuerdo –contestó Jen sin aliento. Aunque sus habilidades para el flirteo estuvieran oxidadas, sabía reconocer el deseo ardiente cuando la consumía.

Tras un inquietante momento, Harry apartó la mirada y se encaminaron hacia la valla del mirador. Cuando era pequeña, Jen solía acudir allí a menudo con sus padres, pero hacía años que no iba.

La ciudad se extendía ante ellos en una extensa vista de tejados, calles y autovías seccionadas por el sinuoso río Brisbane, y salpicada aquí y allá por agrupaciones de verde. Hacia el este se alzaba un bosque de rascacielos y más allá se distinguía el brillo de las aguas de la bahía Moreton.

–Cada vez que estoy ante una vista como esta no puedo evitar recordar que nos hallamos en un planeta diminuto que surca el espacio a toda velocidad –dijo Harry.

–Cielo santo –murmuró Jen.

–Es un pensamiento muy estimulante, ¿no te parece?

–A mí me da miedo –dijo ella a la vez que se abrazaba a sí misma.

–¿Tienes frío?

–No, sólo me siento menos segura. Puedo enfrentarme a la idea de que mi mundo da vueltas alrededor del sol, pero no me gusta pensar en una galaxia completa circulando a toda velocidad por el universo.

–Pero es algo magnífico en que pensar –dijo Harry–. Aquí estamos, ocupados con nuestras pequeñas vidas mientras nuestro planeta surca el universo en una aventura que probablemente nunca llegaremos a entender.

Jen rió.

–De manera que te gusta la velocidad, el peligro y el misterio, ¿no?

–Me encantan –dijo Harry, sonriente–. Odio quedarme en un sitio demasiado tiempo.

Jen ya había deducido aquello, pero no entendía por qué le resultaba tan deprimente su admisión.

–Seguro que también te gustan los truenos y los relámpagos.

–Desde luego. ¿Y a ti?

–No me importa una tormenta si estoy a salvo y bajo techo, pero prefiero los cielos despejados.

–De manera que no te gusta correr riesgos.

–Supongo que no –Jen pensó que no había cambiado en absoluto. Seguía siendo una aburrida–. Supongo que piensas que me estoy perdiendo muchas cosas.

–Se tiene una gran perspectiva cuando se vuela cerca del sol.

–Seguro que sí, pero puedes quemarte –Jen respiró profundamente antes de preguntar–: ¿Hay algo que te asuste, Harry Ryder?

Un destello de sorpresa alteró la expresión de Harry. Apartó la mirada, pero Jen notó que se había puesto tenso. Cuando volvió a mirarla le dedicó una sonrisa tan triste que su corazón se detuvo por un instante.

–No voy a decírtelo –contestó con suavidad–, pero aunque lo hiciera no me creerías.

Sus miradas se encontraron una vez más y Jen se estremeció, no por el fresco reinante, sino porque intuía que, aunque Harry no hubiera respondido a su pregunta, había respondido a otra cosa, algo profundo y de importancia vital. El problema era que no sabía de qué se trataba.

—Entonces, ¿qué vas a contarme?

—¿Sobre mí mismo?

—Sí.

—No pienso hacerte entrar en coma hablando de mis pasadas relaciones.

—Me parece bien, porque yo tampoco quiero hablar de las mías.

—¿Y qué te gustaría saber?

«¿Por qué trabajas como chófer cuando es evidente que podrías tener un trabajo mucho más prestigioso?», pensó Jen, pero sabía que no podía preguntárselo sin parecer una pedante.

—Háblame de Mullinjim, donde creciste. ¿Vivías en un rancho cerca de Jonno?

—No tuve tanta suerte. Vivía en el pueblo. Mis padres son dueños de una carnicería y allí era donde vivíamos los seis, tras la tienda, que daba a la calle principal.

—Por tu tono no parece que te gustara mucho.

—Y no me gustaba. Yo era el raro de la familia. Me gustaba leer, siempre estaba con la nariz metida en un libro. Anhelaba conocer lo que había más allá de Mullinjim, pero mi padre y mis hermanos pensaban que era un chico muy raro. A ellos les encanta la naturaleza y no quieren saber absolutamente nada de vivir en otro sitio. Sin embargo, yo siempre he sido muy inquieto.

Jen podía entender aquello. Ella siempre se había sentido muy distinta a Caro y Lisa, para las que el glamour y las apariencias eran muy importantes. A veces se había sentido más cercana a su amiga Alice que a ellas.

—¿Y tus hermanos siguen allí?

—Sí. Los tres siguen en el distrito de Mullinjim. Uno es carnicero, como mi padre, y los otros dos son contratistas de vallas.

—Pero tú te fuiste.

—Sí —dijo Harry con un suspiro—. Me fui en cuanto terminé mis estudios en el instituto. Los pueblos en el campo pueden resultar muy claustrofóbicos.

Jen se preguntó si habría logrado llevar a cabo sus sueños. No creía que la profesión de chófer fuera la más adecuada para un aventurero inquieto como Harry.

—Siguiente pregunta —dijo él, de nuevo sonriente—. Vamos, Jen —abrió los brazos de par en par como invitándola a golpearlo—. Pregunta.

—De acuerdo. Veamos... ¿sabes cocinar?

—Casi.

—Oh, umm... supongo que anhelas la paz mundial.

Harry echó atrás la cabeza y rió.

—Por supuesto.

—¿Te gustan los animales?

—Me encantan.

—¿Qué signo del zodiaco eres?

Escorpio. Mi cumpleaños fue la semana pasada.

—Felicidades —dijo Jen, sonriente—. ¿Te gusta tu trabajo?

Harry entrecerró los ojos.

—Siento pasión por él.

Jen quería preguntar más, pero creyó percibir cierta reticencia en Harry y se encogió de hombros.

–De momento me conformo con eso.

–Ahora es mi turno –dijo Harry.

–Bien, pero no me hagas preguntas demasiado personales, ¿de acuerdo?

–Claro que no. Veamos... Sé que eres una gran cocinera.

–¿Cómo lo sabes?

–Olí tu pastel de carne.

–Oh.

–¿Cuál es tu color favorito?

–No sé... Creo que el marrón.

–¿El marrón? –repitió Harry, incrédulo–. Es asombroso. Pensaba que a nadie le gustaba el marrón.

–A mí sí. Y me gusta para mi ropa –Jen deslizó las manos por los laterales de su vestido color canela.

Harry ladeó la cabeza y la observó atentamente mientras sonreía.

–Lo cierto es que ese color te sienta muy bien. Tu pelo, tu piel y tus ojos son una variación del mismo tono. Eres una chica morena.

Jen rió.

–Así solía llamarme mi padre. Era su morenita, y siempre lo decía como si me estuviera haciendo un cumplido.

–Estoy seguro de que así era –dijo Harry en un tono inesperadamente cálido.

Por un momento, Jen se perdió en sus recuerdos. Su padre y ella eran los miembros más discretos y normales de la familia. Viviendo bajo la sombra de su madre y de la belleza de Lisa, mantenían entre sí una complicidad especial.

–¿Vive aún tu padre?

–No –dijo Jen con suavidad–. Murió hace tres años. Pero me temo que estamos rompiendo las reglas y esto se está volviendo demasiado personal. Cambio de tema.

—De acuerdo. ¿Cuál es tu lugar favorito para pasar las vacaciones?

—La playa. Cualquier playa.

—¿Y tu sonido favorito?

«Tu voz», pensó Jen, aunque dijo:

—El canto de mi canario.

—¿Por qué tienes miedo de mí?

CAPÍTULO 5

J EN SINTIÓ que su rostro se acaloraba.

–No te tengo miedo.

Si Harry notó su rubor, no lo mencionó.

–Supongo que estás mintiendo, pero de momento aceptaré tu respuesta –sonrió lentamente y Jen sintió de nuevo que le estaba enviando otro mensaje, pero no podía estar segura–. ¿Volvemos? –preguntó finalmente.

Ella asintió.

Mientras regresaban a la moto Jen sintió que caminaba sobre una cuerda floja. No tenía sentido, pero de pronto estaba segura de que podría enamorarse perdidamente de aquel hombre. Sentía una atracción urgente e inexplicable por él que nunca había sentido por Dom ni por ningún otro hombre.

Pero había muchas posibilidades de que todo aquello no fuera más que una mera diversión para él. Harry no debía de sentirse especialmente atraído por ella o, de lo contrario, no se habría ido tan rápido de su casa.

Estaba flirteando con ella por el mero hecho de hacerlo, y probablemente no era recomendable seguirle el juego. Si bajaba la guardia estaba segura de que acabaría haciéndole daño, no físicamente, ni siquiera intencionalmente... pero con resultados devastadores de todos modos.

Sus temores se confirmaron momentos después, cuando comenzaron a descender a toda velocidad.

–¡Harry! –exclamó, aterrorizada–. ¡No corras tanto!

–¡Relájate! –gritó él mientras la moto se inclinaba peligrosamente hacia el asfalto mientras tomaban una curva–. ¡Vive un poco! ¡Confía en mí!

–¡Famosas últimas palabras!

Aún estaba sin aliento cuando llegaron al sendero de entrada a su casa.

–Has sido un irresponsable –dijo en tono de reproche cuando se bajó de la moto.

–Te ha encantado.

–Esta vez he gritado y no me has hecho ni caso.

–Eran gritos de euforia –mientras Jen se quitaba el casco, Harry añadió–: Deja que te compense por mis pecados siendo un caballero y acompañándote hasta la puerta.

Socorro. El cuerpo de Jen se puso a vibrar a causa de la repentina tensión.

–Gra... gracias.

Una vez en el porche, Harry se acercó a ella y la miró a los ojos.

–Esa foto de la boda de Jonno no te hacía justicia. No mostraba la diferencia que hay entre tus dos ojos.

Jen tragó saliva.

–¿Te refieres a la mancha de mi ojo izquierdo?

Harry le acarició la mejilla izquierda y Jen sintió una descarga eléctrica.

–Es una fascinante mota de color dorado naranja que te hace única.

La devastadora sonrisa de Harry hizo que Jen se sintiera increíblemente femenina y deseable.

–Dentro tengo una copia de la foto. ¿Quieres... pasar a verla? –las palabras surgieron sin que pudiera hacer nada por evitarlo. Harry permaneció muy quieto, sopesando su pregunta.

Jen estaba temblando cuando la tomó por los hombros y la besó delicadamente en los labios.

—No me parece buena idea —murmuró contra su boca—. No soy tu tipo, morenita —a continuación se apartó de ella casi con brusquedad—. Ahora tengo que irme.

Jen trató de decir algo, pero fue incapaz.

—Mañana iré a recoger a Millicent a casa de tu madre —añadió él.

Ella asintió y se volvió rápidamente hacia la puerta mientras buscaba sus llaves para que Harry no notara su rubor.

Dentro, se apoyó de espaldas contra la puerta sintiéndose como una auténtica idiota. ¡Qué vergüenza! Harry le había hecho un cumplido y ella había decidido de inmediato que la encontraba sexy.

Lo había invitado a pasar a su casa. ¿Cómo había podido dejarse llevar hasta aquel extremo? ¿Cómo había podido olvidar que bajo su nuevo peinado seguía siendo la poquita cosa de siempre?

¿Cómo había podido pensar que un soltero sexy como Harry querría entrar con ella?

A pesar de todo, sintió un arrebato de rabia hacia él. Fue hasta el sofá, tomó uno de los cojines y lo golpeó con un puño. ¿Qué derecho tenía a flirtear con ella y a dedicarle todas aquellas sonrisas para luego alejarse de ella como si tuviera la peste?

Era un egoísta, un insensible, un bruto...

Cuando entró en la cocina respiró hondo y se dijo que debía calmarse. Enfadarse no era bueno para la salud y además resultaba ridículo. Más aún, ¿no era aquello lo que quería? ¿Tiempo libre para poder repasar sus notas? Tenía tiempo de sobra para llegar a conocer hasta el más mínimo detalle del banco Fortune.

«Olvida a Harry».

Fue a su estudio, abrió su cartera, sacó el informe del banco y trató de convencerse a sí misma de que al día siguiente se alegraría de que Harry no se hubiera quedado.

A la mañana siguiente, Gerald Harvison, el director del banco Fortune, era un manojo de nervios, pero Jen estaba tranquila. Tranquila como un iceberg y tan inmaculadamente vestida que parecía una versión empresarial de Superwoman.

La noche anterior, tras preparar sus notas, se había lavado y secado el pelo, se había hecho la manicura, había planchado su camisa blanca de hilo y había cepillado su traje oscuro.

No había nada como mantenerse ocupado para superar un paso en falso.

Dedicó una brillante sonrisa a Gerald Harvison y lo llevó a dar una vuelta por el lugar en que se iba a celebrar la junta anual para que admirara cómo lo había organizado todo. El hombre pareció calmarse al ver el logo del banco en las paredes, así como el atril del orador y una gran pantalla sobre la mesa oficial. Tras pasar quince minutos aleccionándolo sobre la conferencia de prensa, Gerald Harvison parecía un conquistador.

Más tarde, Jen no se sintió especialmente sorprendida cuando vio que Gerald lograba convencer a todo el mundo, incluyendo a la prensa, de que su banco estaba en buena posición financiera.

Después fue a darle las gracias efusivamente a Jen, pero ella ya estaba pensando en su siguiente trabajo. Debía mantenerse ocupada para no pensar en Harry, en el hombre que la había rechazado.

Afortunadamente, el exceso de trabajo era una salvación. Al menos así no sentía que se estaba desmoronando por dentro.

Su siguiente compromiso iba a tener lugar en la librería Lawson. Debía estar allí al mediodía para asegurarse de que el catering y todo lo demás estaba listo para el acontecimiento. Y también debía averiguar si el escritor también iba a necesitar que le echara una mano.

Mientras el taxi la conducía hacia la librería, repasó las notas que tenía sobre Taggart. Ex jugador de rugby en la universidad, donde sacó la mejores notas, viajero incansable que solía elegir como destino los lugares más conflictivos... No parecía precisamente un hombre de letras.

Y tampoco debía de ser muy atractivo. No había ninguna foto suya en el informe que había recibido. Pero debía de ser muy popular, especialmente entre los lectores varones. Pero los bestseller no eran precisamente la literatura que más atraía a Jen, de manera que sabía muy poco de él.

Según las notas que le había enviado su editorial, era un hombre que vivía sin red de seguridad. «Camina por el lado oscuro y eso se refleja en su escritura, donde la línea divisoria entre el bien y el mal es siempre muy confusa», decía el informe al final.

Jen esperaba que aquellas tendencias no se manifestaran en público. Necesitaba que H. R. fuera encantador y diplomático con la prensa. Lo último que

quería era una repetición de la experiencia que había
tenido con Maurice la semana anterior.

Había mucho tráfico, y cuando llegó a la librería
los periodistas y demás asistentes ya estaban comiendo.

Cerca de la mesa del catering los editores habían
organizado un increíble escaparate con montones de
copias y carteles de *Dead Certainty,* el último libro
de Taggart.

Taggart ya había publicado varios libros con aquella editorial, de manera que, con un poco de suerte, la
conferencia de prensa sería coser y cantar.

Jen miró su reloj. La conocida librería comenzaba
a estar abarrotada. El único que faltaba era Taggart.

–No conozco a este autor –confió a una de los
asistentes de ventas tras mirar ansiosamente su reloj
por tercera vez–. Sólo he tratado con sus editores.
¿Suele retrasarse? ¿Es un tipo distraído?

–Oh, no –contestó la mujer–. Ni mucho menos.
Es... –se interrumpió cuando el murmullo de voces
disminuyó repentinamente y Jen miró hacia la puerta.

–¡No! –exclamó mientras sentía que el estómago
se le caía a los pies al ver entrar a Harry con Millicent a remolque.

Su primera reacción consistió en ruborizarse intensamente, pero enseguida sintió una intensa preocupación. ¿Qué habría pasado en aquella ocasión?
¿Qué hacía Harry allí?

Se suponía que había ido a recoger a la niña a casa
de Caro para luego llevarla a su clase de natación. Se
acercó a él rápidamente antes de que pudiera llamar
demasiado la atención.

–Lo siento Harry, pero un importante autor está a punto de ser entrevistado y... –Jen sintió una punzada de pánico. Había algo extraño en el aspecto de Harry–. ¿Qué sucede? ¿Por qué no has llevado a Millicent a su clase de natación?

–Según parece, necesitaban la piscina hoy para unas carreras y se ha suspendido la hora de los pequeños.

–¿Y?

Harry acarició la cabeza de Millicent, que le dedicó una confiada sonrisa.

–Y no me ha quedado más remedio que traer a la duquesa conmigo.

–Por Dios santo, Harry. Entiendo que eso haya supuesto un pequeño problema para ti, ¿pero no podías habértela llevado a dar una vuelta, a tomar un helado o algo parecido? Lo siento, pero no puedes quedarte aquí.

Lo tomó del codo y trató de llevarlo hacia la puerta, pero al ver que Harry no se movía estuvo tentada de agarrarlo por la oreja para sacarlo de allí.

–Un momento, Jen. Tengo que explicarte algo.

–Ahora no, Harry –Jen lo empujó con ambas manos por el hombro–. Sal, por favor. El autor puede llegar en cualquier momento.

–¡Pero Jen...!

¿Por qué no quería hacerle caso? Le habría gustado darle una patada, pero aquello habría atraído demasiado la atención, de manera que se limitó a darle con la rodilla contra la pierna.

–¿Qué crees que estás haciendo?

Una voz claramente irritada y un toque en su hombro hicieron que Jen se volviera y se encontrara con el enfurecido rostro de Doug Lawson, el dueño de la librería.

—Siento lo que está pasando, señor Lawson —dijo Jen a la vez que daba otro empujón a Harry—. Es un asunto personal, pero quedará resuelto en unos segundos. ¡Fuera, Harry!

¿Por qué le estaba costando tanto reaccionar? Normalmente, Harry solía ser muy rápido. Sobre todo para irse de su casa.

—¿Fuera? —repitió el propietario a la vez que la sujetaba del brazo—. ¿Está echándolo? ¿Se ha vuelto loca, señorita? —dedicó una sonrisa de disculpa a Harry—. Pasa, Harry, por favor. Siento mucho este... malentendido.

Jen frunció el ceño un momento y sintió que toda la sangre se le bajaba a los pies repentinamente al comprender lo que sucedía.

Todos los presentes sonreían a Harry y ella descubrió por qué le había llamado la atención su aspecto. En lugar de su uniforme de chófer vestía unos vaqueros de diseño y una camiseta blanca. De su hombro colgaba una cazadora de cuero marrón y llevaba un aro en su oreja izquierda.

Por unos instantes permaneció boquiabierta.

—No puede ser... ¿Eres...?

Pero Harry no necesitó contestar. La gente que lo rodeaba lo estaba dejando bien claro. Harry Ryder era H. R. Taggart.

La conmoción la dejó petrificada mientras Harry saludaba a la prensa y a sus admiradores con la soltura de una superestrella.

Aquello era una locura. Harry era chófer.

—¿Qué clase de relaciones públicas es usted? —susurró Doug Lawson junto a su oído—. Le aseguro que voy a quejarme a su agencia. Nunca he visto un comportamiento parecido.

–Pero yo... –empezó Jen, y se interrumpió. ¿Qué podía decir? ¿Que Harry era un impostor? ¿Que no era escritor, sino chófer?

Reprimió las lágrimas que amenazaron con derramarse de sus ojos. Lagrimas de bochorno y rabia. Una mano la tomó del codo. La de Harry. Se apartó de él de inmediato.

–Lo siento, Jen. Te lo explicaré todo más tarde.

–¡Desde luego!

–No sabía que ibas a estar en este trabajo.

–Pero sabías que eras escritor, ¿verdad? Podías haberlo mencionado en algún momento durante la semana pasada.

–No –dijo él con firmeza.

–¿No? –Jen estaba tan furiosa que temía estallar en cualquier momento.

–Te he dicho que te lo explicaré luego –Harry le dedicó una impaciente mirada y Jen apretó los labios, consciente de que en aquella ocasión era ella la que estaba montando la escena.

–¿Y a qué viene el aro? –no puedo evitar preguntar.

Harry sonrió.

–A la prensa le encanta. Y ahora escúchame: tienes que quedarte con Millicent mientras me ocupo de esto.

A pesar de su confusión Jen debió de asentir, porque Harry se alejó rodeado de sus admiradores para posar junto a su montaña de libros.

¡El muy miserable! No sólo la había hecho quedar en ridículo, sino que le estaba demostrando lo superflua que era su presencia allí como relaciones públi-

cas. Lo último que necesitaba H. R. Taggart era ase-
soramiento para tratar con la prensa.

Jen miró a Millicent, que parecía haber aceptado
la transformación de Harry con toda naturalidad. Probablemente se debía a que estaba acostumbrada a ver
a su madre cambiar constantemente de aspecto.

Cuando volvió a mirar a Harry vio que éste estaba
totalmente absorto con su audiencia. Pero ella tenía
mejores cosas que hacer que quedarse sentada allí
como un apéndice inútil.

Aquella tarde, Caro insistió en volver a quedarse
con Millicent. Jen no entendía a qué venía aquel
inesperado afán por portarse como una auténtica
abuela pero, con la casa para ella sola, llamó a su
amiga Camille, la novia de la famosa foto sobre la
que Harry había mostrado tanto interés. Mientras trabajaban juntas en Sydney habían compartido muchas
cosas personales en sus conversaciones, pero aquel
día sólo la llamaba para averiguar lo que pudiera sobre Harry Ryder.

—Jonno tiene una estantería llena con los libros de
H. R. Taggart —dijo Camille—. Le preguntaré qué sabe
de él.

Jen oyó que Camille repetía sus preguntas a su
marido.

Jonno conoce a Harry. Él y su hermano Gabe
fueron al colegio con él. Aún se está riendo y me ha
dicho que si estás liada con él te sujetes bien el cinturón de seguridad.

—No me he liado con él —dijo Jen, molesta—. Lo
que sucede es que está pluriempleado como chófer.
Estoy ocupándome de mi sobrina mientras mi her-

mana está de viaje y Harry se está encargando de llevarla y traerla a sus clases.

–¿Te preocupa la seguridad de Millie?

–No, claro que no. Harry es encantador con ella. Supongo que estoy... –¿qué excusa podía dar?–. Supongo que es mera curiosidad.

Mientras Camille hablaba con su marido, Jen le oyó decir:

–Habla en serio, Jonno. ¿Qué más puedo decirle? –se oyeron risas al fondo y luego Camille dijo–: No logro que hable en serio. Recomienda que te relajes y disfrutes del paseo.

–Muchas gracias –murmuró Jen. No sabía qué había esperado averiguar sobre Harry, pero la reacción de Jonno no estaba sirviendo precisamente para animarla.

–Hmm. Deduzco que ese Harry es un asunto caliente –dijo Camille.

Jen permaneció callada.

–Tu silencio sólo puede querer decir una cosa –continuó su amiga–: Estás colada por él. Espera a ver si puedo averiguar algo más –Camille dejó el teléfono, pero Jen aún podía oírla hablar–. En serio, Jonno. Necesito que me cuentes algo de verdad sobre Harry para decírselo a Jen.

–Dile que no se ponga en el asiento trasero con él –la voz de Jonno fue seguida de una reprimenda por parte de Camille.

Jen se puso tensa. ¿Qué clase de reputación tenía aquel hombre?

–Lo siento, pero me temo que eso es todo lo que voy a poder obtener de él hoy –dijo Camille, que había vuelto a tomar el auricular–. Pero lo cierto es que me has dejado intrigada. Tu Harry debe de ser un hombre... fascinante.

–No es mío –dijo Jen débilmente–. Olvídalo.

Acababa de colgar cuando oyó el ruido de una moto que se detenía ante su casa. Sintió que su cuerpo era recorrido a la vez por un escalofrío y por un agradable cosquilleo.

Su estómago se encogió mientras escuchaba los firmes pasos que subían las escaleras del porche.

CAPÍTULO 6

HARRY contuvo el aliento cuando Jen entreabrió la puerta unos centímetros y le dedicó una mirada hostil.

—Esperaba poder hablar contigo —dijo, y sonrió a la vez que alzaba la botella de vino que sostenía en una mano.

—Tienes mucha cara —espetó Jen.

—¿Puedo pasar? Quiero disculparme.

—Seguro que no lo sientes ni la mitad que yo —dijo Jen sin abrir más la puerta—. No me gusta que me estafen, y tú eres un estafador, Harry Ryder.

—Iba a explicártelo todo en Lawson cuando terminara, pero ya te habías ido.

Jen abrió la puerta y se cruzó de brazos.

—Explícate.

—¿Puedo pasar?

—Creo que no.

Harry miró por encima de su hombro y vio que en una de las ventanas de la casa que había al otro lado de la calle caía un visillo.

—No me preocupa lo que puedan decir los vecinos —dijo Jen—. Di lo que tengas que decir y luego márchate.

Harry se sintió justificado para enfadarse. Había hecho verdaderos esfuerzos para ayudar a aquella mujer y a su familia durante la semana anterior. Y para agradecérselo, Jen se ponía desagradable porque no había compartido con ella cada detalle de su vida privada.

—He venido a mantener una conversación civilizada —dijo—. No puedes tenerme aquí fuera como si hubiera cometido un pecado mortal.

Jen frunció el ceño y puso cara de preocupación mientras pensaba en las palabras de Harry.

—Te aseguro que estás reaccionando de forma exagerada —añadió él.

Jen dejó escapar un suspiro de resignación.

—Cinco minutos —dijo—. Tienes cinco minutos para explicarte.

Fueron hasta el cuarto de estar, donde ella ocupó un sillón. Harry eligió el sofá que había enfrente y dejó la botella de vino en la mesa.

—¿Está dormida Millie?

—Está con su abuela. Creo que mi madre piensa llamarte mañana, pero está decidida a ocuparse de Millicent un par de días para darme un respiro. Así que suéltalo ya. ¿Por qué no me dijiste que eras H. R. Taggart?

Harry suspiró.

—Por norma, sólo le digo quién soy a la gente que necesita imprescindiblemente saberlo. Mi agente no mencionó la agencia de publicidad que iba a encargarse de esta presentación. Todo lo que sabía era que iba a tener lugar en Lawson, así que me temo que no sabía que deberías haber estado en la lista de personas que necesitaban saber quién era.

—Pero... —Jen parpadeó—. ¿Por qué no me lo dijiste ayer?

—No estaba preparado para hacerlo.

–Así que estabas preparado para hablar de la naturaleza del universo y de tu signo astrológico, pero no para decirme quién eres, ¿no?

Harry mantuvo la mirada fija en un punto de la alfombra. Jen tenía razón en aquello: había retenido información, y era posible que Polly también tuviera razón. Su abuela siempre decía que era un insensato en su forma de tratar a las mujeres.

–No suelo esforzarme en exceso por permanecer de incógnito –dijo finalmente–. Pero tampoco voy por ahí contando a los cuatro vientos quién soy. Mucha gente cambia de actitud conmigo cuando averigua que soy escritor. De pronto se vuelven distantes o se arrojan en mis brazos. El caso es que dejan de ser ellos mismos. Y eso no me gusta –Harry volvió a suspirar mientras Jen lo miraba con expresión pensativa–. Supongo que les asusta acabar en alguno de mis libros.

–Y como asesinas a tantos de tus personajes, imagino que no les hace mucha gracia.

–Exacto –Harry se arriesgó a sonreír y creyó captar un destello de respuesta en la mirada de Jen.

–Supongo que tu explicación tiene sentido –dijo ella con un suspiro–. Pero lo que no lo tiene es que estés trabajando como chófer siendo un escritor conocido.

–Eso es fácil de explicar. Lo hago para investigar.

–¿Para tus libros?

Harry se encogió de hombros.

–¿Para qué si no? He hecho todo tipo de trabajos. Antes de empezar mi último libro estuve trabajando en un bar en Filipinas. Antes de eso trabajé en una explotación petrolífera en la costa oeste. Me gusta captar el sabor de los distintos modos de vida de la gente, y la única forma de lograrlo es viviéndolo.

Jen entrecerró los ojos.

—Según me han dicho, también incluyes a muchas mujeres en tus investigaciones.

En aquella ocasión fue Harry el que frunció el ceño.

—¡Cielo santo! —aquella era una broma que solían hacerle a menudo sus amigos, pero no le gustó oírsela a Jen.

—¿O son para añadirlas a tu lista personal de conquistas? —añadió ella.

—¡Jen! —Harry se puso en pie sin entender por qué lo enfadaba tanto aquello, aunque lo cierto era que las acusaciones de Jen se acercaban demasiado a la realidad—. No te hagas la arpía. No te va.

Jen lo miró como si no pudiera creer lo que acababa de escuchar. Miró su reloj y se puso en pie dignamente.

—Tus cinco minutos se han acabado, H. R. Taggart.

Harry suspiró.

—¿Por qué estás haciendo una montaña de un grano de arena? Has descubierto que no soy chófer, sino escritor. Tampoco creo que sea para tanto —en lugar de encaminarse hacia la puerta, se acercó a Jen—. Acabas de decir «según me han dicho». ¿Qué sucede? ¿Te ha estado informando alguien sobre mí?

Jen apartó la mirada.

—Haz el favor de irte.

Harry asintió.

—Así que has llamado a Mullinjim, ¿no? Te has puesto en contacto con Jonno para que te cotillee algo sobre Harry Ryder.

–He hablado con Camille... y su marido.

Harry rió.

–¿Jonno Rivers? Los Rivers eran los tipos más gamberros del oeste en su juventud. No me digas que le has pedido a Jonno una referencia sobre mi carácter. ¡Me sorprende que no hayas hecho que me arresten! ¿Qué te dijo?

–No sé –dijo Jen, enfadada–. Jonno me... me advirtió que no me sentara contigo en la parte trasera del coche.

Harry dejó de sonreír. ¿Realmente era tan mala su reputación? Miró la botella de vino y pensó en la confusa mezcla de sentimientos que lo habían llevado hasta allí.

Aunque no había ido con ninguna intención concreta, no podía negar que Harry Ryder a solas con una mujer y una botella de vino...

«¡Frena el carro, muchacho!», se dijo. Era posible que Jonno lo hubiera rescatado sin querer de una situación peligrosa.

–Probablemente es un buen consejo –dijo al fin.

–¿De verdad? –susurró Jen, y a continuación se ruborizó, consternada por su curiosidad.

Harry apartó la mirada. ¿Qué le estaba preguntando Jen? ¿Acaso no sabía que no debía hacer una pregunta como aquélla a un hombre?

–¿Quieres averiguarlo, Jen? ¿Quieres intentarlo?

–No –dijo ella vehementemente mientras su rubor se intensificaba–. No tengo intención de... de...

Harry comenzó a rodear la mesa y ella lo observó como en trance mientras se acercaba. Sin duda esperaba que la tomara en sus brazos para besarla hasta hacerle perder el sentido. Era un pensamiento tentador. Muy tentador.

–Estás a salvo, Jen –dijo Harry cuando estuvo junto a ella–. No voy a aprovecharme de ti.

Jen parecía terriblemente avergonzada.

–Claro que no –dijo, tensa–. Eso ya lo sé.

Harry sacó del bolsillo de su pantalón un trozo doblado de papel de periódico.

–Antes de que me eches, ¿has visto el *Courier Mail* de hoy?

–No. Hoy ha sido un día muy... ajetreado, y no he tenido tiempo de mirar la prensa.

–Mira esto –Harry le entregó el recorte, en el que aparecía la foto de un hombre sentado ante un piano de cola. Debajo se leía *El Rey del Piano Clásico*.

–¡Cielo santo! Es el tipo que se interesó por Millicent, ¿verdad? –dijo Jen–. El hombre que estaba ayer en el recital. ¿Cómo se llamaba?

–Michael Wolf. Según parece está aquí para interpretar un concierto de Rachmaninov con la orquesta de Queensland.

Jen miró la foto con expresión pensativa.

–Es estimulante pensar que alguien de ese calibre considera que Millicent tiene talento –añadió Harry.

Ella asintió.

–Puede que esté personalmente interesado en ella.

Harry frunció el ceño. Daba la sensación de que Jen sabía más de lo que decía.

–¿Personalmente? ¿Por qué?

–Por ningún motivo, supongo –dijo ella rápidamente, como si lamentara haber expresado sus pensamientos en alto. Señaló el recorte–. Es muy interesante. ¿Puedo quedármelo?

–Claro.

Pensativa, Jen se guardó el recorte mientras se mordía el labio inferior.

Harry trató de ignorar el gesto.

–Creo que ya te he dicho todo lo que tenía que decirte, así que supongo que será mejor que me vaya.

–Sí.

Pero Harry no se movió. Permaneció quieto, mirándola, repentinamente reacio a irse y consciente de que había estado manteniendo una batalla interior toda la tarde. Había tratado de ignorar el implacable tirón de sus sentidos. Deseaba a Jen.

Había algo en ella... algo que trascendía la mera belleza, algo cálido y femenino, muy delicado. Algo bueno. Se sentía poseído por una necesidad que iba más allá del mero deseo físico. Era como si sufriera un mal que sólo ella pudiera sanar. Necesitaba tocarla, saborearla, deslizar las manos por su pelo, besarla, sentir bajo sus manos las dulces curvas que moldeaban su cuerpo. La deseaba tanto que estaba temblando.

Jen mantuvo la mirada prudentemente fija en un punto de la alfombra.

–Mírame, Jen –la sangre corrió ardiente por las venas de Harry mientras ella alzaba el rostro–. Así está mejor –añadió con voz ronca a la vez que la tomaba con delicadeza por la barbilla. Ella se estremeció cuando deslizó un pulgar muy cerca de su labio inferior–. Ya no estamos peleando, ¿verdad? ¿Qué te parece si decretamos una tregua?

Jen lo miró a los ojos y él pudo sentir su confusión.

Pero él podía demostrarle que era de fiar...

¿De fiar?

¿A quién trataba de engañar? En unos días se habría ido.

El sentido común volvió a ocupar su lugar y Harry dejó caer su mano.

–Maldita sea –murmuró–. Jonno tiene razón. No te conviene meterte en el asiento trasero del coche conmigo.

–Yo... ¿qué quieres decir?

–Quiero decir que estaba a punto de tratar de convencerte de que hicieras precisamente eso –dijo Harry, y dejó escapar una risa de autoburla.

–¿Para... tener sexo conmigo? –los ojos de Jen parecían más grandes que nunca.

–Era una mala idea.

–¿De verdad?

Sus miradas se encontraron y la pregunta de Jen quedó suspendida en el aire como un finísimo hilo que podía unirlos o separarlos. Harry contuvo el aliento y sintió los fuertes latidos de su corazón en los oídos.

«¡Está confiando en ti! ¡No le hagas daño!».

–No queremos que las cosas se compliquen, ¿verdad? –añadió.

–No –dijo Jen en tono apenas audible.

–Ése es mi problema. Con una chica como tú, las cosas se complicarían.

–Lo sé, lo sé –Jen no pudo evitar un matiz de amargura en su tono.

–Lo he dicho como un cumplido –dijo Harry de inmediato–. Créeme, por favor.

–¿Por qué no te has ido cuando han pasado tus cinco minutos? –preguntó ella a la vez que cerraba los ojos con fuerza para evitarse el bochorno de las lágrimas.

Harry la miró un momento.

–¿Te encuentras bien, Jen?

–Sí, Harry. Pero vete, por favor.

Harry siguió allí quieto, sabiendo que dijera lo que dijera sólo serviría para empeorar las cosas.

–En ese caso, buenas noches –dijo finalmente, y se fue con tanta brusquedad como en las demás ocasiones en que se había ido de aquella casa.

JEN SE estaba mirando en el espejo sin saber qué pendientes ponerse cuando sonó el teléfono. Se había pasado la tarde sobresaltada debido a las llamadas, con el temor y también la esperanza de que fuera Harry.

Corrió a responder.

—¿Dígame?

—Hola, cariño.

—Oh, mamá. Hola —Jen ocupó la silla que había junto al teléfono con la esperanza de que no se hubiera notado la decepción que había sentido al comprobar que no era Harry el que llamaba.

—Me preguntaba si habías tenido noticias de Lisa —dijo Caro—. ¿Sabías que está de vuelta en Brisbane?

—No. ¿Cuándo ha llegado?

—A mediodía.

—¿Cómo está?

—Creo que bien. No tenía mucho que decir. Ya sabes cómo es Lisa, siempre tiene prisa. Hice que Harry llevara directamente a Millie a su casa.

—Estará feliz de tener a su madre en casa.

—Y así tú podrás volver a la normalidad. Por cierto, estoy segura de que Lisa te llamará en cuanto pueda, pero me ha pedido que te dé las gracias por todo lo que has hecho. Y ahora, ¿tienes algo planeado para esta tarde?

—Voy a un concierto.

—Qué bien. ¿A quién vas a escuchar?

—El hombre que se interesó por Millicent en su recital va a interpretar un concierto para piano con la orquesta de Queensland.

Jen no añadió que su propósito al asistir al concierto era acudir a los camerinos después. Con un poco de suerte, su pase de prensa le serviría para conseguirlo. Sabía que estaba siendo un poco entrometida, pero había decidido conocer a Michael Wolfe y hacerle algunas preguntas discretas.

Existía la asombrosa posibilidad de que aquel hombre fuera el padre de Millicent.

Seis años antes Lisa había estado locamente enamorada de un músico. Todo había sucedido en algún lugar de Europa. Jen nunca había llegado a enterarse bien de lo sucedido, y tanto a su madre como a ella les había dolido que Lisa no hubiera querido confiar en ellas.

Su hermana había vuelto a casa muda, desanimada y embarazada, y había seguido adelante con su vida. La prensa especuló durante unas semanas pero, debido al mutismo de Lisa, olvidó muy pronto el tema.

Pero desde que Harry le había enseñado el recorte de prensa, cuanto más pensaba en ello, más convencida estaba Jen de que Michael Wolfe era el padre de Millicent. No sabía qué podía lograr conociéndolo en persona, de manera que prefirió mantener sus planes en secreto, al menos para empezar.

—¿Te has puesto un vestido atractivo?

—Llevo el traje azul marino. Voy a un concierto clásico, no a una discoteca, mamá. Quiero parecer conservadora y culta.

—Siempre lo pareces, querida. Deberías ponerte algo más atractivo, sobre todo si vas a ir con Harry.

—No voy a ir con Harry.

–Oh, qué lástima... Estaba recibiendo tan buenas vibraciones respecto a vosotros... Espero que volváis a veros aunque Millicent ya haya vuelto a casa.

–Lo dudo –dijo Jen con firmeza–. No hay motivo para que volvamos a vernos –había pasado las veinticuatro horas anteriores tratando de asumir que, aunque Harry Ryder fuera una amenaza para la virtud de casi todas las mujeres del universo, le resultaba excepcionalmente fácil alejarse de ella.

Sabía que debería sentirse aliviada por ello, y era decepcionante comprobar que aún estaba disgustada. Al menos, su nuevo interés por encontrar al padre de Millicent la distraería de sus deprimentes pensamientos.

–Tengo que irme, mamá. Adiós.

–Adiós, cariño. Que pases una buena tarde –Caro dijo aquello como si considerara prácticamente imposible que fuera a suceder.

En el vestíbulo de la sala de conciertos, Jen abrió el programa para leer lo que decía sobre Michael Wolfe. Tenía treinta y seis años y, tras estudiar en la Escuela de Música de Londres había dado conciertos por toda Europa y en el Carngie Hall de Estados Unidos. Su técnica era exquisita e interpretaba especialmente bien la música de Rachmaninov.

A Jen no la sorprendió que Lisa se hubiera enamorado de un hombre con tanto talento. Aunque Wolfe no fuera el hombre alto, moreno y peligrosamente guapo que uno habría podido esperar que atrajera a su bella hermana, era evidente que el talento también podía resultar muy atractivo.

Estaba pensando en las preguntas que le iba a hacer al pianista después del concierto. La clave sería la sutileza. Su propósito principal era averiguar si el músico había conocido a Lisa...

Un movimiento de gente en la entrada y las cabezas de las personas volviéndose llamaron la atención de Jen.

La sangre se le heló en las venas.

Todo el mundo parecía haberse vuelto a mirar dos altas y elegantes figuras que acababan de entrar. Un hombre y una mujer.

Harry Ryder. Y su hermana.

Juntos. Tomados del brazo.

El corazón de Jen pareció enloquecer. ¿Cómo era posible? Lisa acababa de llegar...

Se apartó como si huyera de un fuego.

¿Cómo era posible que Harry hubiera llevado a Millicent de vuelta a su casa y unas horas después apareciera allí con Lisa?

Era una locura.

De puntillas para poder ver algo, Jen tuvo que reconocer que la pareja tenía un aspecto espectacular. Harry estaba guapísimo con su esmoquin, y Lisa deslumbraba con su vestido de satén dorado. Bajo las luces, su pelo castaño rojizo brillaba, al igual que sus ojos verdes y su tez, traslúcida como el mármol de una estatua griega.

Los celos, el viejo enemigo de Jen, se agitaron peligrosamente en su interior. Bajó la mirada hacia su traje azul marino. Nunca se había sentido tan consciente de lo vulgar que resultaba su aspecto comparado con la belleza de su hermana.

Las cámaras de los periodistas comenzaron a destellar. Jen se estremeció al ver cómo sonreían su hermana y Harry ante la prensa, y su estómago se encogió al ver que éste se inclinaba hacia Lisa y la besaba.

¡Había besado a su hermana! ¡Delante de toda aquella gente!

Se llevó una mano a la boca para contener un grito de consternación. Cualquier plan para atraer la atención de Lisa y Harry para saludarlos con calma y averiguar lo que estaba pasando quedó inmediatamente anulado.

Aquel beso la había dejado sin coraje. No habría podido mirar a Harry a la cara. Tenía que irse de allí cuanto antes.

Era una lástima, pero de pronto había perdido por completo el interés en Michael Wolfe. Lo único que quería era desaparecer antes de que Harry o su hermana la vieran.

Se alejó rápidamente por el vestíbulo hacia las escaleras que llevaban al aparcamiento del teatro.

Una vez en el coche apoyó la cabeza contra el respaldo.

No tenía ningún derecho sobre Harry. Lo sabía. Pero, a pesar de todo, aquel hombre le había robado el corazón.

Estaba claro que era una auténtica perdedora. Nada había cambiado en la patética historia de su vida. Casi tenía treinta años y seguía sucediéndole lo mismo que en su adolescencia. Siempre aparecía alguna chica más guapa y estimulante que se llevaba a los chicos que le gustaban a ella.

¿Por qué no se habría quedado su hermana en Perth?

A la mañana siguiente, Jen se presentó en su despacho a las ocho tras la peor noche de su vida. Estaba tomando un café mientras revisaba unos archivos cuando sonó el teléfono.

–Jen Summers al aparato.

–Hola, Jen –era Sandi, de la oficina central en Sydney–. Me temo que tengo malas noticias.

Jen suspiró.

–Ya he cubierto mi cupo de malas noticias por una semana y eso que sólo estamos a miércoles, así que más vale que me lo digas con delicadeza, Sandi.

–¿Con delicadeza?

Jen volvió a suspirar.

–¿Qué es lo peor que puedes decirme? No estaré despedida, ¿no?

–Casi.

Jen estuvo a punto de dejar caer la taza.

–Sólo estaba bromeando. Dime que tú también estabas bromeando, por favor. No puedes estar pensando en despedirme. Sabes que he trabajado como una loca y que lo he hecho bien.

–Me temo que hemos recibido una severa queja por parte de Eagle and Browne, los editores que pagaron por la presentación del libro el lunes.

–Oh –Jen empezaba a sentirse enferma–. Supongo que habrán hablado con Doug Lawson, de la librería.

–Exacto, y no están precisamente contentos. El autor al que atacaste...

–No lo ataqué.

–Según parece, eso es discutible. H. R. Taggart es una de sus estrellas y quieren protegerlo a toda costa. De hecho, amenazan con cambiar de agencia de publicidad. ¿Cómo pudiste ser tan poco profesional, Jen?

–No sabía que H. R. Taggart era nuestro cliente. Es una larga historia.

–Pues hazme un resumen.

Jen abrió su bolso para sacar una aspirina, pues empezaba a dolerle la cabeza.

–Conocí a H. R. Taggart antes del lunes, pero no me dijo que era escritor, de manera que cuando se presentó en Lawson el lunes pensé que se estaba colando... –suspiró y cerró los ojos un momento. Todo aquello sonaba tan poco convincente...–. Naturalmente, hice lo posible para que se fuera.

–¿Gritándole, dándole empujones y rodillazos?

–No le di rodillazos.

–Lawson asegura que sí. Pero, con rodillazos o sin ellos, ¿en qué estabas pensando, Jen? Somos una agencia de relaciones públicas. Tu trabajo consiste en evitar los problemas, no en crearlos.

–Lo siento –dijo Jen, que trató de sonar arrepentida, aunque no lo consiguió.

Si se le hubiera ocurrido a Harry entrar allí en aquellos momentos, le habría cruzado la cara de un bofetón. La noche anterior, con el beso que le había dado a Lisa, había logrado destrozar los escasos restos de autoestima que le quedaban.

–No puedo creer que vayas a despedirme por un solo incidente.

–Ya que lo mencionas, también nos han llegado rumores de lo que sucedió la semana pasada en la presentación oficial de la cadena de peluquerías de Maurice.

Jen gimió. Aquello también fue culpa de Harry.

–Estamos en nuestro derecho de cancelar tu contrato –continuó Sandi–. Aún estás a prueba y estos incidentes sugieren que no eres apta para el puesto.

–¡Cielo santo! –Jen se llevó una mano a la sien. Después de lo sucedido la noche anterior jamás se le habría ocurrido pensar que las cosas podían empeorar–. ¿Puedo hacer algo al respecto?

–Sí puedes.

–¿Qué es? Estoy dispuesta a hacer cualquier cosa.

–Vas a tener que tragar.

–¿Disculpa?

–Tienes que localizar a H. R. Taggart y humillarte ante él. Debes disculparte seriamente con él.

–Pero...

–Ruégale que hable con los editores. Es la única posibilidad que tenemos para conservarlos como clientes. Si Taggart habla con ellos, lo escucharán. Es nuestra única esperanza. Ahora el asunto está en tus manos.

Jen se sintió consternada. Evidentemente, el hecho de que ella se hubiera sentido totalmente ofendida por el comportamiento de Taggart no contaba para nada en aquel mundo injusto.

–¿Jen? ¿Sigues ahí? Pensaba que habías dicho que eras amiga del escritor.

–No exactamente amiga...

–Si como dices sólo fue un malentendido, no te costará mucho disculparte.

Los dioses de la ironía debían de estar riéndose de ella, pensó Jen. La noche anterior había jurado no volver a ver a Harry y, de pronto, su brillante carrera dependía de que rompiera su juramento.

–Trágate tu orgullo y utiliza un poco de persuasión amistosa. Recuerda que tu trabajo está en juego.

–Supongo que tendré que intentarlo.

–Por supuesto. Utiliza tu encanto femenino. Las mujeres lo han hecho desde que Eva puso la manzana bajo la nariz de Adán.

–Me temo que Jen está hablando por la otra línea –dijo la recepcionista a Harry–. ¿Quiere dejarle un recado?

–No, gracias. Dígale simplemente que la he llamado y que trataré de ponerme en contacto con ella más tarde.

Cuando colgó el teléfono, Harry se sintió confundido y sorprendido por la intensidad de su decepción.

Su impaciencia por estar con Jen era inesperada, pero desde que se había ido de su casa el día anterior no había podido dejar de pensar en ella. Sobre todo por la noche.

Aquella mañana se había levantado temprano para escribir una escena para su nueva novela y no había logrado escribir una palabra. Tenía planeada una escena de asesinato y caos pero había sentido el absurdo impulso de escribir una escena de amor. El problema era que su héroe no tenía tiempo de hacer el amor. Tenía demasiados malos que atrapar.

Finalmente había desistido y se había ido a preparar un café que había tomado en el porche, viendo amanecer.

Pero los tonos rosados del cielo le hicieron recordar de inmediato las mejillas de Jen y cómo había renunciado al placer de besarla. Siempre se había considerado una persona bastante directa, pero aquellos últimos días no lograba comprender su comportamiento.

¿Cómo había llegado a aquel punto? Hizo bien marchándose, de manera que no entendía por qué no podía quitarse a Jen de la cabeza. Aunque fuera el último hombre de la Tierra, no sería el conveniente para ella. Pero sólo lograba pensar en cuánto la deseaba.

Antes de que pudiera recuperarse de la llamada de Sandi, Jen recibió otra de Lisa.

–Quería darte las gracias por tu ayuda antes de volver a irme –dijo su hermana

–¿Vas a volver a irte? –exclamó Jen, incapaz de ocultar su sorpresa–. ¿Ya?

–Necesito un descanso y me voy a la costa Sunshine. Y me voy a llevar a Millicent conmigo.

–Eso me parece una gran idea –dijo Jen, que tuvo que esforzarse para sonar amable. ¡Ella también sentía que necesitaba un descanso para poder escapar de su vida!–. Me sorprendió que ayer aún te quedaran energías para salir –añadió sin poder evitarlo.

–¿Oh? ¿Te has enterado? Fue algo... improvisado. En cuanto vi al chófer que envió mamá pensé que sería perfecto. Justo lo que necesitaba.

–Qué afortunada –a Jen le sorprendió poder seguir hablando–. Y... ¿puedo atreverme a preguntar para qué lo necesitabas?

–Todavía no, es demasiado pronto. No quiero gafar mis oportunidades –Lisa parecía nerviosa y Jen se preguntó si se habría enamorado de Harry a primera vista. Los celos volvieron a agitarse en su interior.

–¿Vas a llevarte a Harry contigo?

Lisa rió.

–No. El viaje hasta la costa sólo lleva dos horas y no necesito chófer para eso.

Jen se sintió ridículamente aliviada.

–Tengo que terminar de hacer el equipaje, Jen, así que no puedo seguir hablando, pero gracias de nuevo por haber cuidado tan bien de Millicent.

–De nada –dijo Jen lánguidamente–. Millie es un encanto. Me encanta ocuparme de ella.

Mientras colgaba, Jen pensó que cuidar de su sobrina había sido pan comido comparado con el dilema en que se encontraba. ¿Cómo iba a persuadir a

Harry para que la ayudara a salvar su puesto de trabajo.

Tener que hablar con él ya iba a ser suficientemente malo, pero... ¿rogarle? Ni hablar. ¿Por qué iba a hacerlo si se encontraba en aquella situación por culpa suya? ¿Y por qué iba a molestarse él en defenderla ante sus editores? ¡A fin de cuentas, ella sólo era la feúcha de la que no hacía más que huir!

Si quería conseguir lo que se proponía tendría que hacer algo especial. Su única posibilidad de éxito era planear una táctica con tanto esmero como si fuera una campaña de publicidad. La presentación sería de vital importancia, al igual que su imagen.

Finalmente, tras años de insistencia por parte de su madre, iba a hacer algo respecto a su aspecto y su vestuario.

–Me voy de compras, Cleo –dijo a su sorprendida recepcionista.

–¿De compras? –repitió la chica, que miró el reloj con expresión de sorpresa.

Jen sonrió.

–Ha surgido algo importante a lo que debo dar prioridad. ¿Puedes tomar la llamadas mientras estoy fuera?

–Por supuesto. Ya ha habido un par esta mañana, pero tenía la línea ocupada.

–¿Alguien importante?

Cleo le entregó una nota.

Ambas eran de Harry Ryder.

Jen sintió que una pequeña granada estallaba en su pecho. Aún no podía enfrentarse a Harry, no estaba lista. Pero lo último que quería era que Cleo supiera hasta qué punto se había liado su vida, tanto la profesional como la personal.

—¿De Harry? —dijo, y se sintió orgullosa de la despreocupación con que se encogió de hombros—. Harry no es importante.

Para dejarlo claro, arrugó la hoja y la tiró a la papelera antes de encaminarse hacia la salida.

Estaba a punto de salir cuando se volvió hacia Cleo. La joven tenía veinte años e iba a la última moda.

—¿Sueles ir a clubes nocturnos, Cleo?

Cleo sonrió, desconcertada.

—A veces. ¿Por qué?

—Me preguntaba si podrías recomendarme una buena tienda para comprar algo llamativo.

—¿Para llevar en un club nocturno?

—Ese estilo de cosa.

—¿Algo con clase o tipo vampiresa?

—Ah, oh... Tipo vampiresa, supongo.

—Llamativo y tipo vampiresa —repitió Cleo, con expresión más divertida de lo que le habría gustado a Jen—. Creo que Marco Jones en Albert Street estaría bien.

—De acuerdo. Gracias.

Mientras Jen salía el teléfono volvió a sonar y oyó que Cleo decía:

—Lo siento, señor Ryder, pero acaba de irse. ¿Quiere que vaya a por ella?

Jen se fue corriendo.

—¿Quiere decir que lleva tres horas de compras? —preguntó Harry cuando llamó a media tarde. Aquello no parecía nada típico de la concienzuda Jen que conocía.

–Probablemente habrá ido directamente a ocuparse de algo relacionado con su trabajo –dijo Cleo, un poco avergonzada, como si hubiera sido desleal a Jen por haber mencionado que estaba de compras.

–¿Seguro que le ha dicho que había llamado antes?

–Sí.

–¿Y le ha dado el teléfono de la casa en la que estoy?

–Er... sí.

–No parece muy segura.

–Estoy segura de que se lo he dado –dijo Cleo, pero Harry no se quedó convencido.

–Necesito hablar con ella esta tarde. Espero que se lo deje bien claro cuando vuelva.

–Lo haré.

Eran las cuatro cuando Jen volvió al despacho.

–¿Ha habido algún mensaje, Cleo?

–Varios –Cleo le alcanzó una lista llena de nombres y números de teléfono. Jen vio con alivio que Harry no estaba en la lista–. No he anotado el nombre del señor Ryder en la lista.

Jen alzó la cabeza y sintió que se ruborizaba.

–¿Ha vuelto a llamar?

–Varias veces –Cleo estaba observando su reacción con evidente interés–. Pero como me había dicho que no era importante...

–Y es cierto. Harry Ryder no es importante –Jen lanzó una rápida mirada a la papelera en que había arrojado la hoja con sus señas y teléfono y luego volvió a mirar la lista que le había dado Cleo–. Gracias.

Una vez en su despacho apoyó las manos sobre sus acaloradas mejillas y respiró profundamente varias veces seguidas. Luego marcó el número de la compañía de limusinas.

—¿Puede ponerme con Harry Ryder?

—¿Es la señorita Summers?

—Sí —a Jen no le sorprendió que la mujer hubiera reconocido su voz. Había hablado con ella en varias ocasiones durante la semana anterior.

—Harry ya no trabaja para nosotros, señorita Summers. El conductor al que sustituía se ha reincorporado hoy a su trabajo.

—Comprendo. ¿Puede darme algún teléfono de contacto?

—Lo siento, pero la compañía no puede ofrecer información de esa clase. Debemos proteger la intimidad de nuestros empleados.

—Comprendo. Gracias de todos modos —Jen colgó con un gemido. Si no hubiera tirado la nota que Cleo le había pasado aquella mañana...

Si no lograba encontrar a Harry, habría malgastado el dinero de las compras y las horas que se había pasado de tiendas.

Lisa ya había salido de viaje, de manera que no podía recurrir a ella para tratar de localizar a Harry. Pero debía encontrarlo como fuera. El siguiente paso de su plan para salvar su trabajo dependía de ello.

Sus opciones eran muy limitadas. O hacía el ridículo ante Cleo admitiendo que necesitaba el teléfono de Harry, o tendría que recuperar la hoja con su teléfono de la papelera. Pero ya había hecho bastante el ridículo durante aquellos días, de manera que sólo le quedaba una opción.

En cuanto oyó que Cleo iba al baño, salió disparada del despacho y se lanzó hacia la papelera que había bajo su escritorio. Tuvo que rebuscar bastante hasta encontrar media docena de papeles arrugados. Luego tuvo que desenvolverlos uno a uno para antes de encontrar el que buscaba.

De pronto, la voz de Cleo sonó tras ella.

—¿Estás bien, Jen?

Jen se sobresaltó y se dio con la cabeza en el escritorio al erguirse.

Cuando se puso en pie dedicó a Cleo una mirada lo suficientemente glacial como para garantizarse su silencio y, con la cabeza alta, reprimió el impulso de explicar lo que estaba haciendo y volvió a su despacho.

Dos horas después Jen roció sus hombros desnudos con un poco de perfume y se pintó los labios con un vibrante lápiz de labios llamado Sunset Jungle.

Un reflejo distinto al habitual la miró desde el espejo. Su traje azul marino había dado paso a un vestido coqueto y rojo. Las delgadas tiras de los hombros y el bajísimo escote hacían que pareciera más una combinación que un vestido.

De sus orejas colgaban unas cadenas de diminutas monedas doradas y calzaba unos zapatos de tiras doradas de tacón alto. Parecía una vampiresa y se sentía como una fulana.

—He ido demasiado lejos —dijo en voz alta—. El escote es demasiado bajo y la falda demasiado corta. Y ha sido un error elegir el rojo.

El rojo no era su color. Nunca lo había sido. Su color era el beige. Le encantaba el beige.

Pero una vocecita interior le recordó el sentido de todo aquello. Había comprado la clase de vestido que se suponía que debía impresionar a un hombre como

Harry... ¿Pero cómo iba a conseguir adoptar la actitud adecuada?

¿Iba a poder cambiar de actitud personal en los veinte minutos que le iba a llevar llegar a casa de Harry? Después de lo que había sucedido el día anterior, ¿iba a tener el valor necesario para engatusarlo?

Sintió una oleada de pánico al recordar que no tenía otra opción. Su trabajo estaba en juego. No podía permitir que Harry se le escapara sin haber conseguido lo que quería.

Y A ESTABA atardeciendo mientras Polly ponía la mesa para Harry y para ella. Una refrescante brisa entraba por los ventanales abiertos mientras Harry contemplaba el jardín de su abuela. En aquel mismo jardín había pasado muchas vacaciones con sus hermanos, jugando al escondite, cazando lagartijas, comiendo melón y peleando con pistolas de agua.

Movió un brazo para abarcar tanto el comedor como el jardín.

—He disfrutado mucho quedándome contigo –dijo.

Polly sonrió, encantada.

—Voy a echarte de menos.

—Y yo a ti. Y esto –añadió Harry a la vez que señalaba la comida que había preparado su abuela: costillas de cordero, patatas asadas, zanahorias y guisantes.

—¿Te ha gustado tu experiencia como chófer? –preguntó Polly una vez que estuvieron sentados.

—Bastante.

—Sobre todo andar por ahí con la pequeña Millicent, ¿verdad? Ha sido una experiencia interesante para ti.

Harry alzó una ceja.

—Supongo que «interesante» es un buen adjetivo para describirla.

Empezaron a comer pero, un minuto después, Polly volvió a mirar a su nieto.

—Lamento mucho no haber llegado a conocer a Jen, la tía de Millicent.

A Harry le habría gustado no experimentar aquella sensación de vacío cuando se mencionaba el nombre de Jen. ¿Por qué no había devuelto sus llamadas?

—Creo que te habrías llevado bien con ella —dijo él.

—Lo sé.

—¿Cómo puedes saberlo si no la conoces?

Polly rió con ligereza.

—Porque parece una chica sensata.

—Desde luego que lo es. Es la clase de chica a la que uno recurriría en una crisis.

—La clase de chica que siempre has tratado de evitar.

—Cierto —murmuró Harry. Había llegado la hora de dejar la conversación. Su abuela podía ser terrible si se aferraba a un tema—. Jen no es mi tipo en absoluto.

—Sin embargo, ha sido una influencia muy positiva para ti.

—¿De qué estás hablando?

—Te conozco de toda la vida, muchacho, y sé cuándo se produce un cambio en tu comportamiento. Por ejemplo, la noche que fuiste a casa de Jen a devolver el violín de Millicent en lugar de salir con una de tus ninfas, aunque te habría bastado una simple llamada para tranquilizarlas.

—La niña necesitaba practicar.

—Eso no lo sabías cuando saliste. Luego, el sábado por la noche te quedaste en casa trabajando en tu libro. Tampoco hubo ninfas esa noche.

—Tengo un plazo de entrega.

—Eso no te había importado ningún otro sábado.

Harry no quiso hacer ningún comentario. En lugar de ello, pinchó una zanahoria con su tenedor y se quedó mirándola.

—Luego asististe al recital de Millicent el domingo.

—De acuerdo —admitió Harry, reacio—. Siento debilidad por Millicent. Es un encanto y tiene mucho talento. Me intriga. Me gusta la gente con talento.

—¿Y fue el talento de Millicent lo que te hizo salir corriendo a casa de Jen el lunes por la noche con una botella de vino?

Harry se apoyó contra el respaldo de su asiento y miró a su abuela.

—Te estás dejando llevar por la imaginación.

—Ojalá lo hicieras tú, Harry.

—¿Qué quieres decir?

—Que ojalá te dejaras llevar y te enamoraras.

—Me he enamorado cientos de veces.

Polly suspiró y volvió a tomar su tenedor.

—Si el buen Dios responde a mis ruegos, un día de éstos te enamorarás perdidamente y no sabrás qué te ha pasado.

Harry sonrió y se encogió de hombros.

—¿Por qué no me preguntas si fue mi interés por Jen lo que me hizo ir al concierto anoche con su deslumbrante hermana?

—De manera que la hermana es deslumbrante. ¿Y qué me dices de Jen?

De repente Harry frunció el ceño exageradamente, como si hubiera pensado mucho en aquella cuestión.

—Jen es diferente. No sobresale como su hermana y le gusta fundirse con el fondo llevando colores de camuflaje.

–Te refieres a que no le gusta atraer la atención sobre sí misma... –una llamada a la puerta interrumpió a Polly–. ¿Quién será?

–Voy a abrir –dijo Harry a la vez que apartaba la silla de la mesa.

–No, muchacho, tú te quedas aquí –Polly se levantó de su asiento con sorprendente agilidad–. Probablemente será mi vecina. Tiene un niño pequeño y a veces no puede salir a la compra, de manera que cuando le hace falta algo pasa por aquí.

Jen estaba asustada. Allí estaba, frente a la puerta de Harry, y ya había olvidado el saludo que con tanto esmero había ensayado.

En aquellos momentos sólo podía pensar en que no debía mencionar lo de la noche pasada en el teatro. Si empezaba con aquello podría perder el control y necesitaba estar totalmente centrada en lo que tenía que hacer. Se suponía que era una criatura desinhibida y despreocupada incapaz de pensar en nada excepto en flirtear y en su propósito: asegurar su puesto de trabajo.

Oyó pasos que se acercaban y se obligó a respirar profundamente.

La puerta se abrió.

Una anciana de pelo blanco y ojos marrones la miró atentamente. Jen se cubrió de inmediato el escote con el bolso.

–Hola –saludó la mujer, sonriente.

–Oh, lo siento. Debo de haberme equivocado de dirección.

–Puede que esté buscando a mi nieto.

–¿Su nieto? No, no creo. Siento haberla molestado.

–Se llama Harry. Harry Ryder.

–¡Oh! –Jen se ruborizó intensamente. ¿Harry vivía con su abuela? Aquello era tan embarazoso... ¡Menudo desastre! Sabía que debería haber llamado antes, pero había decidido utilizar el elemento sorpresa. Obviamente, el tiro le había salido por la culata.

No pensaba entrar en la casa de la abuela de Harry con aquel diminuto vestido, aquel maquillaje y el perfume que se había puesto. Tenía que irse de allí.

–Será... mejor que me vaya.

En aquel momento llegó el sonido de una conocida voz desde el interior de la casa.

–¿Es para mí?

Jen sintió que el corazón se le subía a la garganta a la vez que negaba con la cabeza y se volvía para bajar las escaleras tan rápido como podía con aquellos tacones.

–Es una joven –dijo Polly–, pero dice que no te conoce, Harry.

De pronto se encendió la luz del porche y Jen quedó expuesta como un conejo atrapado por el destello de las luces de un coche.

–¿Eres tú, Jen?

Ella miró por encima del hombro y vio la silueta de Harry junto a la de su abuela. La brisa agitó su diminuta falda, y los esfuerzos de Jen por sujetarla en su sitio hicieron que se le cayera uno de los finos tirantes del vestido. Habría dado cualquier cosa porque se la tragara la tierra.

–No te vayas, Jen –dijo Harry–. Pasa.

–¿Ella es Jen? –exclamó su abuela–. ¡Cielo santo, querida! ¿Por qué no me has dicho que eres la tía de Millicent? Pasa, por favor, pasa. ¿Has comido?

Jen tragó saliva. ¿Qué podía hacer? ¿Cómo explicar su atuendo? La abuela de Harry se escandalizaría si supiera que se había vestido así con la esperanza de encontrar a su nieto solo.

—No quiero interrumpir su cena —dijo.

—No te preocupes. Siempre cocino un poco más por si acaso. Pasa, por favor —la sonrisa de Polly era beatífica mientras extendía las manos hacia ella sin parecer en lo más mínimo escandalizada por su vestido—. Soy Polly McLean.

—Es un placer conocerla —Jen se acercó a ella para estrechar su mano—. Pero no se moleste con la cena... Sólo pasaba un momento por aquí.

Deslizó la mirada con cautela hacia Harry. A diferencia de su abuela, éste no hizo ningún esfuerzo por ocultar su divertido desconcierto, y parecía muy interesado en el vestido.

—Os dejo para que podáis hablar —dijo Polly como si fueran dos nietos suyos con los que estuviera encantada—. Tomaos vuestro tiempo, queridos. Yo voy a volver a la cocina para mantener la comida caliente.

Totalmente ruborizada, Jen se quedó a solas con Harry. Éste apoyó una mano contra el marco de la puerta y sonrió despreocupadamente.

—Te veo muy bien vestida. ¿Vas a algún sitio especial?

—Sí —mintió Jen. Dadas las circunstancias no tenía sentido decir la verdad—. Voy a salir con unas amigas.

—¿Vais a un club nocturno?

—Sí.

—¿A cuál?

—Ah... —Jen llevaba tan poco tiempo viviendo en Brisbane que aún no conocía los lugares de moda—.

He olvidado a cuál han decidido ir las chicas. Hemos quedado antes en otro sitio.

Harry se cruzó de brazos.

—Pareces dispuesta a divertirte.

—Por supuesto. Siempre lo pasamos en grande.

Él asintió despacio, pensativo, aunque una leve sonrisa curvó sus labios.

—Así que has pasado por casa de mi abuela camino del club. Qué interesante, Jen. Supongo que debo asumir que querías verme por algo.

Jen comprendió con auténtico pavor que el momento de la verdad había llegado demasiado pronto. En lugar de sentirse seductora y atractiva, se sentía incómoda, desprotegida e impotente.

—Necesito tu ayuda —dijo, con la decisión de alguien a quien no le quedara más remedio que bañarse en agua helada—. Corro el peligro de perder mi trabajo —el desconcierto de la expresión de Harry la impulsó a añadir infantilmente—: Y todo es por tu culpa.

—¿Yo he perdido tu trabajo? —Harry alzó una ceja para demostrar lo increíble que le parecía aquella acusación.

Pero, para alivio de Jen, la escuchó atentamente mientras le explicaba las quejas de Lawson.

—Necesito que me defiendas ante tus editores o puedo perder mi puesto.

Harry se encogió de hombros.

—Por supuesto. Hablaré con ellos.

Jen se quedó boquiabierta. ¿Sería posible que el truco del vestido hubiera funcionado tan rápido?

—¿Así como así?

—No es ningún problema —dijo Harry—. Hablaré con ellos a primera hora de la mañana.

–Gracias –Jen no se molestó en ocultar su alivio–. Es estupendo. Muchas gracias.

Harry le dedicó una sonrisa traviesa.

–Pero primero tienes que decir «por favor» amablemente.

A continuación, con la inesperada velocidad de un depredador de la jungla, recorrió la distancia que los separaba, la tomó de la mano y la atrajo hacia sí.

La sorpresa dejó a Jen sin aliento.

–Por favor amablemente –repitió, e intentó una sonrisa coqueta, aún temiendo quedar como una tonta.

Los dedos de Harry juguetearon con la tira de su vestido. Había vuelto a caerse, pero cuando la deslizó de nuevo hasta su hombro dejó la mano allí.

Jen se sintió atrapada en una red de descargas eléctricas. El vestido rojo estaba funcionando. Harry estaba interesado. Pero ella ya había logrado su propósito. ¿Qué se suponía que debía hacer?

Si se apartaba, Harry podría cambiar de opinión respecto a ayudarla, pero si no se movía, ¿quién sabía lo que haría? Y si su abuela entraba en aquellos momentos, se sentiría como una fulana.

Al menos estaba reteniendo la atención de Harry, lo que suponía una auténtica mejora respecto a las demás ocasiones en que había estado con él. Notó fascinada que Harry deslizaba la mano hasta su escote y acariciaba la piel expuesta de sus senos.

–Entonces, ¿vas a ayudarme, Harry?

–Por supuesto –murmuró él mientras seguía acariciándola–. La otra noche acordamos que el problema nunca habría surgido si hubiera sido más sincero contigo.

¿Sincero? Jen estuvo a punto de apartarse de él. ¿Acaso conocía Harry Ryder el significado de aquella palabra? ¿Y lo de la noche pasada con Lisa? ¿Cuándo iba a mencionar aquello?

Harry rió burlonamente.

—No sueles ir a clubes nocturnos, ¿verdad, Jen? No vas a verte con tus amigas.

—Yo... yo... —¿cómo se atrevía a acusarla de haber mentido? Si sus caricias no la estuvieran estado afectando de aquel modo, le habría dado una respuesta adecuada.

Harry estaba disfrutando con aquel juego del gato y el ratón. La noche anterior había besado a su hermana y en aquellos momentos estaba jugando con ella. Permaneció rígida como un centinela mientras él seguía tocándola.

Harry volvió a reír.

—No puedo creer que hayas venido a ofrecerte a mí para salvar tu trabajo.

—¡He venido a razonar contigo! —protestó Jen, que alzó la barbilla con expresión beligerante antes de añadir—: ¡No tenía ninguna intención de acostarme contigo!

—¿No?

—Desde luego que no. La noche pasada acordamos que ésa no era una opción.

—He estado replanteándome esa decisión —Harry alzó una mano y deslizó el pulgar sobre los labios de Jen, haciéndole entreabrirlos. Como hipnotizada, ella sólo pudo someterse a su exploración. El ancho pulgar de Harry acarició sus dientes y la punta de su lengua. Pudo saborearlo—. Me deseas.

Aunque hubiera sabido qué responder, Jen fue incapaz de pronunciar palabra.

Se oyeron unos pasos en el pasillo seguidos de la voz de Polly.

–Espero que hayas cambiado de opinión y vayas a comer algo con nosotros, Jen. Ya he puesto un plato extra.

Jen fue a responder, pero Harry le cubrió la boca con la mano.

–Sí, abuela, Jen se queda.

–Pero... –Jen imploró con la mirada para que la soltara. Harry dejó caer la mano–. Este vestido...

–Es fantástico –dijo él, sonriente–. Vamos. Estás maravillosamente vestida sin ningún lugar al que ir y mi abuela prepara un cordero excelente. Además, es una gran admiradora tuya.

Jen lo miró, desconcertada.

–¿Cómo va a ser admiradora mía si no me conoce?

En lugar de responder, Harry la tomó por el codo y la condujo hacia el pasillo.

Polly estaba esperando a la entrada del comedor.

–Lo he conservado todo caliente –dijo con ojos brillantes.

Mientras apartaba cortésmente una silla para Jen, Harry notó el rubor de sus mejillas y tuvo que esforzarse por no deslizar la mirada hacia la perfecta curva de sus pechos.

El vestido que llevaba era tan distinto a lo que solía llevar habitualmente... Iba a suponer una tortura estar sentado frente a ella tratando de no mirar y no pensar en tocarla.

¿Cómo diablos había podido alejarse de ella alguna vez? Debía de estar loco.

Polly regresó un momento después con los platos y Jen le dio las gracias. Comieron un rato en silencio y luego Polly dijo:

–¿Vas al teatro hoy, Jen?

Jen alzó la mirada con tal expresión de cautela que Harry dedujo que Lisa no la había puesto al tanto de sus planes para la tarde anterior.

–No, al teatro no –contestó ella a la vez que negaba enérgicamente con la cabeza.

–Pensaba que a lo mejor ibas a escuchar el concierto –insistió Polly.

–Sólo había programado un concierto y fue ayer –dijo Harry secamente, con la esperanza de que su abuela captara la indirecta.

Pero no fue así.

–Harry fue al teatro anoche –Polly dedicó a su nieto una mirada cargada de inocencia.

El ambiente del comedor se enfrió varios grados. Jen alzó la barbilla y Harry se puso tenso.

–Sé que Harry estuvo allí –dijo.

–¿Lisa te había puesto al tanto sobre sus planes? –preguntó él, esperanzado.

–No, no me dijo nada. Pero yo estaba allí y os vi.

Harry frunció el ceño.

–¿Y por qué no viniste a hablar con nosotros?

Jen bajó la mirada.

–No... me quedé mucho rato.

Harry notó cómo se tensaba su boca y no pudo evitar imaginar aquella misma boca ablandándose y reviviendo bajo sus besos. Estaba seguro de que sería una experiencia muy distinta a la de la noche anterior, cuando los fotógrafos habían insistido en que besara a Lisa.

Sintió una desconcertante punzada de culpabilidad. Polly lo estaba observando con expresión acusadora y Harry supo que estaba pensando que había hecho daño a Jen.

Y no había duda de que era cierto. Dos noches antes se había alejado de los cálidos y predispuestos brazos de Jen y al día siguiente había dado el espectáculo besando a su hermana en público.

¿Cómo explicar aquello? ¿Cómo hacerle ver a Jen que para Harry Ryder era más seguro compartir un beso en público con una mujer que no le importaba especialmente que pasar una noche con otra que podía gustarle demasiado?

Se inclinó hacia ella, ansioso por arreglar las cosas.

—¿No te dijo tu hermana que me pidió ayuda?

—¿Ayuda para qué? —preguntó Jen, desconcertada—. ¿Qué quieres decir?

—Lo primero que hizo Lisa cuando llevé a Millicent a su casa fue rogarme que la acompañara al concierto. Acababa de enterarse y quería que la acompañara un hombre alto y razonablemente presentable.

Jen negó con la cabeza.

—No tiene sentido. ¿Por qué iba a querer ir corriendo al concierto si acababa de llegar de Perth?

—Por Michael Wolfe, por supuesto.

—Oh —Jen asintió lentamente, como si por fin hubiera comprendido algo, y su mirada se llenó de curiosidad.

—En cuanto le hablé del interés que había mostrado Michael Wolfe por Millicent en el recital empezó a bombardearme a preguntas.

—¿En serio? —preguntó Jen, cada vez más curiosa.

—¿No sabías que Michael Wolfe es el padre de Millie?

—¿Te dijo Lisa eso?

—Sí.

–¡Oh, Dios mío! Mamá y yo jamás hemos logrado que lo admitiera –dijo Jen, emocionada–. Pero yo lo sabía. Pensaba que era él.

–Tu hermana está desesperada por volver con Wolfe. Tanto que quería ponerlo celoso y estaba dispuesta a... –Harry se interrumpió al recordar que Polly estaba con ellos, mirando y escuchando atentamente.

–Vi exactamente a qué estaba dispuesta –dijo Jen en tono sombrío.

–El único motivo por el que acepté fue porque pensé que Millicent necesita urgentemente un padre –se excusó Harry.

–Es cierto –asintió Jen–. Lo necesita.

Sus miradas se encontraron y Harry sonrió con la esperanza de que Jen comprendiera que besar a Lisa no había significado nada para él. Nada.

Y el mensaje debió de llegarle porque, al cabo de unos segundos, el rostro de Jen se iluminó con una cálida sonrisa.

–¿Y sabes si mi hermana tuvo éxito en su propósito?

–No lo sé. Mi papel consistía en acompañarla a los camerinos después del concierto y prestarle toda la atención posible. Pero, por las sombrías miradas de Wolfe, yo diría que sí tuvo cierto éxito. El resto depende de ellos –Harry se encogió de hombros–. De hecho, Michael Wolfe me cayó bastante bien. En otras circunstancias, me habría gustado conocerlo mejor.

–Lisa y Millicent se han ido ya a la costa. Espero que Michael Wolfe haya ido con ellas.

Harry se encogió de hombros. Estaba perdiendo rápidamente el interés en el destino de Lisa y Michael. De pronto le parecía irrelevante mientras miraba a Jen.

–Jen... –empezó, pero se interrumpió al recordar de nuevo que su abuela estaba allí.

–Ahora que has terminado tu trabajo como chófer, ¿vas a irte otra vez? Supongo que con un ordenador podrías escribir una novela desde cualquier parte del mundo, ¿no?

–Sí –admitió Harry, reacio–. Voy a volar a Hong Kong en un par de días.

Polly hizo un ruido que sonó sospechosamente parecido a un bufido y Jen sonrió incómoda. Luego cambió de tema de conversación poniéndose a hablar de la casa y el jardín.

Polly y Jen acabaron hablando de tomates y flores, pero Harry sentía una inquietante necesidad de hablar de asuntos más personales. En privado.

En cuanto terminaron de comer miró su reloj y luego a su abuela.

–Te estás perdiendo el comienzo de tu programa de televisión favorito. Yo me ocupo de recoger la mesa y luego te llevo un café con leche al cuarto de estar.

–No seas ridículo, muchacho –espetó Polly.

–¿Desde cuándo se ha vuelto ridícula la cortesía?

–La cortesía está muy bien, pero estás pasando por alto algo importante. Deberías acompañar a esta dama a su casa... o a donde quiera ir.

Harry miró a su abuela, momentáneamente asombrado por su descarada manipulación.

–No es necesario –dijo Jen rápidamente–. Tengo mi propio coche.

.–Yo conduciré –se ofreció Harry de inmediato, y sonrió–. Últimamente he practicado mucho.

Jen se humedeció los labios y negó despacio con la cabeza.

–Gracias, Harry, pero no quiero abusar de ti. Ya has hecho bastante aceptando hablar mañana con tus editores. Y también has hecho mucho por mi familia ocupándote de llevar y traer a Millicent estos días. Has sido magnífico –a continuación se volvió hacia Polly y añadió–: Muchas gracias por la comida. Estaba deliciosa, señora McLean.

Se iba. Harry sentía una mezcla de sorpresa y decepción. Estaba seguro de haberla interpretado correctamente: el vestido provocativo, la promesa en su sonrisa...

Se puso en pie a la vez que Jen y su abuela y volvió a sorprenderse al ver que Polly dedicaba un guiño cómplice a Jen.

¿Qué estaba pasando allí? Un minuto parecía empeñada en que salieran juntos y al siguiente parecía muy satisfecha de que su plan hubiera fracasado. ¡Mujeres! Era más difícil entenderlas cuanto mayores se hacían.

En el umbral, Jen se detuvo y lo miró con ojos brillantes.

–Adiós, Harry.

Harry tragó con esfuerzo.

–Te llamaré mañana en cuanto haya hablado con mis editores.

–Gracias... por todo. Y buena suerte con tu próximo libro –dijo Jen, y entonces su labio inferior comenzó a temblar y se volvió rápidamente para salir de la casa.

Harry nunca se había sentido tan vacío, como si de pronto se hubiera quedado sin algo tan vital como su sangre.

–¿Por qué sonríes? –gruñó mientras seguía a su abuela a la cocina con los platos.

La sonrisa de Polly fue enigmática.

—Siempre supe que me gustaría la tía de Millicent. Es lo mejor que te ha pasado en mucho tiempo, mi querido muchacho.

—Estás soñando, abuela —dijo Harry sin ocultar su enfado mientras dejaba los platos en el fregadero.

Polly apoyó una mano en el brazo de su nieto.

—Te quiero, Harry, pero me alegraría saber que ahora mismo lo estás pasando mal.

Él le lanzó una mirada iracunda y ella lo correspondió. Durante unos segundos, Harry permaneció mirando a su indomable abuela.

—Deja la vajilla —dijo finalmente—. Yo fregaré por la mañana.

La expresión de Polly se suavizó.

—¿Así que vas a salir?

—Sí —Harry se encaminó hacia la puerta—. No me esperes levantada.

—Por cierto —dijo Polly tras él—, me ha impresionado mucho el camuflaje de Jen.

Jen entró en el jardín de su casa diciéndose que la tarde había sido un éxito y que debería estar celebrándolo. Harry iba a hablar con sus editores para que pudiera conservar su trabajo y además le había explicado el motivo de su asistencia al concierto con Lisa.

En conjunto, todo había ido de maravilla, de manera que ¿por qué no estaba dando saltos de alegría por su jardín? ¿Por qué se sentía aún peor que la noche anterior?

Dejó escapar un profundo suspiro mientras se sentaba en el escalón superior del porche.

¿Se había sentido peor alguna vez en su vida? Aquella tarde había supuesto una prueba muy dura. Había pasado lo peor que podía pasar. Había comido con Harry y su abuela, había visto el modo en que ésta lo adoraba y su pobre corazón se había lanzado de cabeza al agua.

Se había enamorado completamente de él.

Así de sencillo.

¿Quién habría imaginado que llegaría a enamorarse de un hombre mientras cenaba con él?

Pero lo cierto era que se había estado enamorando de Harry Ryder desde el primer día que lo había visto. Y aquella noche su corazón había sido definitivamente capturado.

Por un sueño imposible.

Imposible porque Harry nunca podría corresponderla. Ella no era su tipo. Harry era demasiado peligroso. No había duda de que podía ser encantador con Millicent y con su abuela pero, ¿y el resto del tiempo?

¿Y la fama de mujeriego que tenía en el lugar en el que había crecido? Además, Harry era un trotamundos que se había alejado de ella porque no quería complicaciones en su vida amorosa... a pesar de que hacía un rato se había mostrado dispuesto a seducirla antes de irse a Hong Kong aun sabiendo que lo más probable era que no volvieran a verse.

¡Menos mal que no había sucumbido a la tentación! Tener una aventura con Harry antes de que se fuera la habría dejado aún más desolada. No había tenido más remedio que rechazar su ofrecimiento para acompañarla.

Pero no tenía sentido lamentar aquella pérdida como una adolescente. Ya era lo suficientemente madura como para aceptar que no tenía nada que ganar añorando un sueño imposible.

Acababa de ponerse en pie cuando un sonido distante hizo que su corazón comenzara a latir más deprisa. Era el sonido de una moto que se acercaba hacia allí. ¿Sería Harry? No podía ser...

Se estremeció al oír que la moto se detenía ante su casa. En la penumbra reinante una figura alta y vestida de negro descendió de la moto.

—¿Eres tú, Jen? —preguntó Harry desde la entrada.

Ella trató de contestar, pero no pudo. Quería entrar corriendo en la casa y cerrar de un portazo, pero sus pies se negaban a moverse. ¿Por qué la había seguido a casa?

Se frotó los ojos con el dorso de la mano mientras Harry sujetaba el casco a la moto antes de avanzar hacia ella sin prisas.

Jen no logró hablar hasta que lo tuvo delante.

—¿Qué... qué haces aquí? ¿Qué quieres? —preguntó finalmente.

—No me ha gustado cómo nos hemos separado. No quería que te fueras así.

—¿Así cómo? —preguntó Jen.

Harry le dedicó una sonrisa tan sexy que estuvo a punto de desmayarse.

—Sin un beso.

«No me hagas esto, Harry», se dijo ella, incrédula.

—He pensado que sería una pena no darte al menos un beso después de las molestias que te has tomado vistiéndote.

—Sabes que no me he vestido así para conseguir un beso.

—Oh, sí, lo había olvidado —Harry sonrió—. Sólo te estabas exhibiendo para conservar tu trabajo.

Jen pensó que no debería haberse puesto aquel estúpido vestido. Harry dio un paso hacia ella. Nunca le había parecido más sexy que en aquellos momentos, con su rostro en penumbra.

Sin previa advertencia, la tomó de la muñeca y la atrajo hacia sí. Luego se inclinó hacia su rostro.

En cuanto sus labios entraron en contacto, la resistencia de Jen se esfumó. Quería aquello. Lo deseaba. La boca de Harry sobre la suya era una promesa de felicidad tal que...

Pero no podía rendirse. ¡No podía!

—¡No, Harry! —dijo mientras trataba de apartarse.

Él alzó el rostro pero no la soltó.

—¿Qué sucede? —preguntó, impaciente.

—No juegues conmigo, por favor —susurró Jen.

—¿Jugar? —una risita despiadada escapó de los labios de Harry—. Eres tú la que se ha vestido así... —Jen negó con la cabeza, pero fue incapaz de pronunciar palabra—. Ardo de deseo por ti, Jen —Harry la tomó con las manos por la cintura para presionarla contra sí—. ¿Lo notas?

Jen nunca se había sentido tan asediada por el deseo.

Y todo había sido por su culpa. Si hubiera sido sincera consigo misma habría admitido mientras compraba el vestido que así era como podía acabar la noche. Pero había llevado adelante su plan sin pensar en las consecuencias y de pronto se encontraba en aguas profundas sin saber nadar.

Apoyó las manos sobre el pecho de Harry y trató de apartarse de nuevo.

—Lo siento. Siento lo del vestido. No pretendía darte una impresión equivocada. Cuando lo he elegido me ha parecido una buena idea...

—Ha sido una idea magnífica —murmuró Harry con voz ronca a la vez que deslizaba un dedo bajo uno de los tirantes del vestido—. Y tengo una idea aún mejor respecto a lo que deberíamos hacer con él ahora mismo.

—No, por favor —rogó Jen—. Dijiste que no querías esto, que no querías complicaciones...

—Olvida lo que dije —susurró Harry mientras la besaba en el cuello.

—¡No! —en aquella ocasión, Jen empujó con la suficiente fuerza como para que Harry la soltara.

—¿Qué sucede, Jen?

—Trato de protegerme a mí misma —dijo ella, con la voz atenazada por las lágrimas.

—Ya me he dado cuenta, pero ¿por qué? ¿A qué viene ese cambio? La otra noche querías esto.

—Y tú dijiste que no querías complicaciones —Jen respiró temblorosamente—. Y me temo que esto se está complicando.

—Puede que no. Es posible que te malinterpretara.

Jen negó con la cabeza.

—No. Yo... — Jen sabía que le iba a costar verdaderos esfuerzos decir la verdad, pero también sabía que aquélla iba a ser la única manera de que Harry llegara a entenderla—. Estoy casi enamorada de ti, Harry —notó que él se tensaba de inmediato al oír sus palabras y sintió que su corazón estallaba en mil pedazos—. Sé que no quieres complicaciones como... el amor. Y yo... no quiero que me resulte aún más difícil despedirme —se llevó una mano a los labios para reprimir un sollozo—. Siento tener que admitir esto, pero si hiciéramos el amor acabaría totalmente enamorada de ti y me quedaría destrozada porque tienes intenciones de marcharte. Te vas a Hong Kong en un día o dos.

Harry la miró unos segundos y luego agachó la cabeza. Dio un profundo suspiro mientras Jen aguardaba con desesperación su respuesta.

—Tienes razón —dijo él al cabo de un momento. Se pasó una mano por la boca y movió la cabeza lentamente con expresión sombría—. Necesitas a alguien más asentado que yo, un tipo más casero... Lo siento mucho, Jen. He venido aquí a toda prisa sin pensar... Supongo que me he puesto a pensar de cintura para abajo. Esta noche estás tan sexy, tan...

Jen tragó saliva. Jamás habría esperado que un hombre como Harry la encontrara sexy. Necesitaba llorar, pero no pensaba hacerlo ante él.

Harry se acercó a ella y se inclinó para besarla en la mejilla.

—Cuídate, morenita.

Jen sentía la garganta demasiado atenazada como para contestar. Asintió y mantuvo la mirada baja mientras él se encaminaba hacia su moto. Luego, incapaz de soportar otra despedida, subió los escalones del porche y entró en su casa.

CAPÍTULO 9

HARRY despertó en medio de una pesadilla, empapado en sudor. Entonces recordó a Jen y el dolor que había reflejado su rostro cuando admitió que se estaba enamorando de él. Había sido un error ir tras ella sabiendo que era la clase de chica que cuando entregaba su cuerpo también entregaba su corazón y su alma. Y él no tenía derecho a ellos.

Se estaba preparando para entablar una batalla con su conciencia cuando oyó que sonaba el teléfono.

Cuando salió al pasillo vio que su abuela se había adelantado.

—Ahora aviso a Harry —oyó que decía—. Tu agente —susurró a la vez que le alcanzaba el auricular.

Harry bostezó y se estiró antes de tomarlo.

—Buenos días, Reg.

—Buenos días, Harry. Necesito que me asegures que puedes responder a las acusaciones que aparecen hoy en el periódico *Gazette*.

Harry parpadeó mientras pasaba una mano por su revuelto pelo.

—¿Qué acusaciones? ¿De qué estás hablando?

—¿No has visto todavía el periódico?

—Dame un respiro, Reg. Acaba de amanecer.

—En ese caso, échale un vistazo y llámame enseguida.

Harry suspiró.

–De acuerdo –dijo, y miró a Polly tras colgar.

–Aún no he salido a recoger el periódico –dijo su abuela–. Puede que tu agente haya olvidado que Queensland tiene una hora de diferencia respecto a New South Wales.

–Sí –murmuró Harry mientras iba a ponerse una camiseta.

Una hora más tarde, Jen estaba desayunando antes de ir al trabajo. Sólo estaba tomando un zumo de naranja, pues tenía el estómago encogido, y para distraerse de sus frenéticos pensamientos sobre Harry, pulsó el mando a distancia para ver las noticias en la televisión.

De pronto, la imagen de Harry en camiseta llenó la pantalla. Estaba de pie en el jardín de su abuela, agitando un periódico ante un montón de periodistas. Cuando éstos y las cámaras comenzaron a rodearlo, ocultó su rostro tras él.

–Ésta es la escena que filmaban nuestros reporteros esta mañana cuando han tratado de entrevistar al conocido escritor H. R. Taggart –informó un locutor–. Un periódico filipino ha acusado a Taggart de haber asesinado a una camarera en un conocido centro turístico en Manila el pasado mayo.

El vaso que sostenía Jen en la mano cayó al suelo y quedó hecho añicos.

¿Asesinato?

¡No era posible!

Contempló la pantalla con expresión horrorizada mientras Harry se retiraba hacia la casa negando insistentemente con la cabeza ante el asedio de los periodistas. Uno de éstos prácticamente se abalanzó sobre él.

Durante la refriega que siguió, el cámara perdió momentáneamente el control y lo único que se vio durante unos momentos fue el suelo. Luego, Jen pudo ver a Harry en un ángulo distorsionado mientras alzaba una mano. Un segundo antes de que la imagen se desvaneciera vio que el periodista caía de espaldas sobre las rosas del jardín de Polly.

«Esto no puede estar pasando. No es posible. Tiene que haber un error», se dijo Jen.

Permaneció sentada mientras el noticiario cambiaba de historia, incapaz de asimilar lo que acababa de ver.

¿Asesinato? ¡Imposible!

Había percibido un elemento de peligro en Harry, pero nunca aquello.

Tenía que ser un error. Harry no podía haber cometido ningún asesinato.

¿O sí? Por unos momentos se permitió imaginar que fuera cierto. Lo imaginó con una pistola, con un cuchillo en alto… ¡No! ¡No! ¡No!

Lo había mirado a los ojos, lo había besado, le había confiado a Millicent. Aunque tuviera aspecto de chico malo, se comportara como un playboy y escribiera novelas de intriga y peligro, era un buen hombre.

Se había preocupado por Millicent.

Y la noche anterior… su deseo por ella había sido evidente, y sin embargo había preferido irse a hacerle daño…

Jen empezó a sentirse más tranquila con aquellos pensamientos. No podía aceptar aquellas acusaciones. No pensaba hacerlo.

Apagó la televisión y descolgó el teléfono.

—Soy Jen, Cleo —dijo cuando saltó el contestador del despacho—. Tengo una reunión importante con un cliente por la mañana y no pasaré por ahí hasta última hora.

Tomó la chaqueta de su traje y su cartera, pasó por encima de los cristales rotos y salió de su casa.

—Tienes un problema muy serio, Harry —dijo Reg Walter por teléfono.

—Soy inocente —protestó Harry, que trataba de mantener la calma mientras hablaba desde su móvil en casa de Polly—. Y además, ¿qué hay del viejo dicho de que no hay mala publicidad?

—Me temo que esto es llevar la publicidad demasiado lejos.

—Pero ya te he dicho que soy inocente. Es una noticia de segunda fila.

—Pero hasta que todo quede aclarado yo voy a estar nervioso, lo mismo que los editores. Jarrod Eagle me ha amenazado con olvidar la propuesta para tu próximo libro.

—Supongo que estás bromeando —dijo Harry, aunque su frente se cubrió de sudor.

—Eagle quiere que esto quede resuelto cuanto antes. Y dice que vas a tener que enfrentarte a ello solo. Ha visto cómo has tratado a la prensa esta mañana y no está dispuesto a darte su apoyo.

Harry frunció el ceño pero se abstuvo de hacer comentarios.

—Si yo estuviera en tu lugar —continuó Reg—, ya estaría haciendo lo que fuera para aclarar el asunto.

–¿Y cómo se lucha contra algo como esto? ¿Qué me aconsejas? ¿Podemos denunciar al periódico?

–Me asesoraré, pero lo cierto es que en los veinte años que llevo trabajando como agente nunca me había encontrado en una situación como ésta. La verdad es que no sabría por dónde empezar.

–Magnífico –dijo Harry en tono irónico. Menudo caos. Empezaba a perder la paciencia con su agente y sus editores–. Bueno, supongo que volveré a ponerme en contacto contigo cuando tenga alguna buena noticia.

Acababa de colgar cuando llamaron a la puerta. Se puso tenso mientras oía que Polly iba a abrir. ¿Qué nuevo desastre le esperaría aquella mañana? Trató de relajarse y apoyó la cabeza contra el respaldo de la silla a la vez que cerraba los ojos. Nunca se había sentido tan enfadado ni tan impotente. Lo que estaba sucediendo era tan injusto… Pero no tenía tiempo para regodearse en la autocompasión. Tenía una batalla entre manos y necesitaba pensar con claridad.

–Buenos días, Harry.

–¡Jen! –Harry no la había oído entrar en el cuarto de estar y su corazón latió con fuerza cuando se puso en pie–. ¿Qué haces aquí?

Ella sonrió débilmente.

–Tengo la impresión de que pasas por una crisis de publicidad.

–Es cierto… pero no creo que te quieras ver implicada en ello.

–¿Por qué no?

Harry negó con la cabeza en un gesto de impotencia.

–Es un asunto muy serio que queda más allá de tu alcance.

–Eso tendré que decidirlo yo –replicó Jen y, con la compostura de una modelo en una pasarela, descolgó el bolso de su hombro, ocupó una silla frente a Harry y se cruzó de piernas–. Tú no sabes cuál es mi límite.

Vestía un traje negro y tenía un aspecto totalmente profesional. Estaba más pálida de lo habitual y tenía unas ligeras ojeras. Harry se preguntó si habría dormido tan poco como él. ¿Estaría realmente tan tranquila como parecía?

–Por lo que sé, sigo siendo tu agente publicitario.

–Me temo que eso aún está en el aire –confesó Harry–. En estos momentos no estoy en la mejor posición para influir sobre Eagle and Browne, de manera que no he podido mantener mi promesa de llamarlos.

–No importa.

–Parece que nuestros trabajos peligran.

–En ese caso, tendremos que rescatarnos a nosotros mismos, ¿no te parece?

Harry se puso tenso al ver que Jen tomaba la copia del *Gazette* que había sobre la mesa y la abría por la página en que aparecía él besando a Lisa en el teatro.

–Tenemos una crisis publicitaria y yo estoy preparada para resolverla. No podrías contar con nadie mejor para enfrentarse al problema.

–Sería una locura que te implicaras en esto, Jen.

–La mayoría de la gente opina que soy excesivamente cuerda.

–Pero me han acusado de…

–Oficialmente no has sido acusado de nada –dijo Jen mientras volvía a dejar el periódico en la mesa–.

Y cualquiera que te conozca sabe que los rumores que corren son mera basura.

Por un momento, Harry se sintió conmovido por la fe que tenía Jen en él, pero su alivio duró muy poco. Jen no sabía en qué se estaba metiendo. A fin de cuentas, se dedicaba a organizar fiestas en librerías.

—¿Por qué quieres implicarte en esto?

Ella se encogió de hombros.

—Tú te portaste muy bien conmigo y quiero corresponderte.

—Si has venido porque crees que estás e…

Jen apartó la mirada a la vez que se ruborizaba y Harry se maldijo a sí mismo por haber sido tan poco delicado.

—Lo que te dije anoche es irrelevante. He venido porque necesitas mi experiencia. Soy asesora de relaciones públicas y éste es un caso de publicidad —Jen echó atrás los hombros y respiró profundamente—. Debemos dejar a un lado los aspectos personales y centrarnos por completo en los profesionales.

—¿Y por qué no tratan de ser profesionales esos periodistas? —preguntó Harry, exasperado—. ¿Cómo pueden verter acusaciones como ésas en sus periódicos?

—El hecho es que ha sucedido, y luchar con los puños contra ellos no te servirá de nada.

—¿Y qué se supone que debo hacer?

—Deja de caminar de un lado a otro, por favor, Harry. Siéntate para que te lo explique.

Harry contempló un momento la expresión decidida y firme de Jen y se sentó. Estaba realmente sorprendido. ¿Quién habría pensado que una chica tan tímida e insegura como ella podría mostrarse tan centrada y confiada en plena crisis?

Jen descruzó las piernas con elegancia y se inclinó hacia él.

–Sé que ésta es una circunstancia muy seria para ti, pero no debemos permitir que eso nos descentre. Debemos enfocar esto como una crisis con los medios. Así podremos tratar el asunto como cualquier otra crisis y dar los pasos necesarios. El primero es que estés dispuesto a poner las cartas sobre la mesa y a contar toda la historia. ¿Estás preparado para eso?

–Desde luego.

–Si no lo haces, todo acabará saliendo al final.

Harry frunció el ceño.

–¿Voy a necesitar una abogado?

–De momento no. Como ya he dicho, esto es simplemente un asunto de los medios de comunicación –Jen volvió a tomar el periódico–. Este periódico es muy sensacionalista y la información que aparece en él no es de fiar.

–Desde luego que no. Ni siquiera trataron de ponerse en contacto conmigo para que les contara mi versión.

Jen asintió.

–La gente de los medios lo sabe, pero son como tiburones sedientos de sangre. Yo sólo quiero asegurarme de que no sea tu sangre.

–Eso me ha desconcertado. Creía tener una buena relación con la prensa. Ya viste lo bien que me trataron en el lanzamiento de mi libro. Disfrutaba tratando con ellos.

Jen asintió y sonrió, comprensiva.

–Lo sé. Pero son muy volubles. Pueden adorarte una semana y arruinarte a la siguiente. Por eso debes tratarlos con mucho cuidado. Si utilizas un abogado pensarán que te estás preparando para una acusación oficial, y eso no va a pasar porque eres inocente, ¿no?

—Por supuesto —respondió Harry en tono más impaciente del que pretendía—. Lo único cierto de toda la historia es que fui el encargado del bar Sundowner en Filipinas durante dos meses.

Jen sacó un cuaderno y un bolígrafo de su cartera.

—¿Puedes resumirme tu versión de lo sucedido?

Harry la miró un momento, pensativo. Luego asintió. Lo último que quería hacer con Jen era hablar de aquello, pero no le quedaba otra opción.

—La pobre mujer que murió, María del Tante, era una buena amiga. Sólo amiga —añadió al ver la mirada que le dirigió Jen—. Era una trabajadora honrada y murió a causa de su valor, porque se resistió a la presión a la que la estaban sometiendo en el bar unos traficantes de drogas —Harry hizo una mueca de pesar antes de continuar—. Cuando averigüé lo que estaba sucediendo traté de intervenir pero, por desgracia, no lo hice con la suficiente celeridad como para salvar a María.

—¿Crees que la policía de Manila apoyará tu versión?

—Desde luego. De hecho, ellos me avisaron de que corría peligro y me sacaron del país —Harry se encogió de hombros—. Apostaría lo que fuera a que la persona que pretende culparme es miembro de la misma banda criminal que mató a María, alguien que trata de desacreditar mi testimonio para distraer la atención sobre los verdaderos culpables.

Jen asintió seriamente mientras terminaba de tomar notas.

–De acuerdo. Tengo que hacer algunas llamadas a Manila, pero debemos convocar una rueda de prensa cuanto antes –sonrió para dar ánimos a Harry–. Debes tener la oportunidad de hablar con los periodistas para contar tu versión de lo sucedido. Queremos que los medios se hagan eco de tu historia, no sólo de tus respuestas a las absurdas acusaciones que pesan sobre ti.

–Supongo que eso ayudaría.

–También tendrás que explicar tu reacción de esta mañana y disculparte con el periodista que acabó aterrizando sobre las rosas de tu abuela.

–Ni hablar.

–Debes hacerlo, Harry. Hagas lo que hagas, nunca debes culpar a los medios.

–Si insistes... –murmuró él, reacio.

Jen se levantó y sonrió con una mezcla de ánimo, preocupación y algo más profundo que conmovió a Harry y le hizo desear poder aullar como un lobo.

–Apaga el móvil y no te muevas de aquí de momento –continuó Jen–. No hables con ningún otro periodista hasta la rueda de prensa. Ya le he pedido a Polly que se ocupe de responder a las llamadas. No quiero que nadie te tienda una emboscada para obtener una exclusiva. Enviaré un coche a recogerte –sonrió de nuevo–. Probablemente tendré que hacerte entrar en el hotel a hurtadillas por la puerta trasera.

Harry trató de sonreír.

–Estaría deseando que llegara el momento si no fuera algo tan serio.

Repentinamente, Jen avanzó hacia él, se puso de puntillas y lo besó en la mejilla. Él sintió la cálida suavidad de sus labios, el sedoso roce de su pelo en la piel.

Tomó una de las manos de Jen en las suyas.

—Gracias. No sé si merezco tu fe, pero gracias. Significa mucho para mí.

—Haz lo que te he dicho y todo habrá quedado resuelto por la tarde —dijo ella, ruborizada.

Luego, como si hubiera recibido una descarga eléctrica, se apartó de él y salió del cuarto de estar.

HARRY estaba nervioso. Jen lo notó en la rápida y tensa sonrisa que dedicó a su audiencia. Afortunadamente no sabía que ella nunca se había tenido que ocupar de organizar algo tan serio y complejo como aquello. Si aquella conferencia de prensa fracasaba, la reputación de Harry podía quedar en entredicho… y también la de ella.

Pero su trabajo ya había terminado. Todo estaba en manos de Harry en aquellos momentos.

«No mires hacia abajo y no te caerás», se repitió por enésima vez mientras Harry se aclaraba la garganta.

–Gracias por venir, amigos. Jen Summers me ha dicho que no hay ningún problema en que sea totalmente sincero con vosotros. Abierto y transparente, dice. Pero antes me gustaría explicar mi comportamiento de esta mañana y ofreceros mis disculpas –hizo una pausa y deslizó la mirada por los asistentes. Luego movió la cabeza y su boca se curvó en una sonrisa ladeada–. He salido al porche medio dormido y me he encontrado con todos vosotros en posición de ataque. Un montón de testarudos periodistas australianos armados con sus micrófonos son suficiente para hacer temblar incluso al más duro de los personajes de mis libros.

Se produjo un pequeño revuelo entre la audiencia y Jen contuvo el aliento. Harry sonrió de nuevo y señaló al periodista que había acabado tumbado sobre las rosas de Polly.

–Siento lo que ha sucedido esta mañana, amigo, pero lo que más me preocupa es que hayáis malinterpretado mi reacción. No tengo nada que ocultar… Quiero que los asesinos de mi amiga comparezcan ante la justicia. Quiero que hagáis vuestro trabajo y contéis a la gente aquí y en Filipinas lo que está pasando realmente.

Jen notó que Harry se iba sintiendo más seguro con cada palabra que pronunciaba, más convincente. Su fuerte presencia y su voz poderosa y cálida estaban ejerciendo su magia. Los periodistas dejaron de moverse y empezaron a escuchar atentamente.

Pronto comenzarían a lanzar sus salvas de preguntas, pero parecía que las cosas se iban calmando…

Cuando la conferencia de prensa terminó, Jen se sentía totalmente exhausta. Junto a ella, Harry se aflojó lentamente el nudo de la corbata y se apoyó contra el respaldo de la silla con las piernas extendidas y los brazos colgando a los lados. Parecía tan agotado como ella, o más.

Jen se dio cuenta de pronto de que no había comido nada en todo el día a causa de la preocupación.

Harry la miró, sonrió cansinamente y le dedicó un guiño.

–Lo hemos conseguido –dijo–. Se han ido contentos.

Jen asintió.

–Tú lo has conseguido, Harry. Los has convencido. Has estado magnífico y tienes al *Gazette* comiendo de tu mano. Felicidades.

Cerró los ojos al sentir una oleada de náuseas. Hasta aquellos momentos no se había dado cuenta de lo tensa y horrorizada que había estado.

–Tú sí que has estado increíble, Jen –murmuró Harry muy cerca de ella–. ¿Cómo puedo agradecértelo?

Jen abrió los ojos y lo encontró en cuclillas a su lado.

–Esta mañana era un hombre a punto de ahogarse y tú has aparecido para lanzarme un salvavidas –añadió él.

El corazón de Jen latió más deprisa al ver la ternura que reflejaba el elocuente rostro de Harry. Estaba tan cerca que podría haberlo besado. Miró el mechón de pelo negro y rizado que caía sobre su frente, sus largas pestañas y sus ojos grises, la barba incipiente que cubría su mandíbula, sus sensuales labios…

No pudo evitar que los suyos se entreabrieran en un gesto de silenciosa invitación.

Harry alzó una mano para apartar un mechón de su frente.

–Pareces agotada. Deja que te invite a comer algo.

Jen hizo un esfuerzo por ocultar su decepción. Claro que Harry no iba a besarla. No después de cómo lo había despedido la noche anterior. A pesar de la batalla que acababan de mantener codo con codo, nada había cambiado. Nada.

Negó lentamente con la cabeza.

–Gracias, pero creo que ahora mismo no podría comer nada.

Era irónico que se sintiera más cercana a Harry que nunca. Habían formado un gran equipo y, sin embargo, aquello era el final. Muy pronto, cada uno seguiría su camino.

–Deberíamos estar celebrándolo –dijo Harry, pero, como ella, parecía cansado–. ¿Puedo invitarte a beber algo? Te debo tanto…

Jen sonrió.

–Si todo esto sale bien, puedes hablarles de mí a tus editores.

–Por supuesto. Eso no hace falta ni decirlo –Harry cubrió con su mano la que Jen tenía sobre el regazo. Ella lo miró a los ojos–. Eres muy especial –murmuró–. Nunca había conocido a una chica como tú. Nunca he conocido a nadie que me hiciera sentir mejor.

Jen se sintió de pronto muy frágil, suspendida entre la posibilidad de disolverse en la nada o de volverse fuerte y bella.

Si Harry Ryder la amara podría volverse tan fuerte y bella como una montaña.

Harry le soltó la mano y se puso en pie a la vez que soltaba un prolongado suspiro. «Qué tonta soy», pensó Jen. El sentimiento que ardía en la mirada de Harry era de gratitud, nada más. Estaba agradecido porque había salvado su carrera. No la amaba. Y la gratitud no era un sustituto del amor. ¿Cómo podía haber olvidado aquello aunque sólo hubiera sido durante un segundo? Harry podía coquetear un poco con ella, pero jamás la correspondería.

Él permaneció a su lado, mirándola, inconsciente del daño que había causado.

–¿Puedo escribirte mientras esté fuera?

Jen se puso en pie y parpadeó, decidida a ocultar su desesperación.

–¿Desde Hong Kong?

–Sí.

–Creo que no sería conveniente.

Harry frunció el ceño.

–¿Por qué? Somos amigos, ¿no? Me gustaría permanecer en contacto contigo. Nunca se sabe. Es posible que cuando vuelva podamos retomar las cosas donde estaban…

No si quería seguir adelante con su vida, se dijo Jen. Necesitaba olvidar a Harry. Debía romper radicalmente.

–No se me da muy bien escribir. Mis cartas se parecen a listas de la compra.

–Eso da igual –dijo Harry–. Soy escritor y me encanta escribir cartas –alzó una mano para volver a tocar a Jen, pero pareció pensárselo dos veces y la dejó un momento suspendida antes de dejarla caer de nuevo. Sonrió nerviosamente–. A veces puedo decir cosas en el papel que no sé cómo expresar en una conversación.

Jen no podía sonreír, de manera que hizo una mueca.

–Estoy segura de que escribes cartas maravillosas pero, por favor, guárdalas para Polly, o para tus padres –se alejó de él a la vez que iba recogiendo sus cosas de la mesa.

Se negó a mirar hacia Harry, pero sintió su impaciencia y la vibración de sus dedos tamborileando sobre la mesa.

–Probablemente te escriba de todos modos.

–Como quieras –dijo Jen con tristeza.

Harry se acercó.

–Hemos pasado un día muy intenso y hemos logrado una gran victoria. Te lo debo todo. No nos separemos así.

–¿Y cómo vamos a separarnos si no? –Jen sentía que empezaba a desmoronarse por dentro–. ¿Qué más quieres de mí?

Sus miradas se encontraron un momento.

–No sé –dijo Harry, que sonrió a medias a la vez que se encogía de hombros–. La verdad es que no lo sé, Jen, pero te escribiré de todos modos.

LAS CARTAS de Harry llegaron regularmente a lo largo de seis semanas, y luego dejaron de llegar.

Las enviaba en unos sobres azules escritos con tinta negra. Cada vez que veía un sobre de aquel color en el buzón, el corazón de Jen latía más deprisa.

Pero no leía las cartas.

Anhelaba hacerlo, pero en lugar de ello se obligaba a guardar los sobres sin abrir en una caja de fotos que guardaba en el armario bajo un montón de calzado viejo, y trataba de olvidarlas. Lo mismo que a Harry.

Durante el día las cosas seguían igual en el trabajo. Los editores de Harry retiraron sus quejas sobre ella y cuando su jefa volvió de las vacaciones la felicitó por lo bien que se había ocupado de todo durante su ausencia.

Tres semanas después de que Harry se fuera, el periódico *Gazette* informó del arresto de tres hombres en Manila y de las felicitaciones que el fiscal general enviaba a Harry por las evidencias que había aportado al caso.

Las navidades llegaron y se fueron y cuando Jen se reunió con su familia Lisa le contó emocionada que iba a casarse con Michael Wolfe y que pensaban vivir medio año en Inglaterra y el otro medio en Australia. Jen se alegró mucho por ellos, pero sobre todo se alegró por Millicent, que estaba feliz sabiendo que iba a vivir con su padre.

Cuando pasaron las fiestas, Jen decidió comenzar el nuevo año redecorando su casa. Pasó horas mirando revistas para decidir exactamente lo que iba a hacer, pero sabía que lo más importante era mantenerse ocupada. Si lo lograba, superaría su amor por Harry. Y mientras sus cartas siguieron llegando se sintió bien. Tensa y curiosa, inquieta y sola, pero bien. Más o menos.

Pero cuando las cartas dejaron de llegar se desmoronó. Su llegada constante al buzón había sido como una especie de vacuna contra la desesperación, pero cuando ya no llegaron más, la protección desapareció.

Por supuesto, no podía culpar a Harry por haber renunciado. Ella no le había respondido ni una sola vez. Pero no pudo evitar preocuparse. ¿Le habría sucedido algo? ¿Estaría enfermo? ¿Habría conocido a una mujer más interesante y sexy?

Apesadumbrada, tuvo que reconocer que amaba aún más a Harry en su ausencia que cuando lo había tenido cerca.

Tras tres semanas sin recibir sus cartas no pudo aguantar más.

Más que el temor, la curiosidad le hizo sacar la caja del armario. La llevó con manos temblorosas hasta la cama, donde sacó las cartas y las colocó cuidadosamente en orden cronológico. Notó que el último sobre era el más fino. Sin duda, contenía la clave del repentino silencio de Harry.

Cuando la abrió vio que dentro sólo había una hoja. Contuvo el aliento mientras la sacaba.

Kowloon, 6 de enero

Querida Jen:
Ésta es la última carta que te escribo. Durante las seis semanas pasadas te he expresado mis pensamientos más íntimos como nunca antes lo había hecho con ninguna otra mujer... o con ninguna otra persona, en realidad. Pero mis esfuerzos por compartir contigo lo que he descubierto sobre mí mismo desde que me fui de Brisbane no han bastado.

Resulta irónico que pueda conmover a mis lectores con historias de ficción y fantasía y que no pueda lograrlo contigo manifestándote mi sincero amor.

¿Amor? Jen sintió una mezcla de aprensión y alegría. Sus manos temblaron mientras seguía leyendo.

Sentí la tentación de no seguir escribiendo después de no recibir respuesta a mis dos primeras cartas, pero me aferré a mi creencia de que la palabra escrita es importante y decidí que debía seguir contándote lo que sentía.

Te preguntarás por qué no me limité a descolgar el teléfono para hacerlo, pero cuando hablo no suelo ser capaz de expresar lo que hay en mi corazón. Eso sólo lo consigo escribiendo.

Pasé días preparando la carta en que te explicaba todos los motivos por los que te amo. Estaba seguro de haber superado los esfuerzos de los mejores poetas. Pero no logré conmoverte.

La semana pasada desnudé por completo mi corazón y te pedí que te casaras conmigo, que me hicieras un hombre feliz.

Una vez más, la respuesta que obtuve fue tu silencio.

No puedo hacer más. Nunca había creído que el amor no correspondido pudiera ser tan doloroso. Supongo que esto forma parte de mi educación, pero me temo que no puedo estar agradecido por ello.

Por supuesto, existe la posibilidad de que no hayas leído mis cartas. Si es así, tu opinión sobre mí debe de ser tan baja que tendré que abandonar mi causa de todos modos.

Mañana me voy de Hong Kong, pero no me voy a molestar en darte unas señas. No tendría mucho sentido, ¿verdad? Cuídate.

Siempre,
Harry.

Jen se dejó caer sobre la cama en una agonía de lágrimas.

¿Qué había hecho? ¿Cómo podía haber sido tan estúpida?

Harry la amaba. ¡Quería casarse con ella! Pero ya era demasiado tarde.

—¡No lo sabía! —sollozó—. ¡Oh, Harry, no lo sabía!

El corazón le pesaba como si fuera de plomo. Podía sentir cómo se hundía en su pecho como si fuera una piedra pesada. Se sentía tan estúpida, tan angustiada, tan culpable...

¿Cómo podía haber ignorado de aquel modo las cartas de Harry? ¿Cómo era posible que no hubiera adivinado lo que sucedía?

Pero Harry se había ido y no le había dejado sus señas.

Permaneció largo rato tumbada, mirando los sobres esparcidos por su cama. ¿Se atrevería a abrirlos? Finalmente se animó a abrir la primera carta. Las leyó todas en orden, desde las primeras e impersonales descripciones de Hong Kong, hasta las más íntimas y maravillosamente expresadas manifestaciones de amor.

En su tercera carta, Harry había escrito:

Estaba caminando hoy por la playa cuando he encontrado una venera. Era una venera bastante normal y pequeña, de color marrón rosado con el borde blanco. Mientras la sostenía en mi mano y admiraba sus impecables líneas, su perfecta redondez y maravillosa sencillez, pensé en ti y anhelé estar contigo.

Y comprendí lo excepcional que eres. Posees una belleza natural y apacible que se pasa fácilmente por alto porque no es nada ostentosa. Estos días adoro todo lo marrón. El marrón es mi color favorito...

En otra carta decía:

Una vez me preguntaste de qué tenía miedo y no quise decírtelo, pero ahora puedo admitir que tenía miedo de ti. Creo que desde el momento en que te conocí sentí que podría enamorarme fácilmente de ti. Había algo en ti, en tu casa, en tu generoso corazón y en tu discreto pero maravilloso encanto que me conmovió profundamente. Eres todo lo que yo no soy. Eres la parte de mí mismo que no lograba encontrar.

Pero no quise admitir esa verdad. Ahora comprendo que estaba huyendo del compromiso. Sin embargo, ahora ansío ese compromiso. Cuando pienso en ti, pienso en una felicidad duradera.

Ya había oscurecido cuando Jen leyó las cartas por segunda vez. Si le hubiera dado a Harry la oportunidad de hablar antes de irse... ¡Idiota! Gimió en alto al recordar que Harry había tratado de decirle que sus sentimientos estaban cambiando y que podía expresarlos mejor por escrito. ¡Imbécil! Nunca había tenido la suficiente confianza en sí misma como para creer que un hombre como Harry pudiera amar a una chica tan normal y corriente como ella.

Desesperada, pensó en llamar a Polly McLean para preguntarle si sabía dónde encontrar a Harry, pero le falló el valor y en lugar de ello llamó a su amiga Camille en Mullinjim.

—¿Sabes si Jonno ha tenido noticias de Harry recientemente? —preguntó en tono forzadamente despreocupado.

—No desde hace semanas —contestó Camille—. De hecho, Jonno ha mencionado a Harry hoy durante el desayuno. Se preguntaba en qué andaría metido. Lo último que había oído de él era que se iba de Hong Kong, pero no sabe adónde. Siento no poder ayudarte.

—Oh, no pasa nada —la voz de Jen sonó más estridente de lo normal—. Sólo he llamado por si acaso.

—No tienes por qué disimular conmigo, cariño. Sé reconocer el dolor cuando lo oigo. Te importa mucho localizar a Harry, ¿verdad?

Jen estuvo a punto de mentir, pero no pudo contenerse más.

—Estoy desesperadamente enamorada de él.

—Oh, Jen, cuánto lo siento. A veces, los hombres pueden ser unos brutos insensibles.

—No ha sido culpa de Harry —dijo Jen, que apenas podía contener las lágrimas—. Me siento tan mal... En este caso, yo he sido la insensible.

–¿Por qué? ¿Qué ha pasado?

–Harry me ha escrito unas cartas maravillosas diciéndome que me amaba y no las he leído hasta que ha sido demasiado tarde. Ahora se ha ido y lo he perdido, Camille. Lo he perdido.

–¿De verdad te ha dicho por escrito que te quiere?

–Sí.

–¿Y que quiere casarse contigo?

–Sí.

–¡Eso es maravilloso! ¡Y asombroso! Por lo que he oído sobre él, es un auténtico milagro. Por lo visto siempre ha sido terriblemente reacio a comprometerse.

–Lo sé –dijo Jen desesperada–. Pero quiere casarse conmigo y ahora se ha ido creyendo que no correspondo sus sentimientos.

–Oh, querida. Estoy segura de que lo encontrarás. Y yo prometo avisarte en cuanto tenga la más mínima noticia sobre él.

–Gracias, Camille.

–Pensaré en ti, Jen.

–Gracias. Ahora... tengo que dejarte –Jen colgó el auricular y se cubrió la boca con la mano, pero no pudo evitar que las lágrimas comenzaran a derramarse.

Se preparó un té y lo bebió lentamente. Luego trató de calmarse tomando un baño con sales antes de llamar a Polly.

–Oh, Jen, querida –la abuela de Harry parecía bastante angustiada–. Esperaba que tú pudieras decirme dónde está mi nieto. Nadie de su familia lo sabe. Casi parece que no quiere que lo encuentren.

–Oh –Jen tuvo que hacer esfuerzos para dominar su pánico–. Supongo que no habrá hecho ninguna tontería, ¿no?

—Es posible —dijo Polly, pero al oír la exclamación horrorizada de Jen añadió rápidamente—: Sólo estaba hablando en son de burla. No te preocupes, Jen. Estamos acostumbrados a las repentinas desapariciones de Harry. Aparecerá de nuevo en cuanto se encuentre bien. Pero no debería hacerte pasar por la ansiedad que estás sufriendo. No la mereces.

—Oh, sí, claro que sí —dijo Jen—. Me temo que le he hecho daño.

Polly permaneció un rato en silencio y luego sorprendió a Jen diciendo:

—Ésa es la mejor noticia que me han dado en mucho tiempo.

Aquel comentario desconcertó a Jen. Polly adoraba a Harry.

—¿Qué quieres decir?

—Quiero decir que tengas fe, Jen. Creo que este dilema podría tener un final feliz.

Pero Jen se sentía peor que nunca.

A la mañana siguiente, desesperada, llamó a los editores de Harry.

—Lo siento —le dijeron—, pero Harry ha enviado ya su manuscrito y no sabemos dónde está. Probablemente está pasando por uno de sus cambios de humor. Lo único que puedo ofrecerle son las señas de su abuela.

Jen comprendió que había dado con un muro inexpugnable en sus indagaciones.

CAPÍTULO **12**

A FINALES de enero, una semana antes de la fiesta nacional de Australia, Lisa llamó a Jen.
–Ven a quedarte con nosotros este fin de semana –dijo–. Michael y yo hemos comprado una casa que te va a encantar. Está frente al mar y hay vistas desde todas las habitaciones. Di que vendrás, Jen. No estamos dispuestos a aceptar ninguna excusa.

Jen no necesitó mucha persuasión. No le apetecía pasar sola aquel largo fin de semana y le encantaba la playa.

–Gracias –dijo–. Me encantará ir.

Después charlaron un rato sobre Millicent y sus enormes progresos con el violín desde que estaba con Michael. Cuando estaban a punto de colgar, Jen dijo:

–Necesito preguntarte algo, Lisa.

–Pregunta –dijo su hermana con cautela.

–No puedo evitar sentir curiosidad respecto a ti y Michael. Nunca me has explicado cuál era el problema que teníais... ni cómo os reconciliasteis.

–Bueno... es una historia bastante increíble. Cuando llegué al fondo del asunto no podía creerlo. ¿Puedes creer que un hombre brillante y atractivo como Michael tenía dudas sobre si iba a ser suficiente para mí?

Jen tragó saliva con esfuerzo.

–Supongo que no.

—Yo no soy más que un tendedero de ropa —continuó Lisa—, pero Michael es listo, divertido, sexy, y tiene tanto talento... ¡Sin embargo pensaba que no era lo suficiente para mí! Pensaba que quería casarme con un actor atractivo o algo parecido. ¿Puedes creerlo?

—Sí —susurró Jen. Claro que podía creerlo. Aquellos eran los mismos temores que ella había sentido con Harry.

—Michael es el único hombre al que he amado de verdad —dijo Lisa—. Menos mal que logramos convencerlo entre Millicent y yo. Con un poco de ayuda por parte de Harry —añadió—. La presencia de Harry en el recital y en el concierto empujaron a Michael hasta los límites de su tolerancia.

—Me alegra mucho que todo haya salido bien —dijo Jen.

—Y a mí, hermanita. Créeme. Y a mí.

Jen salió de viaje el viernes después del trabajo y empezó a animarse en cuanto distinguió a lo lejos el Pacífico.

Hacía calor, pero no demasiado, y no había indicios de lluvia. Iba a ser un fin de semana maravilloso. Aquel pensamiento la sostuvo mientras detenía su Volkswagen ante la casa de su hermana, que salió de inmediato a recibirla.

Subieron las escaleras que llevaban al precioso ático del edifico tomadas del brazo.

Y, casi al instante, Jen escuchó la voz.

Una voz profunda, masculina, melodiosa como chocolate derretido.

Sintió que se le erizaba el vello de la nuca y que su pecho se encogía. ¿Harry? No podía ser él. Miró a Lisa.

–¿Por qué no me has advertido?

–¿Advertirte? ¿Sobre qué? –preguntó Lisa, aparentemente confundida, pero Jen captó un destello de cautela en su mirada.

–Harry está aquí, ¿verdad?

Lisa sonrió.

–Sí. Está arriba con Michael.

–¿Cómo? ¿Por qué? No entiendo. ¿Qué hace aquí?

–Michael fue a tocar a Hong Kong y se encontró con Harry. Se han hecho muy buenos amigos. Luego se fueron juntos a Pekín.

–No... no sabía que Harry estuviera de vuelta en Australia –Jen lanzó frenéticas miradas en dirección a la escalera que llevaba al siguiente nivel, deseando subirla a toda prisa y a la vez temerosa de hacerlo. ¿Y si Harry estaba tan enfadado con ella que no quería volver a verla?

Pero se distrajo de aquellos pensamientos cuando Millicent apareció por una puerta y corrió hacia ella como un misil.

–¡Tía Jen! –exclamó la pequeña a la vez que se abrazaba a sus caderas.

–Hola, cariño –Jen se agachó para devolverle el abrazo. Millicent vestía su bañador y olía a loción protectora y a agua salada.

–¡Harry está aquí! –dijo la niña, totalmente emocionada.

–Sí –Jen no fue capaz de hacer más comentarios. Cuando miró por encima del hombro de Millicent vio a una chica de unos veinte años.

–Ésta es Annie, mi nueva niñera –dijo su sobrina.

Annie era rubia y muy guapa. Como Millicent, iba en bañador, aunque el suyo era un biquini rosa cubierto por una camiseta semitransparente.

–Hola, Annie –saludó Jen, avergonzada porque lo primero que había pensado había sido que Harry debía de haberse quedado impresionado con la belleza de la niñera.

–Millicent, ve a decirle a papá que Jen está aquí –dijo Lisa–. Vamos, Jen, voy a enseñarte tu cuarto para que luego subas a la azotea a tomar el aperitivo con nosotros. Te encantará el precioso jardín que tenemos arriba.

El corazón de Jen latió más rápido mientras seguía a Jen hasta una habitación con vistas al mar.

Dejó su bolsa de viaje en la cama. Las cortinas estaban descorridas y las vistas que se divisaban por los ventanales eran impresionantes.

–¡Qué maravilla! –exclamó, pero su entusiasmo decayó al instante al recordar que Harry estaba allí. Miró a Lisa–. ¿Sabe Harry que he venido a pasar el fin de semana?

–Puede que Michael se lo haya mencionado –respondió Lisa en tono evasivo.

–¿Ha... dicho algo sobre mí?

–Nada malo –Lisa parecía estar deseando cambiar de tema. Señaló una puerta–. Por ahí se va al baño. Sube a reunirte con nosotros en cuanto te hayas refrescado un poco.

–¿Crees que debería cambiarme de ropa? –preguntó Jen.

Lisa echó un rápido vistazo al sencillo vestido anaranjado y blanco que llevaba.

–No. Ese tono hace que resalte el moreno de tu piel. Ojalá no me quemara yo tan fácilmente. Cada vez que estoy al sol tengo que cubrirme.

Mientras se lavaba la cara y se cepillaba el pelo, Jen se sentía enferma de aprensión. ¿Estaría enfadado con ella por no haber respondido a sus cartas? ¿Se sentiría dolido? ¿Amargado? ¿Habría superado sus sentimientos por ella?

Mientras subía a la azotea las piernas le temblaban. Como había supuesto, la azotea y las vistas que se divisaban desde ella eran una maravilla. El suelo era de baldosas de terracota y la terraza estaba llena de flores y coloridos arbustos tropicales.

Jen captó todo aquello en un segundo.

Y entonces vio a Harry.

Estaba de pie, de espaldas a la barandilla que rodeaba la azotea. Vestía una camisa de color claro con las mangas recogidas hasta los codos. Junto a él había una mesa redonda de cristal rodeada de sillas. En la mesa había un cubo de hielo con una botella de vino y una bandeja con pasta, pero no había indicios de Michael, Lisa, Millicent o Annie.

Los sentimientos de Jen por él afloraron al instante y su primer impulso fue hacerlo todo a la vez; correr hacia él, arrojarse a sus brazos y decirle cuánto sentía no haber respondido a sus cartas. Necesitaba explicarle por qué no las había leído. Tenía que decirle que lo amaba.

Pero el rostro de Harry parecía una máscara sin expresión y Jen se quedó paralizada en el sitio.

No tenía idea de lo que estaba sintiendo él en aquellos momentos, de lo que pensaba de ella. Tenía tal cara de póquer que se asustó.

Sólo tenía una cosa clara en la mente. En aquella ocasión no podía darse la vuelta y salir corriendo. Fuera lo que fuese lo que Harry quisiera decirle, debía escucharlo.

A pesar del temblor de sus piernas, se obligó a avanzar hacia él.

Harry la miró con expresión seria. Estaba más moreno y un poco más delgado de lo que Jen recordaba.

–Hola, Harry.

–Hola.

–¿Dónde están los otros?

–Michael ha dicho algo sobre ir a ver un violoncelo y todo el mundo ha desaparecido de repente.

Jen se encogió levemente de hombros.

–Puede que mi hermana y Michael hayan estado conspirando para que nos viéramos.

–¿Quién sabe? –Harry frunció el ceño–. Desde luego, esto no ha sido idea mía.

Jen sintió que su estómago se encogía. Aquello estaba siendo mucho más duro de lo que había esperado. Quería arrojarse a los brazos de Harry, pero parecía tan distante y serio...

–¿Cuándo has vuelto a Australia?

–Ayer.

Jen asintió y deslizó las manos nerviosamente por sus muslos.

Harry se apartó de la barandilla y se acercó a ella.

–Tienes algo en el pelo –dijo y, por un instante, sus ojos parecieron sonreír.

Jen se llevó una mano a la cabeza.

–¿Es amarillo? Probablemente es pintura. He estado pintando mi casa.

Harry ladeó la cabeza.

–Creía que no querías cambiar nada de la casa de Alice.

–Es cierto... pero ya lo he superado. Solía pensar que si dejaba todo tal y como estaba seguiría siendo tan maravilloso como cuando solía ir a visitarla. Pero sólo es una casa, por supuesto. Hace falta gente para... –se interrumpió y se preguntó por qué estaban hablando de la casa de Alice. Miró a Harry a los ojos y añadió–: Me alegra mucho volver a verte y que estés aquí.

–¿Por qué?

–¿Por qué? –repitió Jen, asombrada por la pregunta. Abrió la boca para responder, pero volvió a cerrarla al darse cuenta de que debía cuidar la respuesta. Con aquellas dos palabras Harry se lo había preguntado todo.

Asintió y tragó para deshacer el nudo que sentía en la garganta. Harry parecía especialmente tenso mientras aguardaba su respuesta.

–Porque así voy a poder explicarte por qué no respondí a tus cartas.

–No las leíste –dijo Harry con frialdad.

–No, no las leí.

Harry apartó la mirada y metió las manos en los bolsillos.

–Eso había supuesto.

Jen lo tocó en un brazo y él volvió una dura mirada hacia ella.

–Sé que esto no tiene sentido, Harry, pero no las leí hasta que dejaste de escribirme. No las leí al principio porque tenía miedo. Pensaba que me disgustarían, pero las conservé y las leí después. Las he leído todas una y otra vez.

Harry entrecerró los ojos y Jen se llevó una mano a la boca para contener un sollozo.

–Lo siento –dijo, emocionada–. No sabía lo que sentías. Tus cartas son una maravilla.

Por un momento, Harry la miró como si no la creyera y Jen no pudo contener por más tiempo las lágrimas.

–Oh, Harry, lo siento –sollozó contra su hombro.

–No lo sientas, Jen. No lo sientas.

–¿Es... demasiado tarde?

–¿Demasiado tarde? –repitió Harry junto a su oído.

–Dijiste que me amabas, pero ¿has cambiado de opinión?

–¿Respecto a quererte?

–Sí.

–Oh, Jen –dijo Harry con voz entrecortada a causa de la emoción–. ¿Cómo has podido pensar eso? –preguntó a la vez que la rodeaba con sus brazos–. Soy yo el que debería disculparse. Fue una cobardía por mi parte huir a otro país para luego volcar mis sentimientos en un montón de cartas. Debería haber estado aquí. Debería habértelo dicho cara a cara, haberte demostrado cuánto te amo.

–Te he echado tanto de menos... –dijo Jen–. Me he sentido tan triste sin ti... Casi me vuelvo loca pensando que te había perdido para siempre.

–Oh, mi morenita –Harry la estrechó entre sus brazos como si temiera que fuera a desaparecer y Jen sintió que un terrible peso abandonaba su corazón.

En cuanto la soltó, ella le tomó con ambas manos el rostro y lo atrajo hacia sí.

–Bésame, Harry.

Él apenas le rozó los labios.

–Si me dices que vas a casarte conmigo.

–Bésame o me muero.

Él sonrió y frotó su nariz contra la de ella.

–Cásate conmigo, Jen.

Ella capturó los labios de Harry entre los suyos. Impaciencia, deseo, felicidad. Amor. Todas sus emociones quedaron plasmadas en aquel beso. Y Harry la correspondió con la misma pasión.

Cuando finalmente se apartaron, él apoyó los labios sobre el hombro de Jen.

–Jen, Jen... –susurró–. No tienes idea de cuánto te deseo –ella tembló mientras la besaba en el cuello, en el hueco de la base de su garganta–. Te quiero –dijo, y se apartó para mirarla a los ojos–. Líbrame de esta incertidumbre, Jen. Esto es nuevo para mí. Jamás había propuesto matrimonio a ninguna mujer. Estoy dispuesto a hacer lo que sea, incluso a vender mi Harley para cambiarla por una cortadora de césped...

–¡Cielo santo! ¿De verdad harías eso?

Harry frunció el ceño.

–Pareces decepcionada.

–Esperaba que me llevaras de viaje contigo en tu moto. Podrías enseñarme el mundo con ella.

Harry sonrió y volvió a besarla.

–¿Y tu trabajo? –preguntó un rato después–. ¿Cómo encajará en tus planes de viaje?

–Estoy pensando en independizarme y poner mi propia agencia de relaciones públicas. Los clientes hacen cola para obtener mis servicios. Por ejemplo Lisa y Michael, que quieren que me ocupe de su publicidad. Y también Gabe, el hermano de Jonno, que quiere ayuda para promocionar su aerolínea.

–Y yo conozco a un tipo llamado H. R. Taggart que ya no podría pasar sin tu talento como relaciones públicas.

Jen sonrió.

–¿Lo ves? Mi lista de clientes no para de aumentar.

–De acuerdo –dijo Harry–. ¿Qué te parece este plan? Nos casamos, pasamos seis meses o un año viajando por el mundo y después puedes llevarme a vivir a tu casa para empezar a prepararme tu pastel de carne.

Jen sintió que su corazón levitaba hasta el cielo.

—Trato hecho –dijo, y rodeó el cuello de Harry con un brazo para volver a besarlo.

Desde lo alto de la escalera, Harry contempló a la gente reunida en el salón de baile mientras hablaba por el móvil.

—Hola, Caro. ¿Estás lista para recibir una buena noticia?

—Claro que sí, Harry –dijo su suegra, excitada–. ¿Qué ha pasado?

—Tu inteligente y preciosa hija pequeña acaba de ser elegida Mujer de Negocios del Año –dijo Harry, incapaz de ocultar el orgullo que sentía–. Acaba de terminar la entrega de los premios.

—¡Oh, qué maravilla!

—En estos momentos es el centro de atención. Está totalmente rodeada de periodistas, políticos y celebridades.

—No me extraña nada. Sólo hay que pensar en cuántas carreras ha promocionado últimamente –dijo Caro–. Nadie lo merece más que ella. Estoy inmensamente orgullosa.

—Lo mismo digo –Harry miró su reloj–. ¿Qué tal se están portando los niños? ¿Ya están acostados o habéis vuelto a mimarlos como siempre mi abuela y tú?

—Se han portado como ángeles.

Harry rió.

—Puede que Millicent haya sido un ángel, pero ¿nuestros chicos? Nunca.

–Polly sabe cómo manejarlos. Hacen cualquier cosa que les pida.

–Eso es cierto –admitió Harry–. Nunca ha perdido su talento para tratar a los niños.

–Muchas gracias por llamar, Harry. Y ahora ve a divertirte.

–Gracias, Caro. No llegaremos muy tarde a casa.

Mientras en la sala de baile comenzaba a sonar una animada pieza de jazz, Harry se encaminó hacia donde se hallaba su radiante esposa Jennifer Ryder, relaciones públicas de las estrellas, Mujer de Negocios del Año y madre de Jack y Xabier, sus bulliciosos gemelos de dos años.

Su Jen. Su morenita. Su notable, sexy y maravilloso milagro. Su esposa.

Estaba deseando que desaparecieran todos los que la rodeaban en aquellos momentos, pero hizo un esfuerzo por ser paciente. Aquélla era la noche de Jen, su momento. Tenía que concederle espacio, como ella hizo con él la noche que le entregaron su premio literario en Nueva York.

Lisa y Michael se reunieron con él, al igual que Camille y Jonno, y charlaron y bebieron más champán en honor de Jen.

Harry no dejó de buscar a su esposa con la mirada y, de pronto, con la especie de telepatía que parecían haber desarrollado desde que se habían casado, ella alzó la mirada en el preciso momento en que él la localizaba. Sus miradas se encontraron y el rostro de Jen pareció iluminarse.

Harry vio cómo se despedía educadamente de las personas que la rodeaban para encaminarse hacia él.

¡Cómo amaba a aquella mujer! Nadie, excepto tal vez su abuela Polly, habría podido adivinar lo importante que era para él. Ni en sueños habría podido llegar a creer que se pudiera amar tan profundamente. Por suerte, siempre había huido de las demás mujeres que había habido en su vida. De algún modo debía de haber intuido que sólo podía haber un alma gemela esperándolo.

Cuando se encontraron, no se le escapó el mensaje que había en la mirada de Jen. Lo deseaba. Quería que la besara delante de toda aquella gente y que la llevara de vuelta a casa.

Harry sonrió y abrió los brazos para recibirla.

JAZMÍN™

PATRICIA THAYER

ENCONTRAR
UN AMOR

CAPÍTULO 1

POR QUÉ no había echado el cerrojo?
Maura Wells se acurrucó junto a sus hijos en el pasillo del segundo piso. Había escuchado cómo un intruso merodeaba por el piso de abajo. Dios, ¿por qué no se marchaba? No había nada de valor que pudiera robar.

El sonido de una puerta al cerrarse rompió el silencio. Jeff y Kelly dieron un salto y ella los abrazó con fuerza. Entonces el ruido de las botas del intruso pasó cerca de las escaleras. Maura contuvo la respiración y rezó para que no subiera las escaleras. Cerró los ojos y la imagen del horrible Darren apareció en su cabeza. ¿Podría haberla encontrado tan pronto? Su abogado le había asegurado que…

Maura tomó aire varias veces y escuchó cómo la persona se dirigía hacia la cocina y comenzaba a abrir los armarios. Era muy típico de su ex marido hacerla sufrir, hacerla esperar su castigo.

Siempre había imaginado que algún día la encontraría. Bueno, pues no iba a quedarse ahí parada e indefensa. Ya no más. Si algo había aprendido en el refugio, era que no podía permitir que Darren la hiciera prisionera otra vez, en su propia casa. Pero al vivir en el campo no podía esperar una respuesta rápida por parte de la policía. Al menos había tenido la previsión de llamar a su vecino, Cade. Iba de camino. ¿Pero cuánto tardaría en llegar?

–Mamá, tengo miedo –susurró su hija–. Haz que el hombre malo se vaya.

–Lo haré, cariño –dijo Maura y, enfrentándose a sus propios miedos, condujo a los niños hacia su dormitorio–. Vosotros quedaos aquí. Voy a hacer que se vaya. No vayáis abajo pase lo que pase. ¿Prometido?

Su hija de tres años y su hijo de seis asintieron en silencio. Los dejó en la habitación y se dirigió de puntillas al armario del pasillo, de donde sacó un viejo rifle que habían dejado allí antes de que ella se mudara. Sospechaba que no funcionaría, aunque tampoco creía que tuviera valor para apretar el gatillo, pero no iba a dejar que el intruso supiera eso.

Maura comenzó a bajar las escaleras. A cada paso que daba trataba de controlar su respiración. Había una pequeña lámpara de mesa encendida que proyectaba una débil luz en todo el salón, que estaba escasamente amueblado. Casi todo lo que había en la casa era de segunda mano, excepto el petate negro que había junto a la puerta principal. Aquello pertenecía al visitante.

Maura se quedó oculta en las sombras, sabiendo que, si era su ex marido, no cabría razonamiento alguno con él; sin embargo, estaba dispuesta a hacer cualquier cosa con tal de apartarlo de los niños. Se quedó escuchando cómo los armarios se abrían y después se cerraban. Entonces el sonido de las botas le dijo que se dirigía hacia ella. Era su oportunidad para pillarlo por sorpresa.

Apareció la enorme sombra, pero era demasiado grande para ser Darren. Una extraña sensación de alivio recorrió el cuerpo de Maura, hasta que se dio cuenta de que se enfrentaba a una clase distinta de peligro. Era un ladrón, lo cual era incluso peor. Apuntó el rifle hacia él.

–Quieto ahí.

–¿Pero qué diablos…? –dijo el hombre tras detenerse en la puerta.

Maura tuvo que contener un suspiro al ver a aquel desconocido alto y guapo. Iba vestido con una camisa y unos vaqueros con una gran hebilla de plata. Tenía el pelo negro y lo suficientemente largo como para rozarle el cuello. Sus ojos eran de un azul brillante, enmarcados por unas cejas oscuras.

–Levante las manos –dijo ella, tratando de mantener firmes tanto su voz como sus manos.

Wyatt Gentry se quedó sorprendido al encontrar a aquella bella mujer en su casa. A juzgar por su atuendo, una bata de noche, y su pelo rubio y despeinado, parecía que acababa de despertarse. Y resultaba extremadamente sexy. Ella sería la razón por la que la casa estaba tan ordenada.

–No he venido aquí para hacerle ningún daño, señorita –dijo él.

–Entonces no debería haber entrado en mi casa de esta forma.

¿Su casa?

–¿Por qué no deja el rifle y hablamos sobre ello?

–¡No! Esperaremos hasta que el sheriff llegue –dijo, y abrió más sus ojos marrones mientras señalaba al sofá con el rifle–. Siéntese.

Wyatt comenzó a caminar, pero de pronto se dio cuenta de que no le gustaba nada aquella situación y que tendría que hacer algo al respecto. Se giró de golpe, agarró el rifle y se lo quitó de las manos. Lo que no esperaba era que ella peleara como una gata con las uñas afiladas. Su pequeño tamaño no hacía justicia a su fuerza, pues consiguió hacerle perder el equilibrio, pero él la agarró y acabaron los dos en el suelo. Cuando él se recuperó se deslizó y se sentó a horcajadas sobre ella. Pero ella no dejó de forcejear bajo su cuerpo, recordándole entonces que estaba semidesnuda. La fricción entre ambos fue como una sacudida eléctrica.

—¿Puede usted dejar de pelear para que podamos hablar? —dijo él justo antes de que algo lo golpeara por detrás.

—Deje a mi madre en paz.

Era la voz de un niño. Wyatt se dio la vuelta y se contuvo mientras se ponía en pie.

—Oye, tranquilo. No voy a hacerle daño a nadie —dijo mientras agarraba al niño, que no dejaba de moverse. Entonces miró a la mujer, que se levantó y fue corriendo hacia la niña que lloraba en las escaleras.

—Por favor, suelte a mi hijo. Tome todo lo que quiera. Hay algo de dinero en mi bolso, pero no nos haga daño.

Al ver la cara de pánico de la mujer, Wyatt se apresuró a dejar claro que no iba a hacerle daño.

—No quiero hacer daño a nadie —insistió, y lanzó el rifle sobre el sofá. Dudaba que pudiera funcionar—. Y no quiero su dinero. Sólo estoy aquí porque esta casa me pertenece. Tengo una llave.

—¿Ha comprado usted este rancho? —preguntó la mujer, confusa.

—A las tres de la tarde más o menos, cuando firmé los papeles.

—¡Jeffrey, para! —le dijo ella a su hijo, que aún seguía forcejeando—. No va a hacernos nada.

El niño dejó de pelear pero, una vez que estuvo junto a su madre, siguió mirando a Wyatt con mirada amenazadora.

—Soy Wyatt Gentry. Lo siento. No tenía ni idea de que nadie viviera aquí.

—Soy Maura Wells; y éstos son mi hija, Kelly, y mi hijo, Jeff. Llevamos aquí un tiempo.

–¿Un tiempo? ¿Han alquilado el lugar?

–Tenía un trato con el dueño, con el anterior dueño –dijo ella–. Pero ahora que está usted aquí, deberíamos marcharnos.

Wyatt no tenía ni idea de que iba a ser recibido de aquella forma. ¿Por qué su abogado no le había advertido? ¿Cómo iba a echar a esa mujer y a sus hijos en mitad de la noche? ¿Y dónde estaba su marido? Entonces miró a su mano izquierda y no vio ningún anillo.

–No hay necesidad de que se vayan –dijo él.

Entonces la puerta principal se abrió de golpe y un hombre alto se encaminó hacia Wyatt y lo agarró de la camisa.

–Si le pone una mano encima a alguno de ellos se arrepentirá.

–No, Cade, por favor, no –dijo Maura mientras se ponía entre los dos–. No pasa nada. Éste es Wyatt Gentry. Ha comprado el rancho.

–¿Ha comprado el rancho? –dijo Cade tras soltar a Wyatt.

–Hoy he firmado los papeles –dijo Wyatt mientras se dirigía hacia su petate para sacar el título de la propiedad y enseñárselo a Cade.

–Maldito sea –dijo Cade tras examinar los papeles–. Me temo que le debo una disculpa. Soy Cade Randell. No teníamos ni idea de que la propiedad había sido vendida.

Wyatt tuvo una extraña sensación al observar a Cade. Ésa no era la manera en que había planeado conocer a su medio hermano. Apartó la mirada y trató de concentrarse en el problema que tenía entre manos.

–Maura, ¿por qué no haces las maletas y tú y los niños os venís a casa conmigo? –dijo Cade.

–Como le estaba diciendo a la señorita Wells –dijo Wyatt–. No hay necesidad de que se vayan en mitad de la noche. Además, no voy a echar a los inquilinos.

–No soy exactamente una inquilina –dijo Maura tímidamente–. Cade me dio permiso para vivir aquí
hasta que se vendiera la casa. Y me temo que el momento ha llegado.

Así que una vez más Cade Randell había sido su
campeón. ¿Había algo entre ellos?

–Así es –dijo Cade–. Conozco al dueño, Ben Roscoe, y estuvo de acuerdo en dejar que Maura viviera
aquí con los niños durante un tiempo. Me temo que
cuando se fue de vacaciones olvidó explicarle la situación a su abogado. Este sitio lleva en venta cuatro
años, y nadie pensó que pudiera haber ningún problema en que Maura ocupara la casa y la mantuviera
limpia.

Wyatt había tenido un día muy largo, una semana
muy larga, con su viaje en coche desde Arizona, sin
contar con las innumerables peleas que había tenido
con su hermano, Dylan, sobre la compra de la propiedad que una vez fuera de Randell. Era casi mediano-
che y estaba agotado.

–¿Por qué no solucionamos esto mañana? –sugirió
él–. Puedo alquilar una habitación en un motel para
esta noche. Podremos discutir sobre esto por la mañana.

Estudió a Maura Wells con detenimiento. ¿Por qué
una mujer y sus dos hijos vivirían en una casa abandonada? No le gustó la conclusión a la que llegó.

–Señor Gentry, no puedo hacer que abandone su
propia casa.

Wyatt la miró de nuevo. Tenía los ojos grandes y
marrones y una piel perfecta. Su pelo sedoso tenía el
color de la miel. Cuando su cuerpo fue consciente de
su atractivo físico, tuvo que apartar la mirada.

–Escuchen –dijo él–. Me habían dicho que tendría
que emplear un tiempo hasta hacer que este lugar fuese
habitable, así que no pensaba mudarme hoy de todas

formas –dijo, y se colocó su sombrero vaquero en la cabeza–. Me pasaré por la mañana–. Tomó su petate y se marchó.

Maura se quedó impresionada por la amabilidad de aquel desconocido, pero eso no cambiaba el hecho de que ella y sus hijos se quedarían en la calle por la mañana, lo que suponía que tendría que encontrar otro lugar para vivir. Era muy fácil decirlo. No tenía dinero suficiente para hacer la mudanza y pagar un alquiler.

–Sigo diciendo que deberías venir a casa con Abby y conmigo –sugirió Cade.

Maura ignoró la sugerencia y se giró hacia su hijo.

–Jeff, lleva a tu hermana a la cama. Puedes llevarla a mi habitación –le dio un beso a Kelly y luego a su hijo–. Vamos, Kelly. Subiré pronto.

–¿Lo prometes? –preguntó la niña.

–Lo prometo. Ahora estás a salvo.

Una vez que lo dos niños se hubieron ido, Maura se giró hacia Cade.

–No puedo ir contigo. Tú ya tienes la casa llena con Brandon y Henry James. No pienso ir a molestar. Ya se me ocurrirá algo.

–Tengo una pequeña casita para el vigilante que podrías usar. No está en muy buenas condiciones, pero podemos arreglarla.

Maura era afortunada por haber encontrado gente como Abby y Cade Randell. Con el trabajo y la casa, la habían ayudado mucho. Nunca sería capaz de devolverles el favor.

–Creo que sabes que no me asusta el trabajo duro. Pero creo que será mejor que lo hablemos por la mañana. Siento haberte hecho salir tan tarde –dijo ella mientras conducía a Cade hacia la puerta . Ahora vete a casa con tu familia.

Cuando Cade se marchó, Maura se dirigió a apagar la luz, pero decidió dejarla encendida durante esa noche. Subió las escaleras y se dio cuenta de que había hecho justo lo que había dicho que no haría. Había llegado a sentirse apegada a aquella casa, sabiendo muy bien que no podría quedarse para siempre. Pero dos meses eran muy poco tiempo. Quería odiar a Wyatt Gentry, pero se dio cuenta de que no podía. Al contrario: sorprendentemente se dio cuenta de que deseaba que regresara por la mañana, a pesar de que eso significara su partida.

Wyatt llevaba levantado desde el amanecer, pero dudaba que Maura Wells lo estuviera también. Había ido a la cafetería del motel y se había quedado allí tratando de encontrar una solución para todos. Pero no había respuestas. Sobre todo si la mujer y sus hijos no podían permitirse pagar un alquiler.

A eso de las siete y media aparcó su caravana frente a aquella casa de dos pisos que una vez había sido blanca. Hogar, dulce hogar. Su primera casa. Levantó una ceja al ver la pintura levantada, el porche combado y el jardín lleno de malas hierbas.

Todo era suyo.

Ya no habría más trailer ni más viajes de aquí para allá. Por fin Wyatt iba a echar raíces en algún sitio. Era su sueño, tener su propio rancho. Y lo mejor de todo era que por ninguna parte aparecía el nombre de Earl Keys para recordarle que ni Dylan ni él habían sido deseados, sino que habían llegado como un exceso de equipaje junto con su madre. Veinte años atrás Rally Gentry se había casado con un hombre que había prometido cuidarla a ella y a sus dos hijos gemelos. Ella pensaba que Keys sería la respuesta a sus plegarias, pero habían descubierto que sólo los quería para trabajar en su reserva.

Ya no más. Había trabajado durante años montando

en rodeos. Pero ahora el Rocking R era suyo. Pertenecía a aquel lugar y ya no sentiría que era mano de obra alquilada. Si iba a dedicar cada uno de sus minutos en trabajar duramente en aquel lugar, era porque era suyo.

Wyatt soltó una risita. No había ido a Texas para comprar terrenos, sino para encontrar a su verdadero padre. Tras recibir una carta de un tal Jared Trager, hablándole de Jack Randell, se había dirigido hacia San Angelo. Así es como había acabado en Rocking R. Aunque el lugar había sido abandonado por los Randell, el destino prácticamente le había entregado el hogar que tanto ansiaba, y a un precio que no podía dejar escapar. Todo lo que le quedaba era trasladarse.

Pero primero tenía que desahuciar a los ocupantes. Wyatt salió de la cabina y subió los peldaños desvencijados, observando la madera podrida del porche. Pensó que sería lo primero que tendría que reparar. Llamó a la puerta y a los pocos segundos escuchó pisadas que se acercaban. La puerta se abrió de golpe y el niño, Jeff, apareció.

–Ah, es usted –dijo el niño con aire lúgubre.

–¿Está tu madre en casa? Le dije que volvería por la mañana.

–¡Mamá! –gritó el niño, y luego salió corriendo, dejando la puerta entreabierta.

Wyatt entró y cerró la puerta tras él. Oyó movimiento arriba y luego el llanto de un niño. Pocos minutos después la niña bajó lentamente las escaleras. Llevaba unos pantalones cortos rosas, una camiseta blanca y unas zapatillas de tela. Llevaba sus rubios rizos recogidos con una coleta y una cinta rosa. Había lágrimas en sus ojos y tenía hipo.

–¿Qué ocurre? –preguntó Wyatt mientras se acercaba a ella.

–Mamá está enfadada conmigo –dijo la niña tras detenerse en el tercer escalón.

–¿Y eso por qué? –preguntó Wyatt mientras se agachaba.

–Porque he usado su maquillaje y no debía. Yo quiero estar guapa como mamá.

Wyatt tuvo que morderse el labio para no sonreír. Imaginaba que Maura Wells no necesitaba maquillaje para estar guapa.

–Pero si estás muy guapa con tus rizos.

–¿Cómo te llamas? –preguntó Kelly con una sonrisa.

–Wyatt.

–¿Eres un hombre malo? –preguntó ella tras estudiarlo con detenimiento.

–Espero que no –dijo él meneando la cabeza.

–Jeff dice que nos vas a echar –dijo la niña, y pareció que iba a echarse a llorar de nuevo.

De pronto Wyatt se sintió el hombre más cruel de la tierra. Antes de que pudiera decir nada, Maura Wells apareció en lo alto de las escaleras.

–Kelly Ann Wells, ¿te has lavado los dientes?

–Lo olvidé –dijo la niña.

–Pues será mejor que lo hagas. Tenemos que irnos pronto.

La niña subió corriendo las escaleras y se metió por el pasillo. Maura bajó los escalones. Iba vestida con una falda floreada, una camiseta de algodón blanca y unas sandalias de tiras. Llevaba el pelo suelto y le llegaba hasta los hombros. No. Definitivamente no necesitaba maquillaje para realzar su belleza.

–Lo siento, señor Gentry. Las mañanas aquí son un poco frenéticas –antes de que él pudiera decir nada sonó una bocina y ella gritó–. ¡Jeff, el autobús está aquí!

A los pocos segundos apareció el niño, que tomó su mochila y tartera de la mesa que había junto a la puerta.

–Adiós, mamá –dijo antes de dirigirle a Wyatt una mirada glacial.

–Perdón. Como iba diciendo, las mañanas aquí son un poco caóticas. ¿Quiere un café?

–Me vendría bien –dijo Wyatt, y la siguió hacia la cocina.

Mientras la seguía tuvo la oportunidad de echar un vistazo a la luz del día. Las habitaciones necesitaban una mano de pintura, pero todo estaba limpio y ordenado. Maura Wells se había ocupado del lugar. Una vez en la cocina, Maura sacó dos tazas de un armario de pino y vertió el café de una cafetera.

–Por favor, siéntese.

Wyatt la observó mientras se movía por la cocina. No creía que Maura llegara a los treinta años. Era pequeña, pero no le faltaban curvas. Observó el movimiento de sus caderas bajo la falda.

–Estoy segura de que querrá mudarse lo antes posible –dijo ella mientras se sentaba y le indicaba que hiciera lo mismo–. Siento si le hemos creado algún problema.

–Nada importante.

–Podemos estar fuera… hoy –dijo ella con un suspiro.

Wyatt miró por la ventana y vio la destartalada camioneta que estaba aparcada junto a la puerta de atrás. Era evidente que la mujer no tenía mucho. ¿Dónde estaba su marido? La miró de nuevo.

–¿Tenéis algún sitio adonde ir? No os he avisado con mucha antelación.

–No tiene por qué preocuparse por nosotros, señor Gentry.

–Por favor, llámame Wyatt.

–Wyatt. Probablemente nos quedaremos con Cade

y Abby Randell por unos días. Si no te importa, tendré que dejar aquí mis muebles por algún tiempo, hasta que encuentre otro sitio.

¿Por qué se sentía como si fuera una rata? No podía hacer eso.

–Mmm… eso es lo que quería hablar contigo. ¿Me preguntaba si podrías hacerme un favor?

–Por supuesto –dijo ella.

–Hay mucho trabajo que hacer por aquí. He estado pensando que no hay razón por la que tú y los niños no podáis quedaros en la casa. Me serías de gran ayuda para decorar el interior. Y podrías tomarte tu tiempo para buscar otro lugar donde vivir.

–Oh, Wyatt –susurró ella–. No puedo hacer eso. ¿Dónde vivirías tú?

–Estaba pensando en mudarme a la casita del vigilante del Rocking R mientras hago las reformas. No necesito mucho espacio.

Maura no podía creérselo. Podría quedarse. ¿Pero por cuánto tiempo? No le importaba. En ese momento no podía permitirse ir a ningún lado. No había suficiente dinero en su fondo de emergencia para alquilar otra casa. Ni siquiera tenía un fondo de emergencia. Además, odiaba tener que trasladar otra vez a Jeff y a Kelly.

–¿Pero cómo iba yo a ser de ayuda?

–No sé nada de nada sobre decoración. Soy soltero. He vivido gran parte de mi vida en una caravana con mi madre y mi hermano –dijo. «Y con mi padrastro gritando órdenes desde su rancho», pensó–. No sé nada sobre colores ni estilos y he visto lo bien que te has ocupado del lugar.

–¿Qué alquiler quieres?

–No quiero ningún alquiler, pero si me incluyeras en las comidas sería perfecto.

–No me parece muy justo. Nosotros viviendo aquí y tú en la casita.

–Había planeado mudarme allí de todas formas mientras reparaba esto, así que la casa se quedaría vacía si tú y los niños os marcharais.

Maura sabía que probablemente estaba mintiéndola, pero al menos estaba tratando de ayudarla. No quería volver a estar atada a ningún hombre. Le había llevado mucho tiempo llegar a mantenerse sola y a no tener miedo. Pero la verdad era que tenía que pensar en los niños, en cómo proporcionarles un techo bajo el que cobijarse. A ellos les encantaba aquello. ¿Cómo podría ella desarraigarlos de nuevo? Además, no tenía adonde ir, excepto el refugio del que había salido para irse con Cade y Abby. Al menos Wyatt Gentry le estaba ofreciendo tiempo para pensar a donde ir.

–Me gusta tu oferta, pero siento que, si voy a quedarme, necesito hacer algo más.

–¿El qué?

–No solo cocinaré para ti, sino que te haré la colada también –dijo ella. Antes de que él pudiera protestar ella levantó una mano y dijo–. Lo toma o lo deja, señor Gentry.

Una leve sonrisa asomó a sus labios y Maura sintió una extraña sensación en el estómago.

–Señorita, acaba usted de hacer un trato.

CAPÍTULO 2

MAURA acabó llegando tarde al trabajo. Pero no podía dejar a Wyatt Gentry sin más. Al fin y al cabo iba a ser su casero. Se sentía impaciente y aliviada de que hubieran llegado a un acuerdo para que pudiera quedarse con los niños… por un tiempo.

Aparcó el coche en el parking del centro comercial del Rancho de Mustang Valley y llevó a Kelly a través de las puertas de la guardería para empleados. Ya que el verano había terminado y los trabajadores temporales no volverían hasta la próxima temporada, sólo había otros cuatro niños allí.

La guardería Little Pony había supuesto la salvación para Maura. No tenía dinero para pagar a alguien que cuidara de los niños, y mucho menos una guardería concertada. Pero a Maura le habían ofrecido el servicio gratuito junto con el trabajo. Y lo mejor de todo era que a Kelly le encantaba estar allí.

–Dame un beso, cariño –le dijo a Kelly.

Su hija se puso de puntillas y la besó. No mucho tiempo antes, Kelly jamás se hubiera separado de su madre voluntariamente. Pero ahora era una niña feliz e independiente.

Maura temía que, tras la pasada noche, su hija retornara a su caparazón, pero se relajó al ver a Kelly correr hacia su amiga Emily para jugar. Así que la visita repentina de Wyatt Gentry no le había causado ningún problema posterior. Maura deseaba que eso mismo le hubiera pasado a ella. En ese momento tenía a un hombre prácticamente viviendo en la casa, y se sentaría a la cena cada noche.

—Adiós, mamá. Te quiero.

—Yo también te quiero, cariño.

Maura salió por la puerta y se dirigió corriendo al centro comercial. En el centro había una tienda general y un mostrador donde hacer las reservas para el rancho. Había también una tienda de regalos, unos recreativos, una tienda de ropa y, más allá, estaba Abby's Treasures, que vendía perlas de agua dulce del río Concho. Finalmente estaba la floristería.

Maura quitó el cerrojo a la puerta de The Yellow Rose. Entró y la maravillosa fragancia de las flores la envolvió al instante, haciéndola sonreír. Le encantaba trabajar con las flores y confeccionar ramos para los huéspedes. Y si eso no era suficiente, tenía la suerte de trabajar para una familia encantadora como los Randell, sobre todo Abby. Abby había confiado en Maura, pese a que no tenía experiencia, y le había dado el trabajo. Las pocas cosas que ella sabía de flores las había aprendido de Carl Perry, el jardinero de sus padres.

Maura, siendo hija única, se había dedicado de niña a seguir a Carl por toda la finca. El pobre hombre contestaba todo lo que Maura le preguntaba y le enseñó todo sobre las flores, desde la poda hasta el abonado. La madre de Maura siempre insistía en que hubiese ramos de flores frescas cada día en casa. Lo que Grace Howell nunca supo, o no se preocupó de saber, fue que los ramos siempre los confeccionaba Maura. Pero sus padres no se habían interesado mucho por su hija hasta que se casó con Darren Wells. Y entonces renegaron de ella completamente.

Maura apartó los malos recuerdos de su cabeza y pensó en lo afortunada que era actualmente. Tenía a Jeff y a Kelly con ella e incluso recibía un sueldo por aquello que le encantaba hacer. Gracias a la persistencia de Abby, Maura había creado ramos especiales para los huéspedes, y había sido la encargada de las flores de una boda en San Angelo. Además tenía apalabradas otras dos. El negocio de The Yellow Rose crecía por momentos y eso era más de lo que ella podía ocuparse por sí sola. Necesitaba contratar a alguien que la ayudara.

Maura dejó su bolso en la oficina. Descolgó el delantal de gancho y se lo ató a la cintura. Abrió las contraventanas, cambió el cartel de «Cerrado» por el de «Abierto» y tomó el fax en el que venía la lista de ramos del día. Había un asterisco junto al número del camarote nupcial, junto con el nombre de la pareja que llegaría esa misma tarde. Maura sonrió. Sus favoritos eran los ramos para los recién casados. Siguió leyendo los ramos que necesitaba para los otros cuatro camarotes que serían ocupados para las tres de la tarde. Tenía que ponerse manos a la obra.

Maura se dirigió hacia la zona de trabajo y entonces escuchó la campana que había sobre la puerta. Se dio la vuelta esperando ver a un cliente, pero era Abby Randell la que había entrado.

—Pensé que no llegarías nunca —dijo Abby con sus ojos verdes brillantes.

A sus treinta años, aquella bella mujer llevaba su pelo castaño rojizo corto con las puntas hacia fuera. Llevaba un par de pendientes de aro. Era alta, delgada y vestía con unos pantalones blancos hechos a medida y una blusa de crepé. Abby era madre de dos niños, Brandon y James.

—Siento haber llegado tarde, pero tenía que hablar con Wyatt Gentry.

—Lo sé. Quería haberme pasado por la casa, pero tenía una reunión con un artista esta mañana. Ha accedido a que venda sus cuadros en Abby's Treasures. Olvídalo. Mira, Maura, los chicos y tú os podéis venir a casa. Cade y Travis irán más tarde a recoger tus cosas. No te preocupes, te encontraremos otro sitio. Fue una locura colocarte en la vieja casa Randell, pero en aquel momento parecía ser la mejor y más rápida solución.

Maura trató de interrumpir a su amiga, pero no consiguió encontrar las palabras. Finalmente Abby dejó de hablar.

–La verdad es que no es necesario –dijo Maura–. Voy a quedarme donde estoy.

–¿Qué?

–Wyatt Gentry ha insistido en que nos quedemos en la casa, de momento.

–¿Y dónde va a vivir el señor Gentry?

–En la casita del vigilante –dijo Maura–. Al menos hasta que termine las reparaciones del exterior de la casa.

–¿Y por qué iba a dejar que os quedarais?

–No estoy segura –dijo Maura confusa.

–¿Y a ti te parece bien esto?

¿Qué otra opción tenía?

–Parece un tipo agradable –dijo, aunque también tenía que admitir que era muy atractivo–. Además me está dando tiempo para encontrar otro sitio para vivir.

–Entonces empezaremos a buscar otro sitio tan pronto como sea posible.

–Mira, Abby –dijo Maura tomándole la mano a su amiga–. Necesito tiempo. No he tenido muchas oportunidades de ahorrar –dijo, y se dirigió a la zona de trabajo.

–Entonces Cade y yo te lo prestaremos –dijo Abby tras seguir a Maura.

Maura negó con la cabeza, abrió la puerta de cristal de la cámara frigorífica y sacó un bote con rosas recién cortadas que Abby había recogido esa misma mañana.

–No, no puedo abusar más de vosotros, Abby. Tanto

tú como Cade ya habéis hecho mucho por nosotros. De verdad que estaremos bien. Gracias al señor Gentry tengo un poco de tiempo para respirar. Esta mañana llegamos a un acuerdo. No va a cobrarme alquiler. Todo lo que quiere es ayuda en la decoración... y comidas.

Abby la observó en silencio. Esa mujer era más que su jefa; era su amiga. Se habían conocido pocos meses antes en un refugio para mujeres en San Angelo, donde Abby trabajaba como voluntaria. Maura había acudido allí huyendo de su ex marido maltratador. A pesar de que Darren había ido a prisión por robo, la había amenazado con castigarla, pues había sido ella la que lo había denunciado a la policía. Tras abandonar Dallas, Maura había deambulado por varias ciudades hasta quedarse sin dinero y, finalmente, había acabado a las puertas del refugio.

Fue Abby Randell la que le proporcionó ayuda psicológica, la que la ayudó a sentirse bien consigo misma. Durante las horas en que hablaron y lloraron juntas, Abby le habló a Maura sobre su primer marido, que también la maltrataba, y lo mucho que le había costado librarse de él. Ahora estaba felizmente casada con Cade Randell, el hombre al que siempre había amado y el padre de sus dos hijos.

Maura alcanzó los clips para las flores. Comenzó con las rosas. Las fue tomando con mucho cuidado, recortando los tallos y colocándoles el alambre. Colocó la primera rosa en un jarrón de cristal y decidió que las pondría todas blancas, que representaban la pureza y la inocencia, para la suite nupcial. Quizá al día siguiente se decantara más por las rosas rojas. De pronto sus pensamientos se desviaron hacia el hombre de pelo oscuro que acababa de irrumpir en su vida. ¿Por qué razón no se sentía amenazada por él?

–Dices que vas a ayudarlo a decorar la casa. ¿Tiene familia? –preguntó Abby.

–Es soltero. Pero habló de un hermano.

–¿Y vas a hacerle la comida? –preguntó Abby tras una larga pausa.

–Sí, y también la colada –se apresuró Maura–. Ésa fue idea mía.

–Y no estoy segura de que sea buena.

Maura se dio cuenta de que Abby intentaba sólo ser protectora. Ambas sabían lo difícil que era llegar a confiar en alguien o no preocuparse por poder enamorarse del mismo tipo de hombre y acabar en la misma situación brutal.

–Pero prométeme que si sientes que no te gusta el trato vendrás a pedirme ayuda –insistió Abby.

–Lo prometo –dijo Maura–. Además sólo va a ser por un mes o así. Para entonces ya tendré otro sitio adonde ir.

–Y sabes que siempre tienes un sitio en nuestra casa –añadió Abby.

A Maura se le llenaron los ojos de lágrimas. Nunca nadie se había preocupado tanto por ella como Abby y su familia.

–Y te lo agradezco. Siempre has estado ahí para apoyarme, y además me has enseñado a valerme por mí misma y a encontrar mi fuerza interior. Siento que ya era hora de que lo hiciera.

Más tarde aquel día Maura condujo hasta la casa con Jeff y Kelly. El autobús escolar de su hijo lo dejaba en la guardería del centro, donde pasaba las dos últimas horas con su hermana hasta que Maura cerraba la tienda.

En casa Jeff tenía tiempo de terminar sus deberes mientras Maura preparaba la cena. Estaba algo preocupada. Darren siempre se había quejado de su falta de práctica en la cocina. Aunque tampoco podían permitirse mucho más que carne picada.

Maura sacó la bolsa de la compra del coche y se dirigió hacia la casa. Los niños se habían detenido junto a la puerta, pero no la estaban esperando a ella, sino que observaban a Wyatt Gentry, que estaba retirando las maderas podridas del suelo del porche.

No se sintió tan molesta por el estado del suelo como por la falta de ropa de Wyatt. No llevaba camiseta, y el sudor recorría su piel bronceada. Él se giró, se levantó su gorra negra de béisbol y sonrió. Maura sintió un calor intenso por todo el cuerpo y un rubor por toda la cara.

–Hola, Maura –dijo él con voz profunda–. Espero que no te importe, pero pensé que éste sería un buen lugar donde comenzar las reparaciones. No me gustaría que alguno de vosotros os cayerais y os lastimarais.

–No somos tontos –dijo Jeff–. No caminamos sobre los agujeros –lo miró desafiante y entró en la casa.

Maura comenzó a disculparse por el comportamiento de su hijo cuando Kelly se sentó en uno de los escalones y anunció:

–Mi hermano tiene miedo de usted.

–¡Kelly! –dijo Maura avergonzada por la sinceridad de su hija.

–¿Es cierto? –preguntó Wyatt mientras se ponía la camiseta–. Supongo que es porque entré en la casa anoche.

–Pero yo no tengo miedo de usted –dijo Kelly.

–¿De verdad? –preguntó Wyatt mirando a la niña.

La niña lo miraba con sus ojos grandes y marrones y Wyatt se dio cuenta de que él mismo estaba conteniendo el aliento esperando a que ella emitiese su juicio. Él no había tenido mucha experiencia con los niños en su vida. Solo los que montaban en el rodeo.

Estaban más interesados en su caballo que en él mismo.

–Pues no, porque sus ojos no parecen malos.

Era una locura, pero su apreciación sobre él lo agradó.

–Bien.

–Es usted agradable. Deja que nos quedemos aquí. Y está arreglando el porche para que no me vuelva a caer. Tengo una herida. Mire.

Wyatt se inclinó para examinar la pequeña marca roja que había en la rodilla de la niña.

–Bueno, señorita Kelly, lo siento mucho. Tendré que asegurarme de que no vuelva a pasar.

–¿Puedo ayudarle a arreglarlo? –dijo ella con una risita.

–Oh, no, cariño –dijo su madre dando un paso al frente–. Mejor ven dentro y no molestes al señor Gentry.

Wyatt se enderezó y Maura retrocedió. Parecía que tenía miedo de él.

–No me importa si Kelly quiere quedarse aquí fuera –dijo él–. Dejaré la puerta abierta para que puedas oírla desde la cocina. No quisiera que nada obstaculizara la preparación de la cena. ¿Puedo preguntar qué hay en el menú?

–Sólo carne y patatas asadas –dijo ella encogiéndose de hombros.

–No hay ningún «sólo» que valga cuando se trata de cocina casera, señorita. No cuando has estado comiendo de restaurante o comiendo cosas hechas por ti durante tanto tiempo como yo lo he hecho.

–Espero no decepcionarte –dijo ella mientras subía los peldaños . Manda a Kelly para dentro si te molesta –dijo antes de desaparecer tras la puerta de malla metálica.

Wyatt observó el movimiento de sus caderas mientras se movía por la casa. La verdad era que tenía un culo bonito. Wyatt trató de pensar en otra cosa. Eso era todo lo lejos que podría ir, admirándola sólo de lejos.

Wyatt había estado intentando juntar las piezas de aquel rompecabezas, pero no le gustaba lo que imaginaba. Alguien le había puesto la tristeza en los ojos a Maura, probablemente su ex marido. Wyatt asumió que se trataba de un ex; de todas formas, quien fuera merecería ser colgado por abandonar a su familia y dejar que vivieran en una casa abandonada.

—Wyatt —dijo la niña tirándolo de una mano—. Tienes que decirme qué hacer para que pueda ayudar.

Él sabía que se le había ido la cabeza al dejar que Maura y los niños se quedaran en la casa, pero siempre había sido un poco primo a la hora de ayudar. Así que ya había hecho su buena acción, pero de momento no parecía haberlo molestado en exceso. Ella se habría marchado en treinta días, habría salido de su vida.

Alcanzó una tabla que había serrado a medida antes.

—¿Por qué no me alcanzas esos clavos, Kelly? —dijo señalando la caja de clavos.

Kelly rebuscó con sus deditos dentro de la caja y sacó un clavo.

—Gracias —le dijo Wyatt, y ella le contestó con una sonrisa.

Wyatt no podía permitir que aquel idílico momento lo desviara de sus problemas. Primero, sus nuevos vecinos, que no tenían ni idea de que él era hermanastro suyo. ¿Cuándo sería el mejor momento para soltar la bomba? Necesitaba hablar con aquel hombre, Jared Trager, que le había enviado la información sobre que Jack Randell era su padre, antes de hacer cualquier anuncio. Por supuesto, Wyatt le había consultado a su madre cuando recibió la carta de Jared. Y tras más de treinta años, Rally Gentry Keys les había dicho a sus hijos la verdad.

Nada más llegar a la ciudad, se había pasado por Lazy S, pero el vigilante le había dicho que Jared Trager y su familia estaban fuera de la ciudad. Así que parecía que iba a tener que esperar un poco más.

Mientras tanto, había otros hermanos Randell por la zona. Ya había conocido a Cade. ¿Alguno de ellos lo reconocería? Probablemente no. Siempre le habían dicho que se parecía más a la familia de su madre. Dylan y él eran gemelos fraternales, y su hermano era el que se parecía a Jack Randell.

Wyatt clavó el clavo y Kelly le dio otro. Las cosas no habían salido como él había planeado. A pesar de que Dylan lo había instado a dejar correr el asunto, a mantenerse alejado de un hombre que los había repudiado, Wyatt había ido hasta San Angelo. No sólo había ido hasta allí, sino que había comprado la vieja hacienda de Randell.

¿Tenía la necesidad de pertenecer hasta tal punto de tener que comprar las tierras de su padre? Wyatt no había parado de repetirse que era un buen negocio, un negocio fantástico. Había ofrecido una cantidad ridícula y el vendedor había aceptado. ¿Cómo podía no querer el lugar?

Había deseado tener su propio rancho durante años. Al contrario que a Dylan, a él no le gustaba estar siempre de un lado a otro, sino que siempre había querido aposentarse en un lugar concreto. En un hogar. La vieja hacienda Randell puede que no estuviese en las mejores condiciones, pero era suya. Y con el dinero que había ahorrado durante años, pronto podría montar su propio negocio como empresario de ganado. Durante años había hecho muchos contactos en el negocio de los rodeos. Así que, una vez hubiera reconstruido el rancho y hubiera reparado los establos y el granero, podría comenzar. Ya tenía seis caballos que un amigo guardaba hasta que él tuviese el espacio. Había un caballo en particular llamado Rock-a-Billy. Pero tenía que concentrarse en su trabajo.

Pero su atención se desvió hacia su distracción, Maura Wells. Presumiblemente para cuando llevara el ganado al rancho, los niños y ella ya se habrían ido.

—Es la mejor cena que he tomado en mucho tiempo —dijo Wyatt mientras se recostaba en la silla.

—Gracias —dijo Maura—. ¿Quiere café?

—Sería perfecto —dijo él con una sonrisa.

Maura se levantó sintiendo un ligero hormigueo, tomó dos tazas y las llenó. Luego volvió a la mesa y preguntó:

—¿Leche o azúcar?

—No, solo —dijo él, y dio un sorbo al café—. Es un café muy bueno.

—Gracias —dijo ella de nuevo, pero se distrajo cuando Jeff dejó caer el tenedor en su plato.

—Tengo deberes —dijo el niño mientras se levantaba para salir de la habitación.

—Jeff, no has pedido permiso para levantarte, y me parece que te has olvidado de tu plato.

—¿Puedo levantarme? —preguntó mientras recogía su plato y lo tiraba en el fregadero.

Maura no quería hacer hincapié en el mal comportamiento de su hijo, pero no estaba dispuesta a que el niño se saliese con la suya. Hablaría con él más tarde. Jeff había tenido esos ataques de mala educación desde que habían dejado Dallas; también cuando se separó de su padre. Por supuesto, le había echado la culpa a su madre de su separación, pero ella no podía regañarlo frente a un desconocido.

–Mamá, me he comido todas las judías verdes. ¿Puedo levantarme? –dijo Kelly, y le dirigió una sonrisa a Wyatt–. Quiero jugar con mi muñeca. Se llama Suzy.

–Es un nombre muy bonito –dijo Wyatt.

–Pero recuerda que te tienes que acostar dentro de una hora y aún tienes que bañarte.

–¿Puedo darme un baño de burbujas?

–Esta noche no, cariño. Mamá tiene que lavar los platos.

–¿Por qué no subes tú con Kelly? Yo fregaré –sugirió Wyatt.

–No, no puedo pedirle que haga eso.

–No lo has pedido. Me he ofrecido yo –dijo él mientras se levantaba para llevar su plato al fregadero–. Sólo tienes que decirme donde están las cosas.

–Maura, ve a jugar. Subiré en un momento –dijo Maura mientras se levantaba de la mesa.

La niña salió de la habitación.

–Ha trabajado todo el día, señor Gentry. No puedo pedirle que friegue los platos.

–Tú también has trabajado todo el día, te has ocupado de dos niños y has hecho la cena. Y pensé que ibas a llamarme Wyatt.

Wyatt abrió el grifo y buscó en el lugar más evidente donde podría estar el jabón, bajo la pila. Ahí fue donde encontró el pequeño bote de líquido verde. Puede que la casa y los muebles necesitaran reparación, pero todo estaba limpio hasta el más mínimo detalle. Echó una buena cantidad de jabón en el agua, formando burbujas.

–Creo que Kelly podría haberme ayudado y jugar con las burbujas.

–La palabra adecuada es jugar, no ayudar, porque habría liado una buena.

Maura trató de colocarse frente a la pila, pero Wyatt

no se movió ni un ápice. Ella se sentía incómoda estando tan cerca de él así que retrocedió.

–¿Te refieres a esto? –dijo él mientras le lanzaba espuma.

–¡Señor Gen… Wyatt!

Él levantó una ceja, lo cual lo hizo parecer más guapo y peligroso. A Maura no le gustaban los sentimientos que despertaba en ella.

–Si no quieres más de lo mismo, te sugiero que vayas arriba con tu hija. No te preocupes, Maura. Puedo arreglármelas con unos cuantos platos. Pero tú tienes más cosas de las que ocuparte –dijo él, y la miró durante un momento–. No trato de entrometerme pero, en caso de que aparezca algún día, ¿hay algún señor Wells?

–Lo hay; quiero decir, lo había, pero ya no está en nuestras vidas. Estoy divorciada y tengo plena custodia de los niños.

–Ese hombre debe de haber sido un tonto por dejaros escapar.

–No fue cosa suya –dijo ella–. Fue decisión mía, y fue una buena decisión –dijo ella, y sintió cómo su rabia aumentaba, así que respiró hondo–. Si no te importa, subiré para ayudar a Kelly –finalizó, se dio la vuelta y salió de la habitación casi corriendo. No tenía mucha experiencia con los hombres, y menos con hombres como Wyatt Gentry.

Sería mejor que se mantuviese alejada.

Tras dos cuentos y un masaje en la espalda, Kelly finalmente se quedó dormida. Luego Maura fue a la habitación de su hijo. Jeff estaba leyendo y ni la miró. Tuvo que convencerlo para que le diera un beso de buenas noches.

Mientras Maura bajaba las escaleras tuvo que limpiarse una lágrima de la mejilla. Aunque Jeff la odiara en ese momento, ella sabía que había hecho lo correcto abandonando a Darren. Los abusos de su ex marido se habían salido de control hacía mucho tiempo. Aunque ella había protegido a sus hijos la mayor parte del tiempo, no podía permitir que Jeff se convirtiera en el mismo tipo de persona. Todo lo que él siempre había visto de su padre eran comportamientos crueles y abusivos, sobre todo con las mujeres.

Lo peor era que Maura sabía que, si se hubiera quedado, Darren habría acabado por matarla. Y sus hijos se habrían quedado solos. Así que tuvo que hacer algo, aunque fuera haber denunciado a su marido a la policía.

Ella sabía que salir huyendo con los niños en mitad de la noche no había sido la mejor opción, pero era la única para poder dejar a Darren. Después de que la policía lo detuviera, ella guardó todo lo que pudo en la caravana y salió de Dallas. El poco dinero que había conseguido ahorrar sólo le duró un tiempo. ¿Y qué se suponía que debía hacer para encontrar un trabajo y un hogar? Había encontrado toda la ayuda necesaria en el refugio para mujeres de San Angelo.

Maura apagó la luz del salón y se fue a la cocina. Se sobresaltó al ver a Wyatt sentado a la mesa leyendo el periódico.

—No me había dado cuenta de que aún estabas aquí.

—Espero que no te importe —dijo él con una sonrisa—. Me estoy tomando otra taza de café —se levantó y le ofreció una silla—. ¿Quieres unirte a mí?

Era muy educado, claro que Darren también lo había sido… al principio.

—He de irme a la cama.

—Lo sé, pero sólo te pido unos minutos.

Maura fue hasta la mesa y se sentó.

—¿Hay algún problema?

–Eso es lo que quiero saber, Maura. ¿He hecho algo que te haya molestado? Quiero decir que, si te molesta que cene aquí, puedo cenar en la casita.

–No, claro que no. Has sido muy generoso dejando que nos quedáramos. Podrías haber insistido en que nos fuéramos.

Él negó con la cabeza y sus ojos azules casi la atravesaron.

–No podría hacer eso. No quiero entrometerme, pero es evidente que lo has pasado mal. Yo no quiero que lo pases peor por mi culpa. Así que tómate tu tiempo. Prometo que no me meteré en tus asuntos –se levantó de la silla y se dirigió hacia la puerta trasera.

Maura quería llamarlo y contarle toda la verdad, pero no podía, aún no. Aún le quedaba un largo camino antes de volver a confiar en un hombre.

Quizá nunca.

A LA MAÑANA siguiente Wyatt se dio la vuelta sobre el colchón lleno de bultos y cuando el sol entró por la ventana le recordó dónde estaba. En su nueva casa. Incapaz de volver a dormirse, decidió levantarse. Miró el reloj que había en la mesa y vio que eran casi las seis y media.

Dejó escapar un largo suspiro al pensar en lo que tenía que hacer ese día, y al siguiente, y al otro. Ya estaba cansado, pero no tenía que ver con la lista de tareas pendientes, sino con el hecho de que no había dormido nada. A pesar de que se había repetido miles de veces que no debía pensar en Maura Wells, no había podido quitársela de la cabeza en toda la noche. Estaba rompiendo su propia regla: no acercarse a una mujer con niños otra vez.

Recordó entonces a Amanda Burke y a su hijo, Scott. En aquella ocasión Wyatt había intentado ganarse al hijo también, pero por la educación recibida de manos de Earl Keys, él no sabía mucho sobre cómo ser una buena figura paterna. Al final los perdió a los dos cuando Amanda volvió con su ex marido.

Quizá eso era lo que lo intrigaba de Maura. Ella no parecía querer tener nada con él. Desde el momento en que se habían conocido ella había actuado como si él tuviera la peste. Aunque eso no había evitado la atracción. Quizá era la tristeza en aquellos ojos marrones, o el miedo que parecía sentir cada vez que se acercaba demasiado a ella. En la mesa de la cena, la noche anterior, había sentido esa tensión con Maura. Y ella se había apresurado a echarlo.

Wyatt nunca había tenido dificultad en atraer la atención de las chicas, especialmente desde que él y Dylan cumplieron los catorce. Enseguida aprendieron cómo atraer a las mujeres. Pero ahora había pasado los treinta y quería concentrarse en su rancho y en su negocio. No tenía tiempo ni ganas de involucrarse en los problemas de otra persona. Así que se enfrentaría a la más mínima inconveniencia durante el mes próximo y luego Maura y los niños se irían.

Wyatt se puso los vaqueros y caminó hacia la pequeña y mugrienta cocina. Había mucho trabajo que hacer allí. El día anterior había tenido que espantar a una familia de ardillas y había quitado varias telas de araña. Esa misma mañana llamaría a un exterminador y haría que fumigaran la casita. Tampoco le vendría mal a la casa grande. Sólo tenía que hacer que Maura y los niños estuvieran fuera de la casa durante el día.

De pronto oyó un leve golpe en la puerta. Fue a abrir y encontró a Kelly. Llevaba unos pantalones cortos azules, una camiseta blanca y el pelo recogido con una coleta. En la mano llevaba una taza de café.

–Buenos días, Wyatt. Mamá dice que probablemente necesitarás esto –dijo ella, y le entregó la taza–. El desayuno estará en diez minutos. Y será mejor que no llegues tarde –añadió, se dio la vuelta y salió corriendo hacia la casa.

Wyatt no pudo evitar sonreír al imaginar a la madre y a la hija. Así que quizá su encanto innato había regresado. Frunció el ceño. Aquello no debería emocionarlo tanto.

Maura trató de no darle mucha importancia a la invitación, recordándose a sí misma que sólo estaba siguiendo con el trato que tenían. Al fin y al cabo, darle de comer a un hombre era un trato más que justo por un mes libre de alquiler.

Llamaron a la puerta trasera, ella miró y vio a Wyatt en el porche. Justo a tiempo. Incluso recién levantado era un hombre bastante atractivo. Alto, con hombros anchos y una cintura estrecha. Al haberlo visto sin camisa el día anterior, sabía que no tenía ni una pizca de grasa en su cuerpo. Era todo músculo. Maura elevó la mirada hasta su cara y vio que estaba sonriendo. Otro rubor cruzó su cara.

—Wyatt, pasa —dijo ella.

—Gracias, señorita —dijo él mientras abría la puerta de malla metálica y entraba.

—Siéntate —dijo Maura mientras se dirigía a por las tortitas que había en la cocina. Al menos eso era algo que podía cocinar sin problemas—. Kelly, ve a buscar a tu hermano.

La niña desapareció, dejándolos a los dos solos. Maura dejó escapar un largo suspiro, tomó el plato con las tortitas y lo llevó a la mesa.

—Sírvete —dijo ella.

—Y que lo digas —dijo él, y se sirvió cuatro.

Ella se sentó en una silla frente a él y dijo:

—Quiero disculparme por lo de anoche.

—No hay nada por lo que disculparse —dijo él mientras se servía el sirope—. Me metí donde no me llamaban.

—Tienes todo el derecho a preguntar. Al fin y al cabo dejas que nos quedemos.

—Mira, todo el mundo tiene derecho a tener secretos.

Maura no quería hablar del pasado. Quería tirar para adelante. Pero también tenía que hacer que Wyatt lo entendiese.

—Mi marido, Darren... nosotros no... el divorcio

fue duro para todos, sobre todo para Jeff. Le está costando adaptarse a vivir en San Angelo.

Wyatt sabía que Maura estaba revelando muchas cosas. Sólo la mirada que puso cuando habló de su marido fue suficiente para deducir que estaba aterrorizada de aquel hombre. Eso sólo podía significar una cosa: aquel hombre había abusado de ella. Él mismo se sintió tenso. Para él no había nada más ruin que un hombre que le ponía la mano encima a una mujer.

—Maura, sólo tengo una pregunta, y luego dejaré el tema. ¿Existe alguna posibilidad de que ex marido venga aquí a molestarte?

—¡No! No sabe dónde estamos —admitió ella con terror en su voz. Wyatt no deseaba otra cosa que abrazarla y asegurarle que él estaría allí para cuidar de ella.

—Mientras los niños y tú estéis bajo este techo —dijo él–, no dejaré que nada os ocurra.

Maura iba a hablar, pero en ese momento apareció su hija llorando. Poco después apareció Jeff con cara complaciente.

—Mamá, mamá, Jeff dice que mis pecas son manchas feas.

La niña corrió hacia su madre. Lloraba como si se le hubiera roto el corazón.

Wyatt miró al niño, que parecía satisfecho de haber causado aquella situación.

—No eres fea, Kelly, eres la niña más guapa que conozco.

—¿De verdad? —dijo la niña mientras se restregaba los ojos.

—¿Sabes lo que significan tus pecas? —preguntó Wyatt. La niña negó con la cabeza–. Significa que has sido besada por el sol.

Entonces la niña sonrió y miró a su hermano.

—Mira, me han besado.

Jeff se dispuso a hablar, pero lo pensó mejor al ver

la mirada desafiante de Wyatt, así que se dirigió a su madre.

–Mamá, yo también quiero tortitas.

–Por favor –añadió Wyatt.

El niño se quedó callado durante unos segundos y luego contestó.

–Por favor.

Maura le sirvió dos tortitas, luego llevó a Kelly a su silla, le sirvió una tortita y comenzó a trocearla.

–No, quiero que lo haga Wyatt –dijo la niña con una sonrisa–. Por favor.

Ésa era una nueva experiencia para él. Nunca le había troceado la comida a un niño. Maura asintió y se sentó. Él tomó un tenedor y comenzó a trocear la tortita en trozos muy pequeños.

–Aquí tienes, princesa. ¿Quieres sirope?

Ella lo miró sonriente y luego miró a su hermano.

–Wyatt me ha llamado princesa.

Jeff murmuró algo entre dientes y siguió comiendo su desayuno.

Maura terminó sus tortitas y llevó el plato al fregadero. Luego le metió prisa a la niña para ir arriba a cepillarse los dientes, le dio a Jeff su almuerzo y lo mandó a buscar su mochila.

Cuando Maura regresó a la cocina, vio a Wyatt en el fregadero lavando los platos. No se rendía.

–Te he dicho que no tienes que hacer eso.

–Son normas de la casa. Tú haces el desayuno, yo lavo los platos.

Maura se dispuso a contradecirlo, pero él la miró con esos ojos azules y ella sintió ese hormigueo por dentro. No fue hasta que el autobús de la escuela tocó el claxon que se dio cuenta de que se había quedado mirándolo.

Wyatt vio cómo Maura salía corriendo de la habitación. Estaba claro que aquella hermosa rubia estaba siempre en movimiento. No pudo evitar apreciar el movimiento de sus caderas.

«Olvídate de ella, tío. Está más allá de tus límites», pensó él.

Entonces la pequeña Kelly apareció en la cocina y dejó su mochila sobre la mesa.

—Me voy a la escuela también. Pero aún no me tengo que ir —dijo ella mientras arrastraba una silla hasta la pila—. Así que, ¿puedo ayudarte?

«Definitivamente, más allá de tus límites».

—Sería genial, pero no quiero que te mojes.

—Puedo ponerme el delantal de mamá —dijo mientras sacaba el colorido delantal de uno de los cajones para intentar ponérselo—. Aún no sé hacer nudos.

Wyatt se secó las manos y le ató el delantal, que le quedaba inmensamente grande. Le entregó una toalla y ella fue secando cada plato y colocándolo cuidadosamente sobre la encimera.

—Yo ayudo mucho a mamá —dijo ella—. Me deja limpiar el polvo.

—Está muy bien que ayudes a tu madre. Y eso que sólo tienes tres años.

—Cumpliré cuatro en Acción de Gracias. Mamá dice que ya no soy un bebé. Que estoy creciendo. ¿Tú tienes hijas?

Wyatt negó con la cabeza, preguntándose cuándo cesarían las preguntas.

—No, nada de hijos.

—¿Solo tú? —preguntó ella, y él volvió a asentir—. ¿Y no tienes miedo?

—Tengo una madre, y un hermano.

—¿Y él es malo contigo?

—Antes nos peleábamos, pero ya no.

—Jeff es un mal hermano. Me llama tonta todo el rato —dijo ella medio llorando—. Pero no soy tonta.

—No me llores, princesa —dijo él, agarró la toalla y le

secó las lágrimas. Jamás se había sentido tan extraño, dándole palmaditas en la espalda para consolarla.

Maura estaba en la puerta y observó la conmovedora escena entre Wyatt Gentry y su hija. Kelly nunca había conocido la caballerosidad de un hombre. Su propio padre nunca la había querido. Así que Maura había hecho todo lo posible por mantenerla alejada de él. Estaba sorprendida de ver que su hija buscara la atención de un hombre.

En ese momento Wyatt la miró y sus miradas se cruzaron. El deseo invadió su cuerpo y se preguntó cómo sería sentir los brazos de aquel hombre a su alrededor.

–Kelly, mira, tu madre está aquí.

–Mamá, estoy ayudando a Wyatt a fregar.

–Ya lo veo –dijo Maura mientras se acercaba a la pila para preguntarle a su hija–. ¿Estás bien?

–Jeff me ha insultado.

–Hablaré con él después del colegio.

Maura vio cómo Wyatt se ponía tenso. Sabía que el comportamiento de su hijo no era perfecto, pero había pasado muchas cosas durante los últimos meses. Ya se encargaría de eso… más tarde.

–Es hora de irse.

–De acuerdo –dijo Kelly mientras se bajaba de la silla. Luego miró a Wyatt–. Me ha gustado ayudarte.

–Gracias, princesa. Te veo después del cole.

Maura esperó las críticas de Wyatt sobre la falta de disciplina de su hijo, pero en vez de eso dijo:

–Si te parece bien, voy a llamar a un exterminador para que fumigue.

–¿Cuánto tiempo tendremos que estar fuera? –preguntó ella.

–Espero poder contratar a alguien para hoy mismo. A mucho tardar mañana. En cualquier caso puedes volver el mismo día por la noche.

Qué considerado. En sus ojos había amabilidad junto con otra cosa que ella no quería examinar. Parecía fuerte y peligrosamente masculino. Maura sintió un escalofrío y se dio cuenta de que se había quedado casi sin aliento.

—Muy bien —consiguió decir.

—¿Así que no te importa si uso mi llave?

—Claro que no. Es tu casa —dijo ella.

—No, es tu casa por ahora. Yo no vendré aquí a menos que tú me lo digas. Me doy cuenta de que casi no me conoces y eso es culpa mía. Aunque tampoco hay mucho que decir. Yo, Wyatt Alan Gentry, nací hace treinta y un años, cinco minutos antes que mi hermano gemelo, Dylan. Él dice que es el guapo. He vivido en un rancho a las afueras de Tucson, Arizona, durante toda mi vida. Mi madre es Rally y mi padrastro es Earl Keys. Se dedicaba al negocio de los rodeos de ganado, así que gran parte de nuestras vidas las pasamos viajando por Arizona y California, la mayor parte del tiempo en una caravana.

—Debía de estar abarrotada —dijo ella. Maura había vivido de pequeña en una mansión y siempre se había sentido muy sola.

—Ésa es una de las razones por las que he comprado este rancho. Me he cansado de viajar. Así que planeo quedarme aquí. Mi propósito es establecer aquí mi negocio y dedicarme a los rodeos, esperando que mi hermano se una a mí más tarde —suspiró—. Eso es todo. Si quieres alguna referencia puedes llamar a cualquier rodeo desde Arizona hasta el sur de California. Seguro que todos te hablarán de los Gentry.

Maura se tomó su tiempo para examinar su cara. Él la miró también y vio lo guapa que estaba con su blusa blanca y su falda floreada.

—No tienes que darme ninguna referencia —insistió ella.

–No quiero que te sientas incómoda conmigo por aquí. Como ya he dicho, puedo comer en la casita del vigilante.

–No estoy incómoda –dijo ella, aunque ambos sabían que mentía–. Así que comerás en la mesa con nosotros. Ése es el trato.

–¿Y qué pasa contigo? ¿De dónde eres? Tu acento no parece tejano.

–Soy del este, del estado de Nueva Cork. Llevo aquí casi ocho años, pero nos hemos movido mucho –dijo ella, y miró por la habitación: cualquier cosa con tal de no mirarlo a él–. Será mejor que me vaya a trabajar –sacó las llaves del coche de su bolso y se dirigió a la puerta–. Hablando de nuestro acuerdo. Dime cuándo quieres que hablemos sobre el color. Puedo ayudarte a pintar la casa por dentro.

–Aún me queda mucho por hacer fuera –dijo él–. Necesito tenerlo todo reparado antes de que llegue el invierno. Pero me gustaría oír algunas de tus sugerencias para la casa.

–Estaré en casa como a las cinco y media. ¿Alguna sugerencia para la cena?

–Sorpréndeme –dijo él con una sonrisa.

–Eso seguro –dijo ella devolviéndole la sonrisa por primera vez–. Te veo esta noche.

Wyatt se dio cuenta de que deseaba que volviera esa noche para poder verla de nuevo.

Eso no era nada bueno.

Como había dicho Maura, los niños y ella llegaron a casa sobre las cinco y media, mientras él arreglaba las bisagras de la puerta de malla metálica.

Jeff fue el primero en salir del coche. Fue corriendo hacia el porche sin decir hola. Al contrario que Kelly, que se bajó del coche con una sonrisa.

–Hola, Wyatt –dijo ella, y sacó de su mochila un papel con los bordes un poco arrugados–. Mira lo que he hecho hoy. Es un dibujo. Eres tú.

–¿De verdad? ¿Me has dibujado?

Ella asintió orgullosa.

–Nunca nadie me había hecho un dibujo. Gracias.

–De nada.

–¿Dónde podríamos ponerlo? ¿Tal vez en el frigorífico? Así podré verlo cada día cuando coma.

–De acuerdo. Puedo colgarlo yo misma.

Maura salió del coche llevando la bolsa de la compra. Wyatt sabía que con él allí, ella tendría que comprar más cosas de lo habitual. Ella llegó hasta el porche y observó los progresos que había hecho. Ya había reemplazado casi un tercio del porche y ahora se estaba ocupando de las barandillas.

–Has hecho muchas cosas –dijo ella–. Va a quedar precioso.

Wyatt se sintió emocionado por sus palabras, pues deseaba en el fondo su aprobación.

–Gracias. Ha sido un gran trabajo, pero esta casa lo vale.

–Es una casa fantástica, pero algo descuidada. Excepto por el tejado, que es nuevo. Cade dijo que ésa era la única cosa por la que no tendría que preocuparme cuando lloviera. La casa la construyó su abuelo.

–Así que Cade Randell creció aquí. ¿Por qué ya no vive aquí?

–Me dijo que después de la muerte de su hermano, aquí no tenía buenos recuerdos. De todas formas su padre fue a prisión y el Estado confiscó la propiedad y fue vendida en una subasta. Él y sus hermanos tuvieron que irse a una casa de acogida.

Wyatt sabía muy poco sobre los Randell, sólo lo poco que había leído en la carta de Trager. Trató de parecer despreocupado, pero las noticias de que su supuesto padre estaba en prisión lo pillaron por sorpresa. Había oído que el viejo Jack no había sido un hombre de honor, pero nunca pensó que pudiera ser un fuera de la ley.

—¿Así que Cade y su padre no tienen relación? —preguntó.

—Abby dice que ese hombre no ha vuelto aquí desde hace años. Lo cual es mejor, si preguntas a cualquiera de los Randell. Claro que los hermanos acabaron mejor. Así es como conocieron a Hank Barrett. Ese hombre los adoptó y los crió en el Rancho Circle B. El Rancho del Valle de Mustang es parte de la propiedad de Hank. También es limítrofe con el rancho de Abby y Cade, y con el de Dana y Jared Trager. Y luego están Chance y Joy. Él lleva un rancho donde cría caballos, al otro lado del Circle B. Llevan el Lago de Mustang Valley y el campamento. Travis y Josie viven en la parte de la propiedad de Hank que está cerca del valle. Travis es el que lleva el rancho de huéspedes.

Wyatt no podía creérselo. Tenía cuatro hermanos, y a tres de ellos aún no los conocía.

—Es bastante confuso.

—Su familia es muy extensa —dijo ella con una sonrisa—. Debe de ser genial tener tantos hermanos… y sobrinas y sobrinos. Y aún hay más por venir. Joy está embarazada.

Wyatt se preguntó entonces si era lo suficientemente hombre como para enfrentarse a los Randell. ¿Lo aceptarían? ¿Encajaría allí? Se dio cuenta de que, por mucho que quisiera a su madre y a su hermano, aún tenía que encontrar a su padre, el eslabón perdido.

Dylan no tenía ese problema. Si dependiera de él, no se molestaría en encontrar a su familia y a un padre que nunca había querido a sus hijos bastardos. Su hermano no quería tener nada que ver con Jack Randell.

El grito de Maura llamó su atención. Se giró y la

tomó en brazos justo a tiempo tras tropezar con una madera. La depositó junto a la barandilla, pero no se apartó. No podía.

–¿Estás bien? –preguntó.

Ella asintió y miró hacia abajo para ver la bolsa de la compra aplastada contra su pecho.

–La comida parece haberse salvado.

–Bien.

–Bueno, creo que debería empezar con la cena.

–¿Qué hay hoy?

–Pollo –dijo ella–. Por favor, dime que te gusta el pollo.

–Frito, asado, como sea. Me encanta el pollo.

–Eres fácil de contentar.

–Hay algunas cosas por las que no merece la pena disgustarse. Reservo mi ira para cosas importantes.

–Oh, hablando de los Randell, Abby, Cade y el resto de la familia nos han invitado a una barbacoa mañana por la noche en el Circle B. Es una especie de bienvenida a San Angelo. Si no quieres ir no pasa nada.

–No, creo que ya es hora de que conozca al resto de… mis vecinos.

Sólo esperaba que ellos estuvieran preparados para conocerlo a él.

A la noche siguiente los llevó a la barbacoa en su caravana. Los niños iban sentados detrás y Maura iba en el asiento del copiloto, sintiéndose extraña por estar junto a aquel hombre. «Corrección», pensó al sentarse junto a aquel hombre atractivo con sus vaqueros ajustados, su camisa y su sombrero.

Era todo un cowboy.

Y no le quedaba ninguna duda de que los Randell intentarían emparejarla con él. Lo último que quería era que alguien pensara que era su cita. ¿Por qué eran siempre las parejas felizmente casadas las que se empeñaban en que encontrara a la persona idónea?

Bueno, Maura no quería encontrar un hombre. Ni siquiera estaba buscando. Además, era de tontos pensar que Wyatt podría mirarla dos veces. Se miró su propia ropa. Unos vaqueros gastados comprados en oferta y una blusa roja sin mangas. Tenía buen aspecto, pero desde luego no era nada excitante... y tenía dos hijos. La mayoría de los hombres huirían enseguida. Wyatt Gentry no había tenido esa opción. Ella vivía en su casa y pronto se marcharía. ¿Pero dónde?

A un lugar donde Darren no pudiera encontrarlos jamás.

Cuando Wyatt pasó con la caravana bajo el arco de entrada al rancho Circle B comenzó a sentirse algo nervioso. Estaba a punto de conocer a su familia. Y aunque sólo llevaba allí unos días, le reventaba no haberle dicho a Cade quién era en realidad. ¿Cómo lo recibirían si lo supieran, especialmente ahora que había comprado la antigua casa de su familia?

Echó una ojeada al impresionante rancho, incluidas las casas blancas y las interminables vallas donde estaban los caballos. Entonces vio la enorme casa de dos alturas.

–Bueno, aquí estamos –dijo Maura –. Aparca junto a las otras caravanas en el granero.

Kelly y Jeff salieron primero. Luego salió Maura, que llevaba una tarta que había preparado para la ocasión.

–Te gustarán los Randell. Son una gente encantadora. Y Hank es un tipo muy agradable.

–Aun así sigo siendo un extraño. Y encima he comprado la casa de su niñez.

–Si Chance, Cade o Travis hubieran querido el rancho, lo habrían comprado.

–Por fin habéis llegado –dijo una mujer alta y hermosa que se acercaba hacia ellos. Le dio un abrazo a Maura y luego miró a Wyatt–. Tú debes de ser Wyatt Gentry.

–Sí, señorita, soy yo –dijo él estrechándole la mano.

–Bienvenido a Texas y al rancho Circle B. Soy Abby Randell. He oído que ya conoces a mi marido, Cade.

–Por encima.

–Ésa es la mejor manera de conocer a esta familia, en pequeñas dosis. Oh, no. Aquí vienen todos.

Uno por uno, Abby los fue presentando. Chance y Joy, Travis y Josie. Luego llegó un hombre mayor, alto, con el pelo blanco y ojos amistosos color avellana.

–Y éste es Hank Barrett.

–Me alegra que hayas podido venir.

–Gracias, señor. Tiene unos terrenos impresionantes.

–Cuando quieras te los enseño.

–Lo tendré en cuenta.

–¿Qué te parece mañana? –sugirió Hank–. Pásate por aquí, tomaremos un par de caballos y daremos una vuelta. A no ser que estés demasiado ocupado. He oído que estás trabajando duro en tu casa.

–Creo que podré tomarme unas horas libres.

El grupo empezó a reírse, pero Wyatt se dio cuenta de que Hank lo estudiaba minuciosamente.

–¿Dices que eres de Arizona?

–Tucson –dijo él. Estaba diciendo la verdad, pero odiaba tener que ocultar el resto. Si Jared Trager estuviera allí...

Antes de que Maura pudiera protestar, fue arrastrada a la cocina para ayudar a las otras mujeres. El ama de llaves de Circle B, Eliane, estaba ocupada preparando la comida para la fiesta. Llevaba muchos años allí y había jugado un papel importante criando a los niños. Todos la veían como a una abuela.

—Es muy guapo ese cowboy que has traído contigo —le susurró Eliane al oído a Maura.

—¿Ah, sí? —dijo Maura tratando de parecer despreocupada—. No me había dado cuenta.

—Cariño, tendrías que estar muerta para no fijarte en ese hombre —dijo Eliane—. Diría que encaja perfectamente con esos otros hombres altos y guapos que hay fuera.

Joy se acercó a la encimera llevando un bol con ensalada de patata.

—Bueno, no sería la primera vez —dijo Joy—. Pasó lo mismo con Jared Trager. Vino aquí buscando al hijo de su difunto hermano y acabó casándose con Dana Shane, del Rancho Lazy S, y adoptando a su hijo, Evan. Claro que, cuando Jared dijo que era hijo de Jack Randell, no estuvo exento de resistencia por parte de Chance, Cade y Travis. Incluso insistieron en que se hiciera la prueba del ADN. Pero a pesar de aquel mal comienzo, ha encajado en la familia a la perfección.

—¿Cuándo se supone que vuelven Jared y Dana de Las Vegas? —le preguntó Elia a Joy.

—Dana me llamó ayer —dijo Joy—. Dijo que mañana como muy tarde. Eso espero. Lleva bien lo del embarazo, pero la echo de menos —añadió, y se tocó la tripa. Su bebé nacería en unos meses—. Se pondrá triste por haberse perdido todo lo que está pasando por aquí.

—No, no lo hará —dijo Abby señalando por la ventana—. Porque Dana y Jared acaban de llegar.

Las mujeres dejaron lo que estaban haciendo y fueron a la puerta a recibir a los miembros de la familia que habían estado fuera dos semanas. Joy abrazó a Dana y luego todos saludaron a Jared y al pequeño Evan, que tenía seis años.

–Creías que nos habíamos perdido en mitad del desierto –le dijo Jared a Elia mientras le daba un beso.

–Lo último que oí de Las Vegas es que era un desierto. Me alegro de teneros otra vez aquí.

Entonces llegaron los hombres y se dieron la mano. Fue Cade el que se adelantó para presentar a Wyatt.

–Jared, Dana y Evan queremos que conozcáis a Wyatt Gentry, nuestro nuevo vecino. Ha comprado el Rocking R. Wyatt, éste es nuestro hermano número cuatro, Jared.

Wyatt se adelantó y le dio la mano a Jared, sin perderse su cara de sorpresa.

–¡Qué rapidez! –dijo Jared–. ¿Cómo es que no llamaste o contestaste a mi carta? ¿Cuánto llevas aquí?

–Pensé que sería mejor aparecer sin más.

–¿Os conocéis? –preguntó Cade tras un momento de confusión.

–Bueno, más o menos –dijo Jared–. Yo escribí a Wyatt y a su hermano, Dylan. Parece que, hace muchos años, su madre, Rally Gentry, conoció a… Jack.

NO PUEDES estar diciendo lo que creo que estás diciendo –dijo Cade mirando a Jared y luego a Wyatt.

–Wyatt Gentry es nuestro hermanastro –dijo Jared finalmente.

Todos se quedaron callados como si esperasen más información. Wyatt sintió sus miradas expectantes sobre él. Sabía que debería hablar. Los Randell tenían todo el derecho a saber las circunstancias de su nacimiento. Pero fue Jared quien comenzó.

–Yo me enteré hace unos meses, cuando Graham Hastings vino a ver a Evan. Al principio pensé que estaba intentando devolvérmela por no haberle dejado ver a su nieto, pero entonces…

–¿Qué fue lo que te dijo? –preguntó Cade poniéndose las manos en la cintura, con sus dos hermanos flanqueándolo. Todos esperaban una respuesta.

–La verdad es que no dijo mucho. Sólo que yo no era el único hijo bastardo de Jack Randell. Luego me entregó el informe de un investigador privado que contenía la foto de Jack con una mujer llamada Rally Gentry. Quizá debería habéroslo dicho, pero pensé que primero sería mejor contactar con Wyatt y Dylan.

–¿Dylan? –interrumpió Chance–. ¿Quién narices es Dylan?

–Mi hermano gemelo –dijo Wyatt.

–Espero que no hayas venido aquí a tomar nada de

tu papaíto –dijo Cade con sarcasmo en la voz–. Porque no has tenido suerte.

–¡Cade! –exclamó Abby colocándose junto a su marido–. Deja que Wyatt hable.

–Ya no quiero oír más cosas sobre los pecados de Jack Randell –dijo Cade extendiendo los brazos, y salió de la casa.

–Creo que será mejor darles tiempo para asimilar la noticia –le dijo Jared a Wyatt.

Wyatt asintió. Nunca se había sentido de aquella manera. Además, antes tenía a Dylan a su lado, y se enfrentaban al rechazo juntos. Habían luchado sus batallas el uno junto al otro. Pero esa noche no.

–Me voy –dijo Wyatt.

–Lo siento –dijo Jared–. Hablaremos pronto.

–Claro –dijo Wyatt, y salió.

Maura vio cómo Wyatt se encaminaba hacia la caravana, con la cabeza bien alta. Definitivamente era un Randell. ¿Cómo era que ella no había notado el parecido? Alto, moreno e igual de guapo que sus hermanos. Con una diferencia: él estaba solo.

Agarró a Jeff y a Kelly y lo siguió.

Abby la detuvo.

–Maura, quizá sería mejor si los niños y tú os quedarais aquí.

–¿Por qué? –preguntó ella mientras veía a Wyatt subirse a la caravana–. Wyatt Gentry sigue siendo el mismo hombre que era esta mañana. No puede evitar que sus padres sean quienes son.

–Tienes razón –convino su amiga y luego la abrazó–. Ten cuidado. Eres muy vulnerable… y él también. Dile a Wyatt que a Cade y a sus hermanos se les pasará. Necesitan tiempo.

Maura se despidió y llevó a los niños a la caravana de Wyatt. Lo llamó justo cuando él arrancaba. Los miró a través de la ventanilla.

–No puedes marcharte sin nosotros.

–Me imaginé que querrías quedarte –dijo él confuso.

–No. Los niños tienen colegio mañana. ¿Podemos ir contigo?

–¿Estás segura?

–Segura –dijo ella mientras ayudaba a los niños a subir antes de subir ella.

–¿Mamá, qué pasa con la cena? –preguntó Jeff cruzando los brazos–. ¿No vamos a comer nada?

–Prepararé algo cuando lleguemos a cas... a la casa.

–¿Qué tal si os invito a hamburguesas o pizza? –sugirió Wyatt.

–No tienes por qué hacerlo –dijo Maura mientras les dirigía una mirada severa a sus hijos, que pedían pizza a gritos–. Tengo comida en la casa.

–Lo sé, pero Kelly y Jeff han tenido que dejar a sus amigos. Déjame hacerlo, Maura.

Ella se dio cuenta de que quería tocar a Wyatt y hacerle saber que a ella no le importaba quiénes fuesen sus padres.

–Supongo que aún es pronto y, al fin y al cabo, tenemos que comer. Y lo de la pizza suena bien.

Los niños gritaron de nuevo y luego se quedaron tranquilos hasta que aparcaron frente al Pizza Palace. Wyatt salió de la caravana y ayudó a Maura a bajar, sorprendiéndola cuando la tomó por la cintura y la levantó del suelo. Le guiñó un ojo, lo cual hizo que a ella se le acelerase el corazón.

Dentro del restaurante el ruido de las máquinas de videojuegos inundaba el ambiente junto con el aroma del orégano y el pepperoni. Tras una breve discusión decidieron los ingredientes de la pizza. Entonces, antes de que Maura se diera cuenta de lo que hacía, Wyatt sacó del bolsillo de su pantalón unos billetes y le dio a Kelly dos dólares.

–Esto es por haberme ayudado ayer.

–Gracias, Wyatt.

Wyatt se giró hacia Jeff y le dio otros dos dólares.

–Éstos son para ti, Jeff… si vigilas a tu hermana mientras juega y si puedo contar con tu ayuda mañana durante una hora más o menos.

–¿Qué tengo que hacer mañana? –preguntó el niño.

–Ayudarme a limpiar –dijo Wyatt–. Y quizá, si acabas eso, puedas clavar algunos clavos con el martillo. Y, si no interfiere con tus tareas, podría usar tu ayuda otra vez el sábado. Te pagaré bien si eres un buen ayudante.

Jeff miró a su madre buscando permiso. Ella asintió.

–De acuerdo –dijo el niño, tomó el dinero y se fue con su hermana hacia la máquina de cambio.

Maura y Wyatt se sentaron en una mesa, el uno frente al otro. Los altos respaldos de los asientos y la lámpara que había sobre la mesa y que emitía una luz tenue, hacían que el reducido espacio pareciera más íntimo. Inmediatamente sintió la fuerte presencia de Wyatt, su calor, la esencia de su aftershave. Puede que el hombre fuera grande, pero había en él una caballerosidad que no la amenazaba en absoluto.

Maura comenzó a pensar en su pasado, en cómo las cosas pueden cambiar con suma rapidez. Su ternura podría convertirse en palabras acusadoras, sus caricias en bofetadas y puñetazos. En seguida apartó de su mente los recuerdos de su vida con Darren.

–¿Estás bien? –preguntó Wyatt.

–Sí –dijo ella tras soltar un largo suspiro. Sabía que ya no era la mujer que había sido. Sabía que ya podía defenderse por sí sola y es lo que pensaba hacer.

A ella se le hacía difícil no desear cosas que no podía tener. Pero eso no frenaba su curiosidad por aquel hombre. Tenía muchas preguntas. Preguntas que no debería hacer, pero que no podía evitar.

–¿Por qué compraste el rancho Randell? –preguntó.

Wyatt no podía culpar a Maura por su curiosidad. En su lugar él habría hecho lo mismo.

–En un principio no había planeado comprarlo –dijo él con total sinceridad–. Sólo había planeado venir a San Angelo y hablar con Jared Trager. Parece que toda mi vida he estado buscando esa parte perdida de mí, preguntándome quién era mi padre. Mi madre siempre se negaba a decirnos a Dylan o a mí quién era. Entonces recibí la carta de Jared y a ella no le quedó más remedio que decírnoslo.

–¿Qué opinó ella de que vinieras aquí a buscar a tu padre?

Wyatt miró hacia las máquinas de videojuegos para asegurarse de que Jeff estaba ayudando a su hermana.

–No se volvió loca de alegría. Dylan tampoco. Y mi padrastro mucho menos. Era yo el que tenía que enfrentarme a ese hombre y preguntarle por qué huyó de las responsabilidades. Luego llegué aquí y me enteré de que se había ido hacía mucho tiempo, pero entonces sentí curiosidad por su vida, por su familia.

–¿Entonces decidiste comprar el rancho familiar?

–No planeé comprar ese rancho en particular. Cuando pasé por ahí y vi el cartel de «Se vende», fue cuando me interesé por el propietario. Al final acabé ofreciendo un precio muy bajo. Y lo aceptaron. Esa misma noche fui allí y fue cuando os encontré y apareció Cade. ¿Cómo iba a decirle «Hola, soy tu hermanastro bastardo»?

Maura vio el dolor en los ojos de Wyatt. Por mucho que intentara mantenerse alejada, sin involucrarse, fue demasiado tarde en el momento en que abandonó la barbacoa y se subió a la caravana con él.

Anunciaron el número de su pedido y Wyatt fue a recoger la pizza mientras ella iba a llamar a los niños. Kelly se sentó a su lado y ella colocó a Jeff junto a Wyatt. Si a su hijo le pareció mal, desde luego no lo dijo. Su único interés era la pizza.

Maura retiró el pepperoni del trozo de Kelly y se lo entregó. La niña sonrió.

–Gracias por traernos aquí, Wyatt. Es divertido.

–De nada, princesa –dijo Wyatt, y se giró hacia Jeff–. Gracias por cuidar de tu hermana.

Jeff dio las gracias también, tímidamente.

–¿En qué vas a trabajar mañana? –preguntó Maura.

–Voy a retirar el tejado del porche antes de que se caiga. ¿Crees que podrás sujetar la carretilla con las tablas del tejado, Jeff? Este fin de semana estaré listo para terminar de colocar el suelo del porche. Quizá puedas ayudarme.

–De acuerdo –dijo el niño, y en seguida volvió a concentrarse en la pizza.

–Estaré con él todo el tiempo –dijo Wyatt mirando a Maura–. No haré nada que lo ponga en peligro.

Una madre siempre tiene miedo con respecto a los daños que pueden sufrir los hijos, pero su hijo necesitaba un modelo masculino positivo.

–Si estás seguro de que no te molestará.

–Mamá, no soy un bebé –dijo Jeff, y miró a su hermana, pero no dijo nada.

–No, no me molestará. Estaremos bien –dijo Wyatt.

–Lo sé –dijo Maura. Pero no se preocupaba sólo por la integridad física de su hijo. Parecía que Kelly y Jeff se estaban acercando demasiado a Wyatt Gentry. Lo miró y sus ojos se encontraron. Entonces una sensación cálida recorrió su cuerpo, haciéndola sentir cosas que no había sentido en mucho tiempo.

No, no eran sólo los niños por lo que se tenía que preocupar.

A la mañana siguiente, Hank Barrett llegó con su furgoneta. Pasó por debajo del cartel roto donde antes ponía Rancho Rocking R. Conocía el lugar muy bien. Ahí era donde había ido para recoger a Cade, Chance y Travis. Siempre que los niños se escapaban de Circle B, acababan allí, en su vieja casa.

Hace años la mayoría de la gente le había dicho que estaba loco por acoger a los tres mocosos. Y eso que llevaban los genes de Randell, su padre, que tenía muy mala fama. Pero Hank sabía que los chicos lo necesitaban. Aunque no querían irse a vivir al Circle B, los tribunales habían insistido. A los catorce años Chance era demasiado joven para cuidar de sus hermanos. Los servicios sociales habían intentado separarlos en varias ocasiones, pero siempre habían conseguido reunirse de nuevo. Hank era el único que se había llevado a los tres.

–Un viudo sin ningún hijo propio –dijo Hank con una sonrisa–. Estaba completamente loco.

Y de pronto sus vidas se habían visto sacudidas una vez más por otra de las infidelidades de su padre. Un segundo hijo ilegítimo con un gemelo por llegar. Los rumores en la comunidad estaban destinados a comenzar de nuevo. No es que a Hank le preocupara. Sus chicos estaban hechos de un material fuerte. Podrían compartir sus vidas con otro hermano. Ya habían conseguido aceptar a Jared y lo habían incluido en su familia. Podrían hacerlo de nuevo.

Hank se detuvo frente a la vieja casa. Lo primero que vio fue a Wyatt Gentry reparando el tejado del porche. Hank se dirigió hacia él.

–Si has venido para insultarme, estás perdiendo el tiempo –dijo Wyatt sin mirar siquiera a Hank.

–¿Es que un vecino no puede hacer una visita?

–La verdad es que anoche no te comportaste como un vecino.

–Y tú no fuiste muy honesto –replicó Hank.

Ambos se miraron durante un instante y finalmente Wyatt habló.

–¿Te apetece un té helado?

–Jamás lo rechazaría –dijo Hank.

Wyatt bajó de la escalera.

–Vamos a la cocina.

Ambos entraron y Hank se quedó mirando el salón. La verdad era que no había cambiado mucho durante los años. Aún seguía necesitando mucho trabajo.

–Es una casa fantástica. Es una pena que haya estado tan descuidada durante los años.

–¿Conocías a Jack Randell?

–Conocía a su padre, John Randell. Tras su muerte, Jack se casó con una mujer de la zona, Alice Howard. Poco después de haberse casado, Jack comenzó con el negocio de los rodeos. Casi nunca estaba en casa y el rancho se resintió. Cuando su madre murió, Jack finalmente regresó. Era pésimo ocupándose del rancho, y mucho peor siendo el padre de tres hijos. Supongo que ya sabes que fue enviado a prisión.

Wyatt asintió y se dirigió hacia la cocina. Tomó dos vasos y los llenó de té helado. Luego los dos se sentaron.

–¿Por qué compraste este lugar?

–Porque estaba buscando un rancho y éste era muy barato –dijo Wyatt, y luego añadió el precio.

–¡Madre mía! Pues sí que era barato –dijo Hank–. Ben Roscoe casi lo ha regalado.

–Oí que llevaba en el mercado cuatro años.

–Los ranchos de ganado no están siendo muy rentables últimamente. Por eso pensamos que sería buena idea que Maura y los niños vinieran aquí. Alucinamos cuando nos enteramos de que habías comprado el lugar. Gracias por dejar que se queden hasta que encuentren otra cosa.

—No hay problema.

—Se nota que ella ha hecho un gran trabajo aquí. Necesita pintura, pero todo está limpio y ordenado.

Wyatt terminó su té, preguntándose adónde quería llegar Hank Barrett con tanta pregunta.

—Bueno, creo que mi descanso ha terminado y que tengo que volver a trabajar —se levantó, Hank lo siguió y dejó su vaso en el fregadero.

—Vamos, te ayudaré.

—No tienes por qué hacerlo.

—Si te ayudo terminaremos antes y podremos ir a dar una vuelta con los caballos.

—Suena bien.

—Bueno, pues manos a la obra —dijo Hank arremangándose. Cuando llegó al porche miró la madera podrida—. ¿Y qué planes tienes para este lugar, aparte de hacerlo habitable?

—Me dedicaré al negocio de los rodeos de ganado.

—Es interesante —dijo Hank—. Gentry. Dime, ¿tu hermano no será *Devil* Dylan Gentry, famoso por montar toros?

—Ése es Dylan —dijo Wyatt orgulloso.

—¿Oye, vosotros no querríais ocuparos del rodeo que voy a organizar a final de mes? Lo celebro todos los años. Todos los vecinos están invitados.

Al oír la palabra «vecinos», las esperanzas de Wyatt se acrecentaron. Quizá sí que pertenecía a aquel lugar después de todo.

Maura condujo el carro de golf por el camino hasta la suite matrimonial. Era la habitación más apartada de todas y la más popular. Estaba en medio de un bosque-

cillo de robles, y junto a la ventana pasaba un riachuelo. En el porche había una mesa preparada y en
unas pocas horas la cena sería enviada. Ella iba allí
para colocar las flores y asegurarse de que todo estaba
correcto.

Fue a la parte trasera del carro y tomó los dos ramos blancos y verdes. Uno era un centro para la mesa
y el otro era para un jarrón en el interior de la habitación.

Tenía una hora para dar los últimos retoques antes
de que los recién casados llegasen. Abrió la puerta y
entró. La chimenea de losa estaba llena de leña, preparada para un fuego romántico. El suelo de madera estaba parcialmente cubierto por una alfombra tan es-
pesa que Maura se sintió tentada de caminar descalza
sobre ella.

En vez de eso se dirigió a la pequeña alcoba, donde
una colcha de seda roja cubría la enorme cama con do-
sel. Había una docena de almohadas apiladas contra el
cabecero y montones de velas listas para ser encendi-
das.

Maura se acercó a la cama y tocó el suave material,
sabiendo que bajo la colcha había sábanas de satén color marfil. Se preguntó cuál sería la sensación de su
cuerpo desnudo contra aquel tejido.

Cerró los ojos y se imaginó a sí misma en la cama.
Sorprendentemente también se imaginó a un hombre a
su lado: Wyatt. Estaba desnudo hasta la cintura. Sólo
llevaba los vaqueros. Ella no podía apartar la vista de
él. Su respiración se aceleraba a medida que él se acercaba a ella sin dejar de mirarla. Él se inclinaba para besarla. Estaba tan cerca que podía sentir su aliento contra sus labios.

—Maura —susurraba él.

—Oh, Wyatt —dijo ella.

—Maura… Maura.

De pronto ella abrió los ojos y se quedó sin habla al ver a Wyatt al otro lado de la habitación. Estaba totalmente vestido y mirándola confuso.

—Oh, Wyatt —dijo ella mientras se enderezaba—. ¿Qué haces aquí?

Wyatt se preguntaba exactamente lo mismo. Pero al ver a Maura en esa habitación, rodeada de flores y velas no pudo evitar fantasear. Maura, tumbada en la cama esperando a su amante, a él. El deseo recorrió su cuerpo como lava ardiendo.

—Estaba montando a caballo con Hank Barrett. Me estaba enseñando el valle y te vi entrar aquí. Pensé en pasarme a decir hola.

Se le atragantaban las palabras como a un adolescente y vio que Maura se ruborizaba.

—¿Estás bien?

—Estoy bien —dijo ella mirando para otro sitio—. Es que estoy ocupada tratando de organizarlo todo para los huéspedes del rancho.

Wyatt desvió su atención hacia la cama y su imaginación comenzó a trabajar de nuevo.

—Así que ésta es la suite nupcial.

—Sí. Es genial, ¿verdad?

De pronto comenzó a sonar una musiquilla y las luces disminuyeron. Era justo lo que él necesitaba.

—Oye, esto es bastante sugerente. Claro que los recién casados no creo que necesiten ayuda —dijo él y se preguntó por qué razón no se estaba callado.

—Es bueno ser romántico —dijo Maura mientras cruzaba la habitación para colocar las flores en el jarrón.

—Tus flores son preciosas. Has hecho un gran trabajo preparando el ramo.

—Gracias. Me gusta el blanco, sobre todo para la primera noche de las parejas. El blanco simboliza unidad, amor, respeto y pureza.

Él se dio cuenta de que sin quererlo se había acercado a ella, y estaba inhalando tanto el perfume de las flores como el de Maura.

–¿Y las rosas rojas? Para la pasión y el deseo. ¿No querría una novia que su marido sintiera también esas cosas?

Wyatt vio cómo a ella se le iluminaban los ojos por la excitación, pero de pronto desapareció. Entonces supo que Maura Wells no había experimentado ninguna de esas sensaciones.

En el fondo deseaba poder ser él el hombre que le enseñara todo lo que se había perdido.

TRAS SU paseo a caballo por el valle, Wyatt regresó a la casa para terminar el trabajo en el porche. El trabajo físico ayudaría a borrar la imagen de Maura en la suite que aparecía en su cabeza.

Comenzó a trabajar y a los pocos minutos había quitado todas las baldas.

–Qué rápido trabajas.

Wyatt se dio la vuelta y vio a Jared Trager acercarse por el camino. Desde luego era uno de los Randell: alto, moreno, de sonrisa fácil y con ese aspecto que parecía como si no les importara lo que pensaran de ellos.

–¿Necesitas ayuda? –preguntó Jared.

–Me las arreglo bien solo.

–Yo pensaba igual cuando llegué aquí. Podía hacerlo todo yo solo. No necesitaba la ayuda de nadie. Sobre todo de un Randell. Me llevó un tiempo ver que me equivocaba. Tienes que darles tiempo. No creo que estuvieras aquí si no quisieras lo mismo que yo quería: ser aceptado.

–Todo lo que yo quería era saber quién era mi padre –dijo Wyatt mientras intentaba quitar una de las barandillas–. Lo he hecho y no me ha gustado lo que he descubierto. Fin de la historia. Sobreviviré y seguiré adelante.

Jared lo ayudó con la barandilla.

–¿Por eso compraste este rancho? ¿Para seguir adelante? Hay docenas de ranchos como éste por todo el país. Incluida Arizona. Lo sé. El precio era bueno, pero creo que querías otra cosa cuando decidiste venir aquí. Creo que querías sentir que tenías una familia. Un lugar al que pertenecer. Yo buscaba lo mismo cuando me planté en Lazy S y encontré a Dana y a Evan.

–Nuestras historias son totalmente distintas. –insistió Wyatt; luego se dio la vuelta y se dirigió a lo que quedaba de porche.

–Quizá, pero no mucho. Un hombre llamado Jack Randell fue nuestro padre y le importó una mierda. A pesar de eso parece que todos hemos salido personas decentes. A pesar de todo hay una unión entre todos nosotros. Chance, Cade, Travis, Dylan tú y yo. Somos hermanos.

Wyatt sintió un nudo en la garganta al oír esas palabras, pero trató de no mostrar ninguna emoción. Aún tenía mucho trabajo.

–Va a llevar su tiempo –continuó Jared–. Yo incluso me hice la prueba del ADN para demostrar que era un Randell. Al menos tu madre verificó que Jack era tu padre.

–Eso no cambia nada –dijo Wyatt–. Los Randell no me quieren aquí.

–Dales una oportunidad –dijo Jared–. Es duro para Chance, Cade y Travis seguir oyendo las transgresiones de su padre. Yo debería haber estado aquí cuando llegaste, aunque fuese para haberlos preparado.

Wyatt no tenía ganas de seguir hablando. No estaba dispuesto a rogarle a los Randell que lo aceptaran.

–Da lo mismo. Estoy aquí y, para bien o para mal, voy a quedarme.

–Bien –dijo Jared con una sonrisa–. Si necesitas ayuda con el porche házmelo saber. Tengo que irme a casa para cenar. Tengo una esposa embarazada que no piensa en otra cosa que no sea la comida.

Jared comenzó a caminar hacia su furgoneta y en ese momento Wyatt lo llamó.

–El sábado. Estaré trabajando en el porche.

–Estaré aquí en cuanto termine mis tareas matutinas –dijo Jared–. ¿Como a las ocho?

–Gracias –gritó Wyatt.

–No hay de qué. Para eso está la familia –dijo Jared, se subió a la furgoneta y arrancó justo cuando aparecía la camioneta de Maura por la carretera. Aparcó y los niños salieron enseguida. Ambos fueron corriendo hacia Wyatt. Kelly tropezó y casi se cayó. Jeff llegó primero, pero su hermana llegó poco después. Wyatt cambió de ánimo al instante, sobre todo porque Jeff parecía haberlo aceptado por fin.

–Hola, Wyatt –dijo la niña con una amplia sonrisa.

–Hola, princesa. ¿Qué tal tu día?

–Fuimos a la biblioteca. Y tomé prestados unos libros, pero no puedo quedármelos. Tengo que devolverlos, así que tengo que tener cuidado. ¿Quieres verlos? –preguntó Kelly mientras los sacaba de la mochila.

–Claro –dijo él inclinándose para examinar los libros. Uno iba sobre un gatito perdido y el otro sobre un conejo. Wyatt miró a Jeff, que se moría por hablar, pero no quería parecer ansioso.

–¿Qué tal tu día, Jeff?

–Hicimos un simulacro de incendio y aprendí cómo no quemarme en un incendio.

–No me digas. ¿Y cómo se hace?

De pronto el niño se tiró al suelo y comenzó a rodar. En ese momento apareció Maura.

–Jeffrey Wells, ¿qué le estás haciendo a tu ropa del colegio?

–Oh, mmm –dijo el niño.

–Lo siento, Maura –dijo Wyatt–. Es culpa mía. Les estaba preguntando lo que habían hecho hoy en el colegio. Jeffrey me estaba enseñando cómo no quemarse en un incendio.

A Maura se le aceleró el corazón de inmediato. Una

mirada de aquel hombre y se quedaba sin voz. Igual que cuando había aparecido en la suite. No podría volver a entrar allí sin imaginárselo.

–De acuerdo, vosotros dos id arriba y cambiaos de ropa –dijo Maura a sus hijos–. La cena estará lista pronto.

–Yo voto por hamburguesas –dijo Wyatt–. Resulta que he comprado una parrilla y he pensado que podríamos estrenarla haciendo hamburguesas.

–Oh, ¿podemos, mamá? –preguntó Kelly.

–Esta noche no, niños –dijo Maura–. No tengo carne picada.

–También me pasé por la tienda y compré carne.

Maura no sabía qué decir. Aquel hombre le estaba quitando su único trabajo: preparar la comida. Mandó a los niños a la casa.

–Mira, Wyatt. ¿Cómo se supone que voy a cumplir con mi parte del trato si no paras de pagar la comida?

–Si hablas de la pizza de la otra noche, fue mi culpa que los niños y tú os perdierais la cena. Y en cuanto a lo de esta noche, hace mucho calor últimamente y he pensado que cocinar fuera ayudaría a que la casa se mantuviese más fresca.

–No acepto caridad, Wyatt –dijo ella cruzándose de brazos.

–De acuerdo –dijo él rebuscando en sus bolsillos. Sacó la cuenta de la tienda y se la dio–. Compré más cosas que necesitaba, pero el precio de la carne está ahí. Puedes pagarme.

Ella asintió sabiendo que, a lo mejor, se estaba pasando un poco, pero no estaba dispuesta a depender de un hombre otra vez. Sería muy fácil confiar en alguien como Wyatt Gentry. Era grande y fuerte, pero a la vez tierno y caballeroso. Ella lo notaba cada vez que estaba con Kelly y Jeff. Incluso su propio pulso se aceleraba cuando estaba cerca. Pero ya no era una niña, y un hombre no iba a manejarla así, por muy guapo que fuera.

Sacó su cartera y le dio a Wyatt cuatro dólares.

—Por favor, Wyatt, trata de entender que tengo que pagar mis propios gastos.

—Lo comprendo. De hecho me recuerdas mucho a mi madre. A nosotros nos enseñó lo mismo. Trabaja honestamente para ganar el dinero honestamente.

—Parece que hoy has hecho algo más que trabajar.

—Quitar las baldas del suelo es la parte fácil. Limpiar y volverlo a construir va a ser lo difícil.

—Bueno, no dejes que Jeff te moleste. No sé de cuánta ayuda puede serte.

—Yo me ocuparé de él.

—Gracias por pasar tiempo con él —dijo ella—. No ha tenido mucha experiencia en eso de los modelos positivos que ha de seguir.

—Bueno, no hagas que suene como algo que no soy. Sólo quiero que el chico pierda algo de su arrogancia.

—Lo que sea, pero gracias. Creo que haré ensalada de patata y huevos. Lo tomaremos como un picnic.

—Como sigas alimentándome así voy a tener que preocuparme por mi figura.

Ella dirigió su mirada hacia su cintura y su estómago plano. Se preguntó cómo sería desabrocharle la camisa y deslizar los dedos sobre su piel sudorosa, sus músculos.

—No tienes nada por lo que preocuparte.

Pero ella sí que lo tenía si no dejaba de tener esos pensamientos.

Jared llegó el sábado por la mañana. Sin mucha charla los dos se pusieron a trabajar y construyeron el marco del nuevo porche. Sobre las nueve apareció Maura para ofrecerles té helado a ellos y limonada para Jeff, que había estado recogiendo los restos de madera. Todos se sentaron para descansar.

–Parece que estamos haciendo progresos –dijo Jared–. Te ayudaré a terminar esto, pero tendré que irme pronto a casa. Evan tiene un partido de fútbol y yo ayudo a entrenar al equipo –miró a Jeff, que se iba a jugar al jardín–. Intenté convencer al chico para que jugara, pero no quiso. Es duro ser el chico nuevo de la escuela. Creo que aún no ha hecho muchos amigos.

–Sé lo que se siente –dijo Wyatt–. Con todo lo que viajamos de niños, nuestra madre tuvo que encargarse de gran parte de nuestra educación. No hicimos muchos amigos. Maura dice que Jeff echa de menos Dallas.

–Quizá Jeff esté preparado para jugar al béisbol en primavera –dijo Jared–. Si siguen aquí, claro.

–No sabía que estuvieran pensando dejar la zona –dijo Wyatt sorprendido.

–Ella sólo planeó quedarse temporalmente. Para huir de su ex marido –dijo Jared, y frunció el ceño–. No debería haber dicho nada.

–Está bien. Sé que tiene un ex por ahí –dio Wyatt.

–Tiene un buen trabajo en The Yellow Rose, pero le cuesta mucho mantener a los niños. Te has portado bien dejando que se quedaran.

Wyatt trató de no pensar en la idea de ayudarla, de no involucrarse más. Ella y los niños no eran su problema. Pero no pudo evitar preguntar.

–Deduzco que su ex no era un tipo agradable.

–No lo conozco, pero por lo que he oído, ese tipo es un cerdo. Le gustaba mucho usar sus puños. Por suerte Maura se escapó. Creo que aún tiene miedo de que los encuentre. Te repito que te has portado muy bien con ellos.

–No es gran cosa. No había planeado mudarme a la

casa enseguida. Aún tengo mucho trabajo que hacer.
Hablando de ello, por cierto, tenemos que seguir –dijo,
se supo de pie y agarró el martillo.

Una hora después el marco del porche estaba terminado y Jared se fue a casa. Al día siguiente Wyatt pla-
neaba poner las tablas en el tejado. La nueva barandilla había sido encargada y la llevarían el lunes. Tenía
que tenerlo todo preparado. Eso significaba que el
suelo del porche tenía que quedar listo el fin de semana. Se giró y vio a Jeff jugando en el jardín.

–Eh, Jeff, ¿puedes ayudarme a clavar algunos clavos?

–Nunca he usado un martillo –dijo el niño.

–Pues ven aquí y te enseñaré.

El niño había trabajado sin parar toda la mañana.
Pero para sorpresa de Wyatt, no se quejó ni una vez.
Estuvo tentado de mandarlo dentro, pero luego pensó
que podría decepcionarlo si el chico quería hacer
más.

Media hora después, Maura los llamó para comer.
Después de lavarse, Wyatt se sentó a la mesa frente a
dos sándwiches de ensalada de huevo y un poco de ensalada de patata que había sobrado. Los niños comieron sándwiches de mantequilla de cacahuete.

–No tenías por qué hacerme sándwiches especiales
–le dijo a Maura–. Me gusta la mantequilla de cacahuete.

–¿No te gusta la ensalada de huevo? –preguntó
Maura mientras se acercaba a la mesa.

–Sí, claro. Lo que digo es que no te compliques mucho por mí. Seguro que tienes muchas cosas que hacer.

–No pasa nada –dijo ella–. Eso me recuerda que he
lavado tu ropa. He llevado la cesta a la casita.

–No había necesidad –dijo él al recordar las condiciones en las que estaba la casa del vigilante–. Podía
haberla llevado yo.

–Tú estabas ocupado –dijo ella–. Además es parte de nuestro trato.

Wyatt comenzaba a odiar el trato. Se dio cuenta de que esperaba cada día a que ella regresara a casa, a oír cómo les había ido a los niños en el colegio. Parecía todo muy normal, todos allí. Pero ella se marcharía algún día… pronto. Tenía que aceptarlo.

A la semana siguiente, Wyatt casi había finalizado con las reparaciones de la casa. Había reconstruido los porches, tanto el delantero como el trasero. Casi toda la pintura levantada había sido retirada. Ahora estaba cambiando los cristales rotos y poniendo masilla en aquéllos que estaban intactos.

Esa mañana de finales de septiembre fue también calurosa. Wyatt decidió pasarla subido a una escalera de veinte pies de altura, trabajando en las ventanas del segundo piso. Después comenzaría a pintar. Iba a pintar la casa de blanco y las contraventanas de verde.

Sonrió sorprendido mientras extendía la masilla. Habían pasado tres semanas desde que había tomado posesión del rancho. Bueno, no exactamente posesión, puesto que lo compartía con Maura y los niños, pero iba a echarlos de menos cuando se fueran. Ella había limpiado y organizado la casita del vigilante, por mucho que él había insistido en que no lo hiciera, pero a ella le daba igual y decía que era su manera de agradecérselo.

Tras poner masilla en la última ventana, agarró su cuchillo, pero perdió el equilibrio y la escalera comenzó a tambalearse. Trató de agarrarse a una de las dos ventanas pero no lo consiguió y cayó al suelo. Sintió dolor por todo el cuerpo, sobre todo en la espalda y las piernas, y sintió también que se quedaba sin aire.

Sus últimos pensamientos fueron sobre Maura y los niños. Odiaba que ella fuera a encontrarlo en ese estado. Entonces todo se quedó negro.

Maura regresó a la casa para recoger la hoja de permiso de Jeff para su excursión al campo, para luego mandarla por fax a la escuela. Encontró el papel encima de la mesa, donde su hijo lo había dejado. Se dispuso a marcharse, pero pensó en saludar a Wyatt para hacerle saber que estaba allí.

La verdad era que le extrañaba no haberlo visto. Comenzó a buscarlo., fue a la cocina, lo llamó. No hubo respuesta. Entonces fue a la parte de atrás y se quedó de piedra al verlo tirado en el suelo.

–¡Wyatt! –corrió hacia él y se arrodilló a su lado–. Por Dios, que esté bien –susurró mientras las lágrimas recorrían sus mejillas. Le buscó el pulso y entonces él gimió–. Wyatt, estoy aquí, no te muevas.

–No creo que pueda –dijo él–. Me duele...

–Yo cuidaré de ti –dijo ella mientras le acariciaba la cara–. Wyatt, tengo que ir a llamar a alguien, pero volveré enseguida.

Maura corrió hacia la casa. Lo primero que hizo fue llamar a una ambulancia y luego a Cade. Él le dijo que la vería en el hospital. Tras colgar tomó una manta y una taza con hielo y corrió fuera otra vez.

–Ya he vuelto, Wyatt –dijo ella poniéndose a su lado. Entonces vio la escalera en el suelo y supo que había estado trabajando en el segundo piso. Podía haberse matado, podía tener una lesión de espalda–. Aquí tienes hielo –dijo ella y le pasó un cubito por los labios para luego introducírselo en la boca–. ¿Dónde te duele?

–En todas partes –dijo él con esfuerzo–. Eso es bueno. Al menos siento todas las partes de mi cuerpo.

–No deberías haberte subido ahí arriba sin nadie que sujetara la escalera.

–Pareces mi madre.

–Bueno, soy madre. Y cuando haces estupideces… Mierda, Wyatt, puede que te hayas hecho verdadero daño.

Él la miró y elevó una mano para tocarle a Maura la cara.

–No llores, Maura, estoy bien. He tenido caídas peores en mis días de rodeo.

–¿Quieres que llame a alguien? ¿A tu familia?

–No. Tú eres todo lo que necesito.

–Oh, Wyatt, no sé lo que puedo hacer por ti –dijo ella limpiándose las lágrimas.

–Lo estás haciendo bien.

Maura le tocó el pelo y se lo echó hacia atrás. No podía negar que aquel hombre había llegado a significar mucho para ella. Más de lo que estaba dispuesta a admitir. Rezaba para que no le hubiese pasado.

Wyatt odiaba los hospitales.

Estaba tumbado en la fría mesa de examen esperando al médico con la espalda totalmente dolorida. Maura estaba fuera, probablemente dando vueltas. Sabía que la había asustado. Lo notó en su cara y su voz de pánico. Incluso se había asustado él mismo.

La espalda le dolía tanto que estaba sudando cuando Maura lo había encontrado. Pero se olvidó del dolor en cuanto ella le puso la mano encima.

De pronto entró un médico joven.

–Bueno, señor Gentry, no se ha roto nada, pero parece que se ha torcido el tobillo y tiene una luxación en la espalda. La verdad es que ha tenido bastante suerte.

–¿Entonces puedo irme a casa?

–Primero deje que le explique unas cosas sobre su

tratamiento. Será mejor que haga pasar a su mujer. Estaba muy preocupada.

Antes de que Wyatt pudiera decir nada, el médico hizo pasar a Maura a la sala.

—Señora Gentry, iba a decirle a su marido que si quiere irse a casa necesitará reposo absoluto durante los próximos cinco o siete días.

Wyatt vio cómo Maura se sonrojaba al escuchar al médico, pero ninguno de los dos aclaró la situación.

—Wyatt, su espalda no va a dejar de dolerle de la noche a la mañana. Sentirá dolor durante un tiempo, así que voy a recetarle unas pastillas.

—No necesito pastillas.

—Doctor, me aseguraré de que mi marido siga sus instrucciones, aunque tenga que atarlo.

Wyatt se recostó entonces en la camilla y trató de no pensar en el otro tipo de daño que Maura iba a inflingirle.

Wyatt se sintió aliviado al ver que Cade aparecía para llevarlo a casa. Lo único que necesitaba era reposo en cama durante todo el día y seguro que al día siguiente se sentiría mejor. Condujeron hasta la farmacia para comprar las pastillas y luego hasta el rancho, donde ayudaron a Wyatt a entrar en la casa.

—¿Adónde me lleváis? —preguntó.

—Arriba, a la habitación principal —le dijo Maura a Cade, que era quien llevaba a Wyatt para ayudarle a subir las escaleras. Cuando llegaron a la habitación, a Wyatt le parecía haber recorrido una milla. Respiraba con dificultad y era incapaz de discutir sobre la habitación que quería.

Maura había retirado la manta dejando al descubierto las sábanas floreadas de la cama. Sin duda era su dormitorio.

–Maura, no puedo ocupar tu dormitorio.

–Voy abajo a preparar algo de comer –dijo Maura ignorando a Wyatt–. ¿Cade, ayudas a Wyatt a desvestirse?

Cade asintió y ella desapareció de la habitación.

–No voy a quedarme aquí –dijo Wyatt.

–¿Por qué no? Es tu casa.

–No puedo ocupar la cama de Maura.

–Entonces tendrás que apañártelas solo –dijo Cade desafiante–. Pero si sabes lo que te conviene, te tomarás un tiempo para descansar y dejarás de resistirte. Por lo que he oído, has estado a punto de hacerte verdadero daño.

Wyatt ignoró a Cade e intentó sacarse la camisa de dentro del pantalón. No tenía nada de fuerza. Sin decir palabra, Cade se acercó y lo hizo por él. Cuando se hubo quitado las botas y los vaqueros, Wyatt no se sintió nada bien. Sentía espasmos en la espalda y Cade tuvo que ayudarlo a meterse en la cama.

Maura volvió con la sopa y una jarra con agua. Tomó una pastilla y se la dio a Wyatt.

Wyatt no se resistió. Quería que cesara el dolor. Tomó la pastilla y se la tragó junto con el agua.

La última cosa que recordó fue la dulce voz de Maura y su tacto. Más allá de eso no recordaba nada más.

–¿Cómo vas a ocuparte de esto tú sola? –preguntó Abby desde el otro lado de la mesa de la cocina. La amiga de Maura había llevado algo de cena para los niños y para ella y luego la había ayudado a recoger.

–No hay mucho de lo que ocuparse. Wyatt está en la cama.

–¿Pero qué pasará cuando necesite salir de la cama, cuando necesite ir al baño? ¿Quieres que Cade se quede esta noche?

–Por eso lo puse en mi habitación. El baño está al lado. Puedo llevarlo allí. Cade se ha portado genial. Tanto él como Jared han dicho que se pasarán mañana.

–De acuerdo, pero no te preocupes por The Yellow Rose –dijo Abby–. Tu nueva ayudante, Carol, puede llevar la tienda durante unos días. Por suerte no hay nada importante para los próximos días –añadió mientras se levantaba–. Si necesitas algo sólo tienes que llamar.

–Abby, gracias por darme estos días libres –dijo Maura mientras conducía a su amiga a la puerta.

–¿Bromeas? Eres tú la que ha hecho que florezca el negocio. Tus ramos son increíbles, Maura. ¿Sabes que hemos tenido dos clientes hoy que han insistido en que hicieras tú los ramos?

–Puedo pasarme mañana durante unas horas cuando venga Jared.

–No es necesario –dijo Abby–. Por suerte los dos encargos son para el fin de semana. Lo único que necesito es que encargues las flores. ¿No es maravilloso? –preguntó Abby con una sonrisa–. Nos llueven los pedidos.

Maura también se sentía excitada, pero no podía pensar en otra cosa que no fuera ayudar a Wyatt a recuperarse.

–Es agradable saber que nos quieren –dijo Maura antes de que Abby se marchara.

Mientras Maura despedía a Abby, sentía que las cosas iban mejor. Casi todos los miembros se habían pasado por allí para ayudar o para traer comida. Aunque Wyatt había estado durmiendo todo el tiempo. Tanto mejor, pues dormir era lo que más falta le hacía.

Maura cerró las puertas con llave y apagó las luces antes de ir arriba. Encontró a Jeff en su habitación. El niño se había bañado y se había puesto el pijama sin que se lo dijera.

–Gracias por ayudar hoy –le dijo a su hijo tras darle un beso.

–Mamá, ¿Wyatt se va a poner bien?

–Claro que sí –dijo ella–. Le dolerá la espalda durante una semana o así. Tengo que darte las gracias, Jeff. Menos mal que tuve que venir a casa a por tu hoja de permiso, si no, no habríamos encontrado a Wyatt tan pronto.

–Entonces me alegro de haberme perdido ese estúpido viaje, y de que Wyatt esté bien –dijo Jeff.

–Estoy segura de que le encantaría oír eso.

–Y mañana, después de la escuela, voy a acabar de limpiar el jardín.

Ella lo abrazó y luego salió de la habitación. Luego fue a ver a su hija, y no se sorprendió al ver que la habitación estaba vacía. Entonces fue a su habitación y escuchó la voz de Kelly incluso antes de entrar. Al entrar la vio sentada en la cama, junto a Wyatt. Tenía abierto uno de los libros de la biblioteca y fingía que lo leía.

–Y vivieron felices para siempre. Fin –dijo la niña y cerró el libro–. ¿Quieres que lo lea otra vez?

Wyatt, que estaba medio dormido, casi no podía hablar.

–Esta noche no, princesa.

–Es hora de que la princesa se vaya a la cama –dijo Maura mientras cruzaba la habitación–. Wyatt también necesita dormir.

Kelly se inclinó y le dio un beso a Wyatt en la mejilla.

–Me alegro de que te sientas mejor, Wyatt. Buenas noches.

–Enseguida vuelvo –dijo Maura mirando a Wyatt. Luego se llevó a Kelly a su habitación. La arropó y le prometió a su hija que volvería enseguida para compartir su cama.

Al regresar a su habitación Maura encontró a Wyatt que intentaba levantarse.

—Eh, no puedes levantarte de la cama.

Wyatt llevaba puestos unos calzoncillos negros y claramente necesitaba un afeitado. Estaba más atractivo que nunca.

—Será mejor que salga o me lo hago encima. Y no me ha pasado eso desde que tenía cuatro años. Lo haré aunque tenga que arrastrarme hasta el baño.

—¿Qué tal si te ayudo? Agárrate a mí y yo te llevo.

Él no parecía muy convencido de que pudiera hacerlo.

—Soy más fuerte de lo que parece —dijo ella, lo agarró de las manos y tras varios intentos consiguió levantarlo—. ¿Ves? Te lo dije —se puso a su lado y colocó el brazo de Wyatt sobre sus hombros. —Ahora camina con calma.

—Tú no vas más allá de este punto —dijo él cuando llegaron a la puerta del baño.

—Esperaré aquí —dijo ella sonrojada.

Él murmuró algo que ella no quiso escuchar. Tras unos minutos escuchó el ruido de la cisterna y luego la puerta se abrió.

Wyatt tuvo que morderse el labio para disimular su dolor. No quería que Maura se preocupara más. Necesitaba descansar ella también.

—Apóyate en mí —dijo ella mientras le colocaba el brazo en la cintura.

—Como si tuviera otra opción —dijo él mientras sentía su cuerpo contra el suyo. Desde luego las pastillas no disminuían su libido.

Una vez que estuvo tumbado de nuevo, ella le dio otras dos pastillas y él se las tragó junto con el agua.

—Mmm. Qué fría.

Maura le sirvió otro vaso de agua y se aseguró de que las ventanas estuvieran abiertas. A pesar de la brisa que entraba, aún hacía calor.

–Puedo traer el ventilador –dijo ella. Entonces fue al armario y sacó un ventilador de mesa. Lo enchufó e inmediatamente la habitación comenzó a refrescarse–. ¿Qué tal?

–Perfecto.

Maura comenzó a estirar las sábanas.

–Maura, para –insistió él medio dormido. Las pastillas comenzaban a hacer efecto–. Estoy bien.

Luego ella se inclinó para colocarle la almohada.

–¿Estás en una buena posición? ¿No quieres que te ayude a…?

Él negó con la cabeza.

Finalmente Maura apagó la luz de la mesilla. La luz de la luna iluminaba la habitación de modo que él aún podía verla. Miró hacia arriba y descubrió que sus caras estaban a centímetros de distancia. Incapaz de resistirse, levantó la mano y la tomó por la cintura.

–¿Te he dado las gracias por cuidar de mí?

–Sí, muchas veces –susurró ella.

–Maura, eres muy guapa –dijo él mientras le llevaba la mano a su cara, y luego la besó en la palma. Ella suspiró, pero no se apartó ni opuso resistencia cuando él le acercó la cabeza a la suya.

Él sabía que eso era una locura, pero no podía evitarlo. Durante días había ansiado besarla. Y cuando lo hizo, ella no se resistió.

CAPÍTULO 6

QUÉ ESTABA haciendo?
De pronto Maura se dio cuenta y apartó su boca. Al ver la cara de deseo de Wyatt se apartó de la cama.

–Tengo que irme –susurró y se apresuró a salir de la habitación.

Cuando llegó a la habitación de Kelly cerró la puerta y se apoyó contra ella para respirar hondo. El corazón le iba a mil por hora, pero no era por miedo o por arrepentimiento, sino por deseo.

La experiencia no había sido en absoluto como cuando Darren iba a por ella y llegaba borracho y exigiendo. Maura cerró los ojos para sacarse a su ex de la cabeza y en su lugar apareció la cara de Wyatt. Ella nunca había imaginado que estar con un hombre pudiera ser así.

Abby le había contado a Maura lo tierno que era Cade con ella y le había prometido que algún día ella también encontraría a alguien así, pero entonces Maura no quería ni pensar en la posibilidad de estar con un hombre.

Eso fue antes de Wyatt.

Maura se dirigió a la cama temblorosa. Se metió en la cama y se tapó con la sábana. A pesar de que deseaba que hubiese alguien en su vida, no podía permitir que eso fuese más lejos. Tenía que pensar en sus hijos... y, desafortunadamente, en Darren. Él quería venganza e iría a por ella.

No podía permitir que nadie saliese herido por su culpa. Sobre todo un hombre que se había portado tan bien con ella y sus hijos. Cerró los ojos y revivió el beso de Wyatt, sabiendo que eso era lo único que iba a tener.

Un recuerdo.

A la mañana siguiente, cuando los rayos de sol entraron por la ventana, Wyatt se despertó e intentó levantarse, pero se rindió al ver que su cuerpo no cooperaba. Aún bajo el efecto de las pastillas, consiguió sacar los pies y sentarse al borde de la cama. Apretó los puños contra el colchón y trató de levantarse. Entonces la puerta se abrió y apareció Maura.

–¡Wyatt! –dijo ella mientras se apresuraba a ayudarlo–. ¿Es que no puedes esperarme?

–Hay algunas cosas que un hombre tiene que hacer solo.

–Eres una mala imitación de John Wayne.

No le apetecía, pero Wyatt no pudo evitar sonreír. Necesitaba una pastilla para el dolor, pero tenía que recuperar del todo la conciencia antes de sufrir otra vez el efecto de las drogas. Drogas que le hacían hacer locuras como besar a Maura. Mierda, ella debía de pensar que era lo más ruin que existía.

Tras terminar en el baño, abrió la puerta y la encontró allí, esperándolo. Iba vestida con unos vaqueros ajustados y una blusa. No llevaba maquillaje, parecía muy natural y eso le gustaba. Finalmente lo llevó de vuelta a la cama y retrocedió.

–¿Quieres algo más antes de que empiece a preparar el desayuno?

–Sí, que me perdones –dijo él–. Me pasé anoche, Maura. No tenía derecho a besarte. Sólo quería… agradecerte tu ayuda, pero las pastillas me volvieron loco. Te prometo que no tienes por qué preocuparte porque no volverá a ocurrir.

–No pasa nada –dijo ella–. Vamos a olvidarlo. Tengo que ir a preparar el desayuno.

Maura se apresuró hacia la puerta. No quería que él supiera lo que había significado ese beso para ella. Había sido una tonta por pensar que él había sentido lo mismo. Wyatt era guapo. Podría tener a cualquier mujer que se le antojara. ¿Por qué iba a querer liarse con alguien con tantos problemas y dos hijos?

Mientras bajaba hacia la cocina se maldecía a sí misma por pensar en él. Tenía que ver las cosas con perspectiva. Pronto se marcharía de allí y Wyatt volvería a su vida normal, a sus negocios. Y algún día se casaría con una bella mujer que no tuviera un pasado con un ex marido buscándola por ahí.

–¿Mamá, tengo que ir al cole hoy?

Maura se dio la vuelta y vio a su hijo aún con el pijama puesto.

–Claro que sí.

–Pero tengo que ayudar a Wyatt –insistió él.

–Cariño, Wyatt sería el primero en decirte lo importante que es el colegio. Además, Jared y Cade van a venir hoy a ayudar. Pero si quieres puedes ayudar cuando llegues a casa. Yo no voy a ir a trabajar hoy, así que autobús te traerá directo aquí. Cuando termines tus deberes podrás ayudar hasta la hora de la cena.

–Muy bien, haré los deberes en el autobús –dijo Jeff, y salió corriendo para prepararse. Entonces entró Kelly, ya vestida.

–Quiero desayunar con Wyatt porque está solo.

–Creo que Wyatt necesita tranquilidad. Pero te dejo que me ayudes a subirle la comida. ¿Por qué no vas fuera a ver si encuentras algunas flores para subirle?

La niña salió corriendo y en ese momento apareció Cade Randell.

—Buenos días —le dijo Maura mientras le ofrecía café.

—¿Cómo está el paciente? —preguntó Cade mientras se sentaba—. ¿Hay algún problema?

«Que ese hombre besa como los ángeles», pensó Maura.

—Ahora está bien, pero antes le he pillado intentando levantarse él solo de la cama.

—Me lo imaginaba, ¿Quieres que envíe a la artillería pesada? Puedo hacer que Elia esté aquí en media hora.

Maura había oído historias sobre el ama de llaves de Circle B.

—En su estado, drogado como está, creo que puedo ocuparme de él.

—Sé que no me comporté muy bien con Wyatt cuando me enteré de la noticia —dijo Cade—. Pero es que no sabes lo cansados que estamos de escuchar historias sobre el viejo Jack. Yo no tengo nada en contra de Wyatt. Es sólo que nos llevó un poco asimilar la noticia. Quizá con su accidente lleguemos a conocerlo mejor.

—Tú y tus hermanos sois buena gente. Hagas lo que hagas, sé que será justo.

—Lo intentaremos —dijo él—. He echado un vistazo por fuera. Jared me dijo que Wyatt estaba haciendo reparaciones, pero no tenía ni idea de que fuera tan adelantado.

—Comienza antes de que yo me marche a trabajar y termina cuando el sol se esconde —dijo Maura—. Dijo que su hermano y él han pasado gran parte de su vida viajando con los rodeos.

—Supongo que ahí fue cuando Jack conoció a su madre.

—Yo creo que Wyatt y tú deberíais hablar de todo esto —dijo ella mientras se servía otra taza de café—.

Será mejor que le lleve el desayuno. Toma, súbele esto y trata de conocerlo. Es tu hermano.

Cade tomó la taza junto con la suya propia.

–Serás mandona. Has estado mucho tiempo con Abby. Comienzas a sonar como ella.

–Lo tomaré como un cumplido.

–Deberías. Es una mujer extraordinaria.

Maura no pudo evitar pensar lo que sería tener un hombre así. Conocía la historia de Cade y Abby, los años que habían tardado en encontrarse de nuevo.

Antes de salir de la cocina, Cade se dio la vuelta y dijo:

–Ya que Wyatt ha terminado casi todo el trabajo y como hay mucha pintura en el granero, he pensado que quizá Chance, Travis, Jared y yo podríamos encontrar tiempo libre y comenzar a pintar la casa.

–Es una idea genial –dijo ella–. Pero no creo que Wyatt os lo vaya a pedir.

–Si va a seguir drogado durante los próximos días, creo que podremos pasar sin decírselo.

Durante los días siguientes, mientras los hermanos Randell pintaban la casa, Maura estuvo ocupada jugando a las enfermeras con su paciente. Se imaginaba que Wyatt no iba a estar más de tres días más en cama. El médico había dicho cinco, pero sería muy afortunada si conseguía que no se levantara antes del fin de semana. Cada vez tomaba menos pastillas y era más consciente de lo que pasaba a su alrededor.

Maura también necesitaba ir a la floristería para ayudar a Carol con algunos pedidos. Kelly iría con ella y se quedaría en la guardería. Como Cade estaba en la casa, prometió que iba a echarle un ojo a Wyatt.

Durante tres días, los hermanos habían estado trabajando incansablemente en la casa. Venían por la mañana, trabajaban hasta el mediodía y luego volvían a sus ranchos.

Maura tenía razón. Para el cuarto día Wyatt casi no pasó nada de tiempo dormido. Finalmente se negó a tomar más pastillas durante el día, sólo por la noche. No pasaría mucho tiempo antes de que se diera cuenta de lo que pasaba.

Wyatt estaba harto de estar en la cama. Lo odiaba. La espalda aún le dolía, pero el dolor era moderado y necesitaba levantarse. Lo primero que tenía que hacer era ducharse. Estaba harto de los baños con esponja.

Salió de la cama y se dirigió al baño. Tras cerrar la puerta corrió la cortina, abrió el grifo y tras algo de esfuerzo consiguió meterse bajo el chorro de agua caliente. Se quedó ahí un rato, dejando que el agua recorriese su cuerpo. Giró la alcachofa de la ducha para que el chorro le diera directamente en la espalda. Gimió de placer. ¿Qué le habría dicho que una ducha era lo más excitante que iba a sentir en meses?

Bueno, eso no era del todo verdad.

Maura Wells no se le iba de la cabeza. En los últimos días ella se había quedado sin ir a trabajar para cuidarlo. De pronto se dio cuenta de que ese lunes haría un mes que estaba allí. Ése había sido el límite de tiempo establecido. Se suponía que debería irse. ¿Pero cómo iba a dejar que se fuera con los niños? No tenía donde ir.

Además, ¿por qué habría de marcharse? Su trato no era tan malo. Los niños eran felices. Él era feliz. ¿Quién no sería feliz teniendo a una mujer hermosa a su lado? En un principio temía que ella se asustara cuando la tocara, pero parecía que confiaba en él. Cuando la había besado había visto el deseo en sus ojos. No podía evitar pensar si esos ojos se oscurecerían cuando hiciera el amor.

Wyatt tomó el champú y comenzó a masajearse el cráneo. Entonces oyó un golpecito en la puerta.

–¿Wyatt, estás bien? –dijo Maura desde el otro lado.

–Estoy bien –dijo él.

La puerta se abrió.

–Cade está aquí. ¿Quieres que suba a ayudarte?

–No necesito ayuda. ¿Es que un hombre no puede tener un poco de paz?

Hubo una larga pausa y luego escuchó la puerta cerrarse. Cerró el grifo y agarró una toalla. Se la enroscó a la cintura y salió de la ducha. Abrió la puerta y encontró a Maura sentada al borde de la cama. Ella dio un salto: parecía inocente y culpable al mismo tiempo.

–¿Ves? Lo he conseguido –dijo él–. Por mí mismo.

Ella no dijo nada, sólo se levantó y se dirigió hacia la puerta.

Él no pudo resistirlo y la llamó.

–¿Qué quieres? –preguntó ella.

–Lo siento –dijo él–. Debí haberte dicho que me iba a duchar.

–No te lo habría impedido, Wyatt. Es sólo que estaba preocupada porque entrases y salieses de esa bañera. Pero veo que te las has apañado bien. –dijo, y miró su cuerpo–. Tienes razón, no me necesitas –añadió y con esas palabras salió de la habitación y cerró la puerta.

Wyatt se puso unos calzoncillos que había en el vestidor y luego se tumbó en la cama exhausto. Entonces llamaron a la puerta. Maura había vuelto.

–Adelante.

Cade asomó la cabeza.

–¿Quieres compañía?

–Claro –dijo Wyatt. No había visto a Cade durante varios días–. Pero te lo advierto, tengo un humor de perros.

—Parece que te encuentras mejor —dijo Cade mientras entraba. Tras él aparecieron Chance, Travis y Jared.

—¿Qué es esto? ¿Una fiesta? —preguntó Wyatt.

—Pensé que podíamos hablar —dijo Jared mientras él y Cade se sentaban en dos sillas cercanas a la cama, mientas que Chance y Travis se apoyaban contra el vestidor.

—¿Habéis venido para echarme de la ciudad? —bromeó Wyatt.

—No, estamos aquí para darte la bienvenida —dijo Chance—. Como el mayor… Soy el mayor, ¿no?

—Tengo treinta y uno —dijo Wyatt.

—Parece que he perdido mi lugar como el pequeño de la familia —dijo Travis con una sonrisa—. Tú y tu hermano Dylan tenéis esa distinción ahora.

—Mi madre siempre se negó a decirnos quien era nuestro padre —comenzó Wyatt—. Decía que era porque había descubierto demasiado tarde que Jack ya estaba casado.

—Mi madre murió antes de que yo tuviera oportunidad de preguntarle —dijo Jared—. Me enteré por una vieja carta suya. Cuando se enteró de que estaba embarazada de mí, Jack Randell renegó de ella. Se casó con otro hombre, Graham Hastings. Durante años pensé que él era mi padre y no entendía por que se sentía tan molesto conmigo. No fue hasta que murió mi hermano, Marsh Hastings, que me enteré de la verdad.

—Quizá ambos fueseis afortunados —dijo Chance—. Nosotros hemos sido Randell toda la vida y hemos pagado un precio muy alto por los pecados de nuestro padre. Aún hay gente por aquí que no quiere tener nada que ver con nosotros. Puede que os deis cuenta de que instalaros aquí no es tan buena idea.

—Cuando vine a San Angelo —dijo Wyatt—, sólo quería enterarme de mis raíces. Conocer a Jared. Es extraño saber que de pronto tienes una familia y tener la oportunidad de conocerla. Cuando vi el cartel de «Se vende» en este rancho, fui a la agencia a buscar información y cuando hice la oferta la aceptaron.

—Hiciste un buen trato —dijo Chance—. Es una buena zona para pastos.

—Voy a emplearlo para hacer rodeos de ganado —dijo Wyatt.

—Por cierto, he oído que nuestro hermano es el único e inimitable *Devil* Dylan Gentry. ¿Cuándo lo conoceremos?

—No estoy seguro —dijo Wyatt—. Dylan no estaba tan entusiasmado con la idea de saber sobre su padre. Tendré que convencerlo para que venga aquí.

—Mierda. Esperaba que pudiera pasarse por el rodeo de Circle B —dijo Travis—. Apuesto a que tiene mucho éxito con las mujeres.

—No deberías pensar en esas cosas teniendo a Josie —dijo Chance.

—Mi mujer sabe que la adoro, y también a nuestra hija, Alissa Mae —insistió Travis.

Wyatt pensó que todos sus hermanos estaban casados con mujeres independientes. A pesar de su infancia y de los genes de su padre, habían salido completamente opuestos a él. Era evidente que Hank Barrett había influido mucho en ellos.

—Hablando de mujeres hermosas —dijo Travis—, ¿cómo se siente uno teniendo una enfermera particular?

—En este momento creo que no me habla —dijo Wyatt—. No he estado de muy buen humor.

—Creo que será mejor que hagas algo —dijo Cade—. Nunca dejes que una mujer le de vueltas a las cosas durante mucho tiempo. El castigo será peor. Si quieres que todo vaya bien, te sugiero que trates de suavizar las cosas.

Wyatt se quedó sorprendido. ¿Estaban dándole su visto bueno para que fuera a por Maura?

Wyatt decidió hablar con Maura, pero no estaba en su habitación el tiempo suficiente para entablar una conversación. Él tenía la culpa, pero ¿lo perdonaría algún día? De acuerdo, había sido un poco grosero. ¿Cómo podría explicarle que había estado soñando con ella, con aquel beso? No sólo eso, sino que le gustaba que ella estuviese cerca. Se había convertido en parte de su vida.

Y los niños también.

Incluso Jeff lo había sorprendido. Había estado recogiendo los restos de madera cada día, y la pequeña Kelly había estado sentada junto a él en la cama leyéndole libros. Pero cuando aparecía Maura, se negaba a decir cualquier palabra que no fuera necesaria. La había herido, pero tenía que hacer que lo comprendiera.

Esa noche, cuando entró en la habitación, él la estaba esperando.

—Maura, me gustaría hablar contigo.

Ella se detuvo junto a la puerta.

—Pensé que podrías venir y sentarte —sugirió él señalando a la silla que había junto a la cama—. Te prometo que no intentaré nada.

Ella se acercó a la cama, pero no se sentó.

—Si se trata de mi partida…

—Sí, ése es uno de los temas que tenía en mente.

—Sé que ya ha pasado un mes…

—Sí, por eso quería hablar contigo.

—Nos habremos ido en unos días —dijo ella mientras comenzaba a marcharse, pero él la tomó del brazo para detenerla. Ella se puso rígida y él la soltó, maldiciendo en silencio a su marido por haberle causado tanto miedo.

—Maura, por favor, intento decirte que no quiero que te vayas.

—¿Ah, no? —preguntó ella sorprendida.

—¿Cómo podría cuando has empleado toda esta semana en cuidar de mí? ¿Qué tipo de hombre os abandonaría después de lo que habéis hecho por mí? —preguntó él, y levantó una mano antes de que ella pudiera hablar—. No contestes a eso. Sé que no he sido el mejor paciente. Has tenido que ocuparte de muchas cosas desde mi caída. Si estás preocupada sobre si te vuelvo a tocar, tienes mi palabra de que no volverá a ocurrir. No hay razón para que yo no siga en la casita y tú te quedes aquí con los niños. Por favor, quiero que te quedes.

—Pero no tengo suficiente dinero para el alquiler y tampoco puedo aceptar tu caridad.

—No pienso ofrecértela, Maura. Debería ser yo el que te pagara por cuidarme. Si ni siquiera has ido a trabajar durante tres días. Te lo debo, Maura. Por favor, quédate. Al menos hasta que puedas permitirte marcharte.

—De acuerdo, lo haré. —convino Maura, sabiendo que cuando llegara el momento iba a ser todavía más difícil. Había llegado a preocuparse por Wyatt más de lo que debería, y sabía que la única culpable era ella misma.

Más tarde aquella misma tarde Wyatt bajó por primera vez las escaleras desde el accidente. Y por narices iba a hacerlo solo. Lentamente y con el apoyo de Kelly, consiguió bajar los escalones.

—Puedes hacerlo, Wyatt —decía la niña. Casi no tenía fuerzas, pero tenía que volver al trabajo.

Kelly abrió la puerta y el aire fresco del campo entró de golpe. Había estado dentro demasiado tiempo.

–Dame la mano, Wyatt –dijo Kelly–. Te voy a llevar a ver una sorpresa –la niña abrió mucho los ojos y se llevó la mano a la boca como si hubiera dicho algo que no debía.

–No pasa nada, Kelly –dijo su madre–. ¿Por qué no llevas a Wyatt fuera?

Wyatt estaba confuso, pero no por mucho tiempo. Salió al porche y vio que el suelo estaba puesto y había sido barnizado. Luego miró a las barandillas, que habían sido pintadas de blanco. Todo estaba limpio y había flores de colores a los lados del porche.

–Mira por aquí, Wyatt –dijo Kelly.

Cuando dio la vuelta y miró la casa, vio que estaba toda pintada de blanco y las contraventanas de verde, como él había planeado.

–¿Qué te parece, Wyatt? –preguntó Jeff–. Todos hemos ayudado, incluso Kelly.

–Es fantástico –dijo él, y miró a Maura incapaz de disimular su sorpresa–. No puedes haberlo hecho tú sola.

Ella negó con la cabeza.

–No, alguien tenía que mantenerte en la cama –dijo ella, y luego llamó por encima de su hombro–. Vamos, chicos.

Entonces Chance, Cade, Travis y Jared aparecieron de un lado de la casa junto con sus mujeres y numerosos niños que llevaban un cartel pintado en el que ponía «Bienvenido al oeste de Texas».

Wyatt tragó saliva. No podía creérselo.

–No sé qué decir.

–No tienes que decir nada, sólo ofrecernos algo de beber –dijo Cade–. Y también tienes que darnos de comer.

–No te preocupes, Wyatt –dijo Abby–. Hemos comprado la comida– ¿te sientes lo suficientemente bien para supervisar a los chicos en la barbacoa?

–Claro –dijo, incapaz de creer lo que habían hecho los Randell–. ¿Por qué lo han hecho? –le preguntó a Maura, sin darse cuenta de que estaba hablando demasiado alto.

–Porque pensamos que, si las cosas hubieran sido al revés, tú habrías ido a ayudar a un... vecino –dijo Cade–. De hecho es lo que hiciste al dejar que Maura se quedara en la casa. Y ahora, ¿sabes cómo se cocina la ternera en Texas o tengo que enseñarte cómo se hacen aquí las cosas?

De pronto Wyatt sentía la espalda mucho mejor.

–¿Por qué no vais encendiendo el fuego? Yo tengo que hablar un momento con Maura.

Todos se dirigieron a la cocina, pero Wyatt llamó a Maura y los dos se quedaron fuera.

–¿De verdad te gusta la casa? –preguntó ella–. No estaba muy segura de si debía dejar que lo hicieran. Pero tú ya habías comprado la pintura y...

–Está genial –dijo él–. Mejor de lo que podría haber imaginado. A mí me habría llevado semanas terminar. Pero gracias a ti –Wyatt parecía que no podía parar mientras se acercaba más a ella. Esa mujer había estado allí con él, lo había cuidado cuando no estaba de muy buen humor.

–Me alegro de que te guste –dijo ella–. Ahora ya puedes concentrarte en el corral y el granero y traer tu ganado aquí.

–Maura, mírame, por favor.

Entonces lo miró con sus ojos marrones y él no supo qué decir. Trató de tomar aire, pero vio que le costaba. Ella hacía que se olvidara de todo. Él siempre había sido muy práctico, pero de pronto esa mujer hacía que todo pensamiento racional se esfumase de su cabeza. Y a él no parecía importarle.

–Gracias, no sólo por esto, sino por todo –dijo él

mientras inclinaba la cabeza–. No podría haber superado esta semana si no hubieras estado aquí conmigo.

Incluso habiendo estado bajo el efecto de las pastillas, él sabía que aquella noche ella había estado allí. La recordaba ayudándolo a levantarse y a ir al baño, recordaba su tacto.

–Me alegro de que al menos pueda pagarte de alguna forma por tu caballerosidad –dijo ella.

Dentro de la casa se oían voces y risas, pero no lo distrajeron en absoluto.

–Me alegro de que te quedes, Maura. Si no, os iba a echar de menos a ti y a los niños.

–Nosotros también a ti –susurró ella mirando hacia otro lado.

–Es bueno saberlo –dijo él mientras se acercaba más. Sus ojos se encontraron y él ansiaba acercarse más y besarla, pero la promesa que le había hecho aún resonaba en su cabeza. No podía romper esa confianza. Lo último que quería hacer era espantarla. Le importaba demasiado como para verla sufrir de nuevo.

Quería enseñarle cómo se comportaba un hombre de verdad. Algún día. Se apartó. En ese momento podría esperar hasta que estuviese preparada.

UN RELÁMPAGO atravesó el cielo seguido de un fuerte trueno. Parecía que las paredes vibraban por el ruido, pero eso no fue lo que despertó a Wyatt. Desde que se había trasladado a la casita otra vez no había podido dormir casi nada.

Finalmente se levantó, se puso sus vaqueros y se dirigió al pequeño salón. Se asomó a la ventana y vio cómo la lluvia caía sobre el porche. ¿Sería capaz la casita de resistir la tormenta? Sabía que la casa grande aguantaría, pero le preocupaba el establo. Intentó acordarse de revisarlo todo por la mañana.

Pero su preocupación seguía siendo esa noche la tormenta. Miró hacia la casa y vio luz en la habitación de Maura. ¿Estaría asustada? ¿Lo estarían los niños? Meneó la cabeza tratando de recordarse a sí mismo que no debía preocuparse por eso. Maura había dejado muy claro varias veces que podía ocuparse sola de las cosas. No lo necesitaba a él, ni a ningún otro hombre.

¿Cómo se suponía que iba a acabar con aquellos sentimientos? Habían estado más o menos cohabitando durante las últimas seis semanas. Desayunaban y cenaban juntos todos los días. Sabía el nombre de la muñeca preferida de Kelly, Suzy, y que Jeff tenía talento para la pintura.

No había duda de que Maura era una persona artística. Lo había demostrado con sus ornamentos florales y con todos los demás toques que le había dado a la casa. Incluso en la casita Wyatt podía sentir su presencia. Maura había convertido ese lugar en un sitio apacible y acogedor. Había encontrado una colcha en el ático y la había colocado en la cama, y siempre que iba allí a limpiar dejaba flores frescas.

Allá donde él mirara encontraba algo que le recordaba ella. Sabía de pasadas experiencias que no debería involucrarse, pero ¿cómo iba a sacársela de la cabeza si estaba en cada parte de su vida y de su corazón?

Hubo otro relámpago y comenzó a soplar el viento con fuerza. La lluvia cada vez caía con más fuerza y parecía que la casita se iba a venir abajo. Por norma le gustaban las tormentas. Pero deseaba que ésa acabara de una vez. Pero según el hombre del tiempo, el frente tormentoso iba a durar un tiempo. El viento soplaba con más fuerza y él miró justo a tiempo de ver una parte del tejado del porche levantarse.

–Mierda, esto sí que no –dijo él, y corrió hacia el dormitorio. Agarró su camisa y se la puso. Acababa de ponerse las botas cuando escuchó el sonido de la madera rompiéndose. Al regresar al salón vio el agua entrar a borbotones por un agujero que se había formado en el tejado. Agarró unas cuantas cosas y salió corriendo hacia la casa. Hacia Maura.

Maura estaba sentada en la cama tratando de revisar sus gastos mensuales. No importaba lo que hiciera, no podía juntar más de cuatrocientos dólares mensuales para el alquiler. Ni siquiera podía conseguir un apartamento de una habitación por ese precio.

Y tampoco podría pagar el agua y la luz. Esa casa ya las tenía incorporadas. Ella pagaba el teléfono, por si necesitaba pedir ayuda en alguna ocasión...

Probablemente podría conseguir atención médica para Jeff y Kelly. Quizá debía llamar a su madre. Meneó la cabeza. No, Grace Howell ya la había decepcionado en otras ocasiones y ni siquiera quería ver a sus nietos.

Hubo otro relámpago que hizo que se sintiera inquieta. Tenía pocas opciones. Lo único que podía hacer era preguntarle a Wyatt si podía alquilarle la casita del vigilante. Era pequeña, pero tenía dos dormitorios. Quizá él permitiera que ella siguiera cocinando y haciéndole la colada a cambio de una reducción en el alquiler. No quería seguir abusando de ese hombre por más tiempo, pero no le quedaba otra opción.

Hubo otro relámpago más, pero esa vez se fueron las luces. Maura se heló momentáneamente. Odiaba la oscuridad. Enseguida encendió una vela que había en el vestidor. Entonces fue a ver a los niños. Por suerte estaban dormidos. Luego fue abajo a ver si todo estaba bien. Fue entonces cuando oyó los golpes en la puerta trasera. Se apresuró hacia la cocina y vio a Wyatt en el porche.

—¡Wyatt! ¿Qué ha pasado? —dijo mientras lo dejaba pasar.

Él dejó la manta sobre la mesa, se quitó el sombrero y luego se secó el agua de la cara.

—El tejado se ha ido abajo en la casita.

—Oh, no —exclamó ella—. ¿Tú estás bien?

—Sí, pero el lugar está hecho un desastre. Parece que voy a tener que mudarme aquí otra vez.

—No pasa nada. Puedes quedarte aquí esta noche y mañana arreglar el tejado.

—Me temo que va a llevar más de un día o dos. No te preocupes, puedo quedarme en la pequeña habitación que hay junto a la cocina.

—Pero ahí está todo hecho un desastre —dijo ella—. Está lleno de cajas.

—Entonces supongo que tendré que limpiarlo —dijo él—. Compraré una cama y ya está —añadió. Y aunque casi no había luz, pudo ver la cara de incomodidad de Maura–. ¿Ocurre algo?

–Es sólo que no me parece correcto que estemos viviendo todos aquí. Será mejor que los niños y yo nos vayamos.

–¿Dónde? –preguntó él.

–No tienes que preocuparte por eso. No nos teníamos que haber quedado tanto tiempo –dijo ella, y comenzó a alejarse.

–Maura, ¿cuál es la verdadera razón? No tendrás miedo de que yo intente algo…

–No, no, pero la gente hablará.

–Que hablen. Además, ya me quedé aquí cuando me caí. En tu cama.

–Pero era diferente, porque tú estabas lesionado.

–Pues no me queda más opción que dormir en el establo.

–¿Cuánto tardará en estar reparado el tejado?

–No va a ser fácil. La estructura está dañada. Las reparaciones van a tener que esperar. El ganado llega en unos días.

–Pero no lo comprendes...

–Creo que no, Maura –dijo él. Estaba demasiado cansado para hablarlo en ese momento, y un poco dolido de que ella se mostrara tan reticente a que se quedara–. Dormiré en el sofá, a no ser que tampoco te parezca bien –dijo, y sin esperar a su respuesta se dirigió al salón y extendió la colcha sobre el sofá.

–Lo siento, Wyatt. No es justo tenerte así en tu propia casa. Es sólo que no quiero que los niños tengan ideas erróneas.

Él se dio la vuelta y miró a Maura, allí de pie, con su bata de algodón y con la vela encendida. Tenía un aspecto parecido al que tenía cuando se conocieron, la noche en la que se sintió atraído por ella por primera vez.

–¿Qué tipo de ideas?

–No quiero que piensen que vas a ser siempre parte de sus vidas –confesó ella–. Tampoco quiero que piensen que eres mi novio. Yo estaba casada con su padre y él era el único hombre en nuestras vidas hasta que llegaste tú.

–No quieres que la gente piense que me haces favores especiales para no pagar el alquiler, ¿no?

Incluso a la luz de la vela pudo ver cómo ella se sonrojaba.

–Maura, por favor, créeme. Nunca te pediría… Me importas demasiado, y los niños también. Pero en esta situación no creo que haya otra posible respuesta. Si te preocupa lo que pueda pensar la gente, diles que estamos comprometidos.

–Oh, Wyatt. ¡No!

–¿Por qué? –preguntó él un poco decepcionado–. ¿El hijo bastardo de Jack Randell no es lo suficientemente bueno para ti?

–¿Cómo puedes pensar eso? Lo que pasa es que los niños se acostumbrarían a que estuvieras por aquí todo el tiempo. Y dado que vamos a marcharnos…

–¿Por qué tienes que marcharte, Maura? ¿Por qué no podéis quedaros? –preguntó mientras se acercaba a ella.

–Porque es tu casa y necesitas mudarte. Los niños y yo no haríamos más que molestarte.

–¿Acaso me he quejado?

–No, pero aun así no está bien.

–¿Y qué pasa si yo quiero que te quedes? –dijo él mirándola a los ojos.

–Pero no puedes querer que…

–Oh, Maura, ¿es que no sabes lo especial que eres? ¿Lo guapa que eres? Cualquier hombre estaría encantado de tenerte en su vida –le quitó la vela y la dejó en la mesa del café. Luego le tocó la mejilla con la mano y sintió cómo temblaba–. No sé lo que te hizo tu ex, pero no todos los hombres son crueles –dijo, y la besó con ternura–. Maura, deja que te enseñe cómo un hombre debe tratar a una mujer.

–Wyatt… –dijo ella casi sin aliento mientras cerraba los ojos. Lentamente él la tomó en sus brazos.

–Nunca te haría daño, Maura. Nunca –dijo, y volvió a besarla–. Sabes muy bien. Desde la primera vez que te besé he querido volver a hacerlo.

Sus miradas se cruzaron. Él podía ver el deseo en sus ojos, pero ella no estaba preparada para creerlo. No la culpaba. A él también le costaba confiar en la gente. Había que tomarse las cosas con calma, por el bien de los dos. Pero en ese momento no podía decirse que pensara racionalmente. No cuando Maura lo tentaba de aquella manera.

–Ponme las manos encima, Maura. Tócame.

Se desabrochó la camisa; aún estaba mojado por la lluvia. Ella lo tocó suavemente con los dedos. Él gimió y la tocó con suavidad.

–Me vuelves loco.

–¿De verdad?

–De verdad –repitió él justo antes de besarla con más pasión todavía. Al no resistirse, Wyatt recorrió sus labios con la lengua. Para cuando el beso terminó, ambos respiraban aceleradamente.

–Ha sido agradable –dijo él.

–Agradable –repitió ella, y lo sorprendió cuando se puso de puntillas y lo besó de nuevo. Él no pudo resistir la invitación a intensificar el beso. Cuando le tocó los pechos ella suspiró y en ese momento un relámpago iluminó toda la sala.

–Te deseo, Maura.

–Wyatt… –susurró ella justo cuando un llanto inundó la habitación–. ¡Kelly!

Maura agarró la vela y subió corriendo las escaleras. Llegaron a la habitación y encontraron a la niña sentada en la cama, llorando.

–Tengo miedo, mamá –dijo Kelly–. Tengo miedo de que un hombre malo venga a buscarme.

–Tranquila, cariño –dijo su madre mientras la abrazaba–. Ahora estás bien.

—Yo también estoy aquí, princesa –dijo Wyatt mientras se acercaba a la cama–. Y no voy a dejar que te pase nada.

Vio la imagen de Maura abrazada a su hija y de pronto sintió que mataría a cualquiera que intentara hacerles daño.

Wyatt se despertó temprano a la mañana siguiente y vio que la tormenta había dejado muchos desperfectos a su paso. Salió fuera para examinar los daños. La casa recién pintada había aguantado bastante bien, pero había perdido tres árboles y la casita del vigilante estaba hecha polvo. Las reparaciones iban a llevar más tiempo y dinero de lo que estaba dispuesto a gastar en ese momento.

Necesitaba concretarse en otras cosas. Tenía dos días para preparar el establo y los corrales antes de que llegaran los caballos, Rock-a-Billy y Stormy Weather. Su amigo, Bud Wilks, también iba a llevarle otros cuantos caballos que, según decía, eran prometedores. Ya que Bud iba a ser su manager, Wyatt confiaba en su criterio para esas cosas. No podía evitar sentirse excitado por cómo iban saliendo las cosas, pero en ese momento los caballos eran la última cosa en su cabeza.

Maura era lo primero.

¿Qué habría ocurrido la noche pasada si Kelly no se hubiese despertado? ¿Habrían hecho el amor? Él sabía que ella no estaba preparada. Quizá nunca lo estaría. Pero ella también lo había besado.

Wyatt no estaba seguro de si era amor lo que sentía. Ya le habían hecho daño antes y había decidido no embarcarse en relaciones permanentes. Lo que sabía era que deseaba a Maura en aquel mismo momento.

Kelly empujó la puerta de malla metálica y salió al porche. Desde luego Maura no era la única mujer de la casa que le había robado el corazón.

–Hola, Wyatt –dijo la niña con una sonrisa–. Mamá dice que el desayuno está listo.

–¿Ah, sí? –dijo él mientras se dirigía hacia ella–. ¿Y qué vamos a desayunar hoy?

–Mamá me está haciendo tortitas porque anoche tuve miedo.

–Lo sé. ¿Tuviste una pesadilla?

Ella asintió y los ojos se le llenaron de lágrimas.

–No dejes que ese hombre me atrape, Wyatt, por favor.

–Tranquila, princesa. Te lo prometo –dijo él mientras la abrazaba–. No dejaré que nadie te haga daño.

–¿Sabes qué?

–¿Qué?

–Ojalá pudiéramos quedarnos aquí para siempre. Así ya no tendría miedo nunca más.

Wyatt se tragó un comentario desafortunado. ¿Qué tipo de padre había sido el ex de Maura?

–No sé si a tu madre le parecerá buena idea.

–Podrías casarte con mamá.

¿Cómo iba a contestar a esa pregunta?

–¿Cómo voy a casarme con tu madre si estoy planeando casarme contigo?

–Pero si yo soy una niña pequeña –dijo ella soltando una risita.

–Entonces esperaré a que crezcas.

Maura llamó a su hija desde dentro y Kelly se metió en la casa. Wyatt se quedó sentado un momento. Matrimonio. No era sólo tener una mujer. Si quería a Maura, tendría una familia ya creada.

Entonces pensó en su madre, en cómo los crió a

Dylan y a él sin ayuda de la persona que había sido su padre, que no los había querido. Al crecer, Wyatt se había dado cuenta de que había una parte de él que le faltaba. Pero ahora que sabía todo sobre Jack Randell, no se sentía mejor. Quizá por eso se sentía tan unido a Jeff y a Kelly.

Todos los niños necesitan un padre que los quiera.

Al darse cuenta del rumbo que tomaban sus pensamientos intentó alejarlos de su cabeza. ¿Qué diablos sabía él sobre ser padre de nadie?

Wyatt entró en la cocina y vio a Maura junto al fogón. Se había vestido para trabajar con una falda oscura y una camiseta blanca de algodón. Tenía el pelo recogido con horquillas. Parecía cansada. Probablemente habría dormido tan poco como él.

—Buenos días —dijo él.

—Buenos días. ¿Hay algún otro desperfecto causado por la tormenta?

—Sólo la casita y unos cuantos árboles —dijo él mientras se sentaba a la mesa.

—¿Te apetecen tortitas? —preguntó Maura mientras le daba una taza de café.

—Son mis favoritas. ¿Cómo has dormido, Jeff? —le preguntó Wyatt al niño, que acababa de entrar en la cocina—. ¿Te despertó la tormenta?

—No, a mí no me dio miedo —se apresuró a decir Jeff.

—Pues a mí sí —dijo Wyatt—. Cuando el tejado se vino abajo y tuve que venir corriendo aquí.

—Wyatt va a vivir con nosotros —dijo Kelly, y señaló hacia la habitación que había junto a la cocina—. Va a dormir ahí.

—¿Vas a quedarte para siempre? —preguntó Jeff—. ¿Tenemos que marcharnos?

—No, no tenéis que marcharos. Sólo necesito un sitio donde dormir hasta que repare la casita. Quizá podamos trabajar juntos en ello, ¿qué te parece, Jeff?

–Quizá –dijo Jeff encogiéndose de hombros. Luego miró a su madre–. ¿Estás segura de que no nos vamos?

–Sabes que no podemos quedarnos aquí permanentemente –le dijo Maura a Wyatt–. Voy a mirar apartamentos después del trabajo.

–Pero, mamá, yo quiero vivir aquí –dijo Kelly–. Mi habitación me gusta, y Wyatt dice que nos podemos quedar.

–Kelly, termínate tu desayuno.

–Ya no quiero más –dijo la niña, y agachó la cabeza.

–Entonces ve arriba y lávate los dientes. Jeff, tú también.

El niño se dispuso a hablar, pero cambió de idea.

–Vamos, Kelly. Yo te ayudaré –dijo el niño, le dio la mano a su hermana y salieron de la cocina.

Wyatt se preguntaba en qué momento había tomado Maura la decisión de marcharse.

–¿Por qué les haces esto a los niños? Ya te dije que puedes quedarte el tiempo que quieras.

–Y yo te dije que no puedo seguir aceptando tu caridad.

–¡No es caridad, joder! Trabajas muy duro aquí. ¿Es que no podemos compartir la casa?

–¿Es que no te das cuenta de que será más difícil cuando tenga que irme? Y ya había planeado marcharme. Había pensado alquilar la casita, pero es evidente que ahora ya no podré –dijo Maura y se levantó. Wyatt también se levantó.

–Maura, por favor. Los niños y tú me importáis. ¿Es porque te besé anoche?

–Eso fue un error –dijo ella–. No quiero que pienses que sólo porque estoy a mano voy a irme a la cama contigo.

–¿Realmente crees que me aprovecharía de ti de esa forma? ¿En las últimas semanas he intentado aprovecharme de nuestra situación? Pensé que ese beso fue algo mutuo. Pensé que lo deseabas tanto como yo. Creo que interpreté mal las señales. Créeme, Maura. Nunca haría nada que pudiera heriros a ti o a los niños –ella estaba de espaldas a él y no se giró para mirarlo–. Ah, al infierno. Piensa lo que quieras –añadió, y se dirigió hacia la puerta trasera–. Pero no me tomes por tu ex marido.

Dos días más tarde Maura estaba a punto de volverse loca. No había visto a Wyatt desde la escena en la cocina. Sabía que quizá había sido injusta con él. Él no estaba mal, no se parecía en nada a Darren. Pero eso era todo. ¿Qué pasaría si Darren la encontrara? Conociendo a su ex marido, no pararía hasta que no tuviera lo que quería: venganza. ¿Cómo podía hacer que alguien tan bueno y generoso como Wyatt se viera involucrado en sus problemas?

Pero ya no podía estar más tiempo alejada de él. Los niños estaban pasando el día con Abby y sus hijos, así que fue a buscar a Wyatt. Al no encontrarlo en la casita, se dirigió hacia el establo. Todo estaba muy limpio y lleno de paja para los caballos. Comenzó a caminar por el pasillo central, siguiendo el sonido de la música country que salía de una de las habitaciones. La puerta estaba abierta. Dentro había un escritorio con un teléfono y varias carpetas apiladas. En otro lado de la habitación había un catre donde Wyatt estaba sentado abrillantando las bridas.

Nada más verlo comenzó a sentir un hormigueo en el estómago. Lo había echado mucho de menos.

–Maura –dijo él sorprendido al verla–. ¿Ocurre algo? –preguntó él mientras se levantaba.

Ella negó con la cabeza.

–Oh, Wyatt. Es aquí donde has estado durmiendo. Me siento fatal.

Wyatt se dirigió hacia ella, pero aún le costaba creer que ella hubiera ido a buscarlo.

—No pasa nada, Maura. No ha sido tan malo. He dejado el lugar bastante limpio —dijo él recordando las horas sin sueño que había pasado en la habitación.

—Lo siento —dijo ella—. Por favor, vuelve a la casa. Es tu casa.

—No —dijo él, aunque lo deseaba más que nada en el mundo—. Porque si lo hago te marcharás. Y no quiero que te marches.

—Yo tampoco quiero marcharme —dijo ella, y una lágrima le recorrió la mejilla—. Estaba asustada, Wyatt. Hay cosas que no sabes sobre mi vida.

—No, tienes razón —confirmó él—. Pero supongo que cuando estés preparada me las dirás.

—No sé si alguna vez podré hacerlo.

—No pasa nada —dijo él mientras le apartaba un rizo de la cara—. No voy a irme a ninguna parte.

—¿Volverás a la casa?

—¿Por qué iba a hacerlo?

—Porque no me importa lo que diga la gente. Quiero que vuelvas.

—Eso es todo lo que quería oír —dijo él con una sonrisa—. No quiero que te sientas incómoda conmigo alrededor.

A Maura no le daba miedo sentirse incómoda. No era conveniente que se liara con aquel hombre, por su bien más que por el de ella. Pero no parecía poder detener los sentimientos que inspiraba en ella.

—No me sentiré incómoda —dijo ella—. Pero creo que no deberíamos… quiero decir que no podemos permitir que vuelva a ocurrir lo de la otra noche.

—¿Hablas del beso?

Ella asintió.

—El beso que ambos disfrutamos.

–Wyatt, por favor. Tengo hijos que podrían haber estado mirando.

–Joder. Resulta que me gusta besarte.

Ella respiró hondo tras sentir un escalofrío por todo su cuerpo. A ella también le gustaba besarlo, pero no podía permitir que ocurriera de nuevo.

–Bueno, ¿y qué me dices de un último beso? –preguntó él mientras agachaba la cabeza.

Entonces escucharon a alguien carraspear y ambos miraron hacia la puerta. Era Hank Barrett.

–Hank –dijo Maura–. No sabía que ibas a venir.

–Siento molestaros –dijo Hank con una sonrisa.

–¿Qué puedo hacer por ti, Hank? –preguntó Maura.

–Lo primero de todo, decirte que hay una caravana de camiones que vienen por la carretera.

–Oh, por fin han llegado –dijo Wyatt. Entonces salió fuera del establo y divisó el camión verde de Bud y, detrás, el de su amigo Dusty Adams. Wyatt fue a saludar a Bud.

–Bienvenido a Texas. ¿Has tenido problemas para llegar aquí?

–Gracias. Tuvimos un poco de mal tiempo y por eso hemos tardado más. Creo que deberíamos descargar los caballos.

–Por supuesto. Vamos a llevarlos al corral para que puedan correr un rato.

Mientras sacaban a los caballos de los camiones Wyatt se fijó en el interés que despertaban en Hank.

–Hank, éstos son Stormy Weather y Rock-a-Billy. Son dos de los mejores caballos que hay por aquí. Tengo las esperanzas puestas en este campeón –dijo dándole una palmadita en el cuello a Rock-a-Billy–. Podría ser candidato a caballo del año.

–¿Qué te parece si lo estrenamos en la localidad?

–¿Dónde sería eso?

–En el Rodeo Anual de Circle B.

CAPÍTULO 8

DOS DÍAS más tarde, Wyatt estaba junto a la valla viendo a los caballos. Parecía que se estaban acostumbrando muy bien a su nuevo hogar, pero no iban a estar mucho tiempo más vagueando por el rancho. Pronto estarían ganando dinero para él. Ya había firmado contratos para dos rodeos a principios de primavera. El mes próximo iban a ir a Arizona, luego a California para eventos más importantes. Aún no tenía muchos acontecimientos importantes, pero en cuanto los dos caballos se hicieran conocidos, todo cambiaría.

Sabía que esos dos caballos le darían un buen nombre, pues llevaba en ese negocio toda su vida y había aprendido varias cosas sobre esos animales. Una nube de polvo se levantó a lo lejos, alertando a Wyatt de que alguien se acercaba al rancho. Hank Barrett aparcó su camioneta junto al establo y salió.

–Buenos días –dijo él.

–Buenos días –dijo Wyatt–. Llegas muy pronto.

–Espero que no te importe. Olvido que no todo el mundo se levanta con el sol.

–Yo sí. Tengo animales que alimentar ahora.

–Este lugar está quedando muy bien. Si no supiera que no es así, juraría que tu abuelo, John Randell, todavía anda por aquí ocupándose de todo.

–Yo no soy buen ranchero, Hank.

–Pues tu abuelo era uno excepcional. Y también era muy amigo mío. Es una pena que su hijo, Jack, no heredara alguna de sus cualidades.

—¿Alguien sabe dónde está?

—Jack Randell no es muy bienvenido en estas tierras —dijo Hank—. Aún hay mucha gente que piensa que deberían colgarlo. Puede que no sea lo que quisieras oír, pero has de saber que el carácter de tu padre era... cuestionable. Ya estaba casado mientras estuvo con tu madre.

—Sí, pero los niños siempre convierten a sus padres en héroes.

—Nadie es perfecto, hijo. Yo lo hice lo mejor que pude con los chicos. Si estás buscando a un héroe, tu abuelo fue uno de ellos.

Wyatt estaba sorprendido por la rapidez con que Hank lo había aceptado.

—¿Ocurre algo? —preguntó Hank.

—Es sólo que, desde que llegué, tú me has tratado muy bien. Tú no pareces pensar que tenga motivos ocultos.

Hank se giró hacia los pastos y apoyó los brazos sobre la valla. Se quedó mirando a los caballos.

—No soy tan de confianza como puedas pensar. Cuando Jared apareció aquí, hice algunas averiguaciones. Jared me enseñó el informe del investigador sobre Dylan y sobre ti. Sentía curiosidad sobre el motivo por el que habías comprado este lugar, pero tenías razón. El precio era demasiado bueno para dejarlo escapar —dijo, y miró a Wyatt—. Mi preocupación siempre ha sido la misma. No quiero que Chance, Cade y Travis sufran. Lo han pasado muy mal por culpa de Jack.

—Ellos te consideran su padre.

—Y yo los quiero como si fueran mis hijos —dijo Hank—. Siempre he dicho que no hay que tener la misma sangre para ser de la misma familia. Hace un año más o menos descubrí que era padre de una hija. Tras la muerte de su madre, Josie fue al rancho a buscarme y acabó casándose con Travis.

–Debe de ser genial tener una familia tan grande.

–Nada te impide a ti tener lo mismo –dijo Hank–. Sé que ya hay una mujercita a la que has echado el ojo.

Wyatt se sintió confuso sobre sus sentimientos hacia Maura.

–Puede que una familia ya hecha sea más de lo que yo pueda asumir.

–Yo lo llamaría una recompensa. Así es como Chance tuvo a Katie Rose y Travis a Elissa Mae. Los niños no les piden pruebas de sangre a sus padres; sólo los quieren por estar allí con ellos.

–¿Cómo sabe un hombre si puede aceptar la responsabilidad?

–No veo dónde está la dificultad cuando tienes a un niño que ya te idolatra y a una niña que está loca por ti. Y Maura lo ha pasado muy mal. Necesita un hombre que la haga sentir bien y que la quiera. Pero creo que si no haces algo, pronto vendrá alguien dispuesto a darle lo que necesita.

Wyatt se puso nervioso al pensar en la posibilidad. No quería que ningún otro hombre la besara o hiciera el amor con ella.

En ese momento apareció Maura por la puerta trasera de la casa, con Kelly. Se iba a trabajar. Saludó desde lejos, arrancó el coche y se fue.

–Este lugar debe de ser muy solitario durante el día. Sólo piensa en las noches una vez que Maura y los niños se hayan ido.

–Sé lo que intentas hacer, Hank –dijo Wyatt. Y la verdad era que estaba funcionando.

–Bueno –dijo Hank–. Yo sólo he venido para ver si puedo contratar a tus animales para el rodeo de Circle B.

–¿Aún no tienes caballos para el rodeo?

–Hemos tenido algunos problemas y les dije que se

olvidaran. Sé que no es gran cosa, Wyatt. Pero pensé que a lo mejor te apetecía mostrar tus caballos.

–Suena bien. Lo haré con una condición. Que dejes de hacer de celestina.

–Oh, yo no hago nada. Ya está todo hecho. Pero aún no lo has admitido.

–Mamá, no me estás escuchando –dijo Jeff.

–¿Qué, cariño? –dijo Maura–. ¿Has dicho algo?

–Tienes que firmar mis deberes.

Ella tomó un boli y firmó.

–Lo siento. Es que estoy cansada.

–No pasa nada. Sé que trabajas mucho.

Maura estaba contenta de que su hijo pensara eso. Pero la verdadera razón por la que estaba así era Wyatt. Llevaba todo el tiempo mirando la puerta trasera, preguntándose cuándo vendría a cenar. Parecía que cada vez pasaba más tiempo fuera de casa. Ella sabía que tenía que ocuparse de los animales, pero eso no cambiaba el hecho de que lo echaba de menos. Sobre todo cuando Jeff y Kelly se acostaban.

Estaba sola.

No es que no tuviera suficiente trabajo para mantenerse ocupada. Tenía que concentrarse en sus tareas y ayudar a Jeff con sus deberes, no pensar en el cowboy del rodeo.

De pronto la puerta se abrió y apareció Wyatt, que dejó su sombrero en una percha cercana. Tenía aspecto desaliñado por haber estado todo el día trabajando, pero estaba fantástico.

–Lo siento, no pretendía molestar –dijo él–. Voy a lavarme un poco.

Se dirigió al fregadero y comenzó a lavarse las manos.

–Ya he terminado, ¿ves? –dijo Jeff mientras se levantaba de la silla.

–Está muy bien –dijo Wyatt mientras se secaba las manos con una toalla.

–¿Ahora me dejarás ver los toros? –preguntó el chico.

–¿Qué tal mañana cuando vuelvas a casa?

–Pero ya estará oscuro.

–Entonces tendrás que esperar hasta el sábado –dijo Maura.

–Lo siento, Jeff –dijo Wyatt–. Pero os tendré una sorpresa preparada a ti y a tu hermana para entonces.

–¿Qué es? –preguntó Jeff emocionado.

–Si te lo digo ya no será una sorpresa.

–Pero faltan dos días para el sábado.

–A lo mejor si te vas a la cama llega antes –dijo su madre mientras lo conducía hacia la puerta–. Subiré enseguida.

–Buenas noche –dijo Jeff, y subió corriendo.

Wyatt se giró hacia Maura, la cual apartó la mirada enseguida y se entretuvo en guardar los deberes de Jeff en la mochila.

–¿Maura, te preocupa tener los toros aquí?

–No me vuelven loca, pero es tu negocio.

–Me he asegurado de que las vallas son seguras. No van a escaparse. Además, si no se los provoca son muy tranquilos.

–Ni siquiera yo soy tan inocente –dijo Maura con incredulidad.

–Maura, es seguro. He tomado todas las precauciones. Por lo que he pagado por ellos, no me interesa que se escapen.

Wyatt había construido el cerco de los toros detrás del granero para que no se pudieran ver desde la casa. Con Bud cerca, a Wyatt le resultaba más fácil ocuparse de todo en el rancho. Lo primero era reparar la casita, y luego quizá construir una casa con literas para poder contratar personal. Y Wyatt había estado pensando seriamente en la idea de Hank de criar ganado.

–Supongo que tienes razón –dijo Maura finalmente.

–¿Hay algo más que te preocupe?

No lo había mirado a la cara desde el día en que casi la besó en el granero. Y eso había sido hacía siete días.

–Hoy he ido a la tienda de pintura y he tomado algunas muestras para las paredes del salón y del comedor. Están en tu habitación –dijo ella.

–Bien, echaré un vistazo. Pero voy a dejar que decidas tú. ¿Qué más te preocupa?

–Sé que has estado muy ocupado, pero me preguntaba si he hecho algo para enfadarte.

Enfadarse no, frustrarse sí. Se apoyó contra el fregadero para evitar tomarla en sus brazos y demostrarla cómo la deseaba.

–No, no has hecho nada malo. Es sólo que he estado muy ocupado con lo animales.

Aunque aquella distracción no había sido suficiente para olvidarse de ella. Pero tenía que ser justo con Maura. Ella necesitaba un hombre que se comprometiera, y él no estaba seguro de ser ese hombre. Sin embargo la deseaba.

–Maura, tú me importas… dijo él, y de pronto ella lo miró y él sintió que se le secaba la garganta–. Pero no creo que ninguno de los dos estemos preparados para algo a largo plazo.

–Tienes razón –convino ella–. Y yo tengo dos hijos de los que ocuparme. Tengo que ir a ver si ya se han acostado. Así que supongo que te veré por la mañana. Buenas noches.

Wyatt tuvo una sensación de vacío al ver a Maura salir de la habitación. No importaba lo mucho que ella le importara, tenía que dejarla ir. Él no estaba preparado para arriesgar su corazón otra vez, pero sabía que ya era demasiado tarde. Maura Wells ya se lo había robado.

El sábado por la mañana Jeff y Kelly se levantaron entusiasmados nada más amanecer. Maura se había quedado dormida y cuando bajó a la cocina, Wyatt ya había comenzado a preparar el desayuno para Bud y los niños.

—Lo siento. Me temo que se me olvidó poner el despertador —dijo ella, y se acercó hacia el fogón, pero Wyatt la apartó.

—¿Por qué no dejas que lo prepare yo esta mañana?

—Sí, mamá —dijo Kelly—. Vamos a preparar el desayuno. Huevos revueltos y beicon.

—Es el desayuno de un cowboy —dijo Jeff.

—Toma algo de café —dijo Wyatt, y le entregó una taza—. ¿Por qué no vas y te tomas algo de tiempo para ti? Aquí lo tenemos todo controlado.

—¿Tan mal aspecto tengo? —preguntó Maura.

—No, tienes un aspecto estupendo —le dijo él al oído—. Ahora ve a cambiarte y cuando bajes tendré una sorpresa para ti.

Tras el desayuno, Wyatt y Bud le pidieron a Maura diez minutos antes de que llevara a los niños al establo. Jeff y Kelly casi se volvieron locos cuando Maura les dijo que ya era la hora.

Cuando llegaron a la puerta del establo Maura gritó:

—Wyatt, estamos aquí.

Entonces recordó que no había estado allí desde el día en que le había pedido a Wyatt que regresara a la casa. Hacía diez días de eso.

—¿Estáis preparados? —dijo Wyatt

—¡Sí! —gritó Jeff.

–Claro que sí, Wyatt –dijo Kelly sin parar de dar saltos.

–Muy bien. Bud, trae a Sandy.

De entre las sombras apareció Bud con un hermoso poni color caramelo, ensillado y listo para ser montado.

Ni Jeff ni Kelly pudieron contener su alegría. Maura no sabía qué hacer mientras miraba a Wyatt.

–Ésta es Sandy –dijo Wyatt–. Es de Circle B. Hank dice que lleva un tiempo sin que nadie la monte y que necesita pasar tiempo con dos niños.

–¿Así que está acostumbrada a los niños? –preguntó Maura.

–Es tan tranquila como un perro viejo –dijo Wyatt mientras le acariciaba el cuello al animal. Luego les enseñó a los niños cómo acariciarla.

–Mira, mamá. A Sandy le gusto –dijo Kelly mientras le acariciaba la cara al poni.

–Mira, dale azúcar –dijo Wyatt, y les dio a cada uno un azucarillo.

–¿Mamá, podemos montar? –dijo Jeff.

Wyatt levantó una ceja como pidiendo su supervisión. Ella sabía que él nunca pondría a los niños en peligro. A veces se quedaba alucinada por lo mucho que confiaba en él.

–Supongo que no hay ningún problema, si Wyatt camina junto a vosotros por el corral.

–Eso es lo que había planeado –dijo él–. Las señoritas primero –añadió, y montó a Kelly en la silla. Comenzó a conducir al poni fuera del establo, y cuando pasó junto a Maura inclinó la cabeza y dijo–: Tú no te vayas muy lejos. Tengo planes para ti.

Maura sintió un cosquilleo, entonces le dio la mano a su hijo y lo condujo hacia la valla del corral. Maura pudo ver la excitación de los niños mientras se turnaban para montar al poni.

–Mira, mamá –dijo Kelly señalando hacia el establo.

Ella miró y vio a Bud que venía con otro animal. Pero no se trataba de un poni, sino de un caballo grande y negro.

–¿Wyatt, es ése tu caballo, Raven? –preguntó Jeff.

–Es él. Llegó aquí ayer mientras estabais en el colegio.

¿Cómo sabían los niños de la existencia de ese caballo? Maura se quedó un poco desconcertada.

Wyatt ayudó a Jeff a bajarse del poni y luego se lo dio a Bud para tomar él su caballo.

–Wyatt, haz que haga alguno de sus trucos –dijo Jeff.

Wyatt llevó al animal al centro del corral mientras los niños se sentaban en la valla junto a su madre.

–¿Qué dices, Raven? ¿Quieres hacer alguno de tus trucos para Maura, Jeff y Kelly?

El caballo comenzó a mover la cabeza arriba y abajo, haciendo reír a los niños. Entonces Wyatt se montó encima y tiró de las riendas. El caballo giró hacia un lado haciendo un círculo. Volvió a tirar de las riendas hacia el otro lado y el caballo cambió de dirección. Los niños aplaudían. Entonces el animal se levantó sobre las patas traseras y los niños se volvieron locos. Maura estaba sorprendida por el espectáculo, pero le interesaba más el cowboy que el caballo.

Wyatt disfrutaba viendo a los niños tan contentos y se daba cuenta de lo mucho que había echado de menos a su caballo durante el último mes. Por fin había encontrado un hogar permanente para los dos.

–Haz algún truco más, Wyatt.

Wyatt se dio cuenta de que Maura parecía distraída y se acercó a la valla con el caballo.

–Creo que es hora de que vuestra madre monte un rato.

Agarró a Maura por la cintura y la subió encima del caballo.

–Oh, Wyatt. No, no puedo.

–Relájate –dijo él mientras sujetaba su esbelto cuerpo frente al suyo–. Ahora pasa la pierna por encima de la silla. Eso es. Siéntate delante de mí.

La colocó sobre la silla y él se colocó detrás.

–Wyatt, estás loco.

Él puso los brazos alrededor de su costillar, justo debajo de sus pechos. Sí, estaba loco. No estaba escuchando a su sentido común. Pero daba igual lo mucho que intentara alejarse de ella porque no podía. Miró hacia Jeff y Kelly, sentados en la valla, y sintió una extraña sensación de protección hacia ellos. ¿Sería así como uno se sentía con una familia de verdad? Si era así, le gustaba. Mucho.

–¿Por qué no damos unas vueltas?

–Quiero bajarme –dijo ella.

–Maura, has de saber que no dejaría que te pasara nada –susurró él a su oído.

–Lo sé –dijo ella mirando por encima del hombro. Estaba tan cerca que él sabía que sólo tendría que acercarse unos centímetros para besarla. Al darse cuenta de lo que estaba pensando, se enderezó y le dio una palmadita en el cuello al caballo.

–Vamos, Raven.

El animal levantó la cabeza y relinchó suavemente. Finalmente Maura se relajó y sonrió.

–Muy bien, cowboy, llévame a dar una vuelta.

–Será un placer, señorita –dijo él tomando las riendas y acercándose más a ella.

–Esto es divertido.

–Es más divertido si tomas las riendas –dijo él, y le enseñó cómo hacerlo–. Ahora tienes el control.

–¿Qué hago?

–Raven responde tanto a las órdenes con las riendas

como con la voz. Si mueves las riendas hacia la izquierda o derecha, él se moverá en esa dirección. Chasquea la lengua y entonces comenzará a caminar. Da un golpe en sus costados con los pies e irá más rápido. Tira de las riendas y se parará.

—Así que has de saber qué marcha meterle —dijo Maura tratando de ocultar su sonrisa.

Wyatt se preguntaba cuánto tiempo hacía desde que Maura no se divertía. La apretó en las costillas y descubrió que tenía cosquillas, aparte de una risa muy contagiosa.

—Deberías hacer eso más a menudo.

—¿El qué? ¿Montar a caballo?

—Eso también, pero me refería a reír.

Tras dar una vuelta al corral, Maura parecía muy segura de sí misma.

—Lo haces bien para ser principiante.

—Yo diría que muy bien para ser la primera vez que me subo a un caballo.

—Sí, mamá, lo haces genial —dijo Jeff.

Maura —dijo Bud desde lejos—. ¿Te parece bien si los niños me ayudan a cepillar a Sandy?

—Supongo que no pasa nada —dijo ella—. Jeff, vigila a tu hermana; Kelly, quédate con Jeff.

Los dos niños asintieron y siguieron a Bud al establo.

—No tienes por qué preocuparte. Bud cuidará de ellos.

—Es que nunca habían estado rodeados de animales —dijo ella.

—¿Has vivido en la ciudad toda tu vida?

—Sí, y los niños también. Ni siquiera han tenido perro.

—Doy por hecho que a tu ex marido no le gustaban los animales —dijo Wyatt, y sintió que Maura se ponía rígida–. No trato de entrometerme, sólo de tener una conversación.

–No, a Darren no le gustaban los animales… ni los niños.

–Quizá sea mejor para todos que haya salido de vuestras vidas.

–Ojalá eso fuera verdad –murmuró ella.

Wyatt detuvo al caballo a la sombra del establo.

–Maura, sé que no has hablado mucho sobre tu matrimonio, y no voy a preguntarte nada sobre el pasado. Pero tengo que saberlo, ¿alguna vez considerarías la opción de volver con él?

–¡Nunca! –dijo ella con los ojos llenos de lágrimas–. Haré cualquier cosa para mantenerlo apartado de los niños.

–Tranquila –dijo él, y la abrazó con fuerza–. No dejaré que os haga daño, Maura. Nunca más.

–No lo conoces –dijo ella–. No sabes lo que es capaz de hacer.

–Sé que mientras esté yo cerca, no va a haceros nada.

–No puedes hacer una promesa como ésa, Wyatt. Darren vendrá a por mí. Juró que lo haría, así que no puedo quedarme en un mismo sitio mucho tiempo. Sería mejor que me marchara.

Wyatt sintió un pánico que no había experimentado jamás, ni cuando Amanda lo había abandonado.

–No puedes huir.

–Es el único modo de sobrevivir. Tengo que pensar en mis hijos.

–Pues no te marches. Yo puedo protegeros. Bud va a ayudarme a reparar la casita. Sólo llevará unas semanas, y luego los niños y tú podréis mudaros allí.

–Creí que habías dicho que no ibas a comenzar el trabajo enseguida.

–Si eso hace que te quedes aquí, haré lo que sea. Te lo alquilaré. Pero quédate, Maura.

–Pero, yo…

–Escucha un momento. No te estoy pidiendo que te comprometas a nada. Sólo quiero pasar tiempo contigo.

–Eso me gustaría –dijo ella tras dudar un momento.

–De acuerdo. ¿Qué te parece el rodeo de Circle B?

–¿Qué pasa con él?

–¿Qué te parecería si te pidiera que fueras conmigo… como mi cita?

HANK estaba junto al corral y veía cómo los hombres terminaban los últimos detalles con la decoración para que todo estuviera listo. Llevaba despierto desde las cuatro de la mañana, asegurándose de que todo estaba listo, y Chance, Cade y Travis habían estado trabajando hasta más de media noche el día anterior.

Era curioso que el rodeo de Circle B hubiera empezado como una manera de involucrar a los chicos en el mundo de los caballos y en los últimos veinte años se hubiera convertido en un rodeo en toda regla. Aunque era para principiantes, cada vez había más rancheros de la zona que participaban, y ese día se esperaba que acudieran unas trescientas personas. La idea de alimentar a tanta gente lo agobiaba un poco, pero a Hank le encantaba organizar su rodeo. A sus sesenta y seis años, había considerado la idea de retirarse y entregarles las riendas a los chicos. Suspiró. Aún no estaba listo para olvidarse de ello.

Hank se giró al oír su nombre y vio que Eliane iba corriendo hacia él. Iba vestida con unos vaqueros y una blusa. A sus casi sesenta años, era una mujer muy guapa con ojos muy expresivos. Le había costado un poco, pero con el tiempo Hank había aprendido a tratarla y sabía que no tenía que interponerse en su camino cuando no estaba de humor.

Durante los últimos veinticinco años había llevado la casa como un sargento, pero él nunca había cuestionado su amor por Chance, Cade y Travis. Había educado a los chicos como si fueran suyos. La mujer llevaba allí tanto tiempo que no podía imaginarse aquel lugar sin ella.

–Hank, necesito que algunos de los hombres ayuden a colocar las mesas. Esos chicos del instituto que contrató Chance no han aparecido. Y no quiero que ninguna de las mujeres levante peso.

–Yo tampoco –dijo Hank–. Deberían concentrarse en la comida.

Ella meneó la cabeza y sonrió mientras lo miraba a la cintura. Él sabía que ella se volvía loca al ver que nunca engordaba.

–¿Es eso en lo único que piensas? ¿En la comida?

–En un día como hoy, casi puedo saborear el cielo. ¿Ha traído Claire Watson sus patatas con queso?

–Por supuesto. Esa mujer haría lo que fuera por conseguir un hombre.

Hank sabía que era cierto y por eso se mantenía alejado de la viuda Watson, pero no de sus patatas.

–¿Qué hay de malo en tratar de complacer a un hombre? –preguntó Hank.

–Una mujer puede complacer a un hombre sin tener que cocinar para él.

–¿De qué otra cosa tiene que preocuparse un hombre de mi edad que no sea la comida?

–Si tengo que decírtelo, Hank Barrett, entonces quizá seas demasiado viejo –dijo ella guiñando un ojo y luego se marchó.

–¿De qué diablos está hablando esta mujer? –se preguntó Hank en voz baja. Levantó la mirada y vio la camioneta de Wyatt Gentry aparcando cerca del establo.

Wyatt bajó de la camioneta y luego ayudó a bajar a Jeff, no sin antes recordarle que no debía caminar por los corrales a no ser que estuviera con un adulto. Jeff estuvo de acuerdo y luego se fue a buscar a sus amigos.

Wyatt había enviado los caballos esa misma mañana. Ésa era la primera vez que regresaba a Circle B desde que su identidad se hiciera pública. Probablemente habría alguien que le preguntaría qué relación tenía con los Randell.

Fue a la parte de atrás de la camioneta para descargar las cajas de comida que Maura había estado preparando toda la noche para la barbacoa. Eliane y Kelly fueron detrás.

—Todo saldrá bien —dijo Maura.

—¿El qué saldrá bien?

—Estás preocupado —dijo ella—, pero tus caballos se portarán genial. Y claro que alguien hará preguntas sobre Jack, pero tus hermanos estarán aquí.

Nunca se había considerado a sí mismo una persona transparente, pero a Maura parecía que no podía ocultarle nada.

—¿Cómo sabías que me preocupaba eso?

—Has estado con el ceño fruncido desde que te subiste a la camioneta.

—Quizá sólo era porque me molestaba el sol.

—Quizá.

—Mamá, quiero ir a jugar con Katie.

—Muy bien, cariño, pero quédate en la zona de juego. Hay mucha gente y muchos camiones por aquí.

—Lo haré, lo prometo —dijo la niña, y salió corriendo hacia una zona vallada para que jugaran los niños.

—Estará bien —dijo Wyatt.

—Lo sé —dijo ella mirando a la casa—. Creo que debería llevar la comida dentro.

Él la detuvo cuando se disponía a descargar las cajas.

–Maura, ahora es tu turno. ¿Qué te preocupa?

–Nada –dijo ella, aunque ambos sabían que mentía.

–Creo que te preocupa lo que diga la gente sobre que vivamos juntos.

Él había disfrutado estando con Maura y los niños las últimas semanas. Aunque no la había tocado, ansiaba poder hacerlo.

–No hay nada que podamos hacer al respecto, Wyatt.

–Bueno, puedes decir que los niños y tú vais a alquilar la casita –no le gustaba la idea de que estuvieran los tres en un espacio tan pequeño, pero haría cualquier cosa para que se quedaran.

–Pero la gente nos verá juntos y asumirá que…

–No puedo evitar que cada vez que me mires me flojeen las piernas.

–Entonces quizá no debería mirarte.

–O quizá deberías dejar de preocuparte por lo que diga la gente.

–Mira quién habla. Mantén la cabeza bien alta, Wyatt Gentry, no tienes nada de qué avergonzarte. Eres un buen hombre.

–Entonces confía en mí. Tú quédate en la casa, donde más espacio hay, y yo me mudaré a la casita.

–Wyatt, no puedo dejar que hagas eso.

–¿Qué pasaría si las circunstancias fueran diferentes?

–¿Qué quieres decir?

Sí, ¿qué quería decir? Antes de que él pudiera pensar en algo Chance lo llamó.

Wyatt se excusó y caminó unos pasos para hablar con Chance. Para cuando regresó, Maura ya estaba llevando una caja con comida hacia la casa. Él tomó la otra y la siguió.

Cuando entró en la enorme cocina, vio a docenas de mujeres hablando mientras preparaban la comida. Al ser nuevo no conocía a ninguna, pero Maura las saludaba a todas amistosamente. Entonces Elia se dio cuenta de su presencia.

—Señoritas, observen quién ha entrado —dijo el ama de llaves—. Es tan guapo como sus hermanos, ¿no creéis? ¿Qué tal, Wyatt?

—Bien, gracias —dijo él mientras dejaba la caja en la encimera. Se disponía a marcharse cuando Elia volvió a llamarlo.

—He oído que hoy traes tú los caballos.

—Sí. Espero no decepcionar a nadie.

—No te preocupes —dijo una mujer—. Hoy es un día para pasárselo bien. Esperemos que nadie salga herido.

—Te lo dije —le dijo Maura a Wyatt mientras pasaba por su lado.

Él la siguió hasta la camioneta para ayudarla a llevar más cajas.

—Wyatt, será mejor que vayas a echar un ojo a los caballos. Yo puedo llevar el resto de la comida.

—No pasa nada. Bud se ocupa de todo, aunque pronto tendré que ir a los corrales. Pero antes quería hablar contigo —tomó a Maura del brazo y la colocó contra el tronco de un roble que había cerca. Era lo mejor que podía hacer para tener intimidad. La miró y vio lo guapa que estaba con sus vaqueros y su blusa. Incluso se había puesto botas.

—Eres una cowgirl muy guapa —dijo él.

—Gracias. La mayoría de las cosas son de Abby. Las botas, el sombrero…

—Pues te quedan muy bien.

—Gracias —dijo ella con una sonrisa—. Lo admito, estoy muy emocionada. Nunca había estado en un rodeo. No puedo esperar a verte montar.

—Espero no decepcionarte —dijo él—. Hace mucho que no participo en uno. Dylan es la verdadera estrella de la familia.

–Apuesto a que tú también eres bueno.

–Todo cowboy quiere que una chica lo anime. ¿Tú quieres ser mi chica hoy?

–Mira, Wyatt, ya sé que me has traído aquí hoy. Pero hay mucha gente, muchas mujeres hermosas aquí. Si resulta que encuentras a alguna con la que quieras estar…

–No me importan las otras mujeres, Maura. Me importas tú.

Maura abrió mucho los ojos y él le dio un beso en la punta de la nariz.

–Además, con tanto hombre alrededor –dijo él–, no quiero que ninguno intente ligar contigo. No quiero que bailes con otro o que beses a otro –añadió justo antes de besarla en la boca. Ella no se resistió, simplemente colocó sus brazos alrededor de su cuello y abrió más la boca para que él pudiera besarla mejor.

–Eso es para que no dejes de pensar en mí en todo el día.

Wyatt se marchó, deseando que aquel beso hubiese significado tanto para ella como para él.

Dos horas más tarde, Maura estaba sentada en las gradas junto a Abby, Jeff y Kelly esperando a que empezara el espectáculo.

–¿Cómo es vivir con Wyatt? –susurró Abby.

Maura se puso tensa al pensar que alguien podía haber oído la pregunta.

–No vivo con él, sólo en la misma casa.

–Es agradable, ¿verdad?

Maura quería negarlo, pero no podía. Al principio lo último que quería era un hombre en su vida, pero ahora esperaba ver a Wyatt cada mañana y cada noche. De hecho había estado levantándose antes para poder estar con él antes de que marchara a alimentar a los animales.

Maura miró a los niños, que estaban entretenidos mirando a los payasos del rodeo.

—Creí que te preocupaba que confiara demasiado en él.

—Eso era antes de conocerlo –dijo Abby–. Además, a Chance, Cade y Travis les gusta. Y ellos saben juzgar muy bien a las personas. Y he visto cómo te trata, cómo te mira.

—Para contestar a tu pregunta –dijo Maura con una sonrisa–: Sí, es agradable. Y Wyatt no se parece en nada a Darren. Es bueno conmigo y con los niños. ¿Es eso lo que quieres oír?

—¿Así que empieza a haber algo entre vosotros?

Maura se negaba a pensar en el futuro. No iba a albergar esperanzas. ¿Cómo esperaba que Wyatt asumiese sus problemas?

—No, no hay nada. Sólo vivo en su casa, y cuando la casita sea reparada me la va a alquilar.

—Bueno –dijo Abby cruzándose de brazos–. Entonces supongo que me equivoqué cuando lo vi besarte bajo el árbol hace unas horas.

—Vale, nos besamos –dijo Maura acalorada–. Pero no vamos a llegar más lejos.

—¿Por qué no? Quiero decir que, si sientes algo por él, nadie va a impedirte que rehagas tu vida con él. Estás divorciada.

—Sabes que no es tan simple, Abby. Darren juró que me encontraría.

—Entonces dile a Wyatt lo de las amenazas –dijo ella bajando el tono de voz–. Si le importas tanto como creo que le importas, no dejará que os pase nada.

Maura quería confiar en el futuro, ¿pero aguantaría Wyatt si las cosas se complicaban?

Locura.

Era la única palabra en la que pensaba Wyatt mientras saltaba la valla tras la cual esperaba Rock-a-Billy. El animal no estaba contento. Las antiguas lesiones de Wyatt comenzaban a doler. Nunca había olvidado lo que puede hacer un caballo enfurecido.

Era demasiado tarde.

Escuchó que anunciaban su nombre como el próximo jinete. Wyatt se colocó en posición. Se subió al caballo y se agarró con fuerza. Se colocó bien el sombrero y juntó su cuerpo al del caballo. La puerta se abrió, la multitud empezó a gritar y el caballo salió a la arena.

Billy agachó la cabeza y de pronto dio un giro brusco, pero Wyatt ya se lo esperaba. Cuando el caballo levantó las patas traseras Wyatt sintió todo su cuerpo dolorido. Cuando el caballo se retorció la segunda vez, Wyatt pudo sostenerse. Pero a la tercera no tuvo tanta suerte, salió volando por los aires y aterrizó en el suelo.

Entonces sonó la campana.

El instinto de supervivencia de Wyatt resurgió. Se levantó y salió corriendo para apartarse del camino del caballo desbocado. Llegó a la puerta casi sin aliento y se encontró con Chance.

—Los has hecho muy bien —dijo Chance—. Y, por cierto, es un caballo muy bueno el tuyo.

—¿Eso crees? —dijo Wyatt tratando de disimular su dolor mientras se quitaba el polvo de los pantalones.

—No conozco a nadie que vaya a poder montarse sobre ese animal. Pero ya lo veremos.

Wyatt miró y vio a Maura que venía corriendo hacia él.

—¿Wyatt, estás bien?

Wyatt le tomó la mano y la apartó de la multitud.

—Sí, estoy bien.

—Quizá no deberías haber montado tan pronto después de tu accidente.

–El médico dijo que no pasaba nada –dijo él.

–No vas a volver a montar, ¿verdad?

–Lo dudo. No he aguantado los ocho segundos.

–¿Estás seguro de que no te has hecho daño?

–Me sentiría mejor si me dieras un beso –dijo mientras le acariciaba las mejillas–. Me ayudaría a olvidar el dolor –añadió, y la besó con dulzura y suavidad–. ¿Ves, cariño? Ya me siento mejor.

Maura también se sentía mucho mejor. Demasiado bien como para preocuparse por lo que pensara la gente. Demasiado bien como para preocuparse por cualquier problema. Quería estar con Wyatt, quería llegar a conocerlo, y ver hasta dónde podían llegar.

–Wyatt, has estado genial –dijo Jeff mientras corría hacia él.

–Gracias, Jeff, pero me parece que me falta práctica.

–Ojalá yo pudiera hacer eso –murmuró el niño.

Wyatt miró a Maura y luego a Jeff.

–Bueno, ¿por qué no te inscribimos en el rodeo para niños?

–Oh, no –dijo Maura aterrorizada–. Jeff es muy pequeño para subirse a un caballo.

–Maura, los niños montan ovejas y llevan casco para protegerse. Yo estaré allí con él. No dejaré que le ocurra nada.

Tras haberlo visto con los niños, Maura sabía que decía la verdad.

–Confío en ti –dijo ella–. Jeff, escucha a Wyatt y haz exactamente lo que él te diga.

–Lo haré, mamá –prometió el niño, y la abrazó–. Voy a ganar porque Wyatt va a enseñarme. Vamos –dijo dándole la mano a Wyatt–. Tenemos que ir a practicar.

–Te veré más tarde –le dijo Wyatt a Maura guiñando un ojo–. Guárdame un sitio en la barbacoa.

–Lo haré –dijo Maura. Quería ir con ellos, pero había prometido ayudar con la comida. Miró el reloj al ver a Abby bajar de las gradas con su hijo, James, y con Kelly.

–Un beso y creería que sólo sois amigos. Dos besos ya es otra cosa. Ese hombre está loco por ti. Y creo que tú estás loca por él.

–No pienso meterme en nada –dijo Maura, aunque eso no significaba que pudiera dejar de sentir cosas por él.

Por la tarde la diversión continuó. Cuando Elia se enteró de que Jeff iba a participar en el rodeo infantil, mandó a Maura para allá. Llegó justo a tiempo de ver a su hijo montando. Duró muy pocos segundos antes de caer al suelo. Al verlo con la cara en el suelo, lleno de polvo, Maura quiso ir a ayudarlo, pero Wyatt se le adelantó. Por su esfuerzo, Jeff ganó una cinta y un sombrero con la insignia de Circle B.

Maura había notado muchos cambios en sus hijos en los últimos meses, sobre todo en Jeff. Ya no tenía mal comportamiento ni causaba problemas en la escuela. Y ya no pedía volver a Dallas con su padre.

Pero Maura tenía otro problema. Todo lo que su hijo decía era Wyatt esto, Wyatt lo otro. No podía evitar estar preocupada aunque, por otra parte, quería aprovechar la oportunidad que tenía.

Darren no iba a estropearlo todo. No ese día. En la zona de picnic, Kelly y ella encontraron una mesa bajo un árbol y se aseguraron de que había espacio para todos, incluida Abby, Cade y sus hijos.

Maura estaba de pie, Wyatt fue por detrás y le susurró al oído:

–¿Quieres compartir un picnic conmigo?

Ella miró por encima del hombro. Decir que era

guapo era quedarse corta. Era todo un cowboy y encajaba perfectamente con los acontecimientos del día.
Atraía la atención de todo el mundo, sobre todo de las
mujeres.

Las mujeres de todas las edades prácticamente ba-
beaban tras él, incluida ella.

–Oh, pero prometí comer con el cowboy que me
trajo aquí –dijo ella bromeando–. Quizá lo hayas visto.
Es alto y escuálido. Un poco patizambo –y comenzó a
reírse.

–No soy patizambo.

–Tampoco eres escuálido –dijo ella con rubor en las
mejillas.

–Así que no me has quitado ojo de encima –dijo él
mientras se acercaba más a ella.

–No me digas que no te has dado cuenta de que todas las mujeres lo hacían.

–Pero tú eres la única que me importa –dijo él, y de
pronto se puso serio–. Estoy deseando que empiece el
baile para poder agarrarte.

–No sé si deberíamos quedarnos hasta tan tarde.
Los niños ya estarán cansados.

–Ya veremos –dijo él–. Ya veremos.

Llenaron sus platos con comida y regresaron a la
mesa, donde Maura ayudó a Kelly y Wyatt le entregó a
Jeff su plato. Maura no se había dado cuenta hasta entonces de lo mucho que él la ayudaba y lo bien que se
compenetraban. Maura también estaba atenta a la mirada que Abby los dirigía desde el otro lado de la
mesa.

–Wyatt –dijo Kelly mientras se comía el perrito caliente–: Le he dicho a Katie Rose que Rock-a-Billy es
el caballo más bonito de todos y ella ha dicho que el de
su padre es el más bonito.

–El papá de Katie cría caballos para exponerlos
–dijo Wyatt . Los míos son para rodeos. Me alegro

que pienses que Billy es bonito, pero no es un caballo para montar. Está entrenado para retorcerse y dar coces, así que tienes que prometerme que nunca te acercarás a él.

—Lo prometo —dijo ella—. Pero creo que Raven es un caballo muy bueno.

—Pero aún es demasiado grande para ti —dijo Maura—. Confórmate con Sandy.

Cade se sentó junto a su mujer.

—¿Sabes? Jared y Dan venden caballos de montar, por si estás interesado. Hacen descuentos a la familia.

—Ya lo pensaré —dijo Wyatt.

—Y, para que lo sepas, puedes ir desde Rocking R hasta Mustang Valley a caballo. Si es que quieres ir tan lejos, claro —dijo Cade—. Pero merece la pena cuando llegas allí. Abby y yo vamos allí a menudo —dijo guiñándole un ojo a su mujer—. Es agradable apartarse un poco, ¿verdad?

—Yo sé montar en poni —dijo Kelly negándose a dejar de ser el centro de atención—. Wyatt me enseñó.

—¿Sabes que tenemos un poni en nuestro rancho, Kelly? —dijo Abby—. Tengo una idea. Maura, ¿por qué no dejas que Jeff y Kelly pasen la noche en casa y así podrán ir a montar por la mañana con mis hijos?

Obviamente estaba encantada con su propia idea.

—¿Podemos, mamá? —dijo Kelly.

—Sí, mamá, por favor. Yo también quiero ir —dijo Jeff.

—Abby, no puedo dejar que te ocupes de tantos niños una noche. Estarás agotada después de hoy.

—No mucho. No pasa nada —dijo Abby dándole un golpe en el codo a su marido mientras comía—. ¿Verdad, Cade?

—¿Eh? Oh, claro. Cuantos más, mejor.

—¿Ves? —dijo Abby—. Ahora vosotros dos tenéis la noche libre. Podéis quedaros en el baile o iros a casa.

Maura estaba demasiado avergonzada para mirar a Wyatt, pero estaba encantada con la idea.

Wyatt estaba de pie a un lado de la pista mientras la banda comenzaba a tocar la primera canción. Maura aún no había aparecido. Comenzaba a pensar que se estaba escondiendo de él. ¿La habría asustado?

Apareció Chance y le ofreció una cerveza.

–¿Qué te está pareciendo la fiesta de momento?

–Es fantástica. Hank ha hecho un gran trabajo –dijo Wyatt.

–Tus caballos han sido un gran descubrimiento. Normalmente no tenemos animales de tanta calidad para los principiantes. Como viste, ninguno pudimos aguantar tanto.

–Yo no lo hice mucho mejor.

–Sí, pero apuesto a que Dylan sí podría. ¿Qué posibilidades crees que hay de que aparezca el año que viene?

–Me encantaría –dijo Wyatt, odiando tener que desilusionarlo–, pero va a costar convencerlo. Aún no le parece bien que yo haya comprado el rancho –añadió, pero no dijo nada de que no había contestado a sus llamadas.

–Lo superará.

–Quizá. Pero a tu familia tampoco le pareció bien al principio.

–Ya lo hemos aceptado –dijo Chance con una sonrisa–. Mis hermanos y yo no queríamos nada del rancho. Así que no pasa nada porque tú lo tengas, y más ahora que lo vas a destinar a lo que siempre estuvo destinado. Lo cual me lleva a una proposición. ¿Qué te parecería ayudar al Rancho de Huéspedes de Mustang Valley?

–¿Ayudar cómo?

–No lo sé exactamente. Tú tienes terrenos para pastar en Rocking R. Y en el rancho tenemos muchas peticiones de gente que quiere dar una vuelta a caballo. Podríamos hacer que la gente pagara para darse una vuelta.

A Wyatt la oferta le pilló desprevenido.

–Quizá quieras organizar una reunión familiar para hablar de los detalles.

Wyatt no tuvo oportunidad de hablar. Ambos miraron a Maura, que se acercaba. Se había cambiado de ropa. Llevaba una falda vaquera y una camiseta blanca, cubierta con un chaleco de ante. Tenía el pelo recogido y algunos mechones le caían por la cara.

–Maura está preciosa –dijo Chance–. Supongo que seguiremos con la conversación más tarde –añadió, y desapareció.

–Hola –dijo Maura nerviosa.

–Hola, estás guapísima –dijo Wyatt, le tomó la mano y la sacó a bailar. Él la tomó en sus brazos y ella se quedó de piedra, pero al final se acostumbró al ritmo.

–Eres muy buena bailarina –dijo él, deseando acercarla más a él.

–Debería serlo, dado que di clases de pequeña. Aunque nunca fui todo lo buena que quería mi madre. La verdad es que parecía que nunca cumplía con sus expectativas.

La tristeza en su voz no pasó desapercibida. La música paró y comenzó una canción lenta. Fue la oportunidad de Wyatt de acercarla más a él. Se sentía como en el paraíso.

–¿Dónde viven tus padres?

–En el este. En el estado de Nueva Cork.

–¿Por qué no regresaste allí tras el divorcio?

–No me querían –dijo ella con dolor–. Ni a los niños tampoco. No querían que los molestáramos. No han querido tener nada que ver conmigo desde que me casé con Darren.

—Maura, lo siento —dijo Wyatt mientras bailaban una canción de Garth Brooks—. Me temo que no podemos elegir a nuestras familias. Pero tienes a los Randell. Y a mí.

—Wyatt —dijo ella elevando la cabeza—. No quiero que te sientas responsable.

Él le puso un dedo sobre los labios.

—No me digas cómo tengo que sentirme, Maura. Sé que te cuesta confiar en los hombres y, si me paso o hablo más de la cuenta, retrocederé. Lo último que quiero es herirte, te lo juro.

—Te creo —dijo ella tragando saliva—. Pero es que hay muchas cosas que no sabes de mi situación.

Entonces él la condujo bailando hacia una esquina y luego se fueron a un lugar apartado, donde él le tomó la mano y preguntó:

—¿Confías en mí, Maura?

Ella asintió.

—¿Me crees cuando digo que los niños y tú me importáis?

Maura asintió de nuevo.

—Bien.

En ese momento la abrazó y la besó. Ella le devolvió el beso y comenzaron a oírse voces y risas. Entonces Wyatt apoyó la frente contra la suya y dijo:

—Me temo que este lugar se está llenando de gente. Quiero estar a solas contigo en el peor de los sentidos.

—Yo también —dijo ella temblorosa. Wyatt le dio la mano y los dos atravesaron el jardín. Maura no tenía que preocuparse por los niños porque Abby y Cade ya se los habían llevado a casa.

Horas antes, Bud había cargado los caballos en el camión y se los había llevado de vuelta a Rocking R. Lo único que faltaba era despedirse de Hank. Se encontraron con él, que estaba con Chance y Travis. Estuvieron hablando unos minutos y luego dijeron que se tenían que marchar.

Los dos caminaron hacia la camioneta en silencio. Wyatt tomó a Maura en brazos y la colocó dentro. Luego se puso a su lado.

–No te muevas. No quiero que te vayas lejos. De hecho planeo tenerte cerca toda la noche.

Los dos se miraron, sus caras iluminadas por la luz de la luna. Él podía sentir cómo ella temblaba. ¿Aún estaba asustada de él?

–Maura, quiero que sepas lo mucho que te deseo. Pero nunca te forzaría a nada –dijo él, y comenzó a apartarse.

–No, Wyatt, no me dejes –dijo Maura, y lo agarró de la camisa–. Yo también quiero estar esta noche contigo.

LOS VEINTE minutos de camino hasta Rocking R parecieron durar para siempre. Durante todo el viaje Wyatt mantuvo agarrada la mano de Maura y no la soltó hasta que no aparcó la camioneta junto a la puerta trasera. Sin decir palabra le desabrochó el cinturón, la tomó en sus brazos y la besó. Jamás en su vida había deseado tanto a nadie como deseaba a Maura.

–Vamos dentro –dijo él. La ayudó a salir y los dos fueron hasta la cocina. Había una pequeña luz sobre el fogón, pero era suficiente para que él pudiera ver el deseo en sus ojos–. Me lo he pasado muy bien hoy –añadió él de repente–. Dios, Maura, no quiero dejarte. Dime que tú sientes lo mismo.

–Yo tampoco quiero que esta noche acabe –admitió ella apoyando la cabeza contra su pecho. El tacto de su cuerpo contra el de él hizo que Wyatt se pusiera más nervioso.

«Ve despacio», se dijo a sí mismo.

Pero su pulso se aceleró. Y cuando susurró su nombre al tiempo que le pasaba la mano por la espalda, ella se acercó más a él. Ella lo miró y pudo sentir su aliento en la cara, excitándola más aún. Se puso de puntillas y lo besó, haciendo que Wyatt olvidara su determinación.

Él introdujo la lengua en su boca y olvidó todo pensamiento racional mientras su cuerpo se ponía cada vez más caliente.

Recorrió su cuerpo con las manos, sintiendo su deseo crecer. Le tocó los pechos a través de la camiseta y apretó con suavidad.

—Oh, Wyatt —susurró ella mientras le desabrochaba la camisa para acariciarle el pecho. Su tacto casi lo volvió loco.

—Te deseo, Maura.

—Yo también te deseo.

Era todo lo que necesitaba oír. La tomó en brazos y la llevó a su habitación. Una vez allí, la dejó junto a la cama y volvió a besarla. Entonces se apartó y encendió una pequeña luz que había junto a la cama.

—Maura —dijo él—. Si no estás preparada lo comprenderé.

—No, te deseo, Wyatt. Es sólo que no he estado con nadie más…

Wyatt le tomó la cara con las manos.

—No te preocupes, cariño. Esta noche quiero satisfacer todos tus deseos.

Aquella promesa la dejó sin aliento. Y lo último que quería era desmayarse antes de experimentar el amor con aquel hombre. Aunque no pudieran tener un futuro juntos, quería desear, sólo por un momento, que existía la posibilidad.

—Hazme el amor, Wyatt —murmuró.

Wyatt se quitó la camisa, luego las botas y el cinturón. Se dejó los pantalones y volvió hacia ella.

—¿Puedo… —comenzó a decir Wyatt— hacer los honores?

Incapaz de hablar, Maura asintió y él le quitó el chaleco, luego la sentó en la cama y le quitó las botas. Luego le quitó la falda y la camiseta, dejándola solo con las bragas y el sujetador. Tuvo que luchar para no taparse, tratando de dejar de lado los años de abusos. Pero esa noche, no. Lo único que tenía que hacer era mirar a Wyatt a los ojos.

–Qué guapa eres –dijo él antes de besarla de nuevo y recostarla sobre el colchón. Luego fue besándola por todo el cuello hasta llegar a su pecho. Le desabrochó el sujetador para poder ver sus pechos, pero entonces se detuvo, como si estuviera esperando a que ella hiciese el siguiente movimiento. Por primera vez en mucho tiempo, Maura quería que un hombre la tocara, quería que la hiciese sentir como una mujer.

–Wyatt… tócame –susurró.

Él puso su mano sobre uno de sus pechos y luego inclinó la cabeza para saborear sus pezones con la lengua. Ella gimió y lo agarró con fuerza. Él se excitaba más sabiendo lo mucho que ella disfrutaba.

La miró a los ojos mientras deslizaba la mano por su estómago, hasta el inicio de sus bragas.

–Maura, voy a acariciar y besar cada centímetro de cuerpo.

–Hazme el amor.

–Aguanta un poco –gimió Wyatt, y se levantó de la cama. Comenzó a quitarse los pantalones sin dejar de pensar en ella. Entonces oyó un golpe en la puerta y luego a Bud que lo llamaba.

–¿Pero qué narices…? Enseguida vuelvo –dijo él, y salió de la habitación cerrando la puerta tras él.

Maura se sentó en la cama y se puso la sábana alrededor del cuerpo mientras oía las voces amortiguadas. Segundos después volvió Wyatt.

–No sé cómo, pero Billy y Stormy Weather se han escapado y Bud y yo tenemos que ir tras ellos.

Se sentó en la silla y comenzó a ponerse las botas.

–Oh, Wyatt, ¿cómo ha ocurrido? –preguntó ella tratando de ocultar su decepción.

–Bud no está seguro –dijo mientras se ponía la camisa–. Pero si no los encerramos…

–Claro.

Wyatt se inclinó y la besó.

–Aún no hemos acabado –susurró él–. Así que no cambies de idea, cariño. Porque voy a hacerte el amor como nadie te lo ha hecho. Quiero que esperes aquí, en la cama.

Ella no pudo más que asentir. La besó de nuevo y se fue.

–Estaré aquí, Wyatt –dijo Maura tras quedarse sola–. Te quiero –susurró. Cerró los ojos por un momento y entonces oyó un ruido. Habría olvidado algo.

–Wyatt –dijo ella.

No hubo respuesta. Se incorporó de la cama y tuvo una extraña sensación. Algo iba mal. Se levantó, tomó una de las camisas de Wyatt y se la puso. No había terminado de abrocharse los botones cuando la puerta se abrió de golpe y apareció una figura. El pánico la inundó.

–Wyatt –dijo ella.

–Lo siento, zorra, pero tu amante está muy lejos.

Los pulmones de Maura se negaron a funcionar al ver a Darren Wells entrar en la habitación. Tenía el pelo largo y su olor corporal casi la hizo vomitar.

Sintió todo el daño y el dolor que le hizo pasar e instintivamente Maura se apartó.

–¿Qué haces aquí?

–Ah, Maura, ¿es ésa una manera de saludar a tu marido?

–Tú no eres mi marido –dijo ella, tratando de sonar tranquila. Rezaba para que Wyatt apareciera, pero sabía que eso no era probable.

Él le dirigió una sonrisa.

–Pensabas que te habías librado de mí, ¿verdad?

–¿Cómo has… salido de la cárcel?

–Me busqué un buen abogado. Al parecer la policía de Dallas no siguió el procedimiento adecuado cuando me arrestó. Y al parecer no has perdido el tiempo para encontrar otro amante.

–¿Qué le has hecho a Wyatt? –preguntó Maura mientras buscaba alguna manera de escapar.

–Digamos que estará persiguiendo caballos durante un buen rato. Tienes un bonito refugio aquí. Es una pena que no vayas a poder quedarte aquí para disfrutarlo. Vístete, zorra. Vamos a por los mocosos y nos largamos.

–No, deja a los niños al margen.

–No puedo –dijo él–. Es la única manera de tenerte controlada.

–No voy a irme contigo.

Él caminó hacia ella y sacó una pistola del cinturón de su pantalón.

–Lo harás, a no ser que no quieras que tu amante viva.

Maura gimió y tomó su falda cuando Darren se la lanzó. Se vistió todo lo rápido que sus temblorosas manos le permitían, intentando pensar en un plan para escapar.

–Venga, date prisa –dijo Darren mientras la agarraba del brazo.

Entonces los recuerdos de su antigua vida inundaron su cabeza. No podía permitir que él tuviera el control una vez más. Pero también sabía que su ex marido iba a hacerla pagar por su traición, por haberlo denunciado a la policía. No tenía la menor duda de que iba a hacerle daño, quizá hasta a matarla. Gracias a Dios que los niños no estaban allí.

Darren la arrastró por la casa hasta el porche delantero. Maura no vio ningún coche, pero pensó que él no habría sido tan estúpido como para ir conduciendo hasta la misma puerta.

–¿Cómo has descubierto dónde estaba?

–Simple. ¿Recuerdas a esa vieja que vivía en el piso de abajo y que siempre estaba denunciándome a la policía? Pues la llamé haciéndome pasar por abogado del Estado y dije que necesitaba tu nueva dirección para ponerla en un archivo.

De pronto la acercó súbitamente a él y dijo:

–¿Es que aún no sabes que no puedes escapar de mí? –y la besó. Pero entonces ella encontró la fuerza para resistirse. Apretó los puños contra su pecho hasta liberarse. Comenzó a correr rezando para poder esconderse en la oscuridad.

No consiguió llegar muy lejos antes de que él la tirara al suelo. Pero ella le dio una patada y lo arañó. No supo durante cuánto tiempo estuvieron peleando antes de sentir que alguien lo levantaba de encima de ella.

¡Wyatt! Vio cómo los dos hombres se peleaban, pero entonces Darren sacó la pistola. Maura pudo oír cómo la cargaba.

–¡No, Darren, no! –gritó mientras Darren apuntaba a Wyatt–. Me iré contigo, pero no dispares.

–Maura, no –dijo Wyatt.

Antes de que nada ocurriera, la sirena del sheriff de policía rompió el silencio. Wyatt pilló a Darren desprevenido y lo inmovilizó. La pistola salió volando. Wyatt le dio un puñetazo en la mandíbula a Darren, que cayó al suelo inconsciente.

Wyatt corrió hacia Maura y la abrazó mientras el coche patrulla se detenía inundando de luz la zona con los faros. El sheriff y su ayudante salieron del coche con las pistolas preparadas.

–Arriba las manos –dijo el sheriff.

Wyatt hizo lo que se le pedía.

–Sheriff, soy Wyatt Gentry. Yo llamé al 911 –dijo, y señaló al suelo–. Éste es Darren Wells: trató de secuestrar a Maura y nos apuntó con una pistola.

El ayudante esposó a Darren mientras el sheriff retiraba la pistola.

–¿Está usted bien? –le preguntó a Maura–. ¿Necesita ir al hospital?

–No, estoy bien –dijo ella–. No me ha hecho nada.

Wyatt sabía que mentía, pues en su cara podía verse la marca de un puñetazo.

–¿Estás segura de que no quieres que te vea un médico?

Ella negó con la cabeza y preguntó:

–¿Y tú?

–Yo estoy bien –dijo Wyatt–. Menos mal que he llegado a tiempo.

–Fue Darren el que dejó escapar a los caballos –le dijo Maura.

–Me imaginé que pasaba algo al ver que habían cortado la valla. Llamé al sheriff pensando que alguien había robado los caballos. No sabía que Darren estaba detrás de todo hasta que volví para ver si estabas bien.

–¿Y qué pasa con los caballos?

–Envié a Bud a ocuparse de ellos y yo vine a ver si estabas bien.

–Ahora que la policía está aquí quizá deberías ir a ayudarlo.

–No pienso dejarte, Maura –dijo él mientras le pasaba el brazo por encima del cuello, pero ella lo apartó.

–Estoy bien, Wyatt. Sólo quiero ir a ver a mis hijos –dijo ella mientras comenzaba a llorar–. Quiero ver que estén a salvo.

–Llama a Abby para asegurarte –dijo Wyatt mientras sacaba el teléfono móvil.

Maura se apartó unos metros para llamar. Y Wyatt aprovechó para hablar con el sheriff.

–Tiene que mantener a Wells encerrado. Mire lo que le ha hecho a su cara.

No creo que haya problemas. Mientras veníamos hacia aquí comprobamos los datos de Wells y resulta que lo buscan por robo en Dallas. Si hay suerte, eso servirá para tenerlo en la cárcel una buena temporada.

Pero necesitaré que la señora Wells testifique, lo cual se añadirá a los cargos.

–Ya no están casados –dijo Wyatt, dándose cuenta de lo posesivo que se había vuelto con respecto a Maura–. Perdón, es que ha sido una noche dura. ¿Podría ella ir mañana por la mañana?

–No hay problema –dijo el sheriff. Regresó al coche y se marchó. Entonces Maura regresó junto a Wyatt y le entregó el teléfono.

–Jeff y Kelly están dormidos, pero necesito verlos. Por favor, ¿puedes llevarme?

–Claro, podemos ir allí un rato.

–No, Wyatt. No voy a volver aquí. Voy a quedarme con Abby y Cade –dijo ella sin poder mirarlo a los ojos–. No sé qué va a ocurrir después de esto.

–Maura… me importas. Creí que había algo entre nosotros.

–Ahora mismo tengo que concentrarme en mis hijos y en sobrevivir. No puedo inmiscuirte en mi mierda de vida.

–¿Y qué pasa si resulta que yo quiero estar ahí y ayudarte?

–Tengo que cuidar de mí misma –dijo ella–. Por favor, trata de entenderlo. No tengo nada que ofrecerte.

Se dio la vuelta y se apresuró hacia la casa. Wyatt se quedó ahí, sintiendo como si le hubiesen arrancado el corazón de cuajo. Ella se equivocaba. Maura tenía todo que ofrecerle, todo lo que a él le importaba.

Había pasado una semana desde que Darren Wells había aparecido en Rocking R. Una semana desde que Maura se había mudado. Una semana desde que él no había visto a los niños. Los echaba de menos a los tres.

Debería estar empleando el tiempo en su negocio. Bud estaba en un rodeo en Nuevo México. Wyatt no había querido ir, a pesar de que se estaba volviendo loco. Ensilló a Raven y salió a dar una vuelta.

Veinte minutos después llegó al grupo de árboles que había al borde de Mustang Valley. Ya había estado allí una vez y recordaba la paz que se respiraba en aquel lugar. Miró hacia el valle y vio los árboles que bordeaban el riachuelo. A lo lejos podía ver las habitaciones del rancho de huéspedes, medio escondidas entre los árboles. En el otro lado, en las colinas, divisó una gran casa de dos pisos, toda de madera a excepción de una de las fachadas, que era casi toda de cristal. Era la casa de Travis y Josie. Desvió su atención hacia los pastos y vio un grupo de caballos salvajes pastando tranquilamente. De pronto dos de ellos se pusieron a pelear hasta que el macho dominante ahuyentó al otro. Wyatt se quedó mirándolos y no oyó llegar a Hank.

–La supervivencia del más fuerte –dijo Hank–. Es más viejo que el comer. Los machos luchando para conseguir a la hembra. Pensé que quizá tú harías lo mismo.

–Ella se negará a verme –dijo Wyatt.

–Maura cree que hace lo correcto apartándote de los problemas de su vida. Además está muy asustada.

–Pero ella no ha hecho nada. Es el bastardo de su ex marido el que se ha ocupado de todo.

–Pues házselo saber.

–¿Cómo voy a hacerlo si ni siquiera quiere verme?

–Bueno, puede que haya dicho eso, pero sé de sobra que no está siendo muy feliz estos días. Y los niños no lo están pasando mejor –dijo Hank echándose el sombrero hacia atrás–. Pero, hijo, no puedo permitir que vayas allí si tus intenciones no son del todo honorables.

Matrimonio. Eso era todo en lo que había pensado desde que Maura lo había abandonado. Al estar sólo esos días, se había dado cuenta de que la casa que quería no significaba nada si no podía compartirla con Maura.

–Quiero darle todo lo que nunca ha tenido. Un hogar para ella y los niños. Sí, la quiero.

Hank le dirigió una sonrisa.

–Esas palabras puede que ayuden a que cambie de idea, si haces que sepa que quieres que sea permanente. Es eso de lo que hablas, ¿no?

–Sí, creo que sí.

–Entonces será mejor que se lo digas a ella. Las mujeres necesitan que les digan esas cosas. Ya sabes, con flores y palabras bonitas.

A Wyatt no se le daban bien las palabras, pero se negaba a dejar que Maura se fuera de su vida sin luchar por evitarlo.

–¿Sabes dónde puede estar Maura hoy?

–Claro. Cuando me fui de casa de Cade y Abby hace un rato, ella estaba sentada en el porche, terriblemente sola –dijo Hank señalando hacia el oeste–. Si sigues por ahí no tendrás problema en encontrar el camino.

–Gracias –dijo Wyatt, y montó a Raven de nuevo y salió al galope. Era la primera vez en toda la semana que sentía algo de esperanza.

MAURA estaba sentada en el porche y veía a Kelly y a Katie Rose jugar con sus muñecas. Era un día frío de otoño y Maura tenía el día libre en la tienda. Aunque en cierto modo deseaba poder trabajar. Así no tendría tiempo para pensar en lo mucho que echaba de menos a Wyatt. Cerró los ojos y recordó la noche en que casi habían hecho el amor.

–¿Pensando en el sexy cowboy que vive al final de la carretera?

Maura abrió los ojos y vio a Abby sentada a su lado.

–No –dijo ella–. Tengo otras cosas en que pensar, como mi futuro y encontrar un lugar para vivir. Ya hemos abusado bastante de vosotros.

–Aquí hay mucho espacio –insistió Abby–. Además, Cade te dijo que podías mudarte a la casa del capataz. Ya no tienes que seguir huyendo. Darren va a ir a prisión, y con cargos por robo a mano armada le van a caer unos cuantos años.

–Gracias, Abby. Tú y tu familia nos acogisteis cuando no teníamos adónde ir.

–Todo el mundo necesita ayuda en algún momento. Ya me has recompensado por ello muchas veces, haciendo que The Yellow Rose prospere. Pero tienes que pensar en ti y en el hombre al que amas.

–¿Quién dice que lo amo?

–¿Acaso lo niegas?

–A veces el amor no es suficiente. ¿Cómo puedo

pedirle a un hombre que cargue con toda mi familia? Jeff y Kelly todavía pueden tener problemas por los abusos de su padre. Yo aún estoy con ayuda psicológica.

—Yo también. Pero a veces el amor es lo único que puede salvarte. Además, en la vida no hay garantías —dijo Abby—. Si no hubiera tomado la oportunidad y no hubiera dejado a Cade regresar a mi vida, no estaría con el hombre que amo. Y Brandon no tendría a su padre. Y yo no tendría a Jaime.

Maura quería creer a Abby, pero aún tenía miedo. Además, Wyatt no había hecho ninguna indicación de que la quisiera… para siempre.

—Si me quiere, ¿por qué no ha venido?

—Si no recuerdo mal, le pediste algo de tiempo.

Maura iba a hablar cuando de pronto divisó un jinete a lomos de un caballo que se acercaba por el camino. Enseguida reconoció a ambos. Era Wyatt.

Wyatt disminuyó la velocidad del caballo mientras se acercaba a la casa. Estaba muy nervioso. Antes de que pudiera decir nada, la pequeña Kelly fue corriendo hacia él para saludarlo. Él se bajó del caballo y la tomó en brazos.

—¡Wyatt, Wyatt! Has venido.

—Claro.

—Te echaba de menos —dijo la niña en voz baja—. Jeff y yo queremos vivir en tu casa, pero mamá dice que no podemos. ¿Por qué no le dices que no pasa nada?

Wyatt miró hacia la casa y vio que Cade se había unido a las dos mujeres en el porche.

—Haré lo que pueda.

De pronto Jeff salió corriendo del establo.

—¡Wyatt, estás aquí! —gritó el niño.

—¿Cómo estás? ¿Te portas bien con tu madre?

—He sacado un sobresaliente en el cole.

–Yo también he sido buena. Y he hecho muchos dibujos para ti –dijo Kelly.

–¿Por qué no habías venido a por nosotros? –preguntó Jeff–. ¿Es que no te importamos?

–Claro que me importáis.

–¿Nos quieres? –preguntó Kelly–. ¿Quieres a mamá?

Wyatt no tenía palabras y simplemente asintió.

–Pues cásate con ella –dijo Jeff.

Esos niños no se andaban con rodeos, así que decidió llevárselos a un lado para explicarles la situación. Agarró al caballo por las riendas y se los llevó al abrevadero.

–Mirad, niños, sí quiero casarme con vuestra madre. Y también quiero ser vuestro padre.

–¿Y podremos vivir contigo para siempre? –preguntó Kelly asombrada.

Él asintió.

–Vaya –dijo la niña–. Yo quiero que seas mi papá.

–¿Nos quieres? –preguntó Jeff.

–Sí, os quiero –dijo Wyatt mientras le ponía la mano en el hombro a Jeff–. Jeff, te prometo que no me enfadaré contigo ni con tu hermana, yo nunca os pondré la mano encima.

–Sé que no lo harás –dijo Jeff–. ¿Me enseñarás a jugar al béisbol? ¿Y podré montar a Raven cuando sea mayor?

–Eso había planeado.

–¿Y me leerás cuentos por la noche? –preguntó Kelly.

–Será un placer, princesa. Ahora debéis dejarme un tiempo a solas con vuestra madre. Me gustaría llevarla al rancho para poder hablar. Y así podré decirle lo mucho que la quiero. ¿De acuerdo?

Ambos asintieron con entusiasmo.

–Yo puedo vigilar a Kelly –dijo Jeff–. Seremos buenos con Abby.

–Muy bien, hijo, porque voy a necesitar toda la ayuda posible. Recuerda que es una sorpresa.

–Dale besos a mamá –dijo Kelly en voz baja–. Le gustan los besos –y salió corriendo junto con su hermano.

Wyatt sonrió. Al menos tenía a los niños de su parte.

–Haré lo que pueda –dijo para sí. Entonces condujo al caballo hacia el porche.

–Hola, Maura, Abby, Cade; Maura, ¿podemos hablar un minuto a solas?

Ella dudó por un momento y luego bajó los escalones del porche. Él se fijó en el peso que había perdido y en las ojeras que tenía. Al menos ya no había marcas de cardenales.

–¿Qué tal?

–Bien –dijo ella.

–Me alegro –dijo él sintiéndose extraño, y miró hacia el columpio que colgaba de un roble, donde los niños jugaban–. Los niños parece que están bien. Estaban a salvo y lo estarán de ahora en adelante.

Dio un paso hacia delante. Ansiaba tocarla, tomarla en sus brazos.

–¿Cuándo vais a regresar a la casa?

–No creo que sea buena idea –dijo ella tras una pausa–. Quiero decir que… no puedo seguir abusando de ti por siempre.

–No estabas abusando de mí, Maura. Ni antes ni ahora –dijo él–. Quiero que vuelvas, que nos des una oportunidad.

Maura había pensado cientos de veces en aquella noche en que casi hicieron el amor. Aquella noche en que él le dio a probar el paraíso. Amaba a ese hombre hasta límites insospechados, pero sentía que tenía que aprender a confiar en ella misma. No importaba lo maravilloso que pudiera ser Wyatt. No estaba preparada para confiar en otro hombre.

–Vuelve al rancho conmigo ahora. Sólo para hablar.

Al mirarlo a los ojos Maura sintió que su determinación se desvanecía, pero se enderezó.

–Ahora no puedo, Wyatt. Quizá cuando los niños y yo nos hayamos instalado.

–¿Cuándo será eso? ¿Nunca? Te estás rajando y lo sabes. Pero si piensas que eso es todo lo que hay entre nosotros, entonces yo no puedo cambiar eso.

A Maura no le asustaba la ira de Wyatt, pero se sintió decepcionada al ver cómo se subía al caballo. Se estaba rindiendo.

–No puedo obligarte, Maura, pero tampoco voy a quedarme dando vueltas donde no me quieren. Hazme saber dónde quieres que te envíe tus cosas –con un golpecito al caballo, comenzó a moverse y a alejarse. Maura quería ir tras él. Lo amaba, pero sabía que nunca podría darle lo que él necesitaba.

De pronto Maura desvió su atención hacia una pequeña figura que corría tras Wyatt. Era Jeff, que gritaba y le saludaba frenéticamente. Al ver que Wyatt no se detenía, el niño cambió de dirección y se dirigió hacia los pastos vallados. A Maura se le puso el corazón en la garganta y echó a correr detrás de su hijo.

Wyatt oyó que alguien lo llamaba, miró por encima del hombro y vio a Jeff que corría por el campo. Disminuyó la velocidad del caballo, se dio la vuelta y comenzó a galopar hacia el chico. De pronto el niño tropezó y cayó al suelo, pero no se levantó. Wyatt sintió pánico y aceleró la velocidad. El caballo saltó la valla y frenó en seco de golpe.

–Eh, chico –gritó Wyatt. El niño había tropezado con una piedra y había caído unos cinco pies más allá. Pero la piedra parecía ser el hogar de una serpiente de cascabel, que se acercaba al niño.

Wyatt se bajó del caballo y vio que la cabeza del niño estaba sangrando. En ese momento el niño volvía en sí y, cuando comenzó a gritar, la serpiente agitó el cascabel.

–Jeff –dijo Wyatt con voz calmada–. No te muevas. Sé que te has hecho daño, pero tienes que fingir estar dormido. Confía en mí. No dejaré que te ocurra nada.

Maura corría junto con Cade lo más rápido que podía, y cuando llegó donde estaba Wyatt y vio a su hijo tirado en el suelo sin moverse gritó:

–¡Jeff!

Wyatt levantó una mano para evitar que se acercaran. Cade agarró del brazo a Maura y el sonido de la serpiente la alertó de que estaba cerca del niño.

–Oh, Dios.

–Maura, deja que Wyatt se ocupe –dijo Cade.

–Por favor, Wyatt, ayúdalo –dijo ella–. Por favor.

–Lo haré –dijo Wyatt mientras se acercaba a Raven. Entonces abrió la alforja y sacó un enorme cuchillo. Maura tenía el corazón en un puño. De pronto, con un habilidoso juego de muñeca, Wyatt lanzó el cuchillo por el aire y dejó a la serpiente clavada al suelo. Luego sólo hubo silencio.

Según Cade la soltó, Maura corrió hacia su hijo. Wyatt ya estaba allí comprobando si estaba herido.

–Eh, compañero –dijo Wyatt–. Menuda has armado.

–Oh, Jeff –dijo Maura–. ¿Estás herido?

–Mi cabeza –dijo Jeff–. ¿Has visto a Wyatt, mamá? Ha matado a la serpiente.

–Has hecho un buen trabajo, compañero –dijo Wyatt–. Has hecho exactamente lo que te he dicho, te has quedado quieto.

–Porque sabía que me salvarías. ¿Puedo ver la serpiente?

–Lo dejaremos para luego, Jeff –dijo Cade mientras

sacaba el teléfono móvil–. Primero hemos de ir a que te vea el médico –añadió, y miró a Wyatt–. Buen trabajo con el cuchillo.

–Tengo algo de práctica.

En ese momento apareció Charlie, el capataz del rancho de Cade con su camioneta. Wyatt le entregó el caballo a Charlie y subió al niño al asiento de atrás de la camioneta junto con Maura. Él se subió adelante con Cade y se dirigieron a urgencias.

Una hora más tarde el médico ya había examinado a Jeff y le había diagnosticado una ligera contusión. Le había puesto una venda en la cabeza y le había dicho a Maura que le examinara las pupilas de vez en cuando durante las veinticuatro horas siguientes para luego volverlo a llevar. Cuando volvieron a la sala de espera, Maura vio que Wyatt todavía estaba allí.

–Parece que el médico te manda a casa.

–Sí, pero tengo una contusión. Tengo que quedarme despierto toda la noche.

Wyatt sonrió y Maura se dio cuenta de lo mucho que ansiaba ese momento, aunque la sonrisa no fuese dirigida a ella.

–Bueno, pero a lo mejor deberías tumbarte un rato, sólo para descansar.

–Gracias por salvarme –dijo Jeff mientras lo abrazaba.

–No hay de qué, compañero –dijo él devolviéndole el abrazo. Maura se dio cuenta entonces de que nunca había visto a Darren abrazar a su hijo.

–Bueno, tengo que volver al rancho –dijo Wyatt–. Bud me está esperando fuera. ¿Puedo dejar a Raven en tu casa hasta mañana? –le preguntó a Cade.

–Sin problema –dijo Cade.

–Tú tómatelo con calma los próximos días –le dijo a Jeff–, lo que no significa que tengas que hacérselo pasar mal a mamá.

–Seré bueno –dijo el niño, y se acercó más a Wyatt–. ¿Vas a hablar con mamá de… ya sabes?

–No creo que ahora sea el momento más adecuado –dijo él.

–Pero lo harás, ¿verdad? –dijo Jeff.

–Lo haré –dijo Wyatt mientras lo abrazaba.

Wyatt se incorporó y se despidió de Maura con un gesto de cabeza, luego se dirigió hacia la puerta. Antes de salir se dio la vuelta y sus miradas se cruzaron. Ella ansiaba poder llamarlo, pero entonces se dio cuenta de que él le estaba dando lo que ella quería. Wyatt estaba saliendo de su vida… para siempre.

–¿Estás lista para irnos? –preguntó Cade.

Ella asintió. Tenía miedo de hablar.

Cade tomó al niño en brazos y los tres se dirigieron a la camioneta y antes de subirse, Maura preguntó:

–¿Estoy haciendo lo correcto con Wyatt?

–Sólo tú puedes contestar a eso, Maura –dijo él–. Si te da miedo que pueda ser como tu ex marido, no tienes por qué temer. Los Randell hablamos mucho, pero luego no hacemos nada, a no ser que te metas con nuestra familia. Entonces pelearemos hasta el final. Vi esa mirada feroz en Wyatt cuando Jeff estaba en el suelo. No hay duda de que habría ido tras la serpiente sin más armas que sus manos con tal de salvar al niño. Jeff también lo sabía. Definitivamente es un Randell. Y lo digo en el buen sentido. Mis hermanos y yo somos la nueva generación. Nosotros no abandonamos a aquéllos a los que amamos.

Maura sonrió a pesar del dolor que sentía.

–Creo que Wyatt vino a San Angelo por una razón –prosiguió Cade–. Encontrar una familia. Y creo que encontró más de lo que esperaba. Está loco por ti y por los niños.

–Sí, mamá. Wyatt nos quiere. Él lo dijo.

A Maura le dio un vuelco el corazón al oír las palabras de su hijo. Deseaba oír esas mismas palabras de Wyatt.

—Estoy confusa.

—Hablamos de cómo te sientes, Maura —dijo Cade—. Y si no estás preparada... Aunque, pregúntate esto: ¿por qué le confías tu hijo a ese hombre con tanta facilidad y no le confías tu corazón?

DOS DÍAS más tarde Maura estaba sentada en la fría silla metálica en la sala de visitas de la prisión. Le sudaban las manos y el corazón se le iba a salir por la boca cuando vio al guardia que llevaba a Darren Wells. Al verlo no pudo menos que preguntarse cómo un día pudo estar enamorada de ese hombre con el pelo grasiento. Claro que eso había sido hacía mucho, antes de que él comenzara a abusar de ella.

Tenía una cosa segura, no iba a dejar que controlara su vida nunca más.

–Bueno, bueno, pero si es mi querida esposa... –dijo Darren mientras se sentaba al otro lado de la lámina de plexiglás que los separaba.

–Ya no soy tu esposa. Nuestro divorcio se hizo efectivo hace meses.

–Eso cambiará –dijo él–. Saldré de aquí.

–Tú no vas a ir a ninguna parte –dijo ella–. He hablado con el abogado y dice que si sumamos los cargos por intento de secuestro a los de robo a mano armada te van a caer varios años.

Él se inclinó hacia delante y le dirigió una mirada amenazadora que en otros tiempo la habría hecho temblar, pero ya no.

–Si sabes lo que te conviene, Maura, será mejor que no hagas eso.

–No. Debí hacerlo hace ya mucho tiempo. Debí haber protegido a los niños de ti. Debí haberme protegido yo misma. Soy una persona, Darren. No tenías derecho a ponerme la mano encima, y estoy aquí para decirte que no volverás a hacerlo jamás.

—Ya lo verás, zorra —dijo él—. Ya verás como saldré de aquí y te atraparé.

Ella ni se inmutó ante tal amenaza. De hecho sonrió.

—Bueno, estaré esperando. Ya no me das miedo, Darren. Ya no puedes hacerme nada.

—¿Así que vas a confiar en ese amante tuyo?

—No. Voy a confiar en mí misma. Ahora soy más fuerte. Nunca volverás a controlarme —dijo ella mientras se levantaba—. Si tienes algo de decencia harás lo correcto por tus hijos y dejarás de pedir su custodia —añadió y salió de la habitación.

Por fin era libre. Podría hacer cualquier cosa. Comenzó a reírse, pero de pronto paró. Todo lo que quería estaba fuera de su alcance. O quizá no. Quizá el hombre al que amaba aún podía darle otra oportunidad.

Maura aparcó junto a la puerta trasera del rancho Rocking R. Al ver la casa pintada de blanco su corazón se aceleró al recordar la primera vez que había ido a vivir allí. Pero era el hombre que vivía allí lo que ella quería. Sólo tenía que convencerlo para que la escuchara.

Cade le había sugerido que abriese su mente y le contara a Wyatt todo lo que sentía. Que le dijera lo que significaba para ella y lo mucho que quería que estuviese en su vida. Maura tomó aire y agarró el ramo de flores que había en el asiento del copiloto.

Golpeó en la puerta de atrás, pero no obtuvo respuesta, así que entró en la cocina y llamó a Wyatt. Sólo se oía la música. Lo primero que notó fue el olor a pintura y entonces vio que las paredes se habían vuelto amarillas. Miró al suelo y vio que también era nuevo.

Se dirigió al comedor y vio que también había sido reformado. Estaba pintado del color que ella había elegido y también había una mesa de roble con seis sillas

¿Qué había hecho Wyatt?

El volumen de la música subió y ella siguió la voz de Tim McCraw hasta el salón, donde encontró a Wyatt ocupado pasando el rodillo por la pared. Él sintió su presencia y se giró.

Ella comenzó a temblar de la cabeza a los pies, rezando para que no la rechazara. Él sonrió, lo cual a Maura le proporcionó el coraje suficiente.

—Hola, Wyatt.

—Maura. ¿Qué haces aquí?

Wyatt supo enseguida que había dicho algo incorrecto. Dejó el rodillo y se limpió las manos. Lo último que quería era que ella se sintiese mal, sobre todo porque él había estado rezando para que ella quisiera verlo.

—Quiero decir que no sabía que venías. Como ves, esto está hecho un desastre.

—Tiene buen aspecto. Casi no he reconocido la cocina.

—Sí. Hice que vinieran a reparar los muebles y las encimeras.

—Han hecho un gran trabajo.

Wyatt vio cómo se movía por la habitación. Estaba muy guapa.

—¿Para quién son las flores?

—Ah, son para ti —dijo ella—. Quería agradecerte que ayudaras a Jeff.

—No tienes por qué agradecérmelo. Nunca dejaría que nada le ocurriera.

—Lo sé —dijo ella mientras las lágrimas amenazaban

con brotar–. Sin ti no quiero ni pensar lo que habría ocurrido.

–Pues no lo hagas. Jeff está bien.

Wyatt tomó las flores y se fue a la cocina. Ella lo siguió. Una vez allí, él llenó un jarrón con agua y puso las flores en el centro de la mesa.

–Son muy bonitas. Nunca me habían regalado flores antes –dijo, y vio que Maura parecía estar a punto de salir corriendo–. ¿Es verdad que cada flor tiene un significado especial?

–Supongo –dijo ella encogiéndose de hombros.

–Vamos, Maura. Seguro que sabes qué tipo de flores recomendar a alguien que quiere regalárselas a su madre, a su hermano o hermana, o a su amante. ¿Elegiste flores especiales porque el ramo era para mí?

–Los narcisos significan respeto –comenzó ella señalando a cada flor–. Los jacintos azules significan amabilidad y las flores del sauce enano significan amistad.

–¿Y las rosas, Maura? –preguntó él esperando que ella estuviese intentando decirle sus sentimientos–. ¿Qué significan?

Había rosas blancas, rosas, amarillas y rojas.

–La rosa amarilla significa amistad –dijo ella tocando cada flor–. La rosa, elegancia y belleza. La blanca, unidad y dignidad.

–Tú eres la más digna de todas, Maura –dijo él.

Maura lo miró y se tragó el nudo que sentía en la garganta. Era ahora o nunca. Si quería a ese hombre iba a tener que tomar la iniciativa. Tomó la rosa roja y se la entregó a Wyatt.

–La roja significa pasión… y amor.

–¿Y qué más significa, Maura?

–Confianza. Significa confianza, porque confío en ti.

Wyatt le quitó la flor y la dejó sobre la mesa y besó a Maura.

—¿Sabes qué más significa?

Ella asintió, pero siguió en silencio.

—Significa que te quiero, Maura. Te quiero.

—Oh, Wyatt —dijo ella mientras le pasaba los brazos por detrás del cuello—. Yo también te quiero —añadió, y lo besó.

—Dímelo de nuevo —dijo él tras el beso.

—Te quiero —repitió ella con los ojos inundados de lágrimas—. Te quiero y siento no haber confiado en ti.

—No, no te di suficiente tiempo. Sólo porque yo supiera enseguida que te quería no significa que tú tuvieras que sentirlo también.

—¿Cómo puedes decir eso cuando estuve a punto de decírtelo la noche en casi hicimos el amor? Pero entonces apareció Darren y…

—No, no tienes que recordarlo.

—No pasa nada, Wyatt. No necesito que me protejas de Darren. Fui a verlo y le dije que ya no iba a controlar mi vida jamás.

—¿Fuiste a la cárcel?

—Quería venir a hablar contigo sin fantasmas del pasado. Sin miedos. No quería que mi pasado impidiera que tuviéramos un futuro en común —dijo ella mirándolo a los ojos—. Eso si aún me quieres.

—No he dejado de quererte desde la noche en que me apuntaste con el rifle. Cuando os dije a los niños y a ti que os quedarais aquí estaba siendo totalmente egoísta, créeme. Te deseaba más que a ninguna mujer. Quiero borrar la tristeza de tu vida, Maura.

—Es bueno saberlo —dijo ella sonriendo.

—Entonces cásate conmigo, Maura Wells. Deja que cuide de ti y de los niños.

Cuando ella negó con la cabeza Wyatt sintió un nudo en la garganta.

–No, Wyatt. Si voy a ser tu mujer quiero ser parte igualitaria en nuestro matrimonio. Nos cuidaremos el uno al otro.

–No querría que fuese de otro modo. Me encanta que seas independiente, pero no hasta el punto de no necesitarme.

–Oh, te necesito, Wyatt. Pero no usarte como mi muleta. Quiero ser tu mujer más que nada, pero quiero seguir trabajando. Quiero tener un hijo contigo.

–Oh, Maura, vine a San Angelo buscando a mi padre, preguntándome por qué nunca me quiso. Toda mi vida mi padrastro me dijo que no era lo suficientemente bueno para ser su hijo. Iba a enseñarle que se equivocaba. Estaba seguro de que todo lo que necesitaba era mi propio rancho para ser feliz –dijo Wyatt, y le acarició la cara a Maura–. Entonces os encontré a vosotros. Fue cuando te marchaste cuando me di cuenta de que este lugar no es un hogar sin…amor.

Inclinó la cabeza para besarla. Ella separó los labios y él introdujo la lengua para saborearla. La abrazó y la acercó más a él para hacerle sentir su deseo.

–¿Quieres que encarguemos el bebé ahora mismo? –bromeó él.

–No me tientes –dijo Maura–. Pero creo que será mejor que vayamos a darles la noticia a los niños. Ya sabes, no es fácil ser padres.

–Lo sé, pero podemos darles lo más importante. Vamos a permanecer juntos y a darles todo nuestro amor.

–Quizá podrías empezar por convencer a su madre –dijo ella acercándose más a él.

–Será un placer.

EPÍLOGO

SENTADO sobre Raven, Wyatt condujo a los jinetes por el valle. Miró por encima de su hombro para ver a su recién estrenada mujer, montada en su yegua, Trudi. Luego venía Kelly subida en Sandy y finalmente Jeff montado en su yegua Tawny, el regalo de su séptimo cumpleaños.

–Podemos hacer el picnic junto al arroyo –sugirió Wyatt tras bajarse del caballo. Ayudó a bajar a Maura y a Kelly. Jeff ya se había bajado de su yegua. Era un jinete nato.

–¿Podemos ver a los ponis? –preguntó Kelly.

–Si aparecen –dijo Wyatt–. A veces cuando viene gente les da vergüenza aparecer.

La niña se sentó sobre la manta que Maura había extendido sobre la hierba.

–Me quedaré muy quieta –susurró.

–¿Por qué no os sentáis los dos aquí y os coméis los sándwiches mientras yo hablo con vuestro padre? –dijo Maura.

A Wyatt se le puso la piel de gallina cuando Maura lo llamó así. Aún no podía creer que Darren Wells hubiera renunciado a sus derechos sobre los niños.

Maura le dio la mano a su marido y lo condujo hacia un grupo de árboles, lejos de los oídos de los niños. Era fantástico ser una familia, pero también les gustaba estar solos. Eso ocurría por las noches cuando los niños se acostaban. Entonces él la llevaba a su dormitorio y hacían el amor. Había conseguido olvidarse del pasado y la soledad.

Wyatt se sentó apoyado en un árbol y sentó a Maura entre sus piernas. Ambos miraban hacia el valle y apreciaban la belleza de aquel paisaje.

–¿Cuánto tiempo crees que tenemos antes de que nos interrumpan? –preguntó Wyatt tras darle un beso en la sien.

–No mucho, supongo. Pero no te preocupes, eso cambiará. Llegará el día en el que no quieran ni vernos.

–Mi Kelly, no. Nunca me haría eso. Incluso estoy preocupado sobre cómo mantener a los chicos alejados de ella. Va a ser tan guapa como su madre.

–Lo que pasa es que tú me haces guapa.

–Y tú me haces estar necesitado. ¿Crees que los niños se quedarán dormidos para que podamos hacer el amor? Quizá te convenza de que ya es hora de intentar lo del bebé.

–No tardarías en convencerme –dijo ella.

Aunque habían decidido esperar, ella no deseaba otra cosa más que tener un hijo de Wyatt.

–¿De verdad?

–Oh, Wyatt. Claro que quiero un hijo tuyo.

–Te quiero –le susurró él al oído, y luego le dio un tierno beso en la boca.

–Espero que sigas pensando lo mismo cuando me levante de la cama en mitad de la noche porque tenga un antojo –dijo ella.

–No me importará en absoluto –le prometió él–. Me gusta mimar a mi chica. ¿Qué te parece si te traigo aquí más tarde y te lo demuestro?

Wyatt no podía creer lo mucho que había cambiado Maura desde que él había llegado a Texas. Él pensaba que comprando el rancho tendría el hogar que siempre había querido, pero se había dado cuenta de que sin Maura y sin los niños su vida estaba incompleta.

Además tenía al resto de su familia, los Randell, y ya era socio del Rancho de Huéspedes de Mustang Valley. Había accedido a llevar un grupo de ganado para los rodeos. Algo más que ofrecer a los clientes. Hank Barrett le había dado dos toros y una docena de vaquillas. Para el año próximo tendrían tanto ganado en Rocking R como en los tiempos de su abuelo, John Randell. Por fin tenía raíces y una familia.

Las voces de los niños lo distrajeron. Miró a lo lejos y vio un jinete que se acercaba. Era Cade.

—Olvídate de venir aquí. Este lugar tiene demasiado tráfico —se levantaron y caminaron hacia Cade—. Cade, ¿qué haces aquí? Pensé que estabas en Dallas.

—Regresé esta mañana —dijo Cade—. Wyatt, acabo de recibir una llamada de tu madre, Rally. Odio traerte malas noticias, pero parece que tu hermano, Dylan, ha tenido un accidente con un toro.

A Wyatt le dio un vuelco el corazón.

—¿Está vivo?

—Sí, pero no voy a mentirte. Es serio.

—Tienes que ir con él —dijo Maura—. Y cuando esté bien tráelo a casa. Le ayudaremos a superarlo todos juntos.

Wyatt la abrazó. Ella era su fuerza… su vida. Eso era todo lo que siempre había deseado. Sólo le quedaba convencer también a Dylan de lo importante que era la familia.

—

JAZMÍN.

REBECCA WINTERS
UN VERANO INOLVIDABLE

Hallie Linn no podía enamorarse del atractivo millonario francés Vincent Rolland. Era demasiado complicado y cambiaría su vida para siempre. El propio Vincent también tenía sus razones para no comprometerse con Hallie, pero la deseaba. ¿Podrían superar todos los obstáculos que se interponían en su camino y unirse en matrimonio para siempre?

BARBARA HANNAY
FALSAS IDENTIDADES

Cuando un guapísimo desconocido llegó a la empresa de Jen Summers con la
pequeña sobrina de esta, Jen no supo
cómo compaginar su nuevo trabajo con
ser una madre temporal, y decidió pedirle ayuda al apuesto extraño.
Harry Ryder se llevaba a las mujeres a la
cama, no las ayudaba con niños pequeños. Pero Jen era tan tímida y delicada
que no pudo resistirse.

N.º 587

PATRICIA THAYER
ENCONTRAR UN AMOR

Maura Wells creía que en aquel rancho de Texas había encontrado por fin un hogar para su familia. Pero entonces un desconocido, alto e imponente, reclamó aquel lugar como suyo.
Wyatt Gentry llegó al rancho en busca de su herencia, ¡y se encon-
tró con una encantadora intrusa apuntándolo con un rifle! Pactaron un acuerdo temporal, pero la convivencia transformó al brusco y solitario soltero en un hombre de familia.

ALLISON LEIGH
NUBES DE TORMENTA

La tormenta estaba a punto de caer sobre Annie Hess, de hecho ya había comenzado con la llegada de su hija secreta, a la que años atrás había dejado al cuidado de su hermano. Pero las cosas no habían hecho más que empeorar con la aparición de Logan Drake. El hombre que la había rechazado en otro tiempo ahora pretendía llevarse a la muchacha. Ninguno de los dos esperaba que aquel reencuentro despertaría sus sentimientos del pasado. Lo que todavía no sabían era si las duras decisiones que habían tomado años atrás podrían ahora llevarlos hasta encontrar la felicidad.

N.º 482

MARIE FERRARELLA
CORAZÓN AMADO

Si a Micah Muldare le faltaba algo era tiempo. El atareado viudo no tenía horas suficientes para su exigente trabajo y sus dos pequeños hijos. Era evidente que en su vida no había lugar para el amor… hasta que Tracy Ryan llegó a ella.

Tracy ya había sufrido una vez por amor, así que había desistido de la idea de encontrar al hombre de su vida y formar una familia, pero le estaba costando resistirse al guapo Micah, y a sus adorables hijos. Tal vez hubiese llegado el momento de arriesgarse para conseguir tener la familia que siempre había deseado.